애국적 진보주의

진보주의자야말로 애국자여야 한다

애국적
진보주의

홍웅표 지음

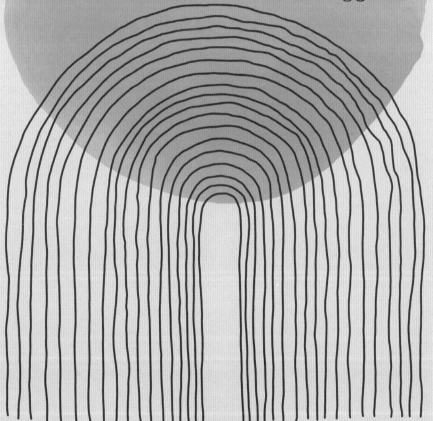

나무와숲

김종인

뮌스터대학교대학원 경제학 박사
대한발전전략연구원 이사장

내가 판단을 단호하게 말하는 편이다 보니 일방적으로 자기주장을 하는 스타일일 것이라는 인상을 갖고 있는 사람들이 종종 있다. 그러나 나는 대화를 꽤 즐기는 편이다. 나이가 어릴수록 더 주의 깊게 귀를 기울인다. 젊은 친구들이 어떤 생각을 갖고 있는가는 나의 주요 관심거리이다. 고등학생인 외손주는 나의 중요한 대화 파트너이다.

작년 초에 『김종인, 대화』라는 책을 냈다. 부제가 '스물 효민 듣고 여든 종인 답하다'이다. 60살 나이차를 넘어 2000년생 곽효민과 우리 근현대사 구석구석을 들여다보며 대화를 나눴고 그 결과를 엮어 책을 냈다. 대화를 통해 나의 생생한 경험, 기억, 평가를 전하고 남기고 싶다는 나의 욕구가 반영돼 책으로 결실을 맺은 것이다.

이 책의 저자 홍웅표 군은 내가 2016년 4월 총선 후 민주당 비대위원회 대표이면서 국회의원일 당시 보좌관으로 첫 인연을 맺게 됐다. 홍 군은 유달리 어려워하는 기색 없이 내게 자주 묻곤 했다. 나는 홍 군의 그런 태도가 좋았다. 나도 묻는 말에 진지하게 답변을 했다. 국회의원직을 10개월 만에 사퇴하고 민주당을 나왔지만, 홍 군과의 인연은 계속 이어졌고 만날 때마다 여지없이 묻고 답하는 대화는 계속됐다.

나는 누군가가 자기 책에 대한 추천사를 써달라고 하면 잘 응하지 않는 편이다. 자기 책의 주장에 대한 확신이 있으면 되는 것이지 추천사 같은 것은 별로 중요하지 않다고 생각하기 때문이다. 홍 군이 처음으로 자기 이름을 걸고 책을 냈다며 추천사를 써달라고 했을 때는 흔쾌히 수락했다. 아마도 홍 군의 책에 나와의 대화 과정에서 다루었던 여러 주제들이 반영돼 있을 거라 짐작을 하다 보니 묘한 일말의 책임감을 느꼈던 것 같다.

이 책을 읽어 보니 내 짐작이 틀리지 않았음을 알 수 있었다. 나의 판단과 다른 대목도 보였다. 이제 홍 군도 나이 쉰을 넘었으니 충분히 자기 주장에 책임을 지고도 남을 나이이다. 나와 일치하지 않는 지점들은 앞으로 홍 군과의 좋은 대화 소재가 될 수 있겠다 생각했다.

나는 진보, 보수라는 개념을 썩 달가워하지 않는다. 그런 개념의 남발은 신념은 과잉되고, 책임은 소홀해지게 해 정치 양극화의 결과를 낳기 때문이다. 이 책의 요지는 '진보주의를 자처하는 자들이야말로 가장 애국자여야 한다'이다. 이 주장은 충분히 귀담아들을 필요가 있다. 민주공화주의는 애국의 이유이고, 애국은 민주공화주의의 동력이어야 한다.

우리 사회 일각에서는 마치 대한민국이 태어나지 말아야 할 국가였다고 생각하는 것으로 보인다. 대단히 위험한 사고이다. 아픔과 얼룩이 있었지만 우리나라는 그것을 극복하고 세계 속의 대한민국을 이뤄냈다.

우리 대한민국이 오늘날 선진국의 위상으로 올라선 데에는 무엇보다 우리 국민의 뛰어난 잠재력이 발휘된 결과이다. 이 책에는 우리 국민의 잠재력, 역동성이 잘 정리돼 있다. 또한 앞으로 어떻게 해야 우리나라가 더 나은 민주공화국으로 세계 속에 자리매김할 수 있을 것인지 여러 가지 제안을 해놓고 있다.

누구보다 청년들에게 이 책을 추천한다. 청년들에게 우리나라에 대한 자부심과 희망을 줌과 동시에 결코 쉽지 않은 우리나라의 상황과 앞으로의 과제를 같이 생각해 볼 수 있는 좋은 계기가 될 것이라 생각한다.

이 책을 사랑하는 아내 김윤희, 그리고 때론 밉지만 진심으로
미워할 수 없는 아들 성준에게 바친다.

들어가는 글

나는 30대 초반부터 지금까지 거의 대부분의 시간을 정치권 언저리에서 보냈다. 자연스럽게 무엇이 좋은 정치인가, 어떤 나라가 좋은 나라인가 라는 것에 대해 생각할 계기가 많았다. 평소 가감 없이 의견을 드러내는 편이지만, 말하고 싶지만 하지 못했던 말들도 많았다. 이 책에 그걸 드러내고 싶었다.

이 책을 쓰게 된 몇 가지 계기

15년 전쯤이었을 것이다. 당시 신기남 전 의원님을 비롯해 일군의 사람들이 제도정치권 내에서 진보운동의 깃발을 들자며 '신진보연대'를 결성했다. 나도 실무자 중 한 사람이었다. 그러던 어느 날 소위 외연 확장을 위해 '좋은정책포럼'과 '사회민주주의연대' 쪽 사람들을 만나게 되었다. 당시 좋은정책포럼을 이끌고 있던 경북대학교 김형기 교수님도 만났는데, 얘기가 오가던 중 향후 진보의 담론으로 '애국적 진보주의'가 필요하다는 말이 오갔다.

'애국적 진보주의'라는 말에 가슴이 설렜다. 난 진보세력이야말로 가장 애국자여야 한다는 생각을 갖고 있었다. 한때 주사파가 운동의 주류가 되면서 애국이라는 말이 오염되고 있다는 우려를 하던 차였다.

김형기 교수님이 언론 인터뷰를 통해 '애국적 진보주의'를 거론한 적이 간혹 있었다. 난 김형기 교수님이 '애국적 진보주의'에 대해 정리한 책을 내놓길 기대했다. 그러나 기대대로 되지 않았다. 언젠가는 내가 써야겠다는 생각을 했다.

8~9년 전의 일이었을 것이다. 내가 학생 시절 몸담았던 '진보학생연합'의 연말 송년회가 있어 참석했다. 적잖이 술을 마셔 거나했다. 부산에서 학원 강사를 하며 통합진보당 활동을 하는 선배에게 따지듯 물었다. "대체 진보가 뭐냐? 자유는 무엇이고 평등은 무엇이냐? 선배와 같은 이론가들이 자유와 평등의 관계 속에서 이 시대 진보가 무엇인가를 밝혀 줘야 하는 거 아니냐?" 그 선배는 나의 이런 질문을 주사로 받아들였을 것이다. 그러나 나는 꽤 진심을 담아 물었고, 언젠가 그 선배가 그 물음에 답해 주기를 바랐다. 기대는 이루어지지 않았다. 선배가 안 하는 거, 내가 직접 하고 싶었다.

책의 본문에도 적었지만 우리나라의 전반적인 사회적 신뢰 수준은 세계 바닥권이다. 처음 이 통계를 보고 깜짝 놀랐다. 진짜 우리나라의 신뢰 수준이 이 정도로 처참한가? 미래가 암담해 보였다.

일본도 우리나라만큼 사회적 신뢰 수준이 아주 낮다. 일본은 높은 경제적 성취를 자랑하지만 사회적 활력을 잃어 가고 있다. 미래가 흐릿하다. 우리나라도 놀라운 경제적 성취를 자랑하고 있다. 일본과 달리 아직 역동성을 잃지 않고 있다. 그러나 이 형편없는 신뢰 문제를 해결하지 못한다면 일본과 같은 경로로 빠져드는 것을 피할 수 없을 것이다. 미약하나마 나의 목소리를 글로 적으리라 다짐했다.

나는 행운아다

공자는 앞에 세 사람이 함께 가고 있다면 그 가운데 반드시 나의 스승이 있다는 말을 남겼다. 내게는 그 어떤 경구보다 절절하게 다가오는 말이다. 인생이라는 건 숱한 사람과의 인연으로 구성된다. 그중에는 좋은 사람으로 느껴지는 이들도 있고, 불쾌한 기억으로 남아 있는 사람들도 있다. 앞의 사람은 정면교사이고, 뒤의 사람은 반면교사이다. 어찌 보면 인연을 제공한 모든 사람이 스승인지도 모른다.

30대 초반부터 지금까지 5년의 공백 말고는 내내 국회밥을 먹고 있다. 그러면서 세 분의 정치인과 인연을 맺었다. 지금은 신동근 의원님과 연을 맺고 있다. 오랜 세월 형님, 동생으로 지내다가 지금은 보좌관으로 일을 하고 있다. 진보정치가 무엇인지 중단없이 진지하게 고뇌하는 모습이 존경스럽고 고맙다.

맨 처음 국회에 들어와 연을 맺은 곳은 신기남 의원실이었다. 민주당 안에서 소위 정풍운동이 계속되는 와중이었다. 신기남 의원님은 진짜 정치적 목숨을 걸고 정풍운동에 임했다. '정치권에서 쫓겨나면 변호사 하면 되지'라는 각오를 내내 보이셨다. 이런 분을 옆에서 보좌할 수 있었던 것은 커다란 행운이었다. 오래 있을 거라고는 조금도 생각하지 않았는데 햇수로 무려 15년을 함께했다. 나의 30, 40대는 신기남 의원님을 빼곤 설명이 되지 않는다.

신기남 의원님은 선거에서 떨어져 4년간 원외 생활을 하셨다. 그때 나도 곁에서 4년간의 원외 생활을 하며 동서동락했다. 단언컨대 이 4년의 원외 생활 기간은 내게 아주 의미 있는 시간이었다. 나를 숙성시킨 시기였다. 정치인에게 야당 원외위원장 자리는 비참과 고난의 상징이다. 그 옆에서 4년을 함께 보낸 나도 비참하고 어렵기는 마찬가지였다. 그러나 '겸손'이라는 두 글자를 배웠다.

국회의원 참모를 하다 보면 자칫 자기도 모르는 새에 갑질에 빠져들 수 있다. 호가호위하는 것이다. 국회의원이라는 호랑이 옆에 있어서 여우 짓이라도 할 수 있다는 것을 모른다. 본인이 그냥 여우였다고 생각한다. 그러나 호랑이가 사라지는 순간 여우가 아니었음을 뼈저리게 깨닫는다.

그리고 김종인 전 대표가 있었다. 민주당 비례 국회의원을 하셨던 약 10개월 동안 곁에 있었다. 짧은 기간이라 할 수 있다. 그러나 내게는 그렇지 않았다. 10년에 버금가는 밀도 있는 경험이었다.

난 김종인 대표를 '모신다'고 생각해 본 적이 없다. 감히 그런 생각을 할 수 없었다. '배운다'고 생각했다. 놀라울 정도로 해박하셨고 세상 돌아가는 것을 날카롭게 보시는 분이었다. 자주 눈을 감고 골똘히 사색에 빠지시곤 했다. 그러면 가끔 물었다. 무슨 고민이 있으십니까? 그럴 때마다 항상 돌아오는 말은 나라 걱정 하신다는 것이었다.

이런 분들과 연을 맺고 국회밥을 먹었고, 여전히 먹고 있는 나는 진짜 행운아다.

현재라는 것은 과거라는 거대한 거인의 어깨 위에 올라탄 아이와 같다고 했다. 지금의 나도 마찬가지이다. 도도하게 흘렀던 역사에 올라탄 아이다. 또한 지금의 나 역시 태어나 맺었던 숱한 인연들이라는 거인의 어깨 위에 올라타고 있는 것에 불과하다. 숱한 스승들의 인간탑에 올라서 있는 것이다.

그 모든 스승들에게 감사를 드린다

스승들 중 뭐니 뭐니 해도 가장 기억에 남는 분은 담임선생님일 것이다. 나의 담임선생님은 누가 뭐래도 아내와 아들이다. 아내의 지혜와 생활력, 참을성이 없었다면 인간 구실을 못하고 살았으리라. 앞으로도 계속 훌륭한 담임선생님 역할을 해주길.

천방지축 아들놈은 나의 부담임이다. 내게 아빠라는 것이 얼마나 행복한 것이고, 무거운 것인가를 늘 느끼게 해주는 연하의 스승이다. 생각보다 아들로부터 많은 지혜를 얻곤 한다. 아빠 구세대와 아들 신세대의 대화는 늘 나를 긴장하게 하고 각성시킨다.

마지막으로 지금 하늘나라에 계신 아버지와 여전히 미모를 유지하고 계신 어머니에게 이 책을 헌정하고 싶다. 내가 그런대로 잘 커 오늘에 이를 수 있었던 것은 두 분의 헌신 덕분이었다. 아버지께 아양 떠는 것으로 맺음을 하겠다. "아버지, 저 잘했죠?"

사실 책을 내기로 결심하면서 어떤 식으로 쓸까 고민을 했다. 보통의 인문서처럼 미주, 각주를 다는 모양새를 떠올렸다가 이내 접었다. 나는 평생 논문다운 걸 써본 적이 없다. 대학교도 의대를 다닌 것도 아닌데 만 6년을 채우고 이른바 코스모스 졸업을 했다. 괜히 익숙하지 않은 거 흉내낼 필요가 없다고 판단했다. 그래도 인용 출처를 본문에서 최대한 밝히려고 했는데 허점투성이일 것이다. 너그럽게 봐주기 바란다.

솔직히 그동안 하고 싶은 말을 하기 위해 쓴 책이라 많이 팔리고 널리 읽힐 것으로 기대하지는 않는다. 그럴 수준의 책이라고 나 스스로 자신감을 갖고 있지도 않다. 딱히 독창적이고 체계적이라 볼 수도 없다. 수필 써가듯이 편안하게 쓰고 싶었다. 수필은 가벼운 수필과 무거운 수필로 나뉘는데 일상의 느낌을 쓴 것을 가벼운 수필, 미셀러니라 하고 무거운 내용을 담아 쓴 논리적인 성격의 수필을 무거운 수필, 에세이라고 한다. 나는 이 책의 성격을 에세이라고 생각한다.

많이 부족한 책을 사적 인연이 있다는 이유로 흔쾌히 출판을 허락해 준 '나무와숲'에 감사드린다.

2022년 5월
홍웅표

/ 차 례 /

1

불신 사회의 극복과 애국

1. 대한민국은 선진국! 그러나 심각한 불신 사회 • 23

지표상 대한민국은 명실상부한 선진국 ㅣ 우리나라의 밝은 경제적 미래 ㅣ 문제는 낮은 사회적 자본, 즉 낮은 사회적 신뢰 ㅣ 우리나라의 사회적 신뢰 실태 ㅣ 낮은 신뢰는 나라의 운명에 치명적일 수 있다 ㅣ 2021년 우리나라의 세계행복지수 순위 50위가 말하는 것 ㅣ 위험 사회보다 더 위험한 것은 불신 사회

2. 사회적 신뢰가 낮은 원인은 무엇일까? • 43

단순히 경제 문제만은 아니다 ㅣ 프랜시스 후쿠야마의 빗나간 진단 ㅣ 우리나라 사람들의 시민의식 뛰어난데, 왜? ㅣ 엘리트 기득권 체제에 대한 총체적 불신 ㅣ 개인주의의 거센 도전과 엘리트 기득권 체제의 응전의 한계

3. 어떻게 사회적 불신을 극복할 것인가? • 54

종교, 군주, 신화, 제도

4. 우리는 우리에 대해서 어떻게 생각하고 있는가? • 58

대한민국 국가 이미지 조사 결과 ㅣ 보수의 '자뻑 역사의식'과 진보의 '자학 역사의식'

2

진보주의 : 새롭지 않은 '오래된 미래'

1

불신 사회의
극복과
애국

1 대한민국은 선진국! 그러나 심각한 불신 사회

지표상 대한민국은 명실상부한 선진국

3050클럽 국가

우리나라는 1인당 GDP 3만 달러 이상, 인구 5천만 명 이상 국가가 조건인 3050클럽 국가이다. 2020년 기준으로 보면 미국(1인당 GDP : 6만 3544달러, 인구 : 약 3억 3300만 명), 일본(4만 146달러, 약 1억 2600만 명), 독일(4만 5724 달러, 약 8400만 명), 프랑스(3만 8625달러, 약 6500만 명), 영국(4만 284달러, 약 6800만 명), 한국(3만 1637달러, 약 5200만 명), 이탈리아(3만 1676달러, 약 6000만 명)가 여기에 속한다.

GDP 기준 세계 순위

2020년 GDP 순위는 미국, 중국, 일본, 독일, 영국, 인도, 프랑스, 이탈리아, 캐나다에 이어 세계 10위이다.

세계 수출 7위, 세계 수입 9위

2020년 기준 세계 수출 국가 순위를 보면 1위 중국, 2위 미국, 3위 독일, 4위 네덜란드, 5위 일본, 6위 홍콩, 7위 대한민국, 8위 이탈리아, 9위 프랑스, 10위 벨기에, 11위 멕시코, 12위 영국, 13위 캐나다이다.

세계 수입 국가 순위를 보면 1위 미국, 2위 중국, 3위 독일, 4위 일본, 5위 영국, 6위 네덜란드, 7위 프랑스, 8위 홍콩, 9위 한국, 10위 캐나다, 11위 이탈리아, 12위 멕시코이다.

우리나라의 무역 규모는 1조 달러가 넘어섰으며, 전 세계 무역 순위는 2020년 9위에서 2021년 영국을 제치고 8위로 올라섰다.

세계 제조업 경쟁 지수(CIP) 3위

2020년 유엔산업개발기구가 발표한 세계 제조업 경쟁 지수를 보면 우리나라는 독일, 중국에 이어 세계 3위이다.

세계 군사력 순위 6위

전 세계 국가들의 군사력 순위를 매해 발표하는 비정부기구 '글로벌 파이어 파워'에 따르면 우리나라는 미국, 러시아, 중국, 일본, 인도에 이어 세계 6위이다.

세계 과학기술 순위 7위

2019년 한국과학기술기획평가원의 발표에 따르면 우리나라의 과학기술 순위는 미국, 스위스, 네덜란드, 일본, 독일, 이스라엘에 이어 세계 7위이다.

문화콘텐츠 시장 세계 7위

다국적 회계기업 PwC에 따르면 2018년 기준 출판, 게임, 영화를 총합했을 때 우리나라 문화콘텐츠 시장 규모는 세계 7위이다.

게임산업 글로벌 시장 점유율 세계 5위

2019년 기준 우리나라의 게임산업 글로벌 시장 점유율은 미국, 중국, 일본, 영국에 이어 세계 5위이다.

영화시장 규모 세계 4위

미국영화협회의 2019년 발표에 따르면 우리나라의 영화시장 규모는 미국, 중국, 일본에 이어 세계 4위이다.

화장품 수출 세계 4위

우리나라의 화장품 수출 규모는 2019년 프랑스, 미국, 독일에 이어 세계 4위이다.

세계 관광경쟁력 16위

세계경제포럼에 따르면 2019년 기준 우리나라의 세계관광경쟁력 순위는 세계 16위이다.

세계 민주주의 지수 23위

세계적인 시사 잡지 《이코노미스트》의 싱크탱크 EIU Economist Intelligence Unit의 2019년 발표에 따르면 우리나라의 민주주의 지수는 세계 23위이다. 일본 24위, 미국 25위로 우리나라의 순위가 더 높다.

세계 언론자유 지수 42위

'국경없는기자회'가 2020년 발표한 우리나라의 언론자유 지수는 세계 42위이다. 아시아 국가 중에서는 1위이다. 대만 43위, 미국 44위, 일본 67위이다.

우리나라의 밝은 경제적 미래

미국의 경제 주간지 《블룸버그》는 매년 세계 주요 국가의 혁신지수를 발표하는데, 2021년 혁신지수 1위 국가는 바로 한국이었다.

2021년 순위	2020년 순위	나라 이름	총 점수
1위	2위	대한민국	90.49
2위	3위	싱가포르	87.76
3위	4위	스위스	87.60
4위	1위	독일	86.45
5위	5위	스웨덴	86.39
6위	8위	덴마크	86.12
7위	6위	이스라엘	85.50
8위	7위	핀란드	84.86
9위	13위	네덜란드	84.29

2021년 순위	2020년 순위	나라 이름	총 점수
10위	11위	오스트리아	83.93
11위	9위	미국	83.59
12위	12위	일본	82.86
13위	10위	프랑스	81.73
14위	14위	벨기에	80.75
15위	17위	노르웨이	80.70
16위	15위	중국	79.56
17위	16위	아일랜드	79.41
18위	18위	영국	77.20
19위	20위	호주	76.81
20위	19위	이탈리아	76.73
21위	22위	캐나다	75.98

블룸버그 혁신지수는 7개 영역을 평가해 총점을 매기는 방식으로 순위를 결정한다. 우리나라는 R&D 집중도 2위, 제조업 부가가치 2위, 생산성 36위, 첨단기술 집중도 4위, 교육 효율성 13위, 연구 집중도 3위, 특허 활동 1위로 종합 1위를 차지했다. 생산성 영역의 점수가 낮은 편이지만 그 밖의 모든 분야에서는 상위권임을 알 수 있다.

3050클럽만 따로 놓고 보자. 대한민국(1위), 독일(4위), 미국(11위), 일본(12위), 프랑스(13위), 영국(18위), 이탈리아(20위)로 우리나라의 혁신지수가 월등히 높다는 사실이 드러난다. 우리나라는 세계의 미래를 선도할 수 있다.

세계 GDP 순위 (2021)

(단위 : 달러)

순위	나라 이름	GDP	1인당 GDP
1위	미국	22조 9,753억	6만 8,309
2위	중국	16조 6,423억	1만 1,819
3위	일본	5조 3,781억	4만 2,928
4위	독일	4조 3,193억	5만 1,860
5위	영국	3조 1,247억	4만 6,344
6위	인도	3조 497억	2,191
7위	프랑스	2조 9,383억	4만 4,995
8위	이탈리아	2조 1,063억	3만 4,997
9위	캐나다	1조 8,835억	4만 9,222
10위	대한민국	1조 8,067억	3만 4,866

GDP 상위 10위 국가별 주식시장 시가총액 상위 10개 기업 현황
(출처 : 내일신문, 2021년 12월 말 기준)

■ **미국**

1위 – 애플(전자제품·소프트웨어)

2위 – 마이크로소프트(소프트웨어·IT)

3위 – 유나이티드헬스클럽(헬스케어)

4위 – 제이피모건(금융)

5위 – 비자(금융)

6위 – 존슨앤존슨(제약)

7위 – 홈디포(인테리어 디자인·소매)

8위 – 월마트(유통)

9위 – 프록터앤갬블(헬스케어)

10위 – 월트디즈니(엔터테인먼트)

■ 중국

1위 – 꾸이저우 마오타이(주류·음료)

2위 – 공상인항(금융)

3위 – 자오샹인항(금융)

4위 – 젠스인항(금융)

5위 – 농예인항(금융)

6위 – 중궈핑안(금융·보험)

7위 – 중궈스여우(석유·천연가스)

8위 – 중궈인항(금융)

9위 – 중궈런셔우(금융·보험)

10위 – 창장뎬리(전력)

■ 일본

1위 – 도요타(자동차)

2위 – 소니(종합전기)

3위 – 키엔스(전자부품)

4위 – 리쿠르트(구인·광고)

5위 – NTT(통신)

6위 – 도쿄일렉트론(전기전자)

7위 – 소프트뱅크그룹(통신)

8위 – 신에츠화학(화학)

9위 – 미쓰비시UFJ(금융)

10위 – 일본전산(전자부품)

■ 독일

1위 – 린데(화학)

2위 – SAP(소프트웨어)

3위 – 지멘스(기계)

4위 – 폭스바겐(자동차)

5위 – 머크(바이오)

6위 – 에어버스(항공)

7위 – 알리안츠(보험)

8위 – 도이치텔레콤(통신)

9위 – 지멘스 헬스니어스(의료기기)

10위 – 다임러(자동차)

■ 영국

1위 – 아스트라제네카(제약·바이오)

2위 – 유니레버(소비재)

3위 – 디아지오(주류)

4위 – HSBC 홀딩스(금융)

5위 – 글락소스미스클라인(제약·바이오)

6위 – 로열더치셸A(정유·가스)

7위 – BP Plc(정유·가스)

8위 – 브리티쉬 아메리칸 토바코(담배)

9위 – 리오틴토(광산)

10위 – 로열더치셸B(정유·가스)

■ 인도

1위 – 릴라이언스 산업(석유화학)

2위 – 타타 컨설턴시(IT솔루션·소프트웨어)

3위 – HDFC 은행(금융)

4위 – 인포시스(IT솔루션·소프트웨어)

5위 – 힌두스탄유니레버(소비재)

6위 – ICIC은행(금융)

7위 – HDFC금융그룹(주택금융)

8위 – 바자즈 금융(비은행금융)

9위 – SBI(금융)

10위 – 위프로(IT솔루션·소프트웨어)

■ 프랑스

1위 – 모엣헤네시 루이비통(소비재, 명품)

2위 – 로레알(소비재, 화장품)

3위 – 에르메스(소비재, 명품)

4위 – 토탈(에너지, 석유·가스·신재생)

5위 – 사노피(제약·바이오)

6위 – 슈나이더 일렉트릭(에너지, 솔루션)

7위 – 에어버스(항공)

8위 – 케링(소비재, 명품)

9위 – 에실로룩소티카(소비재, 안경)

10위 – BNP 파리바(금융)

■ 이탈리아

1위 – 에넬(에너지)

2위 – 스텔란티스(자동차)

3위 – 페라리(자동차)

4위 – 에니(석유·가스)

5위 – 인테사 산파울로(금융)

6위 – ST마이크로일렉트로닉스(반도체)

7위 – 제네랄리(금융·보험)

8위 – 우니크레딧(금융)

9위 – 씨에이치인더스트리얼(상용차)

10위 – 엑소르(투자·금융)

■ 캐나다

1위 – 쇼피파이(전자상거래)

2위 – 로얄뱅크오브캐나다(금융)

3위 – 티디뱅크(금융)

4위 – 브룩필드에셋매니지먼트(금융)

5위 – 뱅크오브노바스코샤(금융)

6위 – 캐나다내셔널레일웨이(철도)

7위 – 인브리지(에너지)

8위 – 뱅크오브몬트리올(금융)

9위 – 캐나디언퍼시픽레일웨이(철도)

10위 – 톰슨로이터(금융)

■ 대한민국

1위 – 삼성전자(반도체)

2위 – SK 하이닉스(반도체)

3위 – 네이버(인터넷)

4위 – 삼성바이오로직스(바이오)

5위 – 삼성전자 우(반도체)

6위 – 카카오(인터넷)

7위 – 삼성SDI(2차 전지)

8위 – 현대차(자동차)

9위 – LG화학(자동차)

10위 – 기아(자동차)

우리나라의 시총 10개 상위 기업 다음의 기업들을 살펴보자.

셀트리온(바이오), 포스코(철강), 현대모비스(자동차부품), 삼성물산(무역 등 복합 기업), SK이노베이션(에너지), LG전자(가전), SK텔레콤(통신), LG생활건강 (화장품 등 소비재), KB금융(금융), 신한지주(금융)

4차 산업혁명을 이끌 대표적 기술로는 IT 기술, 통신, 반도체, 바이오, AI(인공지능), 수소·전기차, 자율주행, 2차 전지 등 배터리, 태양열 등 신재생에너지, 우주항공 기술 등이 손꼽힌다. GDP 상위 10개 국가의 시가총액 상위 10개 기업을 죽 나열한 것은 그 현황을 통해 어느 나라가 4차 산업혁명을 선도할 수 있는 여건을 갖췄는가를 드러내기 위해서이다. 우리나라의 기술 여건이 무척 좋다는 것을 알 수 있다. 미래 산업을 선도할 부가가치가 높은 제조 기술에서 유리한 위치에 있는 것이다. 블룸버그가 세계혁신지수 1위 국가로 우리나라를 선정한 데에는 다 이유가 있다.

　　물론 우리 앞에 많은 난제가 있는 것은 사실이다. 저출생·고령화 문제, 줄어드는 인구, 낮아지는 잠재성장률 등 만만치 않은 난제가 많다. 우리나라의 GDP 세계 순위는 떨어질 것이다. 인구가 많고 성장률이 높은 나라들에게 밀리는 것을 피할 수 없다. 그러나 우리나라가 첨단기술 보유 국가로 미래 경제를 선도하게 될 것이라는 예측은 결코 지나치지 않다.

문제는 낮은 사회적 자본, 즉 낮은 사회적 신뢰

　　보통 어떤 나라의 국력을 하드파워와 소프트파워로 나누고, 그것을 종합해 그 나라의 종합적인 국력으로 파악한다. 하드파워는 경제력과 군사력 등 유형의 요소이고, 소프트파워는 문화예술, 정보과학, 제도와 가치 등 무형의 요소이다. 하버드대학교 케네디스쿨 교수인 조지프 나이가 2002년 그의 책 『제국의 파라독스』에서 이 개념을 처음 소개한 이후 널리 퍼졌다.

앞에서 밝힌 각종 지표상 우리나라의 하드파워와 소프트파워는 명실상부하게 선진국 수준이다. K-팝, K-영화, K-드라마의 한류가 상징하듯, 현재 우리나라의 문화예술은 세계적인 영향력을 지니고 있다.

세계 모든 나라의 종합적인 경쟁력을 발표하는 곳으로 WEF(세계경제포럼), IMD(스위스 로잔에 있는 사립 경영대학원), 레가툼(영국의 싱크탱크)이 있다. 이들은 데이터를 갖고 종합적으로 한 나라의 경쟁력을 발표한다. 세계경제포럼이 발표한 우리나라의 2019년 국가경쟁력지수는 세계 13위, IMD가 발표한 2020년 우리나라의 국가경쟁력 순위는 23위, 레가툼이 2020년 발표한 우리나라의 세계번영지수는 28위이다.

그런데 레가툼의 자료를 보면 심각한 문제의식을 갖게 된다. 세부 순위를 보자. 경제의 질 10위, 투자 환경 18위, 기업 환경 36위, 시장 접근과 인프라 17위, 교육 2위, 건강 3위, 개인의 자유 42위, 안전과 안보 35위, 국가 경영 29위, 생활환경 24위이다.

반면 사회적 자본, 달리 표현하면 사회적 신뢰 순위는 139위이다. 레가툼이 평가 대상으로 삼은 나라가 총 169개국인데, 사회적 신뢰가 139위라는 것은 전 세계 최저 수준이라는 말이다. 특이한 것은 일본이 우리나라보다 한 단계 낮은 140위라는 것이다.

2021년의 순위는 어땠을까? 더 나아졌을까? 애석하게도 더 떨어졌다. 세계번영지수는 29위로 한 단계 떨어졌다. 사회적 자본 순위는 147위로, 일본 143위보다 오히려 뒤졌다.

레가툼 연도별 발표 자료를 보면 2014년 우리나라의 사회적 자본 순위는 69위, 2015년 85위, 2018년 78위였다가 2020년 139위, 2021년 147위로 경향적으로 악화하고 있다. 게다가 순위 하락 속도가 빠르다.

사회적 자본 항목은 개인과 개인의 신뢰. 사회적 관계, 국가 제도에 대한 구성원들의 신뢰, 사회 규범, 시민의 참여가 반영된 것이다. 한마디로 대한민국의 사회적 신뢰 수준은 전 세계 꼴찌 수준으로 심각하다는 것이다.

번영지수 순위별 사회적 자본 순위 (2021, 레가툼)

순위	나라 이름 (사회적 자본 순위)	순위	나라 이름 (사회적 자본 순위)
1	덴마크 (1위)	14	싱가포르 (10위)
2	노르웨이 (2위)	15	캐나다 (11위)
3	스웨덴 (5위)	16	호주 (8위)
4	핀란드 (3위)	17	에스토니아 (25위)
5	스위스 (9위)	18	홍콩 (87위)
6	네덜란드 (7위)	19	일본 (143위)
7	룩셈부르크 (19위)	20	미국 (13위)
8	뉴질랜드 (6위)	21	대만 (38위)
9	독일 (16위)	22	프랑스 (55위)
10	아이슬란드 (6위)	23	벨기에 (60위)
11	오스트리아 (11위)	24	스페인 (31위)
12	아일랜드 (18위)	25	몰타 (22위)
13	영국 (20위)	26	슬로베니아 (35위)

순위	나라 이름 (사회적 자본 순위)	순위	나라 이름 (사회적 자본 순위)
27	체코 (57위)	62	인도네시아 (15위)
28	포르투갈 (63위)	63	태국 (28위)
29	대한민국 (147위)	68	브라질 (121위)
30	라트비아 (84위)	70	러시아 (62위)
31	이탈리아 (74위)	71	멕시코 (125위)
32	이스라엘 (49위)	93	터키 (140위)
36	폴란드 (56위)	141	이라크 (142위)
54	중국 (36위)		

우리나라보다 사회적 자본 순위가 낮은 국가

수단(148위), 페루(149위), 말리(150위), 베냉(151위), 가봉(152위), 콩고(153위), 예멘(154위), 튀니지(155위), 콩고공화국(156위), 아프가니스탄(157위), 말라위(157위), 아이티(158위), 차드(159위), 모로코(160위), 통가(161위), 에리트레아(162위), 중앙아프리카공화국(163위), 남수단(164위), 시에라리온(165위), 시리아(166위)

참담한 수준이다. 우리나라보다 사회적 자본 순위가 낮은 나라들은 최빈국들이다. 대부분 아프리카에 있는 나라들이고 예멘, 아프가니스탄, 시리아 등 내전 상황에 빠진 나라들이다. 이라크보다 우리나라의 사회적 자본 순위가 낮게 나왔다는 것은 그야말로 충격이다.

우리나라의 사회적 신뢰 실태

우리나라의 사회적 신뢰 수준을 보여주는 몇 가지 통계를 살펴보자. 먼저 2020년 1월 한국리서치가 발표한 '주요 국가기관 신뢰도'가 있다. 신뢰도를 0~100%로 점수화했다. 청와대 39%, 중앙정부 부처 37%, 검찰 28%, 지방자치단체 28%, 경찰 26%, 법원 18%, 국회 8%였다. 중간 수준인 50%에 미치는 신뢰를 얻은 기관이 하나도 없다. 국회는 8%로 신뢰 수준이 밑바닥임을 보여준다.

2006년 KDI(한국개발연구원)가 발표한 '사회적 자본을 위한 기본조사 및 정책 연구'가 있다. 중간값을 5로 해서 각 기관, 분야의 사회적 자본 수준을 발표했다. 교육기관과 시민단체 5.4, 군대와 언론 4.9, 대기업 4.7, 노동조합 4.6, 경찰 4.5, 법원 4.3, 검찰 4.2, 처음 만난 사람 4.0, 지방자치단체 3.9, 정부 3.4, 정당 3.3, 국회 3.0였다.

KDI 조사에서 눈여겨볼 점은 정부, 지방자치단체, 국회, 정당이 심지어 처음 만난 사람보다도 신뢰 수준이 낮다는 것이다. 정부 즉 행정부를 대표하는 대통령, 지방자치단체를 대표하는 단체장, 국회를 구성하는 국회의원은 모두 유권자의 선거로 뽑히는 선량選良들이다. 정당민주주의라고 말하듯이 정당은 그 선량들을 배출하는 곳이다. 그럼에도 유권자가 자신의 손으로 뽑은 대표자들을 신뢰하지 않는다는 뜻이다.

이 조사에 임한 이들의 70%가 공직자 2명 중 1명은 부패하다고 답했다. 공직자들이 법을 제대로 지킨다고 생각한다는 응답은 5%에 불과했다. 법원 판결이 공정하다 50%, 경찰의 법 집행이 공정하다 43%였다.

그래도 2006년 KDI 조사에서는 언론에 대한 신뢰가 상대적으로 높았다. 그런데 2018년 한국언론진흥재단에서 발간한 『디지털뉴스 리 포트』를 보면 우리나라의 뉴스 신뢰도는 37개 조사 대상 국가 중 꼴찌 였다. 거의 대부분의 뉴스를 신뢰한다는 응답 비율은 25%에 지나지 않았다. 2020년 레가툼 조사를 고려했을 때 우리나라의 사회적 신뢰 수준은 2006년 KDI의 발표 때보다 현저히 악화했다고 봐도 틀리지 않을 것이다.

한편 미국의 미시간대학교는 해마다 '세계 가치관 조사' 결과를 발표한다. 우리 국민의 다른 사람들에 대한 신뢰도를 보면 1982년 38%, 1990년 34%, 1996년 30%, 2000년 27%, 2010년 26%이다. 4명 중 1명 정도만 다른 사람을 신뢰한다는 말이다. 우리나라 사람들 상호간 의 신뢰 수준도 굉장히 낮다는 것을 알 수 있다. 이에 비해 북유럽 국 가인 스웨덴, 핀란드, 노르웨이는 10명 중 6명이 다른 사람을 신뢰한다 고 답했다.

낮은 신뢰는 나라의 운명에 치명적일 수 있다

"세상은 보이는 것이 다가 아니다"라는 말이 있다. 이를 대표 적으로 상징하는 것이 우주의 암흑물질과 경제의 총요소생산성이다. 암흑물질은 질량이 우주 에너지의 27% 정도를 차지하고 있고, 물질의 85%를 구성하는 것으로 추측하고 있다. 빛을 내지 않아 보이지 않는 미 지의 물질이다. 다만 암흑물질이 있는 것으로 추정할 뿐이다. 이 암흑물 질이 없다면 우주의 중력 현상 등을 설명할 수 없다고 한다.

경제학에는 총요소생산성이란 것이 있다. 한 나라의 생산성은 자본생산성, 노동생산성, 총요소생산성으로 구분한다. 자본과 노동은 유형의 것이기 때문에 공식에 대입하면 생산성을 산출할 수 있다. 이러한 자본과 노동 생산성으로 설명되지 않는 부분을 총요소생산성이라고 한다. 기술 혁신, 노동조직 혁신 등이 총요소생산성에 영향을 미치는 것으로 보고 있지만 총요소생산성을 구할 수 있는 공식은 없다. 그저 전체 생산성에서 자본과 노동 생산성으로 설명되지 않는, 미지의 부분을 총요소생산성이라고 부른다. 경제학이 모든 걸 설명할 것 같지만 그렇지 못하다는 것을 알 수 있다.

이처럼 암흑물질, 총요소생산성은 미지의 영역이지만 이것을 빼놓고 우주 현상이나 한 나라의 생산성을 제대로 설명할 수 없다. 사회적 자본, 사회적 신뢰라는 것도 사람의 눈에는 보이지 않는다. 그러나 사회적 자본은 그 나라의 통합성, 안정성에 결정적인 영향을 미친다.

'사회적 자본'을 최초로 개념화한 사람은 미국 존스홉킨스대학 사회학과 교수인 제임스 콜먼이다. 콜먼은 한 사회의 연대와 협력은 가치와 윤리를 공유하고 개인의 이해와 사회의 이해를 조화시키는 공동체의 역량에 달려 있다고 주장한다. 이런 과정을 통해 신뢰가 두터워진다는 것이다.

사회적 자본은 한 나라의 경쟁력에도 큰 영향을 미친다. 세계은행의 연구 결과에 따르면 신뢰 수준이 10% 상승하면 경제성장률이 0.5~0.8% 높아진다고 한다. 사회적 신뢰가 사회적 활력과 역동성을 창출하는 것이다. 달리 말하면 우리나라의 낮은 사회적 신뢰 수준은 앞으로 우리나라의 사회적 활력과 역동성을 유지하는 데 커다란 걸림돌이 될 수 있다는 뜻이다.

'무신불립無信不立'이라고 했다. 믿음이 없으면 바로 설 수 없다는 뜻이다. 이 고사성어의 원천은 『논어』로, '안연편'에 실린 공자의 말에서 나왔다. 자공이 공자에게 묻는다. "정치란 무엇입니까?" 공자가 답하길 "식량을 풍족하게 하고, 군대를 충분하게 하고, 백성의 믿음을 얻는 일이다." 자공이 다시 묻는다. "무엇이 가장 중요합니까?" 공자가 답하길 "군대보다 식량이 중요하며, 식량보다 더 중요한 것은 백성의 믿음이다. 백성의 믿음 없이는 나라가 바로 서지 못한다."

'부국강병'보다 더 중요한 것이 사회적 신뢰라는 것이다. 경제적으로 잘살고 군사적으로 강한 것은 선진강국의 필요조건이지만 충분조건은 아니라는 말이다. 그 충분조건은 바로 믿음, 사회적 신뢰이다.

우리는 부국강병의 나라가 되어 선진국에 들어섰다. 그러나 앞으로 세계를 선도하는 선진강국이 되기 위해서는 하루빨리 세계 꼴찌 수준의 사회적 신뢰를 극복해야 한다. 우리의 진짜 위기는 경제 위기도 아니고, 안보 위기도 아니다. 바로 사회적 신뢰의 위기이다.

2021년 우리나라의 세계행복지수 순위 50위가 말하는 것

대선이나 총선 같은 전국적 선거 기간에 각 정당은 너나 할 것 없이 국민행복을 내세운다. '국민행복 국가'를 슬로건으로 외치기도 한다. 난 국민행복을 선거의 목표와 슬로건으로 내세우는 것에 부정적이다.

국민행복이라는 것은 여러 가지 것들이 원인이 되어 결과로 나타나는 개개인의 주관적 느낌이다. 그렇기 때문에 국민행복을 바로 제시하기보다는 어떤 수단과 과정을 내세울 것인가가 먼저 아닐까. 그렇지 않으면 국민행복은 그저 듣기 좋은 구호에 그치기 쉽다. 사회적 신뢰가 없다면 국민행복은 요원하다. 아무리 부국강병의 나라라 하더라도 서로 믿지 않고 공적 기구들에 대한 신뢰가 없다면 행복한 나라가 될 수 없다.

유엔 산하 기구 SDSN Sustainable Development Solutions Network, 지속가능발전해법네트워크에서 펴낸 『2021 세계행복 보고서』를 보면 우리나라의 세계행복지수 순위는 50위이다. 2020년에는 61위였다. WEF, IMD, 레가툼이 발표한 우리나라의 국가경쟁력 순위가 못해도 30위 안이었음에 비춰 굉장히 후순위이다. 이 조사에서도 사회적 신뢰 수준이 낮은 것이 행복지수에 결정적인 영향을 미친 것으로 나온다. 관용, 부정부패, 사회적 지원 항목에서 낮은 점수를 받은 결과이다.

우리나라는 하드파워, 소프트파워 모두 세계 선진국 반열에 있다. 그러나 낮은 사회적 신뢰가 발목을 잡고 있다. 비록 선진국에 진입했지만 낮은 사회적 신뢰가 개선되지 않으면 추격자를 넘어 세계를 이끄는 선도자가 되는 길은 요원할 수밖에 없다.

위험 사회보다 더 위험한 것은 불신 사회

　　　　독일의 사회학자 울리히 벡은 현대 사회를 일컬어 '위험 사회' 라고 했다. 과학기술의 발전이 풍요를 가져왔지만 환경오염, 생태계 파괴 등과 같은 심각한 위험을 초래했음을 경고한 것이다. 위험 사회에서는 안전의 가치가 무엇보다 중요하다고 강조한다.

　　울리히 벡의 주장에 동의한다. 그런데 위험 사회보다 더 위험한 것은 불신 사회라고 생각한다. 환경 파괴와 기후 변화로 인한 재난은 전 세계적인 현상이다. 정도의 차이는 있겠지만 모든 나라가 혹독한 후과를 치르고 있다. 불신 사회 역시 모든 나라가 해당한다.

　　그렇다고 불신 사회를 세계적인 현상이라고 말할 수는 없다. 하지만 우리나라는 위험 사회와 함께 불신 사회의 심각한 증후군을 겪고 있다. 위험 사회, 불신 사회의 도전에 이중으로 응전해야 하는 것이다. 우회할 수 있는 방법은 없다. 방법을 찾아야 한다. 불신을 극복하고 통합력을 높이는 사회로 나아가야 한다.

2 사회적 신뢰가 낮은 원인은 무엇일까?

단순히 경제 문제만은 아니다

　　우리나라가 불신 사회가 된 이유는 무엇일까? 여러 가지 이유가 복합적으로 작용했을 것이다. 연고·혈연주의에 기댄 끼리끼리 문화, 부패, 저성장과 일자리 문제, 사회적 양극화와 불평등, 불충분한 사회적 안전망, 젠더 갈등과 세대 갈등, 정치에 대한 불신 등이 복합적으로 작용해 불신 사회를 만들었을 것이다. '신뢰 구축을 통한 사회통합'의 방향을 찾지 못하다 보니 말 그대로 각자도생各自圖生이 생존의 슬로건이 되어 가고 있다.

　　미국의 여론조사기관 퓨리서치센터가 우리나라를 포함해 17개국의 성인 1만 8,850명을 대상으로 '삶을 의미 있게 하는 것은 무엇인가'를 주제로 설문조사를 한 결과가 2021년 11월에 발표되었다. 17개국 중 14개 나라는 '가족과 아이들'을 삶의 1순위로 꼽았다. 나머지 3개 나라 중 스페인은 건강, 대만은 사회를 꼽았다. 우리나라만이 물질적 풍요를 꼽았다. 직장, 이웃과 친구 등 인간관계의 순위도 낮았다.

우리나라는 1인당 GDP 순위가 세계 23위로 잘사는 나라이다. 해외에 나가 보면 우리나라 사람들의 생활 수준이 높다는 것을 실감하게 된다. 물가 수준과 환율을 반영한 구매력으로 각 나라의 소득 수준을 나타낸 것을 PPP Purchasing Power Parity라고 하는데, 2020년 기준 우리나라 1인당 PPP는 일본, 영국, 이탈리아보다 높다.

사회적 불평등 수준을 나타내는 처분가능소득 지니계수(0에 가까울수록 평등하고 1에 가까울수록 불평등)를 보면 OECD 국가 중 우리나라가 낮다는 것을 알 수 있다. 우리나라의 경제 규모, 인구수를 가진 나라들에 많이 뒤지는 것도 아니다.

■ **3050클럽 국가의 지니계수**
- 미국 : 0.390 (2017년)
- 일본 : 0.334 (2018년)
- 독일 : 0.289 (2018년)
- 영국 : 0.366 (2019년)
- 프랑스 : 0.301 (2018년)
- 이탈리아 : 0.330 (2018년)
- 대한민국 : 0.345 (2018년)

3050클럽만 놓고 봤을 때 독일과 프랑스를 제외한 나머지 다섯 나라는 그리 차이가 크지 않다. 물론 우리 사회는 갈수록 경제적 양극화와 불평등이 심화하는 경향이 있어 이들 요소가 사회적 갈등과 불신을 불러오고 있음은 명확하다. 그러나 왜 우리나라가 유독 물질적 풍요를 삶의 우선순위로 놓고 각자도생에 빠져 있는가를 온전히 설명할 수는 없다.

프랜시스 후쿠야마의 빗나간 진단

프랜시스 후쿠야마는 미국의 스탠퍼드대학교 교수로 『역사의 종말』이라는 책으로 유명한 사회학자이다. '역사의 종말' 원제목은 'The end of history and the last man(역사의 종말과 마지막 인간)'이다. 종말과 마지막이라는 단어가 함께 쓰여 후쿠야마의 단정斷定적 진단을 더 부각시키고 있다.

1989년 동구 공산권이 무너진 데 이어 1991년 공산권의 종주국이었던 소련이 붕괴했다. 후쿠야마가 이 책을 펴낸 때가 1992년으로, 공산권의 붕괴를 해석하고 미래를 예측하기 위해 쓴 글이라 할 수 있다. 후쿠야마는 이 책에서 "사회주의나 공산주의가 자유주의나 민주주의 앞에 굴복한 오늘날이야말로 '역사의 종언'의 때이다"라고 선언한다.

후쿠야마가 역사의 종언을 선언한 지 30년, 약 한 세대가 지났지만 사회주의를 표방하고 있는 중국은 종말은커녕 세계 G2 국가로 미국과 패권을 다투고 있다. 북한은 NPT(핵확산금지조약)를 무력화하며 핵무기 개발에 성공했다. 쿠바도 건재하다. 러시아를 비롯해 여전히 많은 국가들이 자유주의와 민주주의의 궤도를 벗어나 권위주의적 통치 체제를 유지하고 있다. 후쿠야마가 너무 성급했던 것이다.

세계적 석학들이 후쿠야마류의 실수를 저지르곤 한다. 노벨경제학상 수상자로 '현대 경제학의 아버지'라 칭송받는 폴 새뮤얼슨은 그의 베스트셀러 『경제학』 1961년판 서문에서 "소련 경제는 미국 경제를 이르면 1984년, 늦어도 1997년에는 추월하고 세계 최대의 경제대국으로 성장할 것"이라고 예측했다. 1980년판에서는 "소련 경제가 2002년에서

2012년 사이에 미국 경제를 추월할 것"이라고 했다. 1989년판에서는 "많은 회의론자가 예전에 믿었던 것과는 달리 소련 경제는 사회주의 통제 경제가 작동하고 번성할 수 있다는 증거이다"라고 썼다. 소련 붕괴 2년 전까지도 이런 주장을 한 것이다.

지금 저명한 세계적 경제학자들이 중국이 머지않아 미국을 추월할 것이라는 전망을 쏟아낸다. 대표적으로 샤이먼 존슨 MIT 교수는 "미국의 시대는 끝났다"며 중국의 위안화가 20년 안에 기축통화가 될 것이라고 주장한다. 과연 그럴까?

경제학자 등 전문가들의 주장과 예측은 참고하는 것이지 맹신해서는 안 된다. 케인스도 1930년 펴낸 팸플릿 「우리 손주 세대의 경제적 가능성」에서 "100년 뒤에는 살림살이가 8배 나아져 노동시간이 주당 15시간이면 충분할 것"이라고 말했다. 100년 뒤면 2030년으로 앞으로 7년 남았는데, 케인스의 예측대로 될 것 같지는 않다.

프랜시스 후쿠야마는 또 다른 잘못된 진단을 내렸는데, 바로 『트러스트』라는 책에서였다. 이 책의 부제는 '사회도덕과 번영의 창조'인데 책 제목이 트러스트Trust, 즉 신뢰인 것에서 알 수 있듯이 사회도덕으로서의 신뢰가 국가의 번영에 중요한 역할을 한다는 것이 이 책의 요지이다.

후쿠야마는 미국·일본·독일은 공동체적 연대와 결속이 가능한 고신뢰 사회라고 말한다. 반대로 한국·중국·프랑스·이탈리아는 저신뢰 사회로 분류한다. 그러면서 대규모 기업이 만들어지기 위해서는 고신뢰 사회가 기반이 되어야 하는데, 한국은 저신뢰 사회이지만 국가의 지원에 힘입어 재벌 대기업이 만들어질 수 있었다고 주장한다.

위에서 레가툼의 사회적 자본 순위에서 보았듯이, 우리나라와 일본은 최하위권이다. 물론 후쿠야마가 『트러스트』를 썼던 1990년대 중반에는 일본이 고신뢰 사회였을 수 있다. 그렇다면 30년도 안 돼 고신뢰 사회에서 저신뢰 사회로 급전직하했다는 얘기가 된다.

나는 그렇지 않다고 본다. 1990년대 중반 일본은 그리 고신뢰 사회가 아니었을 것이다. 후쿠야마의 진단이 틀렸다고 생각한다. 고신뢰 사회처럼 보였지만 내부 구조는 상당히 취약했을 것이다. 후쿠야마는 『역사의 종말』처럼 잘못된 진단과 예측을 한 것이다.

우리나라 사람들의 시민의식 뛰어난데, 왜?

2차 세계대전의 결과로 식민지 상태에서 해방된 나라들 중 산업화·민주화를 달성한 나라는 우리나라가 유일하다고 한다. 선진국으로 진입한 유일한 나라이기도 하다. 그 힘이 어디에 있었는가에 대해 다양한 의견이 있겠지만, 우리나라 사람들의 뛰어난 역량 때문이라는 것은 이론의 여지가 없을 것이다.

과도하다 싶을 정도로 열심히 일했고, 아이들을 열심히 공부시켰다. 그리고 민주주의를 위해 열심히 싸웠다. '한강의 기적'으로 산업화를 이뤘고, '광장의 기적'으로 민주화를 이뤘다.

우리는 1960년 4·19혁명, 1987년 6·10민주항쟁으로 독재정권을 물리쳤다. 1980년 광주시민은 군사쿠데타에 맞서 싸우며 많은 희생을 치러야 했다. 그리고 2016년 겨울부터 이듬해 봄까지 이어진 촛불항쟁을 통해 박근혜 전 대통령을 탄핵시켰다. 2차 세계대전 이후의 세계사에서 세 번의 대규모 국민항쟁을 통해 민주화를 이룬 나라는 아마도 우리나라가 유일할 것이다.

1998년 IMF 경제위기 때는 위기 극복을 위해 수많은 이들이 '금모으기 운동'에 동참했다. 세계가 놀라워했다. 2007년 삼성중공업의 안면도 기름 유출 사고 당시 참사의 원인 제공자였던 삼성이 방제 책임을 다하지 않는 상황에서 전국 각지의 시민들이 안면도로 몰려와 수작업으로 일일이 기름을 제거했다. 연인원 96만 4,000여 명이 참여한 것으로 알려져 있다. 세계가 또 한 번 놀랐다.

2019년에는 코로나19 사태가 터졌다. 우리나라 사람들의 시민의식은 대단했다. 마스크 쓰기 등 개인 방역을 철저히 했고, 세계 최고의 백신 접종률을 보였다. 그 결과 세계가 놀라워하고 칭찬할 만한 방역 결과를 보여줬다. 개인의 자유를 내세우며 마스크 쓰기, 백신 접종 거부로 몸살을 앓은 유럽이나 북미의 선진국들과는 다른 모습이다.

국난과 재난 앞에서 보여주는 우리나라 사람들의 연대와 협력은 대단하다. 미담美談과 어려운 처지에 놓인 자영업자를 돕기 위해 온라인상에서 벌이는 '돈쭐내기 운동'을 볼 때면 우리나라 사람들의 연대와 협력 정신이 일상생활에서도 발휘되고 있음을 확인한다.

이런 위대한 시민정신을 갖고 있는 우리인데, 대체 왜 사회적 신뢰는 낮게 나오는 걸까? 도대체 왜?

엘리트 기득권 체제에 대한 총체적 불신

레가툼 2021년 자료를 보면 우리나라와 일본은 각각 번영 지수는 29위, 19위로 상위권에 있지만 유독 사회적 자본은 147위, 143위로 하위권임을 알 수 있다. 레가툼은 안전과 안보, 개인의 자유, 정부 경영, 사회적 자본, 투자 환경, 기업 환경, 인프라 조성과 시장 접근, 삶의 조건, 양질의 경제, 건강, 교육, 자연 환경의 9개 항목을 평가한다. 우리나라와 일본은 사회적 자본 말고 다른 항목은 상위권에 있다. 사회적 자본만이 최하위권이다. 그 이유가 무엇일까?

'우리나라의 사회적 신뢰 실태'를 보면 행정·입법·사법 모두 국민의 신뢰가 낮다. 입법부에 대한 신뢰는 처참하다. 법 집행 기구인 법원, 검찰, 경찰에 대한 신뢰도 낮다. 언론과 정당에 대한 신뢰도 낮다.

우리 사회에는 엘리트 집단이 있다. 정치인, 재벌과 전문 경영인, 고위 행정 관료, 언론인, 판검사 등이다. 여기에 시민단체와 민주노총·한국노총 같은 거대 노동조합 집단의 간부들도 있다. 이들을 오피니언 리더라고도 한다.

우리나라의 사회적 신뢰가 낮은 것은 경제적 요인에 국한되는 것이 아니다. 나는 우리나라의 오피니언 리더, 즉 나라를 이끌어가는 엘리트 체제 전반에 대한 불신이 그 배경이라고 본다. 다수의 사람들은 우리 사회 엘리트들의 역량에 대해 회의하고 있다. 그리고 이들이 기득권 지키기에 연연해한다고 본다. 공정성과 법 앞의 평등을 내팽개쳤다고 생각한다. 부정하고 부패하다고 생각한다. 사회 지도층이라 할 수 있는 엘리트 집단이 지적·도덕적 헤게모니를 잃었다고 생각하는 것이다.

대다수 국민이 그렇게 생각하는 사회에서 사회적 신뢰가 뿌리내릴 수 없다. 엘리트들이 탁월함을 잃고, 도덕적 모범을 보이지 않으며, 공적 역할을 등한시하고, 자기 이익을 앞세우는 사고가 만연한 곳에 신뢰가 자리잡을 수 없다.

'껍데기 이론'이라 불리는 것이 있다. 1970~1990년대 생물학계를 지배했던 인간 본성에 관한 이론이었는데, 나중에 경제학에서 이를 적극 받아들였다. '어떤 가치와 지향은 껍데기에 불과하고 그 내용물의 실상은 개인과 자신의 계층의 이해를 추구하는 이론'이다. 가치와 지향은 위장에 불과하고 본질은 이익 추구라는 것이다. 한마디로 공적 가치 추구가 가짜라는 것이다.

이 이론은 사람의 본성을 일면적으로 파악한 것이라 할 수 있다. 그러나 우리 사회의 엘리트들이 지적·도덕적 우월성을 상실하고 오로지 자기 이익의 추구에 매달린다는 인식이 공고해지면 껍데기 이론은 기정사실화되고 사회적 신뢰는 무너질 수밖에 없다.

엘리트들에 대한 불신은 사회·경제적으로는 사회적 자원 배분이 불공정하게 이루어져 사회 양극화와 불평등이 심화된다는 불만으로 이어진다. 또 정치적으로는 정치가 엘리트들만 대의하면서 사실상 시민의 대의 기능이 사라졌다는 불만으로 이어진다. 대의의 위기, 민주주의의 위기로 치닫는 것이다.

『역사의 종말』이라는 책으로 유명한 프랜시스 후쿠야마는 그의 다른 책『트러스트 : 사회도덕과 번영의 창조』에서 "한 국가의 복지와 경쟁력은 하나의 지배적인 문화적 특성, 즉 한 사회가 고유하게 지니고 있는 신뢰의 수준에 의해 결정된다"고 했다. 낮은 사회적 신뢰 문제를 해결하지 않고서는 우리나라, 우리 사회는 정체할 수밖에 없다. 아니 퇴락할 수밖에 없다. 낮은 신뢰를 극복하고 사회의 통합성을 높여야 한다. 그 길을 찾아야 한다.

개인주의의 거센 도전과 엘리트 기득권 체제의 응전의 한계

우리나라가 산업화·민주화를 거쳐 선진국에 진입하는 과정에서 뛰어난 시민의 역량도 있었지만 정치의 리더십, 능력 있는 관료 체제, 경제계의 노력이 큰 역할을 한 것도 사실이다. 하지만 엘리트 기득권 체제에 대한 불신은 정도의 차이는 있을지언정 언제나 있어 왔다. 게다가 불신은 갈수록 깊어지고 넓어지고 있다. 그야말로 총체적 난국이다. 근본 원인이 무엇일까?

산업화·민주화는 시대의 집단적 목표였다. '잘살아 보세', '민주주의여 만세'는 국민적 슬로건이었다. 선진국 진입은 산업화·민주화 달성의 결과로 나타난 것이다. 그런데 지금은 산업화·민주화 같은 다수의 국민이 동의하는 집단적 목표를 상실한 상황이다.

북한과의 체제 경쟁에서 오랫동안 반공주의가 집단의식을 형성했지만 1990년대 들어서면서 대한민국의 승리로 끝났다고 보는 게 다수의 인식이기 때문에 반공주의가 더 이상 집단적 의식이 되지 못한다. 국민의힘이 빨간색을 당의 색깔로 삼은 것은 전통적 반공주의가 사실상 해체됐음을 상징한다.

집단적 목표는 사라지고 이제 바야흐로 개인의 발견 시대이다.

'자유'를 앞세우는 개인주의, 다원주의 시대가 도래한 것이다. 집단적인 메가Mega 목표로 억눌렸던 개인주의가 그 진면목을 보이는 시대이다.

전 세계적으로 1968년을 기점으로 국가주의, 집단주의, 권위주의에 대항해 개인을 발견하고 앞세우는 각성이 일어났다. 이른바 '68혁명'이다. 이들은 이념적으로 권위적인 사회주의와 자본주의를 모두 거부했다. 국가의 권위적인 전쟁 동원에 반대하고 평화를 외쳤다. 또한 기존의 모든 법적·제도적 권위가 개인에게 억압적이었음을 폭로하고 "개인적인 것이 가장 정치적이다"라는 슬로건을 외쳤다. 개인의 각성, 개인주의의 시대가 도래한 것이다.

서구에서 개인주의는 68혁명 이후부터 2008년 세계경제 위기까지 40년간 지속되었다고 볼 수 있다. 때에 따라 신자유주의, 능력주의라는 다른 이름으로도 불렸지만 그 근본은 개인주의였다고 본다. 우리나라에서 개인주의가 본격적으로 대두된 시기는 1997년 말 IMF 경제위기와 최초의 수평적 정권 교체가 일어난 때이며, 그 이후 지금까지 계속 영향을 미치고 있다.

후술하겠지만 공화주의에서 개인주의는 무척 중요하다. '개인주의의 강'이 마르지 않아야 공화주의가 권위주의 체제로 왜곡되지 않고 풍요로워질 수 있다. 공화주의의 두 축은 민주주의와 개인주의가 되어야 한다.

시민들이 집단적으로 시대적 목표를 추구하는 상황일 때는 갈등이 클 수 있는 반면, 국가와 엘리트 체제는 이에 효율적으로 응전할 수 있다. 어젠다가 단순하기 때문이다. 그러나 개인주의가 각성하는 시기에는 쉽지 않다. 개인주의가 자기결정권을 중요시하는 만큼 국가는 그걸 보장하면서도 다양한 갈등을 협력과 연대의 정신을 발휘해 해결해 나가야 한다.

산업화·민주화 모두 조국, 나라를 앞세웠다. 조국의 산업화, 조국의 민주화였다. 개인과 집단에게 '나라를 위해' 무엇을 할 것인가 묻는 시대였다. 그러나 개인주의 시대에 이 물음은 전복된다. '나를 위해 나라는 무엇이어야 하는가, 무엇을 해야 하나' 묻는다. 지금의 엘리트 체제가 나에게 이로운가 묻는다.

이러한 물음 앞에 나라는, 그리고 우리 사회 각 부문을 이끄는 엘리트 기득권 체제는 제대로 응전하지 못하고 있다. 경제는 성장한다지만 '고용 없는 성장'으로 과실이 잘 나눠지지 않고, 사회는 개인주의에 걸맞은 윤리와 습속을 만들지 못하고, 정치는 다원적인 갈등을 대의하지 못하면서 조정하고 해결하는 데 무능하다. 이것이 엘리트 기득권 체제에 대한 총체적인 불신으로 나타나고 있는 것이다.

3 어떻게 사회적 불신을 극복할 것인가?

종교, 군주, 신화, 제도

　　어떤 한 나라의 통합에 기여하는 상징에는 여러 가지가 있겠지만 종교, 군주, 신화, 제도가 가장 대표적이지 않을까 생각한다. 이 가운데 종교, 군주, 신화는 상당한 민족적 역사의 배경을 갖고 있다. 따라서 이 세 가지 요소는 배타적인 성격을 갖고 있어 어떤 나라를 다른 민족이 점하는 경우 그 나라의 통합에 기여하기도 하지만 나라 간 갈등, 나라 안에서의 민족 간 갈등을 일으키는 원인이 되기도 한다.

　　먼저 종교를 보자. 나라의 종교, 즉 국교國敎가 있는 나라들이 있다. 중동과 북아프리카 국가 중 다수가 종파가 다르기는 하지만 이슬람교를 국교로 하고 있다. 아시아에 속하는 나라로는 말레이시아, 방글라데시, 몰디브가 있다. 불교를 국교로 하는 나라로는 라오스, 미얀마, 스리랑카, 캄보디아가 있다. 가톨릭 국가로는 바티칸시국, 아르헨티나, 코스타리카가 있다. 동방정교회를 국교로 하는 나라로는 그리스,

조지아가 있다. 개신교를 국교로 하는 나라로는 덴마크, 아이슬란드, 핀란드, 투발루, 통가 등이 있다.

기독교를 국교로 하지 않지만 인구의 다수가 기독교 신자인 나라들도 꽤 있다. 미국을 비롯한 북미·남미의 국가 대부분, 유럽의 많은 국가, 남아프리카 국가의 다수, 호주 등의 오세아니아 국가가 그렇다. 아시아에서는 필리핀이 대표적인 기독교 국가이다. 이런 나라들은 종교가 나라의 통합력으로 작용할 개연성이 크다.

현대의 군주제 국가는 대부분 입헌군주제이다. 입헌군주제 국가의 군주는 "군림하되 통치하지 않는다"는 정신에 따라 대부분 정치적 권한이 유명무실한 경우가 많다. 군주가 상징적인 의미를 갖는다고 하지만 그 나라의 국민으로부터 사랑을 받고, 국민 통합의 상징으로 작용하는 경우가 많다. 아시아에서는 일본과 태국 등이 대표적인 입헌군주제 국가이고, 유럽에서는 영국, 스페인, 네덜란드, 덴마크, 스웨덴, 룩셈부르크 등이 그렇다.

부족·민족은 모두 신화를 갖고 있다. 대표적인 신화가 한 부족이나 민족의 최초의 국가 수립을 주제로 한 '건국신화'이다. 우리나라도 고조선 건국신화가 있다. 신화는 서사, 즉 이야기이다. 같은 이야기를 공유한다는 것은 통합력에 기여한다.

특히 '선택받은 민족', '우월한 민족'이라는 신화의 내러티브는 강한 자부심과 강력한 통합의 원천으로 작용한다. 그러나 이런 내러티브를 민족과 국가 내의 통합의 기제를 넘어 다른 민족, 다른 국가에 강요할 경우에는 상당한 갈등을 유발하고 폭력적인 전쟁의 원인으로 작용하기도 한다. 이스라엘과 아랍 국가들 간의 갈등, 아리안족의 우월성을 내세우며 2차 세계대전을 일으켰던 히틀러가 단적인 예다. 백인은 문명, 유색인은 야만이라며 제국주의를 정당화했던 것도 마찬가지이다. 그런 점에서 중화민족의 부흥, 슬라브 민족의 정신을 내세우며 권위주의 통치 체제를 구축한 중국과 러시아는 경계의 대상이 될 수밖에 없다.

우리는 '단군신화'라는 모태 신화를 갖고 있다. 우리나라의 신화는 다른 나라의 신화와 비교해 강렬하거나 강력하지 않다. 세계의 창조, 현세와 내세 같은 거대한 이야기가 없다. 전쟁과 정복의 이미지도 거의 없다. 반면 인본주의의 진한 향기를 뿜어낸다. 고조선의 건국이념은 '홍익인간弘益人間, 재세이화在世理化'이다. 널리 인간을 이롭게 하고, 세상에 나아가 도리로써 교화한다는 것을 건국이념으로 삼은 것이다.

이런 건국신화를 갖고 있다는 것은 놀랍고 자부심을 가질 만하다. 특히 민주공화국의 시민으로 살고 있는 우리로서는 무한한 자긍심을 느낄 만하다. 그런 점에서 고조선 건국신화는 적극적으로 재해석되고 재발견되어야 한다. 그리고 국민 통합력의 내러티브로 역할을 해야 한다. 그러나 아직은 한계가 있다.

마지막으로 제도가 있다. 제도는 그 사회 구성원들이 공유하는 가치, 윤리, 문화, 목표에 기반한다. 가장 대표적인 제도는 헌법·법률 같은 법 제도이다. 우리나라는 민주공화국으로 그에 걸맞은 헌법과 법률을 갖고 있다. 그 법을 준수하면서 끊임없이 법의 제정과 개정을 통해 발전적으로 바꿔 나가고 있다.

지금 민주공화국의 양대 축은 시장경제와 의회민주주의이다. 세계는 우리나라가 시장경제와 의회민주주의 모두 성공한 나라로 평가하고 있다. 세계 속 우리나라의 위상은 상당히 높다.

또한 우리나라는 '종교의 전시장'이라 불릴 만큼 다종교 사회이지만 어떤 한 종교가 통합의 구심력으로 작용하지 않는다. 통합의 상징으로 군주가 있는 것도 아니다. 신화의 내러티브가 강력한 통합의 기제가 되는 것도 아니다.

그렇다면 제도에서 낮은 신뢰를 극복하고 통합력을 높이는 방법을 찾아야 한다. 우수하고 자랑할 만한 제도를 갖추는 것이다. 그걸 통해 '애국' 하는 마음이 저절로 샘솟고, 그 '애국'이 통합력의 강력한 원천이 되어야 한다.

애국은 진보주의와 함께 가야 한다. 진보주의와 동행하지 않는 애국은 국뽕이다. 정체된 애국은 굳어 버려 화석이 되고, 국가주의로 부패하게 된다. '애국적 진보주의'로 가야 한다.

4 우리는 우리에 대해서 어떻게 생각하고 있는가?

대한민국 국가 이미지 조사 결과

문화체육관광부와 해외홍보문화원은 해마다 외국인들을 대상으로 우리나라의 이미지에 대해 조사한 결과를 발표한다. '대한민국 국가 이미지 조사 결과'가 그것이다.

2018년 외국인의 80.3%가 우리나라에 대해 긍정적으로 생각하고 있는 데 비해, 우리나라 사람들이 우리나라를 긍정적으로 생각하는 비율은 54.4%에 불과했다. 2019년에는 외국인 76.7%, 국내인 64.8%였다. 2020년에는 외국인 78.1%, 국내인 59.0%였다.

이 결과를 보면서 왜 외국인이 우리나라를 긍정적으로 바라보는 비율보다 우리나라 사람이 우리나라를 바라보는 긍정적 비율이 낮은 이유가 무엇일까 생각을 하게 됐다. 물론 외국인의 관점과 국내인의 관점은 다를 수밖에 없다. 그러나 그 간극이 생각보다 크다. 2018년 25.9%에서 2019년 11.9%로 많이 줄어들었으나 2020년에는 19.1%로 다시 늘어났다.

이러한 결과를 보면서 우리나라 사람들이 우리나라에 대한 자부심보다는 상대적으로 자학自虐과 열등의식에 빠져 있는 것은 아닌가 하는 의문을 갖게 되었다. 세계적인 진보적 지성인으로 통하는 노엄 촘스키는 "지구상에 가장 이성적인 나라를 고르라면 한국을 꼽겠다"고 했지만, 이런 칭찬에 어울릴 만큼 우리는 우리나라에 대해 자부심을 갖고 있을까? 사랑할까?

보수의 '자뻑 역사의식'과 진보의 '자학 역사의식'

역사학계의 논쟁과는 별도로 그동안 우리 정치권에서 벌어졌던 역사 논쟁을 보면 양 극단이 있음을 느낀다. 소위 보수의 '자뻑 역사의식'과 소위 진보의 '자학 역사의식'이다. 주된 전장戰場은 우리의 근대사이다.

보수는 자신들이 산업화의 주역이었음을 내세우며 우리의 근대사를 아름답게 바라보기 바쁘다. 군사독재조차 산업화를 위해 불가피했다며 미화하기까지 한다. 심지어 '식민지 근대화론'을 내세우며 일제의 강점에 대해 긍정적으로 접근하는 이들도 있다. 보수의 '자뻑 역사의식'이다.

노무현 전 대통령은 "우리 근현대사는 정의가 패배하고 기회주의가 득세한 역사"라고 했다. 진보의 역사의식을 잘 드러내는 말이다. 난이 말에 동의하지 않는다. 자학의 역사의식이라고 본다. '자뻑 역사의식'이 보수의 편향된 역사의식이라면 '자학 역사의식'은 진보의 편향된 역사의식이다.

자학 역사의식으로는 오늘날의 대한민국을 설명할 수 없다. 세계 속의 선진국으로 평가받는 대한민국의 위상을 설명할 수 없다는 것이다. '정의가 패배하고 기회주의가 득세한 역사'에서 오늘날의 대한민국이 꽃필 수는 없었을 것이다. 이건 '자학의 역사의식'이다.

진화생물학자인 리처드 도킨스는 그의 책 『이기적 유전자』에서 문화도 유전자처럼 모방과 전달을 통해 진화한다면서 그 문화적 유전자를 밈meme으로 명명했다. 2차 세계대전의 결과로 식민지에서 해방된 나라들 중 유일하게 '한강의 기적'으로 불리는 산업화와 '광장의 기적'이라 불릴 만한 민주화를 동시에 달성해 선진국 반열에 올라선 오늘날의 대한민국을 설명하기 위해서는 밈, 바로 그 문화적 유전자를 찾아야 한다.

역사라는 게 온통 아름답거나 온통 추할 수는 없다. 산업화의 역사만 있는 것이 아니고, 민주화의 역사만 있는 것도 아니다. 문화도 마찬가지이다. '자뻑 역사의식, '자학 역사의식'으로는 그 문화적·역사적 밈을 찾아내는 것이 불가능하다.

5 왜 애국적 진보주의인가?

진보주의자야말로 애국자여야 한다

보수를 표방하는 정치 세력은 애국을 트레이드 마크로 내세운다. 태극기부대로 일컬어지는 이들도 애국을 말한다. 물론 진보를 표방하는 정치 세력도 애국을 언급하기는 한다. 그러나 워낙 애국이라는 말을 보수가 선점해서인지 진보가 애국을 말할 때는 마치 몸에 안 맞는 옷을 입은 것처럼 낯설어 보인다.

현재의 조건에서 최상의 국가 체제는 '시민의 자유와 공동체 이익의 조화를 위한 시민의 자치'를 표방하고 있는 '민주공화국'이다. 민주공화국은 군주나 독재자와 같은 1인의 국가를 표방하는 군주정·독재정을 거부하고 뛰어넘는다. 프롤레타리아·인민 독재를 내세우며 시민의 기본권적 자유를 억압하고 부정하는 사회주의인민공화국도 뛰어넘는다. 이런 민주공화국을 사랑하는 것, 민주공화국의 헌법, 민주공화국의 시민을 사랑하는 것이 바로 애국이라 생각한다.

민주공화국은 '더 많은 자유, 더 높은 평등, 더 깊은 자치'라는 가치를 지향하는 역동성을 갖고 있다. 이 미묘하고, 때론 모순적인 가치의 지향이 진보주의이고 이를 실현하려는 사람들이 진보주의자이다. 더 좋고, 더 나은 민주공화국을 만들려는 사람이 진보주의자이다. 따라서 이 시대의 진보주의자는 진정한 애국자여야 한다. 그렇게 인정받아야 한다. 그래서 나는 지금 '애국적 진보주의'를 주장한다.

애국의 오염

　과거 독재자들도 애국을 내세우곤 했다. 아니, 강요했다는 말이 정확할 것이다. 이승만도, 박정희도, 전두환도 애국을 말했다. 애국은 민주공화국에 대한 사랑이다. 민주헌법에 근거한 민주헌정 체제에 대한 사랑이다. 민주헌정 체제가 아닌 나라는 그 존재를 인정할 수 있지만, 그 존재에 대한 사랑은 없다.

　민주헌법은 그야말로 명실상부해야 민주헌법이라 할 수 있다. 내용뿐만 아니라 국민의 동의라는 형식까지 명과 실을 다 갖춰야 한다. 유신헌법과 제5공화국 헌법이 국민투표를 거쳐 국민의 동의를 얻었다고 해서 민주헌법이라 말할 수는 없다. 대한민국이라는 국호, 태극기라는 국기를 똑같이 사용했다고 해서 무조건 애국의 대상이 되는 것이 아니다. 지금 대한민국은 1987년 개정된 민주헌법에 근거한 제6공화국이다. 이 민주헌법에 근거해 세워진 대한민국만이 바로 실재하는 애국의 대상이다.

1980년대 중반부터 대중적인 민주화운동이 시작됐다. 당시 군사독재 체제를 무너뜨린 후 어떤 새로운 체제를 수립할 것인가를 놓고 급진적인 백가쟁명이 있었다. 당시 많은 이들이 혁명적 국가 수립을 전망했다. 일부는 마르크스-레닌주의, 마오주의에 근거해 사회주의민중공화국을 내세웠고, 일부에서는 김일성주의, 즉 주체사상에 근거해 민주정부를 주장하기도 했다. 지금 모습의 민주공화정에 대한 전망은 거의 부재했다.

이른바 '주체사상파'가 당시 주류를 점했다. 주사파는 무엇보다 '민족과 애국'을 내세웠다. 그들의 애국은 과연 무엇이었을까? 그들은 사실상 민족과 애국을 동일시했다. 그들의 혁명론에서 북한은 정통성 있는 국가였고 민주기지였지만, 남한은 미국의 식민지 국가로 해방과 통일의 대상이었다. 따라서 그들의 애국의 대상은 북한이었지 남한이 아니었다.

북한은 전제적 입헌군주정 국가

북한을 어떤 국가로 볼 것인가? 북한의 통치자들이 주장하듯 '민주주의인민공화국'일까? 전혀 동의할 수 없다. 북한은 전제적 입헌군주정 국가이다. 그것도 군주·왕이 사회통합의 상징적 의미로 남아 있고, 주로 의원내각제 등 민주헌정 체제를 갖춘 영국, 스페인, 일본, 말레이시아, 네덜란드와 같은 국가가 아니라 절대왕정 체제의 왕처럼 절대권력을 행사하는 군주국가로 봐야 한다. 백두 혈통을 내세우며 피에 따라

통치자를 세우는 국가를 군주정 말고 다른 말로 표현할 수가 없다.

부탄이라는 나라가 있다. 가끔 세계행복지수 1위로 발표되곤 하는 나라이다. 이 나라는 왕 스스로 절대왕정의 통치권력을 내놓고 입헌군주제 민주헌정 체제로 나아갔다. 심지어 국민 다수가 절대왕정을 찬성했음에도 왕이 2008년 권력을 내놓았다. 부탄은 1949년 영국으로부터 독립한 이후 2007년까지 왕이 직접 통치하던 절대왕정 국가였다. 북한의 지금 모습은 아마도 절대왕정 시기의 부탄과 그 성격상 다르지 않아 보인다.

그래도 부탄의 왕은 계몽군주의 성격을 갖고 있어 시대 흐름에 맞춰 스스로 권력을 내놓았다. 북한의 왕, 즉 수령은 전제적이다. 북한의 헌법은 세계에서 유례를 찾아볼 수 없는 최악의 것이다. 북한은 애국의 대상이 될 수 없을 뿐만 아니라 오히려 비판적 접근의 대상이다.

민주공화국에 대한 사랑이어야 할 애국이 어떤 때는 비민주적 독재정 체제, 또는 독재자 개인에 대한 충성으로 비틀어졌고, 어떤 때는 심지어 북한에 대한 사랑으로 왜곡되기도 했다. 이런 역사적 사정들이 작용해 어느 순간 진보주의자들의 입에서 애국이라는 말이 서서히 자취를 감춰 가고 있었다.

인정, 존중, 사랑

루소는 『에밀』에서 말한다. "자유 없이 애국은 불가능하다." 루소는 자유와 진정한 시민이 없는 곳에서는 조국을 논할 수 없고, 단지 자신이

어디에 살고 있는지만을 논할 수 있다고 말한다. 자유가 보장되지 않는 나라, 시민을 시민으로 대하지 않는 나라는 애국의 대상이 될 수 없다는 것이다. 조국은 단순히 물리적 공간이 아니라는 말이다.

루소는 또 말한다. "조국을 구성하는 것은 성벽이나 사람들이 아니다. 조국을 구성하는 것은 법과 관습, 구성원들의 습관, 그리고 정치 방식, 또 이런 것들로부터 나오게 되는 특정한 생활방식이다. 조국은 국가와 그 구성원들 간의 관계이며, 이러한 관계가 변하거나 끊어지게 되면 국가도 그 존재를 상실하게 된다."

인정, 존중, 사랑은 차원을 달리하는 개념이다. 인정은 실체를 받아들이는 것이다. 인정에는 긍정적 인정과 부정적 인정이 있다. 긍정적 인정은 순응한다는 것이고, 부정적 인정은 비판하고 저항하는 것이다. 국내외 비非민주공화정 체제에 대한 입장은 그러해야 한다.

비민주공화정 체제를 인정한다는 것은 무엇인가? 실체를 받아들이고 공존·공영의 대상으로 삼을 수는 있다. 북한 체제에 대해 비판적이라고 해서 그 존재를 부정하고 무조건적으로 적대해서는 안 된다. 평화롭게 교류하고 협력해야 한다. 그렇다고 순응하며 무비판적이어서는 안 된다. 민주공화적 관점에서 비판해야 하고, 비난할 것은 비난해야 한다. 무엇보다 북한에 대한 관점이 그러해야 한다. 중국과 러시아에 대해서도 마찬가지이다.

존중은 가치를 공유하는 것이고 연대 의식을 갖는 것이다. 나라 밖 민주공화국에 대한 우리의 관점은 바로 존중이어야 한다. 존중이 추종은 아니다. 국익이라는 것은 있다. 국익을 망각한 채 일방적으로 존중한다는 태도는 존중이 아니라 추종이다. 미국, 일본, EU 국가 등에 대해서는 존중의 관점에서 접근해야 한다.

위에서 말한 인정과 존중이 세계에 대한 태도여야 한다. 그것이 내가 생각하는 인류에 대한 인도주의, 세계 보편주의에 대한 태도의 밑바탕이다.

사랑은 나의 조국, 내가 시민으로 살고 있는 민주공화국만이 유일한 대상이다. 세계와 인류는 민주공화정 국가, 대한민국에 대한 사랑이 확대되는 것이고 연장되는 것이다. 국가 공동체에 대한 애국을 뛰어넘는 세계 공동체에 대한 사랑은 없다. 세계 공동체는 협력과 연대의 대상이지 사랑의 대상이기에는 감이 멀다.

이제 오염됐던 애국은 본래의 모습을 찾아야 한다. 애국은 민주공화국에 대한 사랑으로 복구돼야 한다. 진보주의자들이야말로 민주공화국을 사랑하는 사람들이고, 민주공화국의 가치를 더 풍요롭고 역동적으로 만드는 사람이어야 한다.

국가이성, 민족혼이라는 것은 없다

'국가이성'이라는 말이 있다. 국가의 생존과 강화라는 자신의 상위 목적을 위해서는 국가권력이 법, 도덕, 종교보다 우위에 있어야한다는 주장이 함축돼 있다. 시민을 위한 국가가 아니라 국가를 위한 시민을 주장하는 것으로, 전체주의의 자양분이 된다. 여기에 민족주의가 섞이면 국수주의가 된다. 숙명적으로 선택된 민족이고 세계 속에 발현돼야 할 민족정신이 있다는 사고가 국가이성의 개념과 결합하면 파괴적인 결과를 낳는다.

국가이성은 없다. 국가는 스스로 이성을 가질 수 없다. 자유로운 시민, 공동체의 이익을 위해 협력하고 연대하는 시민들의 이성이 있을 뿐이다. 그것도 단일한 이성이 아니라 다원화된 이성이다. 그 이성의 발현, 그 이성으로부터 말미암는 기본권과 의무를 밝히고 헌법과 법률로 평등하게 보장하는 것이 공동체로서의 국가이다.

'위대한 중국 민족의 부흥'을 내세우는 중국몽中國夢이나 2차 세계대전 당시 일본 군국주의의 정신적 기초로 작용했던 대화혼大和魂 등은 국가이성에 입각한 것이다. 이런 사고는 마음에서 우러나와 자발적이어야 할 애국을 타율적인 것으로 만든다. 강요한다. 국가이성은 언제든지 국가폭력으로 나타날 수 있다.

애국은 무겁기만 한 것도, 가볍기만 한 것도 아니다

애국은 때로 무겁다. 공동체의 이익, 소위 말하는 국익의 문제가 대두할 때 애국은 무겁다. 국가이성은 없지만 국익은 있다. 외국의 침략과 도발로부터 영토를 지켜내고 나라의 독립과 자유를 보전하는 것, 외국과의 조약과 협정 등에서 나라의 정치적·경제적 이익을 지켜내는 것이 대표적인 국익이다. 국익의 문제는 심각한 문제이고 무거운 애국의 주제이다.

또 하나 민주공화국에서 위임 권력인 정부가 헌법 수호 임무를 내팽개치고 오히려 민주공화국의 파괴자가 되는 경우이다. 독일 바이마르

공화국의 선거에서 히틀러가 등장했다. 민주공화국에서도 선거를 통해 독재자가 출현할 수 있다.

민주공화국에서는 시민들이 주기적인 선거를 통해 자신들의 대표를 임명하고 해고할 수 있다. 선거 때까지 기다리기에 사안이 너무 급박한 경우, 시민들은 자신들을 지키기 위해 선거가 아닌 방법으로 그 대표를 탄핵할 수 있다. 이때의 애국은 무거울 수밖에 없다. 촛불 시위를 통해 박근혜 전 대통령을 탄핵한 것은 애국이었고, 무척 무거운 애국이었다.

그런 경우가 아니라면 애국은 결코 무겁지 않다. 헌법과 법률이 정한 자유와 권리를 향유하고, 또 시민으로서의 의무를 다하면 된다. 국가 공동체를 위해 세금을 내고, 노동을 하고, 교육을 하고, 병역을 이행하는 것이다. 시민들 간 상호 존중하고, 공동체의 이익을 위해 발언하고 토론하고 결정하면 된다. 그건 일상적이고 바른 삶의 영위와 크게 다르지 않다. 이 모든 것이 애국이다. 민주공화국에 대한 애정의 발휘이다.

공화주의는 시민적 덕성과 공공선의 추구를 강조한다. 시민적 덕성이 무엇인지, 공공선의 추구가 무엇인지는 논쟁의 대상이다. 나는 위에서 말한 애국이 시민적 덕성, 공공선과 다를 바 없다고 생각한다. 국가는 시민의 자유를 지키고 시민은 그런 나라를 사랑하고 지키는 것이 시민적 덕성이요, 공공선의 추구요, 민주공화국에 대한 애국심의 발현이다.

'국뽕'이라는 말이 있다. 그러나 애국은 무조건적인 사랑이 아니다. 짝사랑이 아니고 더더욱 외사랑도 아니다. 나라와 시민 간의 상호적인 사랑이다. 서로 지켜 주는 사랑이다.

애국은 자부심을 밑바탕에 깔고 있지만 끊임없이 민주공화국이

제대로 작동하는지, 어긋나지 않는지 지켜보고 잘못이 있다면 그것을 바로잡아야 하는 긴장을 요구한다. 자부에 앞서 자각이 먼저인 것이다. 그 자각을 충족시키지 않는다면 애국은 조건적으로 작용한다. 그 조건을 충족시킬 것을 강하게 요구한다. 애국은 자부심에 기반한 '국뽕' 측면도 있지만 자각심에 기반한 '국까'의 측면도 있는 것이다.

다문화 사회와 애국

세계화와 개방화로 1990년대 말부터 우리나라도 다문화 사회가 되었다. 우리나라 전체 인구 대비 외국인의 비중이 5% 정도 된다. 250만 명이 넘는다. 광역도시를 뺀 비수도권 지역의 경우, 다문화 출생이 차지하는 비율이 7%에 육박한다. 우리나라도 저출생·고령화 사회가 본격화되면서 앞으로 이민에 대한 적극적 수용이 필요해지리라 본다. 그렇다면 다문화 사회의 성격은 더 짙어질 것이다.

국내 거주 외국인은 물론이거니와 대한민국 국적을 취득한 외국인은 국내인과 동등한 시민으로서 당연히 헌법과 법률의 보호와 권리 보장을 받아야 한다. 이런 다문화 사회에서 가장 필요한 것이 민주공화국에 대한 사랑이다. 다문화 사회에서 민족의 가치를 우선하면 걷잡을 수 없는 갈등으로 치달을 수 있다. 유럽에서 나타나는 민족 갈등, 인종 갈등이 그렇다. 심지어 이민자들이 많은 다민족 국가인 미국에서조차 인종간 갈등이 고조되고 있다. 따라서 유일한 해결책은 민주공화국에 대한 사랑이어야 한다. 민족이 공화 앞에 서서는 안 된다.

6 심장을 뛰게 하는 단어, 애국!

마키아벨리와 애국

> "나는 내 조국을 내 영혼보다 사랑한다네."
>
> – 마키아벨리가 친구 베토리에게 보낸 편지 중에서

위의 말은 니콜로 마키아벨리가 그의 친구 베토리에게 보낸 편지에 있는 구절이다. 나는 이 구절을 접할 때마다 코끝이 찡해지고 심장이 떨리는 것을 느낀다.

마키아벨리의 조국은 피렌체공화국이었다. 16세기 르네상스기 이탈리아의 역사학자이자 정치이론가인 마키아벨리는 지금도 여전히 논쟁과 분석의 대상이다. 한편으로는 근대 공화주의의 선구자로 평가받고, 또 한편으로는 경멸적인 의미로 '마키아벨리즘'이라는 말이 쓰이듯 정치에서 도덕을 거세하고자 했던 냉혈한으로 묘사되기도 한다.

마키아벨리는 1469년에 태어나서 1527년에 사망했다. 그 시기 이탈리아는 르네상스 시기였으며, 중국의 춘추전국시대와 같이 여러 나라가 난립하며 전쟁이 빈발했다. 이탈리아 북부는 밀라노·베네치아·제노아 등이 할거했고, 중부는 피렌체·시에나 등이, 남부는 나폴리 왕국이 지배하고 있었다. 이에 비해 당시 유럽의 중심 국가였던 영국, 프랑스, 스페인은 왕을 중심으로 강력한 통일국가로 나아가고 있었다.

당시 피렌체는 외양은 공화국이었지만 안정적이지 못했다. 메디치 가문의 로렌초가 독재정치를 펼치다가 독재자였던 로렌초가 죽고 나서 프랑스의 샤를 8세의 침략으로 메디치가의 통치가 무너졌다. 그 후 메디치가에 맞섰던 종교개혁가 사보나롤라가 공화정의 복원을 내세우며 통치권을 쥐었다. 사보나롤라는 교황 등 외부의 위협에 맞서 강력한 신정 체제를 구축했으나 피사와의 전쟁 패배 등으로 민심을 잃어 권력을 잡은 지 4년 만에 결국 화형당하는 운명을 맞는다.

사보나롤라 처형 이후 피에로 소데리니의 민주공화정 정부가 들어섰는데, 그 정부에서 마키아벨리는 외교 업무 공직을 맡아 실력을 발휘했다. 그러나 교황 율리우스 2세와 스페인의 동맹군과 루이 12세의 프랑스 간에 벌어진 전쟁에서 프랑스가 패하면서 프랑스에 우호적이었던 소데리니 정권이 무너졌다. 그러자 교황의 지지를 등에 업고 메디치가가 다시 정권을 잡으면서 피렌체에는 독재정치가 실시된다. 그리고 마키아벨리는 정계에서 영원히 퇴출된다.

마키아벨리의 조국 피렌체는 강하지 못했다. 프랑스 등 외세의 위협에 허약했고, 이탈리아 내에서도 중심 국가의 반열에 들지 못했다. 마키아벨리가 자신의 조국 피렌체를 영혼보다 사랑했다고 말한 것은 강국이 되지 못했던 조국에 대한 비애감의 표현이었을까. 그래서 피렌체가 프랑스나 영국, 스페인과 같이 절대왕정 국가로 나아가기를 소망했던 것일까?

마키아벨리는 잘 알려졌듯이 『군주론』을 썼다. 일설에는 마키아벨리가 피렌체에 강한 카리스마를 가진 통치자가 출현하기를 염원했고, 그 본보기로 당시 교황군 총사령관으로 활발한 정복 활동을 벌였던 체사레 보르자를 꼽았으며, 메디치가의 로렌초에게 헌정할 목적으로 이 책을 썼다고 한다. 그러나 이런 주장은 단편적인 것으로 마치 마키아벨리가 강력한 군주의 출현을 염원해 『군주론』을 쓴 것으로 오해를 불러일으킬 수 있다.

마키아벨리는 공화주의자였다. 그의 또 다른 책 『로마사 논고』를 보면 이 점이 잘 드러난다.

> 우리가 인민들 치하의 무질서와 군주 치하의 무질서, 인민들 치하의 영광과 군주 치하의 영광을 모두 검토해 본다면, 선량함에서 인민이 훨씬 우월하다는 것을 발견하기 때문이다.

> 국가의 건국에는 한 인물이 적합하다 해도, 일단 조직된 정부는 그것을 유지하는 부담이 단지 한 사람의 어깨에 걸려 있다면 오래 지속될 수 없다.

따라서 『군주론』은 군주정에 대한 비판적 접근이라고 봐야 한다. 마키아벨리는 피렌체공화국이 외세의 침략에 흔들리지 않고 이탈리아의 통일을 주도하는 강한 국가를 되기를 바란 것 같다. 그러기 위해서는 건국에 가까운 피렌체의 개조가 필요하다고 봤다. 이를 위해서는 비루트virtu, 즉 탁월한 용기와 덕성, 재능을 갖춘 지도자가 필요했다. 그리고 공화국을 '법과 자유'의 반석 위에 올려놓아야 한다고 생각했다.

『군주론』의 원제목은 라틴어 'De Principatibus'이다. 'Princeps'는 라틴어로 '군주'란 뜻도 있지만 '리더'라는 의미도 갖고 있다. 『군주론』이 군주정에 대한 비판적 접근서라 한다면 제목은 '리더의 자질에 대하여'라고 하는 게 더 적합해 보인다. 그래야 강력한 공화주의의 논지를 편 『로마사 논고』와 충돌하지 않고 자연스럽게 연결되기 때문이다.

마키아벨리는 원문에서 조국을 단순한 지역적 의미의 국가인 'nazione'라고 쓰지 않고 'patria'라고 썼다. '공동의 이익과 공동의 자유를 추구하는 나라'라는 뜻이다. 이는 곧 "나는 피렌체 공동의 이익과 공동의 자유를 내 영혼보다 사랑한다네"라는 표현이다. 마키아벨리는 피렌체 민주공화국을 사랑했던 것이다.

김구와 애국

나는 우리나라가 세계에서 가장 아름다운 나라가 되기를 원한다. 가장 부강한 나라가 되기를 원하는 것은 아니다. 내가 남의 침략에 가슴 아팠으니, 내 나라가 남을 침략하는 것을 원치 아니한다. 우리의 부력은 우리의 생활을 풍족히 할 만하고, 우리의 강력은 남의 침략을 막을 만하면 족하다. 오직 한없이 가지고 싶은 것은 높은 문화의 힘이다. 문화의 힘은 우리 자신을 행복되게 하고, 나에게서 남의 행복을 주겠기 때문이다.

자유와 자유 아님이 구별되는 것은 개인의 자유를 속박하는 법이 어디에서 나오느냐에 달렸다. 자유 있는 나라의 법은 국민의 자유로운 의사에서 나오고, 자유 없는 나라의 법은 국민 중의 어떤 일 개인 또는 일 계급에서 나온다. 일 개인에서 나오는 것을 전제 또는 독재라고 하고, 일 계급에서 나오는 것을 전제 또는 독재라 하고, 일 계급에서 오는 것을 계급독재라 하고 일반적으로 파쇼라고 한다.

나는 우리 동포를 향하여서 부르짖는다. 결코 독재정치가 아니되도록 조심하라고. 우리 동포 각 개인이 십분의 언론 자유를 누려서 국민 전체의 의견대로 되는 정치를 하는 나라를 건설하자고. 일부 당파나 어떤 한 계급의 철학으로 다른 다수를 강제함이 없고, 또 현재 우리들의 이론으로 우리 자손의 사상과 신앙의 자유를 속박함이 없는 나라, 천지와 같이 넓고 자유로운 나라, 그러면서도 사랑의 덕과 법의 질서가 우주 자연의 법칙과 같이 준수되는 나라가 되도록 우리나라를 건설하자고.

— 『백범일지』 중

백범 김구는 자신의 자서전격인 『백범일지』에 향후 신생 독립국가 '대한민국'이 나아가야 할 방향을 밝혀 놓았다. 위의 구절들만으로도 민주공화국 건설에 대한 전망과 민주공화국에 대한 사랑, 애국의 절절한 정서를 느끼기에 충분하다.

위르겐 하버마스의 '헌정적 애국주의'

독일의 정치철학자 위르겐 하버마스는 '헌정적 애국주의'를 주장했다. 애국의 바탕을 문화와 전통보다는 민주공화정 체제를 규정하는 헌법의 이념에 대한 국민적 동의에서 찾아야 한다는 것이다. 이렇게 동의된 헌법 하에서는 시민들 간에 공통의 정체성이 자리잡는데, 그것이 바로 헌정적 애국주의라는 것이다.

하버마스의 헌정적 애국주의는 나치즘이라는 민족주의적 전체주의에 대한 반성과 유럽연합이라는 다양한 민족과 국가를 포괄하는 국가연합의 가능성에 대한 모색이 출발점이 됐다고 볼 수 있다.

이와 대비해 영국의 철학자 알레스데어 매킨타이어는 애국주의는 특정 공동체에서 공유된 가치이자 문화에 대한 충성이므로 특정 민족에 대한 충성일 수밖에 없다고 주장한다. 그런 점에서 매킨타이어의 주장은 '민족주의적 애국주의'라 명명할 수 있을 것이다.

마우리지오 비롤리의 공화주의적 애국주의 : 민족주의 없는 애국주의

이탈리아 정치학자 마우리지오 비롤리는 공화주의적 애국주의를 말한다. 그의 공화주의적 애국주의는 '민족주의 없는 애국주의'이다.

> 자기 나라를 사랑한다는 것이 자체의 문화와 생활방식과 함께 공동의 자유 원칙에 근거한 정치 공동체로서의 공화국을 사랑하는 것이라는 생각에 기초한 애국주의를 주장했던 모든 사상가들은 사실상 민족주의 없는 애국주의의 가능성을 지적하고 있는 것이다. 그것은 시민의 사랑이 정치적 수단에 의해 우선적으로 취득될 수 있고 그래야 한다는 것을 강조한다. 즉, 좋은 정부의 관행과 정의를 통해서 말이다. 그리고 그들에게 정의란 시민의 정치적 권리와 정치적 권리의 보호를 의미한다. 시민들의 사랑을 받기 위해, 공화국은 차별과 특권을 참아서는 안 되며, 시민들이 공공 생활에 참여하도록 허용해야 한다. 공화국을 사랑하기 위해, 그들은 그것에 친밀하게 되어야 한다. 그들은 그것을 자신의 것으로 느껴야 하는데, 이는 그들이 자신의 동료 시민을 소중하고

존경하고 연민을 가질 만한 가치가 있다고 느끼는 것을 의미한다. 시민권에 대한 강조는 법이 공동선을 목표로 하고 있음을 인민주권이 보장한다는 주장 뿐만 아니라, 직접적인 정치 참여가 공화국에 대한 애착을 강화시킨다는 주장에 의해서도 촉발되는 것이다.

                 – 마우리지오 비롤리, 『나라 사랑을 말하다 : 애국주의와 민족주의』 중

길게 마우리지오 비롤리를 인용했다. 비롤리의 공화주의적 애국주의야말로 애국이 무엇인가에 대한 기본적 탁견을 제시했다고 생각한다.

7 땅에 대한 사랑, 피에 대한 사랑, 민주공화국에 대한 사랑

땅에 대한 사랑과 민주공화국에 대한 사랑

애국은 땅, 즉 영토와 떼려야 뗄 수가 없다. 나라는 흔히 상상의 공동체라고 한다. 상상의 공동체라고 해서 나라가 사람의 사고 위에 구름처럼 떠 있는 것은 아니다. 사람들에게 나라는 영토, 영공, 영해라는 물리적인 실재로 다가온다. 특히 땅이 그렇다.

이처럼 애국에는 땅에 대한 사랑이 기본적으로 깔려 있다. 내 조상이 묻혀 있고, 나와 내 가족이 살고 있고, 공동의 자유를 누리는 이들이 시민과 국민으로 공존하고 있고, 내 후손이 살아가리라는 믿음을 갖고 있는 땅에 대한 사랑 없이 애국을 말하는 것은 공허하다.

땅에 대한 사랑이 애국의 기본이라 해서 애국의 정수는 되지 못한다. 애국은 공동체의 자유와 이익 간의 조화를 이념으로 하는 헌법을 채택하고 있는 민주공화국에 대한 사랑이기 때문이다. 민주공화국에 대한 사랑은 거기에 속한 시민들 간에 형성된 유대 의식, 우애에 기반한다.

애국은 정부에 대한 사랑이 아니다. 애국이 정부와 동일시됐을 때 파시즘·나치즘 등의 국가주의·전체주의의 독버섯이 자라난다. 국가주의·전체주의 나라는 애국의 대상일 수 없다. 하물며 그 정부는 사랑의 대상은커녕 타도와 전복의 대상이 된다. 독재적 헌정 체제였던 박정희의 제3공화국, 전두환의 제5공화국이 그 예이다.

민주공화국에 대한 사랑은 군주정, 전제정, 참주정을 극복하려는 의지이기도 하다. 군주정의 나라, 전제정의 나라, 참주성의 나라에 대한 비토이다. 이 비토 대상인 나라에도 땅이 있다. 따라서 땅에 대한 사랑만으로 애국을 말할 수는 없다.

피에 대한 사랑과 민주공화국에 대한 사랑

피에 대한 사랑이란 민족에 대한 사랑을 말한다. 민족은 인종적·언어적 동일성, 문화적 정체성을 강조한다. 종교적 일체감을 동반하는 경우도 종종 있다.

민족은 매우 휘발성이 강한 말이다. 인종·언어·문화·종교에 대한 사랑은 타 민족과의 수평적 관계를 지향하지 않고 수직적·우월적·지배적 관계를 지향하는 경우가 많다. 더욱이 근본주의로 흐를 경우, 강한 배타성을 갖는다. 민족과 나라를 동일시할 때 폭력적·국수주의적·제국주의적 성격을 강하게 띤다는 것을 역사는 말해 주고 있다.

민주공화국은 하나의 민족으로 이루어지기도 하지만 다민족으로 이루어지는 경우가 많다. 민주공화국은 그 구성원을 하나의 민족으로 생각하지 않는다. 공화국 헌법이 추구하는 이념을 사랑하고 실천하려는 의지가 있는 사람, 즉 시민을 구성원으로 생각한다.

민주공화국은 다민족에 대해 포용적이다. 민주공화국에서 민족은 시민의 하위 개념이다.

8 민족주의를 품은 애국주의

『정의란 무엇인가』라는 책으로 유명한 하버드대학 교수 마이클 샌델은 이 책에서 존 롤스의 정의론과 칸트의 도덕 이론을 비판한다. 샌델은 롤스의 정의론이 출발점으로 삼는 '무지의 베일'이나 칸트의 도덕 이론의 배경이 되는 '선험론'을 배격하고 비판한다. '무지의 베일'이나 '선험론'이나 무연고적 자아라는 현실성 없는 허구를 전제한다고 보기 때문이다. 현실의 인간은 가족, 학교, 교회, 지역 등 수많은 연고에 따라 자아가 형성되므로 '연고적 자아'를 생각하지 않고서 정의를 말할 수는 없다는 것이다. 그것도 단일한 연고적 자아가 아니라 중첩화된 연고적 자아라는 것이다. 샌델은 이 중첩화된 연고적 자아들의 작용으로 만들어진 전통, 문화, 역사를 고려하지 않고서는 제대로 된 공동체주의를 구성할 수 없다고 주장한다.

"우리는 거인의 어깨 위에 있는 난장이와 같아서 거인보다 더 많이, 그리고 더 멀리 볼 수 있지만 이는 우리의 시력이 좋거나 신체가 뛰어나기 때문이 아니라, 거인의 거대한 몸집이 우리를 들어 높은 위치에 올려 놓았기 때문이다." 아이작 뉴턴이 했다는 말이다.

우리의 애국 대상인 민주공화국 대한민국도 마찬가지이다. 지금의 대한민국도 반만년 역사라는 거인의 어깨 위에 올라타 있는 난장이다. 그 거인이 없었다면 오늘날의 대한민국도 없을 것이다. 그 역사라는 거인, 전통과 문화, 습속이라는 거인이 있었기에 오늘날의 대한민국이 있는 것이다.

우리나라가 다민족·다문화 국가로 간다고 하지만 이런 전통, 역사, 문화, 습속은 국가 공동체와 떼려야 뗄 수 없다. 반만년 중첩된 연고적 자아들의 연쇄 작용의 결과이기 때문이다.

민족주의가 국가이성이라는 미명 하에 존재해서는 안 된다. 그건 폭력적이고 배제적일 수 있다. 다만 공화주의는 민족을 배제하거나 무시하지 않는다. 그럴 수도 없다. 민족주의는 공화주의의 중요한 하나의 요소이자 부분으로 존재한다.

우리가 지향해야 할 것은 '민족주의를 품은 공화주의, 민족주의를 품은 애국주의'이다. 영국의 철학자 알레스데어 매킨타이어는 "애국심은 일차적으로 정치적·도덕적 공동체에 대한 소속에 토대를 두고 있고, 오직 이차적으로만 공동체의 정부에의 구속에 토대를 두고 있는 덕이다"라고 말했다. 이것이야말로 '민족주의를 품은 공화주의'를 가장 잘 표현한 말이라고 생각한다.

김정훈은 그의 책 『한국인의 에너지 민족주의 : 종족에서 시민으로』 에서 민족주의를 단순화해 '위로부터의 민족주의=종족적 민족주의= 연고주의=실용주의'와 '아래로부터의 민족주의=시민적 민족주의=민주주의=평등주의'로 구분한다. 여기서 말하는 '민족주의를 품은 공화주의'는 김정훈이 말하는 시민적 민족주의와 동일하다. 다른 말로 공화적 민족주의라고도 할 수 있을 것이다.

공화적 민족주의, 민주적 민족주의는 자칫 집단주의, 전체주의로 치달을 수 있는 민족주의를 공화주의로 견제하고 재구성하는 것이다. 박정희 정권은 한국적 민주주의를 표방하며 유신독재를 실행했다. 한국적 민주주의는 민족적 민주주의라 할 수 있을 것이다. 이것은 민주주의를 민족주의로 재구성한 것으로, 그 목표는 집단주의·전체주의의 전면화였다. 민주적 민족주의, 민족적 민주주의는 단순히 앞뒤가 뒤바뀐 개념 같지만 현실에서 적용할 때는 하늘과 땅만큼이나 차이가 있다.

9 애국이란 무엇인가?

대한민국의 국체를 사랑하는 것

애국이란 민주공화국으로서의 대한민국의 국체國體를 사랑하는 것이다. 더 구체적으로 말하면 첫째, 1948년 8월 15일 대한민국 정부 수립을 긍정하는 것이고, 둘째 민주주의와 시장경제의 조화라는 자유민주주의 질서를 중시하는 것이며, 셋째 '시민적 자유와 공동체 이익의 조화'를 밝히고 있는 민주공화 헌정 체제의 수호와 발전 의지를 다지는 것이다.

영토에 대한 사랑

국가의 자유와 독립 없이는 시민적 자유도 없다. 영토에 대한 사랑은 대한민국의 주권이 닿는 영토, 영해, 영공을 지키겠다는 안보

의지이다.

공화주의에서 자유의 개념이 무엇인가를 두고 이론異論이 있지만 열쇳말은 '불간섭'이다. 아무리 좋은 주인이 있어 노예에게 여러 가지 자유를 허락한다 하더라도 그 노예는 간섭을 받는 위치에 있기 때문에 자유롭지 않다. 국제적 관계에서는 국가의 자유가 중요하고, 국내적으로는 국가의 간섭을 받지 않고 시민권을 행사할 수 있어야 올바른 공화주의라 할 수 있다. 국가의 자유, 영토의 자유는 공화주의적 자유에 반드시 필요한 조건이다.

역사에 대한 자부심

우리나라는 2차 세계대전 이후 식민지 상태로부터 해방된 국가 중 유일하게 산업화·민주화를 모두 달성한 국가이다. 그리고 지금은 GDP 세계 10위의 3050클럽 가입 국가로 선진국 반열에 올라선 국가이기도 하다.

그 바탕에는 국가적 과제, 시대적 과제의 실현에 적극적으로 동참하고 이뤄낸 시민의 저력이 있다. 그리고 그 시민들이 피와 땀으로 이뤄낸 역사가 있다. 우리는 그 역사에 대해 자부심을 가져야 한다.

권리와 의무에 충실한 시민공동체 국가에 대한 자긍심

헌법적 기본권이 제대로 보장되면서 납세, 병역, 정치적 관심과 참여 등 시민적 의무가 조화를 이루는 시민공동체가 활성화되는 국가에 대한 자긍심이 있어야 한다. 이것이 애국의 정수精髓이다.

우리 문화에 대한 자긍심(2기 1끼)

우리는 좋은 손재주 기술력技을 바탕으로 높은 제조업 역량을 갖춰 왔다. 그랬기에 고려·조선 시대의 도자기, 오늘날의 반도체 제조 기술을 가질 수 있었다.

여기에 또 다른 '기記'가 있다. 전 세계에 자랑할 만한 우리의 '기록 문화'이다. 최준식 이화여대 교수는 "언어와 문자와 책, 그리고 이것들이 결집된 것을 문화의 축적이라고 할 때, 한국은 이 방면에서 인류 역사상 특출한 국가"(『세계가 높이 산 한국의 문기文氣』)라고 말한다.

우리나라 사람들은 유달리 노래와 춤을 즐기고 사랑한다. 흥에 겨워 '끼'를 발산한다. 그 끼를 바탕으로 지금은 세계 속 한류라는 문화 역량을 발휘하고 있다. '2기 1끼'의 높은 문화 역량은 충분히 자긍심을 가질 만하다.

10 역사에 대한 올바른 관점 정립을 위해

역사는 끊임없는 사실 확인과 해석이 필요하다

역사는 사실을 다루지만 언제나 해석의 문제가 따른다. 때로는 정치의 영역으로 호출되면서 이념화되기도 한다.

영국의 역사학자 E. H. 카는 "역사란 현재와 과거 사이의 끊임없는 대화"라고 했다. 현재는 가만히 있는 것이 아니고 계속 변한다. 지금은 과거가 됐지만 1945년 시점의 현재가 있었을 것이고, 1987년 시점의 현재가 있었을 것이다. 그리고 2022년의 현재가 있다. 역사가 현재와 과거 사이의 대화라면 산업화 시대의 대화가, 민주화 시대의 대화가, 2022년의 대화가 같지 않을 것이다. 이탈리아의 역사가 베네디토 크로체가 "모든 역사는 현대사이다"라고 했던 것도 현대 시점에서 과거 역사에 대한 해석과 재해석을 강조한 것이라 할 수 있다.

중국은 세계 패권 국가라는 '중국몽'을 꿈꾸는 현재의 시각에서 자신의 역사를 해석한다. 대한민국이 세계 G10의 위치에 올라선 지금 우리는 어떤 꿈을 꾸며, 또 그 꿈속에서 우리의 과거와 어떤 대화를 나눠야 할까?

오리엔탈리즘과 옥시덴탈리즘 역사관의 극복

오리엔탈리즘Orientalism은 서구, 특히 유럽 중심주의 입장에서 동양을 바라보는 관점을 말한다. 옥시덴탈리즘Occidentalism은 반대로 동양의 관점에서 서양Occident을 바라보는 관점을 말한다.

미국의 문명비판론자 에드워드 사이드는 1978년에 발간한 『오리엔탈리즘』에서 서구 국가들이 비서구 국가들을 식민화하는 과정에서 식민화를 합리화하기 위해 동양에 대한 왜곡된 인식과 태도를 형성했는데, 그것을 오리엔탈리즘이라고 지칭했다. 오리엔탈리즘은 서양은 문명적이고 합리적이며 도덕적인 데 반해, 동양은 야만적이고 비합리적이며 비도덕적이란 왜곡된 사상을 주입한다는 것이다.

옥시덴탈리즘은 반대로 서양은 비인간적이고 물질적이지만, 동양은 인간적이며 정신적이라는 식의 이분법적 사고를 갖는다. 따라서 서양에 대해 적대적인 태도를 보이며 비하하고, 동양의 전통에 대해서는 예찬하며 동양을 대안적 사회로 제시한다.

이런 이분법에서 벗어나야 한다. 대표적인 선악 이분법이자 갈등을 유발하는 사고가 아닐 수 없다. 때로 옥시덴탈리즘은 동양의 권위주의 정권을 합리화하는 데 복무하기도 한다. 중국의 경우가 그렇다.

오리엔탈리즘 역사관은 한마디로 서양의 자뻑 사관이고, 옥시덴탈리즘은 동양의 자학 사관과 자뻑 사관의 혼합이다.

역사적으로 동양과 서양은 오랫동안 교류해 왔으며, 서로 많은 영향을 미쳤다. 서양이 동양보다 우위에 선 역사는 산업혁명 이후로 그리 길지 않다. 그때부터 서양의 공화주의·민주주의가 세계적 대세를 이루며 동양 각국에 엄청난 영향을 미쳤다.

동양과 서양이 서로를 배척하며 자기중심적 사고를 할 이유가 없다. 세계사는 동서양이 영향을 끼치기도 하고 영향을 받기도 하며 이뤄진 역사이다. 오리엔탈리즘과 옥시덴탈리즘은 이런 사실을 무시하는 것으로, 둘 다 극복되어야 한다.

사회진화론적 역사관은 버려야

'사회진화론'은 찰스 다윈의 진화론에 영향을 받은 사회 이론으로, 영국의 철학자 허버트 스펜서가 체계적으로 정리한 것이다. 스펜서는 빈부격차는 사회 진화 과정에서 불가피하며, 기업의 활동을 규제하는 것은 '적자생존'을 부정하는 것이라고 주장했다. 그러면서 사적으로든 공적으로든 가난한 사람들에게 도움을 주는 것은 인류의 진보를 방해하는 것이라고 말했다.

스펜서는 국제적 문제에 대해서는 자유주의적 평화주의의 입장을 견지했다고 한다. 그러나 사회진화론이 파시즘·군국주의와 만나면 제국주의 침략을 합리화하는 데 이용될 수밖에 없다.

우리나라 역사에서도 사회진화론이 영향을 미쳤음을 알 수 있다.

일본 제국주의에 강한 영감을 주었던 후쿠자와 유키치의 『문명론의 개략』은 사회진화론적 관점에서 국가의 생존 문제를 다루면서 정한론의 필요성을 강하게 피력했다. 개화기에 『서유견문』을 쓴 유길준, 일제강점기에 '실력양성론'을 주장했던 안창호 등의 사고 밑바탕에는 모두 사회진화론이 깔려 있다. 사회진화론이 제국주의를 합리화하는 데 쓰이기도 하고, 실력을 쌓아 제국주의를 극복하고 독립한 부강한 나라를 만들어야 한다는 사고에도 영향을 미친 것이다.

사회진화론은 사회 이론으로서 치명적인 문제를 안고 있지만 국제 관계에 이 이론을 적용하면 가히 파괴적이라 할 수 있다. '약육강식'의 논리가 국제 관계에 적용된다면 결국 지배와 피지배 관계로 남을 수밖에 없기 때문이다.

우리나라는 선진국에 진입한 강국이지만 지정학적으로는 세계적 강국에 둘러싸여 있는 숙명을 안고 있다. 미국, 일본, 중국, 러시아에 둘러싸여 있고 머리 위로는 북한이 있다. 이런 지정학·지경학적 조건에 놓인 나라는 우리나라가 유일할 것이다. 이런 조건에서 이 정도의 위치에 올라선 것만으로도 대단한 나라이다.

하지만 우리나라는 더 강해져야 하고, 더 부유해져야 한다. 더 통합력을 높이고, 문화의 힘을 증진해야 한다. 더 공화주의적이고, 더 민주주의적인 나라로 만들어야 한다. 우리나라는 지금의 조건에서 벗어나 강대국이 되어야 한다. 반일·반중·혐일·혐중이 아니라 승중勝中·승일勝日해야 한다. 중국을 이기고 일본을 이긴다고 해서 힘으로 억누르자는 것이 아니다. 그런 사고야말로 사회진화론적 사고이다. 군사적으로 충분한 방어력을 갖고, 문화와 경제적 측면에서 무시할 수 없는 수준에 이르러야 한다는 것이다.

사회진화론이 아니라 사회조화론을 추구해야 한다. 패권이 아니라 국제협력을 지향해야 한다. 사회진화론적 역사관은 부정되고 폐기해야 한다.

11 민주공화국의 역사적 유전자를 찾아서

가장 벅차면서도 안타까운 역사적 장면

모든 나라에는 가장 결정적인 역사적 장면으로 꼽을 만한 것이 있게 마련이다. 우리의 역사에도 그런 장면이 있다. 나는 개인적으로 세종대왕과 집현전 학사들이 중심이 된 한글 창제 프로젝트를 가장 결정적인 역사적 장면으로 꼽는다.

한 나라, 한 민족의 정체성을 이루는 가장 기본적인 것은 유전자라는 자연적 요소와 함께 언어라는 사회적 요소이다. 말이라는 소리 언어와 문자 언어이다. 같은 말, 같은 글자를 쓰는 것처럼 정체성에 강력한 영향을 미치는 것도 없을 것이다.

문자 언어에는 두 가지 종류가 있다. 자기 나라, 자기 민족의 소리 언어와 일치하는 문자 언어가 있고, 일치하지 않는 문자 언어가 있다. 자기 민족의 소리 언어와 일치하는 문자 언어로는 중세 시대 귀족과 가톨릭 성직자들이 썼던 라틴어와 조선 시대 양반들이 썼던 한자가 대표적이다.

영국의 역사가이자 철학자인 토머스 칼라일은 "종이와 인쇄가 있는 곳에 혁명이 있다"는 말을 했다. 미국의 잡지 《라이프》가 21세기를 맞아 지난 천년 동안의 100가지 사건을 선정했는데, 1위가 구텐베르크의 금속활자 발명이었다.

구텐베르크가 금속활자를 발명한 시기는 1440년경으로 알려져 있다. 금속활자는 널리 보급돼 대대적인 책 발간을 가져왔다. 이른바 출판 혁명이었다. 출판 혁명은 16세기 초 종교개혁과 만나 언어 혁명으로 이어진다. 종교개혁 시기 라틴어로만 쓰여 있던 성서를 유럽의 각 나라에서 자기들의 언어로 번역한 것이다. 그동안 종교개혁 이전 성서와 성서에 대한 해석은 귀족과 성직자의 독점적 전유물이었다. 그들만의 문자 언어인 라틴어로 쓰였기 때문이다. 그런데 그 독점 체제가 깨진 것이다. 서구에서는 출판 혁명이 언어 혁명을 만나 르네상스 운동의 대중화를 일으키고, 그에 따라 근대의 서막이 열렸다.

역사에서 가정법은 부질없다고 한다. 그러나 한번 가정해 보자.

1443년 한글이 창제됐다. 구텐베르크가 금속활자를 발명한 시기와 비슷하다. 훈민정음 서문에는 한자가 어려워 이를 배우지 못한 백성이 자기 뜻을 펼치지 못하는 것이 안타까워 한글을 만들었다고 밝히고 있다. 백성의 말과 글을 일치시켜 백성이 자기주장을 하도록 하겠다는 세종의 인본주의 사상이 짙게 배어 있다.

당시 조선에서 한자는 유럽의 라틴어와 같았다. 지배 계급의 문자 언어로, 일상생활의 소리 언어와 같지 않았다. 그러면 반드시 지배 계급에 의한 정보 독점 현상이 일어날 수밖에 없다. 중세가 암흑기였던 것은 지배 계급의 정보 독점이 주요 원인이었다. 정보는 권력이었고, 정보의 독점은 권력 유지 수단으로 작용했으며, 이는 폐쇄성을 낳았다. 사상과 정보는 민중의 에너지와 만났을 때 역동적 에너지를 갖는다. 그렇지 않으면 정체되고, 발전한다 한들 한계가 있을 수밖에 없다. 이러한 문제를 세종은 깨려고 했던 것이다.

조선 시대 하면 사색당파 싸움을 들어 부정적으로 묘사하는데, 비록 조선의 건국이념 배경이었던 성리학(주자학) 범주 내에 머물렀다는 한계가 있지만 당시 유림들의 철학과 이념 논쟁은 굉장히 수준이 높았다. 서구 철학과 사상에 절대 뒤지지 않았다. 근본적인 문제는 이 철학과 사상이 양반들만의 것이었던 데 있었다. 관련 모든 서적이 양반의 언어인 한자로 쓰여 민중은 접할 수 없었던 것이다.

만일 조선 시대에 한글이 대중화에 성공했더라면 사상과 정보의 판도를 완전히 바꿔 놓았을 것이다. 그야말로 언어 혁명이었을 것이다. 미국의 저명한 언론학자 맥루한은 인간사의 혁명은 정보 → 지식 → 문화로 이어진다고 말했다. 한글 대중화라는 언어 혁명이 이뤄졌다면 우리도 같은 경로를 걸었을 것이다. 조선 시대 양반 계급의 높은 수준의 철학과 사상이 민중의 에너지를 만났다면 아마도 조선은 일본보다 앞서 근대를 열었을 것이다.

조선 초 출판 기술은 상당한 수준이었다. 현존하는 세계 최초의 금속활자 인쇄물은 고려 시대 만들어진 『직지심체요절』로, 1377년 충북 청주에 있는 흥덕사에서 찍어낸 것이다. 구텐베르크가 자신이 발명한 금속활자로 『불가타 성서』를 발간한 때가 1455년이므로 78년이나 앞선 것이다. 뿐만 아니라 조선 시대에 들어와 계미자(1403년), 경자자(1420년),

갑인자(1434년), 을해자(1455년) 같은 금속활자가 잇달아 만들어졌다. 한마디로 세계 최고 수준이었다.

1455년 구텐베르크가 성경을 인쇄할 무렵 조선은 새로운 문자인 한글을 찍어내는 활자를 만들었다. 이 한글 활자를 '을해자병용활자'라고 한다. 이 활자를 이용해 『용비어천가』(1447년), 『석보상절』(1447년), 『월인천강지곡』(1449년), 『능엄경언해』(1461년)를 발행했다. 또 다른 한글 활자로는 숙종 때 만들어진 '무신자병용활자'가 있다.

현재 우리나라에는 19세기 이전에 만들어진 금속활자가 약 40만 개 남아 있다고 한다. 세계에서 이 정도로 많은 금속활자가 남아 있는 나라는 우리나라가 유일하다고 한다. 그 정도로 우리의 금속활자 기술 수준은 매우 높았다.

더해서 조선 시대 닥나무로 만든 종이, 즉 한지는 종이의 종주국이라는 자부심이 강했던 중국조차 기를 쓰고 구하려고 할 정도로 질이 좋았다고 한다. 구텐베르크의 성경은 발간된 지 550년 정도 됐는데, 지질 보관 문제로 암실에 있어 열람조차 불가능하지만 비슷한 시기 한지로 만들어진 책은 잘 썩지 않아 상태가 양호하다. 우리나라의 먹인 송연먹은 질이 좋아 신라 때부터 중국에 수출했을 정도라고 한다.

한글의 대중화로 언어 혁명이 일어나고, 이것이 조선의 빼어난 출판 기술의 대중화와 만나 출판 혁명으로 이어졌다면 우리나라 역사는 완전히 달라졌을 것이다. 어쩌면 세계에서 가장 먼저 민주공화국을 건설했을 수도 있었을 것이다. 한글 창제는 우리 역사상 가장 벅찬 순간임에 틀림없다. 그러나 조선 시대 한글 대중화가 이뤄지지 않은 것은 땅을 칠 만큼 안타까운 일이 아닐 수 없다.

3·1만세운동, 임시정부의 민주공화국 천명

조선을 이은 대한제국이 일본의 병합으로 사라진 것이 1910년
이다. 9년 후인 1919년에 3·1만세운동이 일어났고, 4월 중국 상해에 대
한민국 임시정부가 수립되었다. 1919년 3월의 만세운동이 4월의 임시
정부 수립으로까지 이어진 것이다. 1919년 9월에는 상해 임시정부, 노령
(연해주)의 국민의회, 한성정부가 통합해 통합임시정부가 세워졌다.

3·1만세운동 당시 이미 임시정부 수립 논의가 있었다. 상해 임시정
부에 참여했던 조소앙은 3·1운동에 대해 다음과 같이 평가했다. "3·1운
동은 3천 년간 이어진 봉건통치를 종식시키고 민주국가 건립의 개시를
알리는 운동이었다. 3·1운동은 일본제국주의의 악랄한 식민통치를 뒤
엎고 대한민국의 건립을 알리는 운동이었다."

상해 임시정부는 1919년 4월 11일 지금의 헌법격인 임시헌장을 발
표했다. 제1조가 "대한민국은 민주공화제로 함"이었다. 그 후 통합임시
정부 수립 당시의 개헌 등 총 다섯 차례 개헌이 있었고, 정부의 형태 등
은 달라졌지만 대한민국의 국체가 민주공화국이어야 한다는 것은 바
뀌지 않았다.

조선과 그 후신인 대한제국이 망한 지 9년도 안 지난 시점에서 임
시정부는 입헌군주제가 아니라 민주공화국으로의 전망을 명확히 한 것
이다. 대한제국은 '칭제건원(왕을 황제라 칭하고, 연호를 사용)'은 했지만 근대적
헌법을 갖추지 못해 입헌군주국이라 할 수는 없었다. 상해 임시정부는
입헌군주국의 전망을 세우는 것도 가능한 상황이었지만 파격적으로
민주공화국의 전망을 세웠다.

3·1만세운동은 고종의 인산(장례식)일이 계기가 되어 일어났다. 인산일은 1919년 3월 3일로, 수많은 사람들이 만세운동에 참여한 계기가 된 것을 부인할 수 없다. 인산일에 수많은 애도 인파가 몰려들었던 것에서 볼 수 있듯, 왕(황제)에 대한 향수는 여전했다. 논란이 있었지만 임시정부 헌장 8조에 "대한민국은 구 황실을 우대한다"는 조항이 있었던 것에서도 알 수 있듯이, 황실은 사람들의 뇌리에 여전히 영향을 미치고 있었다.

1896년 설립된 독립협회는 입헌군주국을 지향했다. 이처럼 새로운 나라의 전망으로 입헌군주국을 지향하는 흐름이 없지는 않았으나 큰 영향력을 갖지는 못했다.

조선이 망한 지 9년 만에 민주공화국 수립 전망이 대세가 된 이유가 무엇일까? 중화민국이라는 공화국을 탄생시킨 1911년 중국의 신해혁명, 1917년 러시아혁명의 영향도 없지는 않았을 것이다. 그러나 그것만으로는 설명되지 못한다. 1894년 동학농민혁명을 빼놓고서는 설명이 되지 않는다.

민주공화국의 전망을 보여준 동학농민혁명

1894년 동학농민혁명이 일어났다. 100만 명 정도가 참여했고, 사상자는 30만 명에서 최대 50만 명으로 추산한다. 엄청난 사상자가 발생한 것이다. 당시 조선의 인구가 약 1,500만 명이었으니 참여 인원 100만 명도 어마어마하고, 사상자도 어마어마한 셈이다. 미국의 남북

전쟁(1861~1865) 6년간 전사자가 62만 명이었던 것과 비교하면 동학농민혁명은 1년도 안 되는 기간에 엄청난 사상자를 낸 것이다. 남북전쟁이 이후 미국의 역사에 끼친 엄청난 영향을 생각할 때, 동학농민혁명이 이후 역사에 큰 영향을 미칠 것임은 명약관화한 일이었다.

조선 정부는 동학농민혁명을 진압하기 위해 청나라에 도움을 청했고, 이를 빌미로 일본도 조선에 군대를 보냈다. 동학농민혁명은 일본군에 의해 무참히 짓밟혔다.

동학농민혁명은 동학이라는 이름에서 드러나듯 서학으로 상징되는 외세의 배격과 자주성 확보를 내세웠다. '한울님' 아래 모든 사람이 평등하다는 정신을 드러냈다. '보국안민', '개벽'의 기치에서 드러나듯 신분제와 학정虐政을 문제 삼았으며, 체제 전복을 목표로 했다. 동학의 창시자인 수운 최제우가 자신이 데리고 있던 여자 노비 두 명을 해방시켜 한 명은 첫째 며느리로 삼고, 또 한 명은 수양딸로 삼은 데서 알 수 있듯이 동학의 정신은 계급사회 철폐와 평등을 지향했다.

해월 최시형은 말했다. "우리나라 안에 두 가지 큰 폐풍이 있다. 그 하나는 적서의 구별이요, 또 하나는 반상의 차별이다. 적서의 구별은 집안을 망치는 근본이요, 양반 쌍놈의 차별은 나라를 망치는 근본이다. 이것이야말로 우리나라의 고질이다. 우리 도 안에서는 일체의 반상 구별을 두지 말라"(도올 김용옥의 『동경대전 1』에서 발췌).

동학교도의 수는 자료마다 다르지만 100만 명에 이른 것으로 보인다. 동학이 창시된 것이 1860년이니 30여 년 만에 조선이라는 한 나라의 체제를 뒤흔들 정도로 사람들을 감화시킨 것이다.

동학의 교세가 폭발적으로 확장된 이유는 동학 사상이 시대에 부합한 점, 2대 교주 해월 최시형의 탁월한 지도력 등 여러 가지가 있었을 것이다. 건국대학교 정치외교학과 교수를 지낸 신복룡은 그의 책『동학사상과 갑오농민혁명』에서 말한다. "수운(최제우)이 순수한 신앙보다는 오히려 대중의 의식을 개혁하여 새로운 세계로 발전시키려 했던 의도는 그가 신앙 일반에서 볼 수 있었던 자신의 신격화나 우상화를 전혀 시도한 적이 없을 뿐만 아니라 사후의 내세관이라든가 영생에 관한 문제를 언급함이 없이 현실의 모순된 삶에서 탈피할 수 있는 방법을 위주로 하여 자신의 사상 체계를 전개했다는 점에서 찾아볼 수가 있다." 동학이 종교보다는 정치운동의 성격을 강하게 띠었다는 것이다.

그런데 내가 주목하는 것은 초대 교주 최제우가 지은 포교 가사집 『용담유사』가 한글로 쓰였다는 사실이다. 『용담유사』는 용담가, 권학가, 도덕가 등 9편의 가사가 전해지고 있으나 원래는 처서가를 포함해 총 10편이었다고 한다. 동학의 정신은 최제우가 지은『용담유사』, 그리고 동학의 경전인『동경대전』에 잘 정리돼 있다. 그런데『용담유사』는 한글로 쓴 반면,『동경대전』은 한문으로 썼다.

『용담유사』는 1860년대 초반에 쓰였고『동경대전』은 1880년에 발간됐으니『용담유사』가 앞서 만들어진 것이다. 내 생각이지만 동학 전파에서『동경대전』의 역할도 있었겠지만『용담유사』의 역할이 더 컸을 것으로 추측된다.

변혁의 역사를 보면 책의 텍스트보다 서사(이야기)의 영향이 훨씬 크다는 것을 알 수 있다. 동학의 기반이었던 농민들이 한문으로 된『동경대전』보다는 한글로 쓴『용담유사』의 가사들을 접하고, 외우고, 전하는 방식으로 세력을 넓혔으리라는 것을 쉽게 추측할 수 있다. 동학농민혁명에서 한글의 영향력이 대단했다고 볼 수 있는 이유이다.

앞서 조선에서 한글 대중화에 성공했다면 우리도 언어 혁명, 출판 혁명을 촉발해 세계 그 어느 곳보다 빨리 민주공화국을 열었을 수도 있다는 주장을 했는데, 동학농민혁명에서 한글로 쓴 『용담유사』를 보면 그 주장이 일리 있다는 것을 다시 확인할 수 있다.

전쟁과 학살은 역사에 깊이 각인된다. 1980년 신군부의 광주민주항쟁 무력 진압과 시민 학살은 우리 역사에 큰 상처로 남았고, 민주화에 대한 염원에 불을 지폈다. 광주의 희생은 살아남은 자의 슬픔으로 1987년 민주혁명의 원동력이 되었다.

광주민주화운동의 사상자는 현재까지 사망·행불자 181명, 부상자 2,762명에 이른다(출처: 5·18기념재단). 동학농민혁명의 사상자가 30만 명에서 50만 명으로 추산되므로 광주민주화운동에 비해 300배에서 500배의 희생이 있었음을 알 수 있다. 그것도 조선 정부가 불러들인 외세의 군대에 의해 희생된 것이었다. 광주민주화운동이 군사정권 타도의 도화선이 됐다면, 동학농민혁명은 조선 정부 타도와 새로운 나라의 건설이라는 지향을 갖게 한 도화선이 될 수밖에 없었다.

이후 동학농민혁명은 3·1만세운동으로 이어졌다. 3·1만세운동을 촉발시킨 독립선언서에는 33인이 서명했는데 천도교 대표 15인, 기독교 대표 16인, 불교 대표 2인으로 구성돼 있다. 독립선언은 동학을 이은 천도교 대표들이 주도했다고 한다. 이 사실에서도 볼 수 있듯이 동학농민혁명은 깊은 아픔의 각인으로 남아 3·1만세운동, 민주공화국을 천명한 임시통합정부 수립으로 이어졌다.

민주공화국 성공의 기폭제가 된 한글

우리나라 역사를 통틀어 가장 중요한 사건을 꼽으라면 단연코 한글 창제이다. 한글은 우리의 정체성과 통합력의 원천이다. 한글 창제로 우리의 소리 언어와 문자 언어가 일치되어 오늘날 우리 정체성의 근간이 됐다.

1443년 창제된 한글은 1446년 세상에 알려졌다. 세종은 『용비어천가』, 『월인천강지곡』 등 한글로 쓴 책을 출간하고, 서리 채용에 훈민정음을 시험 과목으로 넣는 등 한글 보급 운동을 벌였다.

그러나 한글 대중화는 진척되지 못했고, 공식 문서에는 한자만 쓰였다. 1894년 갑오경장에 이르러서야 공문서에 한문과 함께 한글이 쓰이게 되었다. 한글이 나라의 공식 언어가 되는 데 약 450년이 걸린 것이다. 통탄할 일이다.

1896년 독립협회가 한글로 된 《독립신문》을 발행하고, 뒤이어 한글로 된 여러 신문들이 만들어지면서 한글 보급이 가속화됐다. 1898년 유길준이 우리나라 최초의 서양 기행문인 『서유견문』을 한글과 한문을 혼용해 펴낸 것도 한글 대중화에 기여했다.

그러나 1910년 조선이 일제에 병탄되면서 한글은 피어나기도 전에 시드는 운명을 맞이했다. 1921년 조선어연구회, 1931년 조선어학회 등이 한글 맞춤법, 표준어 제정, 우리말 큰사전 편찬 등을 시도했으나 1942년 '조선어학회 사건' 등 일제의 한글 말살 정책으로 큰 시련을 겪어야 했다. 또다시 통탄할 일이었다. 일제로부터 해방이 되어서야 한글은 우리 말글로 복권됐다.

1948년 대한민국이 임시 딱지를 떼고 정식으로 출범했다. 제헌의회는 민주헌법을 채택했고, 국체로서 민주공화국을 선포했다. 나중에 이승만의 독재로 변질되기는 했지만 그 출발이 민주공화국이었음은 변할 수 없는 사실이다.

　1945년 일제강점기에서 해방된 후 미군정이 실시될 당시 한국인의 문맹률은 78%였다고 한다. 구한말의 문맹률은 90%였을 것으로 추측한다. 그런데 1958년 조사에서 문맹률이 4.1%까지 떨어지고 1966년에는 1%로 떨어졌다. 거의 대부분의 한국인이 문해력을 갖추게 된 것이다. 세계 최고의 문해력이다.

　민주공화국은 똑똑한 시민을 필요로 한다. 똑똑한 시민은 읽고 쓸 줄 아는 시민을 말한다. 읽고 쓸 줄 알아야 정보를 얻고 해석할 수 있는 능력을 갖게 된다. 그래야 집단지성을 발휘할 수 있다. 우리나라 사람들은 똑똑한 시민이다. 그 배경에는 바로 한글이 있다.

　전 세계 언어는 약 6,000개 된다고 한다. 그리고 인류는 역사상 292개의 문자 체계를 만들었다고 한다. 그런데 문자 언어 중 창제자와 반포자, 창제 원리를 알 수 있는 유일한 언어가 바로 한글이다. 그 유일무이한 가치를 인정받아 훈민정음은 유네스코 세계기록유산으로 등재될 수 있었다. 세계의 언어학자들은 한글을 신비로운 기적의 문자라고 한다.

　일본의 학자 중에 노마 히데키라는 사람이 있다. 미술작가로 유명했던 히데키는 한글의 매력에 빠져 한국어 학자가 됐다. 그는 『한글의 탄생 – 문자라는 기적』이란 책에서 "한글의 탄생은 산수화의 세계에 컴퓨터그래픽이 등장한 것처럼 파격적이었다", "소리로 문자를 만든다는 발상은 언어사에서 획기적이었다", "한글의 탄생은 지적 혁명이다", "인류 언어사에서 모음에 글자를 부여한 최초의 인물이 세종이다"라고 말했다.

『대지』라는 소설로 노벨문학상을 수상한 펄 벅은 또 다른 소설 『살아있는 갈대』에서 한글을 평한 적이 있다. "24개의 부호가 조합될 때 그것은 인간의 목청에서 나오는 어떠한 소리도 놀라울 정도로 정확하게 표현할 수 있다. 세종은 천부의 재능의 깊이와 다양성에 있어서 한국의 레오나르도 다빈치이다."

『총·균·쇠』라는 책으로 널리 알려진 제러드 다이아몬드 역시 "한글은 세계 최고의 문자"로, "세계 모든 언어를 통합하기 위해 하나의 문자 체계를 고른다면 한글을 강력히 추천한다"고 말한다.

한글의 창제 원리를 안다면 외국인이라도 두 시간 정도 공부하면 한글을 쓰고 읽을 수 있다는 얘기도 있다. 이런 한글이 있었기에 우리나라는 빠른 기간에 문맹을 퇴치할 수 있었다. 이런 까닭으로 유네스코는 세계 문맹퇴치운동에 기여한 이들에게 상을 수여하는데, 그 상의 이름이 '세종대왕상'이다.

우리나라가 중국이나 일본보다 높은, 세계 최고의 정보화 혁명이 가능했던 이유 중 하나도 바로 한글이다. 우리가 쓰는 핸드폰의 자판은 단 10개에 불과하다. 10개의 자판으로 문자를 자유자재로 쓰고 보낼 수 있는 나라는 세계에서 우리나라뿐이라고 한다. 핸드폰으로 문자를 보낼 때 한글로 5초면 되는 문장을 중국과 일본의 문자는 35초 걸린다고 한다. 한글의 자판 입력 속도가 7배나 빠른 것이다.

1960년 우리나라 최초의 민주혁명인 4·19혁명이 가능했던 근저에는 한글의 대중화가 있었다고 생각한다. 시민들이 똑똑해진 것이다. 1987년 6월 민주혁명노 마찬가지이다. 2017년 촛불 항쟁이 가능했던 저변에는 우리의 우수한 한글과 편리한 핸드폰 자판이 있었다. 우수한 한글은 민주공화국의 큰 자산인 셈이다.

우리의 언어 혁명은 뒤늦게 대한민국 수립과 함께 이뤄졌다. 그리고 한류를 타고 한글의 세계화가 진척되고 있다. 우리의 언어 혁명이 대한민국을 넘어 세계로 확산되고 있는 것이다.

우리나라 국보 1호는 남대문(숭례문)이다. 한참 잘못됐다. 우리나라 최고의 보물은 한글이 아닐까. 따라서 국보 1호는 1446년에 발간된 『훈민정음 해례본』이 되어야 한다. 한글이 갖는 국내외적 위상과 중요성을 고려할 때 누가 뭐래도 우리나라의 국보 1호는 훈민정음이 되어야 한다.

2019년 개봉한 〈말모이〉라는 영화가 있다. 말모이는 국어사전을 뜻하는 순우리말이다. 주시경 등이 발간하려 했던 우리나라 최초의 국어사전 이름이 말모이였다. 〈말모이〉는 일제강점기 조선어학회 활동가들의 활약과 역경을 보여주는 영화이다.

조선어학회는 일제강점기인 1921년 우리말과 글을 연구하기 위해 만들어졌다. 1942년 조선어학회 활동가들은 일제의 탄압을 받았다. 그것이 '조선어학회 사건'이다. 조선어학회의 주력 사업은 국어사전 편찬 사업이었다. 해방 후 조선어학회는 한글학회로 이어졌다. 1947년에 『큰사전』 1책을 냈고, 1957년 한글날에 제6책을 간행해 국어사전 편찬 사업을 마쳤다. 일제강점기에 우리 한글을 지켰고, 오늘날 한글 정책의 초석을 놓은 장지영·최현배는 건국의 아버지로 불러도 손색이 없을 것이다.

이승만의 남한 단독정부 수립

일제로부터의 해방 후 대한민국 정부 공식 수립일인 1948년 8월 15일 이전까지의 기간을 '해방 공간'이라고 한다. 사실 이 기간을 해방 공간이라고 부르는 것이 흔쾌하지는 않다. 해방은 되었지만 독립은 이루지 못했기 때문이다. 일제로부터의 해방 후 남한에는 약 3년 동안 미군정이 시행됐고, 북한에는 소련 군정이 시행됐다.

해방 후 남한은 어떻게 독립을 이루고, 어떤 정부를 수립할 것인가를 두고 극심한 분열을 겪었다. 특히 1945년 12월 모스크바 3상회의의 발표를 둘러싸고 신탁통치에 대한 찬성과 반대로 극심하게 분열되었다. 1946년 들어 모스크바 3상회의의 결정에 따라 두 차례에 걸쳐 조선의 정부 수립 문제를 의제로 미·소 공동위원회가 열렸으나 성과를 내지는 못했다. 이런 상황에서 김구 세력은 신탁통치 반대와 남북 통일정부 수립을, 이승만 세력은 신탁통치 반대와 남한 단독정부 수립을, 좌익 세력은 신탁통치 찬성과 남북 통일정부 수립을, 여운형·김규식 등 중도 세력은 좌우합작으로 남북 통일정부 수립을 주장하면서 서로 갈라져 갈등했다.

이런 상황에서 1946년 6월 이승만이 정읍에서 남한만의 단독정부 수립을 공식적으로 주장하기에 이른다. 이른바 정읍 발언이다. 1차 미·소 공동위원회 결렬 후 미국과 소련은 남한과 북한에 각각 단독정부를 수립하겠다는 생각을 굳혀 가고 있었다. 2차 세계대전에서 독일·일본 등 추축국에 맞서 일시적으로 동맹을 맺었던 미국과 소련은 종전 이후 전시동맹 관계가 해체되면서 세계 패권을 다투게 된 것이다. 급기야 1947년 3월 당시 트루먼 미국 대통령이 의회에서 미국이 공산세력을 저지하는 데 지도적 역할을 해야 한다는 '트루먼 독트린'을 발표하면서 미·소 냉전이 시작된다. 이런 국제 정세를 간파한 이승만이 남한 단독정부 수립을 들고 나온 것이다.

당시 남한 내부의 의견은 중요하지 않았다. 한반도는 엄혹한 미·소 패권 전략의 직접적인 영향 아래 있었다. 김구·김규식 등이 38선을 베고 누워서라도 통일을 하겠다며 남북연석회의를 열어 남북 통일정부 수립의 불씨를 살리려 했지만 소용이 없었다.

1·2차 미·소 공동위원회 결렬 후 한국 문제는 유엔UN으로 이관됐다. 1947년 6월 유엔 총회는 유엔의 감시 아래 남북 총선거를 결정해 1948년 1월 유엔 한국임시위원단을 파견했으나 소련 군정은 이를 받아들이지 않았다. 유엔은 그해 2월 소총회를 열어 남한에서만 선거를 실시하기로 결정했다. 이로써 남한 단독정부 수립은 기정사실화됐다.

혹자들은 남한 단독정부 수립을 주장한 이승만을 분단의 원흉이라 비난하고, 남북 통일정부를 주장했던 김구를 추앙한다. 나는 이승만이 옳았다고 생각한다. 당시 분단과 남한 단독정부 수립을 막는다는 것은 불가항력이었다. 미·소의 패권 경쟁 결과였다. 나는 남한에라도 민주공화국이 건설된 것을 다행이라 생각한다. 그때의 결정이 지금 대한민국의 모태가 되었다. 남북통일 국가가 지금의 북한과 같은 국가라 생각해보라. 끔찍하지 않은가!

2차 세계대전 전범국이자 패전국인 독일의 경우, 1945년 5월 항복 후 승전국인 미국·영국·프랑스·소련 네 나라의 연합군이 지역을 나눠 분할통치를 했다. 네 나라가 분할해 군정을 실시한 것이다. 한반도가 미·소의 패권 경쟁으로 분단이 됐듯이 독일도 결국 미·영·프 세 나라가 분할해 군정을 실시한 곳은 서독, 소련이 분할해 군정을 실시한 곳은 동독이었다.

일본에서도 태평양전쟁에서 패배한 후 미군의 군정이 실시됐다. 일본 본토에 원자탄이 투하돼 일본이 빨리 항복해서 그렇지, 전쟁이 길어져 소련이 일본 본토를 비롯해 일본 점령 지역에 군사력을 전개했다면 일본도 미국과 소련에 의해 분할돼 결국은 분단되는 사태를 맞았을 것이다. 냉전 시대 미·소 패권 다툼의 광풍을 일본이라고 비켜갈 수는 없었을 것이다. 결과적으로 이승만이 옳았고, 김구가 틀렸다.

민주공화국의 경제적 토대가 된 토지개혁

1948년 대한민국 정부 수립 후 최우선의 시대적 과제는 토지개혁이었다. 제헌헌법 제86조는 "농지는 농민에게 분배하며 그 분배의 방법, 소유의 한도, 소유권의 내용과 한계는 법률로써 정한다"고 명시했다. 토지개혁은 농업이 주산업이었던 당시 전근대적 지주-소작 관계를 근대적 자영농 중심의 토지 소유 관계로 전환하는 것이면서 동시에 헌법적 과제였다.

1946년 북한이 '무상몰수, 무상분배'의 토지개혁을 단행했다. 당시 미군정도 '유상몰수, 유상분배' 방식의 토지개혁을 계획했다. 제1공화국 이승만 정부의 초대 농림부장관은 조봉암이었다, 조봉암은 농지개혁 법안을 마련해 1949년 2월 최초로 국회에 제출했고, 1950년 3월 10일 최종적으로 개정법이 공포돼 입법 작업이 마무리됐다. 농지개혁 사업은

1950년 5월 이후 본격적으로 시작됐으나 그해 6월 한국전쟁 발발로 일시적으로 중단됐다가 1957년 말까지 진행됐다.

2차 세계대전 이후 토지개혁이 성공한 나라는 거의 없다. 토지개혁에 성공한 나라는 토지 소유가 자본주의 시장경제의 기반이 됐다. 근대화의 원동력으로 작용한 것이다. 토지개혁에 성공한 나라는 어느 나라보다 경제적으로 평등했다. 반면 토지개혁에 실패한 나라는 후진국·개발도상국의 처지에서 벗어나지 못했다. 토지 소유의 집중으로 불평등했고, 산업 구조 전환에 실패했기 때문이다.

'바나나 공화국'이라는 말이 있다. 바나나와 같은 농업 상품의 수출에 절대적으로 의존하고, 외국 자본에 휘둘리는 가운데 부패한 독재정권이 통치하는 나라를 일컫는 말이다. 중앙아메리카 국가들이 많은데, 이들이 바로 토지개혁에 실패한 대표적인 나라들이다.

2차 세계대전 이후 세계적으로 토지개혁에 성공한 나라로는 우리나라와 일본, 대만 정도를 꼽는다. 현재 이 세 나라 모두 선진국의 반열에 올라 있다. 토지개혁의 성공 여부가 그만큼 중요한 것이다. 토지개혁의 성공이 오늘날 민주공화국으로서 대한민국의 경제적 토대가 된 것이다. 토지개혁이야말로 경제민주화의 원류였다고 해도 과언이 아니다.

우리에게도 '건국의 아버지' 개념이 필요하다

미국 역사에는 '미국 건국의 아버지Founding Fathers of the United States'라는 말이 자주 등장한다. 독립전쟁과 관련된 미국 역사 초기의 대통령 4명(조지 워싱턴, 존 애덤스, 토머스 제퍼슨, 제임스 매디슨)을 포함해 미국 독립선언에 참여한 정치인들, 미국 헌법의 기초에 참여한 이들을 말한다. 미국 건국의 틀을 제시한 알렉산더 해밀턴과 새뮤얼 애덤스 등 약 150명을 건국의 아버지로 부르며 추앙한다.

그런가 하면 정치인의 지위에 있지는 않았지만 정치적 글쓰기 등으로 미국의 독립과 공화국 성립에 기여한 애비가일 애덤스(미국 제2대 대통령 존 애덤스의 아내이자 제6대 대통령 존 퀸시 애덤스의 어머니)와 머시 오티스 워런을 '건국의 어머니'라 부른다.

이승만에 대해 국부國父 칭호를 부여할 것인가로 논쟁이 있다. 국부는 나라를 세우는 데 중심적인 역할을 한 이에게 붙이는 존칭이다. 미국의 조지 워싱턴, 대만의 장제스, 인도의 간디와 네루, 터키의 무스타파 케말, 베트남의 호치민 등이 국부로 불린다.

건국이 아니라도 새로운 체제를 만드는 데 핵심적으로 기여한 사람을 국부라 칭하기도 한다. 사회주의 체제에 저항해 민주공화국을 세우는 데 앞장섰던 폴란드의 레흐 바웬사, 아파르트헤이트 체제를 끝장내는 데 앞장섰던 남아프리카공화국의 넬슨 만델라가 그런 경우이다.

우리나라를 비롯해 일본·캐나다 같은 나라들에는 국부가 존재하지 않는다. 존경받는 인물은 많지만 국부로 불릴 만큼 절대적인 지지를 받는 사람이 없기 때문이다. 이승만의 경우 건국과 한국전쟁에 큰 기여를 했지만 발췌개헌, 사사오입 개헌으로 민주공화국 헌법을 훼손하며 장기독재를 했기 때문에 국부라는 칭호를 부여하는 것에 많은 사람들이 동의하지 않는다. 물론 국부가 반드시 있어야 할 필요는 없다.

건국절 논쟁도 있다. 속칭 보수파는 대한민국 정부 수립일인 1948년

8월 15일을 건국절로 하자고 하고, 진보파는 상해 임시정부로부터 대한민국의 정통성이 생겼으니 1948년 8월 15일을 건국절로 하는 것은 옳지 않다며 대립하고 있다.

이 밖에도 개천절을 건국절로 하자는 주장, 1919년 3월 1일을 건국절로 하자는 주장이 있다. 3월 1일을 건국절로 하자는 이유는 1948년 제헌헌법 제정 당시 전문에 "유구한 역사와 전통에 빛나는 우리들 대한국민은 기미삼일운동으로 대한민국을 건립하여 세계에 선포한 위대한 독립 정신을 계승하여 이제 민주독립국가를 재건함에 있어서"라고 되어 있고, 또 1948년 9월 1일 최초의 관보에 1948년을 대한민국 30년이라 표기한 것을 근거로 든다.

상해 임시정부 수립일인 1919년 4월 11일을, 한반도 내 유일한 임시정부였던 한성 임시정부 수립일인 1919년 4월 23일을, 통합상해임시정부(상해 임시정부, 한성 임시정부, 노령 임시정부 등 통합) 수립일인 1919년 9월 11일을 건국절로 하자고 주장하는 견해도 있다. 그런가 하면 1945년 8월 15일을 건국절로 하자고 주장하는 이들도 있다.

나는 이승만 국부 논쟁, 건국절 논쟁은 접어두고 우리 역사에 '건국의 아버지' 개념을 도입할 필요가 있다고 생각한다. 임시정부의 주요 인물과 민주공화국의 비전을 갖고 건국에 기여한 인물, 대한민국 초기 활약했던 인물들을 '건국의 아버지', 혹은 '건국의 어머니'라 칭할 수 있을 것이다. 나중에 친일파로 전향했거나 북한 정부 수립에 기여한 이들을 제외한다는 것을 전제로 했을 때 임시정부의 핵심 인물이었던 이승만, 김구, 김규식, 신익희, 조소앙, 조동호, 손정도, 이회영, 이시영, 이동녕, 신채호 등을 건국의 아버지라 부르는 것이 타당할 것이다. 독립무장투쟁을 이끌었던 홍범도 장군과 김좌진 장군, 안중근·윤봉길·이봉창 의사 등도 꼽을 수 있을 것이다.

초대 대법원장으로 대한민국 법률의 기초를 닦았던 김병로, 제헌헌법을 기초한 유진오, 초대 법무부장관 이인, 초대 농림부장관으로 토지개혁을 이끌어낸 조봉암, 초대 국무총리 이범석, 상공부장관 임영신, 사회부장관 전진한, 광복군 총사령관을 역임한 무임소장관 이청천 등도 건국의 아버지 칭호를 받을 만하다.

임시정부의 독립자금 마련을 위해 압록강을 여섯 번 건넌 정정화, 3·1 독립만세운동의 유관순 열사, 김구의 어머니 곽낙원, 안중근의 어머니 조마리아, 영화 〈암살〉의 실제 인물인 남자현, 최초의 여성 의병장 윤희순, 독립운동으로 최초의 사형선고를 받은 안경신 등은 건국의 어머니로 불리기에 부족함이 없을 것이다.

12 사라져야 할 자학사관

5천 년 역사와 36년 동안의 식민지 역사

일제 강점 36년, 자력으로 이루지 못한 해방, 남북 분단과 한국 전쟁으로 이어지는 근대사 초입의 역사는 강렬하다. 오랜 군부독재의 경험 또한 그러하다. 강렬할 뿐만 아니라 부정적으로 작용해 때로는 우리 역사에 대한 자학적 사고를 불러일으킨다.

이런 자학사관은 하루빨리 극복해야 한다. 우리 근대사는 노무현 전 대통령이 말했듯 '반칙과 특권'의 역사라 지적할 만한 요소가 분명히 있다. 그러나 이런 인식으로는 산업화, 민주화, 그리고 선진국 진입이라는 우리의 자랑스러운 성과를 온전히 설명할 수 없다. 역사적 사실은 사실대로 밝히되 자학에 빠져서는 안 된다. 여기서 몇 가지 주제에 대한 견해를 밝히려 한다.

우리에게는 36년간의 일제강점기 역사가 있다. 우리는 한일병합이 돼 국권을 상실한 1910년 8월 29일을 '경술국치일'이라고 부른다. 일제

1_불신 사회의 극복과 애국 111

강점을 치욕의 역사라 부르는 것이다. 분명 치욕이다. 그리고 이 치욕의 경험은 지금까지도 트라우마로 강하게 작용하고 있다.

나는 이 트라우마를 극복해야 한다고 본다. 이제 '와신상담'의 시기는 지났다. 일본에 앞서 나가느냐, 못 하느냐를 논할 시기이다. 반일이 아니라 승일이 국가적 테제가 되어야 한다. 불가능한 과제가 아니다.

우리나라는 반도라는 지정학적 위치 때문에 숱한 침략을 겪었다. 대륙 쪽에서는 한나라, 수나라, 당나라 등 중화민족 국가의 침략뿐만 아니라 요나라, 원나라, 후금(청) 등 북방 유목 민족의 침략도 겪었다. 두 번의 왜란이 있었고, 일제에 강점당한 역사도 있었다.

그러나 일제 강점 36년 말고는 한반도가 외세에 완전히 점령당하진 않았다. 한나라의 한사군 설치, 원나라의 다루가치 설치 등으로 한반도의 북쪽이 일시 점령되긴 했지만 한반도 전체가 점령당하진 않았다.

일각에서 당나라 시대부터 시작된 중국 왕조들과의 기미-책봉 관계를 들어 식민지 상태가 아니었냐는 주장을 하는데 결코 그렇지 않다. 기미-책봉 정책은 중국의 역대 왕조가 주변국들에게 취한 간접통치책으로, 점령으로 식민지 경영을 하며 내정을 장악하는 직접통치와는 거리가 멀다. 일종의 외교 정책이다.

'핀란드화化'라는 용어가 있다. 핀란드가 냉전 시대에 행한 친소련 외교 정책을 경멸하는 뜻으로 당시 서독에서 만든 용어이다. 소련과 국경이 접해 있는 핀란드는 2차 세계대전 중 소련과의 두 차례 전쟁으로 막대한 피해를 입었다. 그래서 냉전 시대에 나토NATO에 가입하지 않고 중립국으로 남았다. 그러나 소련으로부터 내정 간섭을 받았다. 핀란드는 국가를 보전하는 대신 친소련 정책을 취했던 것이다. 냉전 시대 핀란드가 그런 정책을 취했다고 해서 핀란드를 소련의 식민지라고 하지 않는다. 중국 왕조들과의 기미-책봉 관계는 중세판 핀란드화 정책이라고 봐도 큰 무리가 없을 것이다.

영국의 식민지였다가 해방된 호주, 뉴질랜드, 캐나다는 영국 연방국가의 일원으로 지금도 영국 왕을 자신들의 왕으로 삼고 있다. 영국 왕이 영연방의 수장이기 때문이다. 그렇다고 이들 나라를 현재 영국의 식민지라고 말하지는 않는다.

외교 관계에는 역사적 특수성이란 게 있다. 우리 왕조와 중국 왕조 간의 기미-책봉 관계도 역사적 특수성을 갖는다. 물론 내정 간섭의 강도 차이는 있을 수 있다. 그러나 중요한 것은 그 나라가 독립적 성격을 갖고 자율성을 지녔느냐 아니냐의 문제이다.

15세기부터 17세기까지를 유럽 국가들의 '대항해 시대'라고 한다. 이때 유럽인들이 발견하고 점령한 북아메리카, 남아메리카, 오세아니아를 신대륙이라고 한다. 이들 지역은 모두 유럽 국가들의 식민지가 됐다.

미국은 1607년 영국이 버지니아의 제임스타운(이 이름은 영국의 왕 제임스 1세의 이름을 딴 것이다)을 식민지로 삼은 이후 1776년 미국이 영국과의 식민지 전쟁에서 승리할 때까지 약 170년간을 식민지 상태로 있었다. 이른바 신대륙 국가들은 모두 식민지 상태였다.

인도를 비롯한 아시아의 대다수 국가, 아프리카 대륙 국가들도 유럽 국가들의 식민지가 되었다. 인도는 무려 90여 년 동안 영국의 지배하에 있었다.

베트남 역시 오랜 피점령과 식민지의 역사를 갖고 있다. 중국 한나라 시대에는 고조선 멸망 후 한반도 북쪽 지역에 한사군을 설치했듯이,

한무제가 남월을 멸망시키고 한구군을 설치해 직접 통치를 했다. 베트남은 프랑스와의 전쟁에서 패배해 1884년부터 1945년까지 60년 동안 프랑스의 식민지가 됐고, 프랑스와 9년간의 독립전쟁을 치러야 했다.

식민지 경험은 유럽 국가들도 예외가 아니었다. 스페인(지금의 포르투갈 지역 포함)은 711년 모로코의 무어족에게 점령된 이후 1492년 국토 회복 때까지 북부 산악 지역을 제외한 나머지 지역이 781년간 무어족 이슬람 왕국의 식민지가 됐다. 네덜란드도 80년 전쟁이라는 네덜란드 독립 전쟁(1567~1648)을 통해 스페인으로부터 독립했다.

2차 세계대전 직전인 1938년에 오스트리아는 독일에 합병됐다. 프랑스도 영토의 3/5인 북부 프랑스가 독일의 직접 통치 하에 놓였고, 나머지 지역은 사실상 독일의 꼭두각시 정부인 비시 정부의 통치 아래 놓였다. 그러나 이마저도 1942년 독일이 비시 정부 하의 프랑스 지역을 침공하면서 프랑스 전 지역이 독일의 지배 아래 놓이게 되었다.

중국의 경우도 일본이 만주국을 세우는 등 많은 영토가 식민지·반식민지 상태에 놓이게 됐다. 대만도 1894년 청일전쟁의 패배로 1896년부터 1945년까지 일본의 식민지가 돼 일본의 직접 통치를 받았다.

역사를 보면 수많은 전쟁을 통해 정복과 점령이 이뤄졌다. 알렉산더의 전쟁, 로마의 정복 전쟁, 원나라의 정복 전쟁, 나폴레옹의 전쟁, 히틀러의 전쟁, 일본의 태평양전쟁이 그러했다. 정복으로부터 자유로울 것 같았던 영국도 고대 시대 로마의 정복으로 남부 지역이 점령당했다.

역사상 가장 큰 영토를 차지했던 나라는 원나라였다. 영토가 최고 넓을 때는 현재의 중국 영토는 물론 중동 일부, 동유럽 일부까지 걸쳤다. 당시 고려는 원나라의 침략을 받았으나 완전히 점령되지는 않았고 간접통치를 받았다.

중국은 원나라, 청나라를 자신들의 역사의 일부로 본다. 원나라는 북방의 몽골족이 지배 민족이었고, 청나라는 만주족이 지배 민족이었다. 한족의 입장에서 보면 원나라와 청나라 시기는 소수민족에게 한족이 점령당한 시기라 할 수 있다. 만주족은 중국 영토 내에 거주하는 소수민족이지만, 몽골은 지금 중국 영토인 내몽골자치구와 몽골공화국으로 나뉘어져 있다. 엄밀하게 말하면 원나라는 몽골의 중국 점령 시기이다.

지금까지 보았듯이 우리 5천 년 역사에서 우리의 중심 무대였던 한반도는 일제강점기 36년을 제외하면 완점 점령, 완전 식민지 상태에 놓인 적이 없다. 혹자는 우리의 역사를 일러 문文만을 수상하고 무력을 도외시한 '문약文弱'의 역사라 하지만 그렇지 않다. 조선 시대 중·후반의 역사가 어느 정도 문약의 역사였다고 할 수 있을지 모르겠으나 우리 조상들은 외세의 침략에 맞섰고 끝내 이겨냈다.

일제의 강점은 국치임에 틀림없으나 5천 년 역사에서 36년은 긴 기간이 아니다. 대부분의 기간은 국체가 독립돼 있었다. 역사적 트라우마에 그리 시달릴 필요가 없다.

우리에게는 뛰어난 관료행정 체제의 역사가 있다

고조선은 기원전 2333년부터 기원전 108년까지 요동과 한반도 서북부 지역에 존재했다. 무려 2,225년 동안 존속한 것이다. 신화적 요소가 뒤섞여 역사적으로 입증하는 데 한계가 있다 하더라도 고조선이 부족국가 수준을 넘어서는 고대 국가 체제로 상당 기간 존속했을 것으로 짐작할 수 있다.

고구려는 기원전 37년에 건국해 668년까지 존속했다. 백제는 기원전 18년에 건국해 660년까지 존속했다. 700년 가까이 이어진 것이다. 신라는 기원전 57년부터 935년까지 992년 동안 이어졌다. 신라는 가히 천년왕국이었다. 발해는 698년부터 926년까지 228년 동안 존속했다. 고려 왕조는 918년부터 1392년까지 474년 동안 이어졌고, 조선 왕조는 1392년부터 1910년까지 519년 동안 이어졌다.

부여·옥저·동예 등 부족국가 수준의 나라도 있었고, 후고구려·후백제 등 짧게 명멸한 나라들도 있었다. 마한·진한·변한 등 작은 부족국가 간의 동맹이 존재한 시기도 있었지만, 우리나라의 대표적 조상 국가들 대부분은 거의 500년 동안 존속했다.

세계 역사에서 이런 경우는 상당히 예외적이다. 물론 고대에는 상당히 오랫동안 존재한 국가들이 있다. 로마제국은 기원전 27년부터 서로마제국이 멸망한 476년까지 약 500년 동안 존속했다. 동로마제국으로도 불리는 비잔틴제국은 395년 동서 로마 분열 이후 1453년까지 존재했다. 로마제국의 역사를 비잔틴제국의 멸망까지 본다면 1,480년 동안 존속했다고 볼 수 있다.

중국 최초의 고대 국가인 하나라도 472년 동안 존속한 것으로 알려져 있다. 은나라(상나라)는 약 554년, 주나라는 275년 동안 존속했다고 알려져 있다. 한나라는 426년간 존속했고, 고대 흉노제국은 약 500년 동안 존속했다고 한다.

그러나 한나라 이후부터 중국 통일 왕조들의 존속 기간은 그리 길지 않았다. 당나라는 289년, 송나라는 319년(남송까지 합쳐서), 원나라 97년, 명나라 276년, 청나라 296년이다. 인도 대륙에 존재했던 무굴제국은 331년간 존속했다. 오스만제국은 1299년 건국 이후 1922년 멸망까지 623년의 역사를 갖고 있다.

각설하고 우리나라처럼 고대 고조선부터 조선 시대까지 대표적인 왕조 국가들, 특히 통일왕조 국가들이 500년 동안 존속한 경우는 세계사에서 거의 유례를 찾아보기가 힘들다. 중세 시대 유럽과 일본 등이 여러 봉건국가로 난립한 경우와 확연히 비교된다. 하나의 국가가 500년 이상 존속하기 위해서는 안보와 내치가 안정적이지 않고서는 불가능하다. 안정적이고 뛰어난 내무·외무 관료행정 체제(군사 관료행정 체제 포함)를 갖추지 않고서는 가능하지 않은 일이다.

우리의 경우 좁혀도 최초의 통일왕조 국가였던 통일신라가 시작된 676년부터 고려, 조선의 멸망에 이르는 1910년까지 약 1,234년 동안 뛰어난 관료행정 체제를 갖추고 있었다. 특히 조선 시대는 왕권과 신권이 견제와 균형을 이루는 수준 높은 정치·행정 제도를 운영했다. 정치와 행정이 안정되면 반드시 문화가 꽃핀다. 높은 수준의 관료행정 체제를 유지하기 위해서는 관료들의 지적 능력, 제도 수행 능력, 뛰어난 문화 수준이 필요하다. 수준 높은 인문 문화가 뒷받침되어야 한다. 우리는 대단한 역사를 갖고 있는 것이다.

우리의 밈meme을 찾아서

　　'밈'이라는 용어는 영국의 생물학자 리처드 도킨스가 그의 책 『이기적 유전자』에서 소개한 것으로, 동식물의 유전자가 복제를 통해 후손에게 전달되듯이 문화에도 유전자처럼 복제를 통해 선조에서 후손에게 전달되는 것이 있는데 그것을 '밈'이라 했다. 문화적 유전자 정도로 해석할 수 있을 것이다. 앞서 역사는 거인의 어깨 위에 서 있는 난쟁이와 같다는 표현을 썼는데, 그 난쟁이는 거인이라는 거대한 밈의 복합체 위에 서 있는 것이라 할 수 있다.

　　우리는 최소 1,234년 이상 훌륭한 관료행정 체제를 갖고 있었고, 그 안에서 우리의 문화를 꽃피웠다. 이제 우리의 밈을 찾아가 보자.

　　앞서 우리나라 문화의 열쇳말을 '2기 1끼'라 표현했다. 2기는 기술의 '技(기)'와 기록의 '記(기)'를 가리킨다. 끼는 국어사전의 해석을 빌리면 "연예에 대한 재능이나 소질을 속되게 이르는 말"이다. '그 사람 끼가 있어' 할 때의 그 끼를 말한다. 이건 필자가 독창적으로 정리한 것이 아니고 이 분야에 대해 훌륭하게 정리해 온 이화여대 최준식 교수로부터 지식과 영감을 얻은 것이다.

技 : 한류의 원조는 도자기

　　우리에겐 젓가락 문화가 있어서 우리나라 사람들은 손재주가 능하다고 말한다. 손재주도 기술의 중요한 한 측면이겠으나 기술은 당대의 지식과 과학, 문화 수준의 결정체이다. 기술에 앞서 뛰어난 지식과 과학, 그리고 문화가 있었던 것이다.

임진왜란을 '도자기 전쟁'이라고도 한다. 일본은 빼어난 도자기 제작 기술이 없어 고려 시대부터 조선 시대에 이르기까지 오랫동안 고려 청자와 조선 백자 등을 수입했다. 도자기는 고가의 수입품이자 귀중품이었다.

중세 시대에 도자기 기술은 첨단 하이테크 기술이었다. 빼어난 청자와 백자를 빚어내는 도자기 기술은 16세기 말까지는 중국과 우리나라의 독점 특산품이었다. 일본은 임진왜란 당시 우리의 도공들을 끌고 가 도자기 기술을 연마한 후에야 도자기 제작 기술을 갖추게 됐다.

유럽은 실크로드 무역을 통해 중국으로부터 많은 도자기를 수입했다. 자체적으로 도자기 기술을 갖는 것은 유럽 여러 나라들의 국가적 과제였다. 그런데 유럽에 치명적 문제가 있었으니 도자기의 주원료인 고령토(카오리나이트)를 쉽게 구할 수 없었다는 것이다.

그래서 영국에서는 고령토 대신 소뼈를 재료로 도자기를 개발했다. 그것이 바로 본 차이나Bone China이다. 그것도 1748년에 일어난 일이다. 유럽 도자기를 보면 거의 진백색을 띠는데, 소뼈와 뼈의 인이 사용되었기 때문이다.

도자기 기술을 현대의 기술에 비유하면 반도체 기술, AI 기술이라 할 수 있다. 그만큼 하이테크 기술이었던 것이다. 12~13세기에 도자기, 특히 자기(800~1,000℃에서 굽는 것을 도기라 하고 1,100~1,400℃에서 굽는 것을 자기라 하는데, 자기 제작 기술이 훨씬 더 높은 기술이다) 기술을 갖고 있던 나라는 세계에서 고려와 중국의 송나라 단 두 나라였다. 유럽에서 자기 기술이 꽃피웠던 것은 18세기 초의 일로, 고려에 비해 500~600년이나 뒤졌다.

고려 시대 청자 기술은 중국의 송나라가 부러워해 수입할 정도로 독보적이었다. 고려청자는 천하제일 비색이라 하여 중국 자기보다 우수한 것으로 평가받았으며, 당시 국제 무역에서 인기 있는 수출품이었다고 한다. 특히 고려 의종 때부터 적용됐다는 상감기법(자기 표면에 여러 가지 무늬를 새기고 그 무늬 안에 금·은·뼛가루 등을 채워 넣는 공예 기법)은 우리만의 독창적인 제조 기법이었다.

자기 기술은 품질이 좋은 고령토, 자기를 굽는 가마 기술, 유약 기술, 디자인 기술이 총망라된 하이테크 기술이었다. 고려청자 문화는 조선 시대 분청사기, 백자로 이어졌다. 분청사기는 아주 다양한 기법을 사용한 자기로, 오늘날 세계의 도자기 기법 중 많은 것이 분청사기(상감청자 기법을 계승·발전시킨 것으로 회색 또는 회흑색의 자기 표면에 백색 흙을 메우거나 꾸미는 기법을 쓴 조선 초기의 도자기)에서 출발했다고 해도 과언이 아니다. 어쩌면 한류의 원조는 분청사기일지도 모른다. 현재 백자 달항아리는 세계인들로부터 가장 한국적인 도자기로 극찬을 받고 있다.

우리나라는 지금 반도체 강국이다. 메모리 반도체 분야는 단연 독보적이다. 세계 메모리 반도체 시장점유율을 우리나라의 삼성과 SK하이닉스가 70% 넘게 차지하고 있다(2020년 기준). 고려 시대, 조선 중기까지 우리나라는 세계 속 도자기 강국이었다. 당시 도자기는 지금으로 치면 반도체와 같다고 했다. 세계 최고의 도자기 기술을 개발하고 양산한 밈이 지금의 반도체 강국으로 이어져 온 것이다.

기記

혹자들은 고려나 조선을 거론하며 문약했다고 말한다. 조선 시대 중반에 들어서며 예송 논쟁이 벌어지고 노론이 1694년부터 1863년까지

160여 년간 독보적인 주류 세력이 되면서 이상적 담론 논쟁에 빠져 있었던 것을 문약의 근거로 든다.

물론 그런 측면이 있었던 것은 사실이다. 그러나 고려 시대 전체, 조선 초·중기까지만 해도 전혀 문약하지 않았다. 주변국의 침략을 막아낼 정도로 군사력이 있었다. 11세기 초 고려는 천리장성을 축조하기도 했다. 뿐만 아니라 고려 시대 윤관의 여진족 정벌, 조선 세종 시대 김종서의 여진족 정벌과 4군6진 설치, 이종무의 대마도 정벌에서 보듯 때로는 공세적으로 군사력을 전개하기도 했다. 이때는 문약하지도 않았을뿐더러 문강文強했으며 상무尚武 정신도 있었다.

우리나라는 세계가 놀라워할 정도의 기록물 유산을 갖고 있다. 최준식 이화여대 교수는 그의 책 『한국의 문기』에서 "언어와 문자와 책, 그리고 이것들이 결집된 것을 문화의 축적이라고 할 때, 한국은 이 방면에서 인류 역사상 특출한 국가"라고 말한다. 고려와 조선은 당시 세계를 통틀어 가히 '기록 혁명'이라고 일컬을 수 있을 정도로 높은 인문문화 수준을 간직하고 있었다. '기록 혁명'은 출판과 인쇄의 괄목할 성장을 가져왔으며, 이런 토대 위에서 세종의 한글 창제라는 위업으로 이어졌다고 볼 수 있다.

현재 128개 나라와 8개 단체의 기록물 432건이 유네스코 세계기록유산으로 등재돼 있다. 유네스코는 세계적으로 중요한 기록물을 잘 보존하고, 기록유산의 중요성에 대한 전 세계 사람들의 인식을 제고하기 위해 유네스코 세계기록유산을 선정하고 있다. 독일이 24건으로 최다 등록 국가이고 다음은 영국 22건, 우리나라는 16건으로 세계에서 다섯 번째로 많은 세계기록유산을 등재한 국가이다. 중국 13건, 일본 7건으로 아시아에서는 1위이다. 놀랍지 않은가!

■ **우리나라의 세계기록유산 (괄호는 등록년도)**

- 훈민정음 해례본 / 조선왕조실록 (1997)
- 직지김체요절 / 승정원일기 (2001)
- 팔만대장경 / 조선왕실의궤 (2007)
- 동의보감 (2009)
- 5·18 광주민주화운동 기록물 / 일성록 (2011)
- 난중일기 (2013)
- 새마을운동 기록물 (2013)
- KBS 특별생방송 '이산가족을 찾습니다' 기록물 / 유교책판 (2015)
- 조선통신사 기록물 / 조선 왕실의 어보와 어책 / 국채보상운동 기록물
  (2017)

16건 중 고려·조선 시대의 기록물이 13건이다. 이것만을 봤을 때도 고려·조선이 세계적인 기록강국이었음을 알 수 있다.

그렇다면 고려 전 나라들의 기록 상황은 어땠을까? 기록강국은 어느 날 뚝딱 만들어지는 것이 아니다. 기록물이 남아 있지 않아서 확신할 수는 없지만 아마도 삼국시대부터 국가적 기록물 생산이 활발하게 이뤄졌을 것이다. 삼국시대 기록 문화에 대한 밈이 고려·조선 시대로 이어졌을 것이라는 추측은 개연성이 높다.

현존하지는 않지만 『고려왕조실록』이 임진왜란 당시 불타 사라지기 전까지 '춘추관'에 보관돼 있었다고 한다. 세종 때 편찬한 『고려사』는 『고려왕조실록』을 바탕으로 만들어진 것이라 한다. 『고려왕조실록』 편찬의 밈이 『조선왕조실록』까지 이어진 것이다. 그렇다면 삼국시대에

도 왕조실록이 있었을 것이라는 합리적 추측이 가능하지 않을까? 삼국 시대에도 세계에 자랑할 만한 기록물들이 생산되지 않았을까? 이제 본 격적으로 판타스틱한 우리 선조들의 기록 혁명의 발자취를 찾아가 보자.

고려, 세계 최초로 금속활자 발명

국립중앙박물관에는 유일하게 남아 있는 금속활자가 소장돼 있다. 일명 '복'자 활자이다. 이 활자는 학자들의 고증에 따르면 12세기에 만 들어졌다고 한다. 구텐베르크가 금속활자를 발명한 것이 15세기 중엽 이므로 이 '복'자 활자로 봤을 때 고려는 구텐베르크보다 최소 250년 전 금속활자를 발명한 것이다.

현존하는 세계 최초의 금속활자 인쇄물은 고려 시대 만들어진 『직 지심체요절』이다. 그리고 현존하는 세계에서 가장 오래된 목판 인쇄물 은 통일신라 때인 715년(경덕왕 10년)에 만들어진 『무구정광 대다라니경』 이다. 이처럼 우리나라는 세계 최초의 금속활자 인쇄물, 세계 최고 오래 된 목판 인쇄물을 자랑하는 나라이다.

『직지심체요절』(원 이름은 『백운화상초록불조직지심체요절』)은 청주에 있는 흥덕사에서 1377년 금속활자로 찍어낸 책으로 구텐베르크가 발명한 금 속활자로 찍어낸 『불가타 성서』(1455년)보다 78년이나 빠르다. 현존하지 는 않지만 고려 후기 학자 이규보가 쓴 『동국이상국집』에 1233년 『상정 고금예문』을 인쇄했다는 기록이 남아 있다.

『상정고금예문』에 앞서 1293년 목판으로 간행한 『남명천화상송증 도가』(보물 제 758호) 원문에 원래는 금속활자로 인쇄한 것을 목판에 금속 활자체 그대로 복각했다는 기록이 남아 있다.

이에 비춰 고려의 금속활자 발명은 『직지심체요절』 인쇄보다 150~200년 앞선 것으로 추정할 수 있다. 국립중앙박물관에 소장돼 있는 '복'자 활자가 12세기에 만들어졌다는 고증과 일치한다. 중국이 15세기 말부터 금속활자를 본격적으로 사용한 것과 비교했을 때 우리나라의 금속활자 발명이 얼마나 앞섰는가를 알 수 있다.

고려 시대의 국교는 불교였다. 전해지는 고려 시대 금속활자 간행물은 모두 불교 관련 서적이다. 불교 관련 서적의 대량 발간을 위해 금속활자가 쓰인 것이다. 또한 고려 시대 4대 광종 때부터 과거제도가 도입됐는데, 과거제도가 시행되기 위해서는 공부할 거리, 즉 풍부한 서적이 전제돼야 한다. 고려 시대 서적 발간이 대규모로 이뤄졌음을 짐작할 수 있다.

아쉬운 점은 고려 시대의 금속활자가 구텐베르크의 금속활자처럼 대중화되지 못했다는 것이다. 주로 고려의 왕실과 승려, 귀족 등 지배층의 정보 전달 수준에 머물렀다. 그러다 보니 목판 인쇄에 비해 발전과 보급이 제대로 이뤄지지 않았다. 금속활자는 조선 초기에 가서야 활발하게 쓰였다.

더 아쉬운 것은 『직지심체요절』이 국내에 없고 프랑스 국립중앙도서관에 있다는 것이다. 구한말까지는 국내에 있었지만 프랑스의 대리공사였던 콜랭 드 플랑시가 구매해서 프랑스로 가져갔다. 『직지심체요절』은 해당 유물이 본국에 없으면서 세계기록유산에 등재된 유일한 경우이다.

『직지심체요절』은 1972년 프랑스 국립중앙도서관 연구원으로 일하던 박병선 박사가 찾아내 세상에 알려졌다. 이 발견 이후 30년 동안 독일과 프랑스(구텐베르크의 금속활자 발명 당시 활동 무대였던 스트라스부르는 지금은 프랑스 영토이지만 구텐베르크 생존 당시에는 독일 영토였다)는 고려가 세계 최초의 금속활자 발명국이라는 사실을 인정하지 않았으나 2001년 세계기록 유산 등재 이후 『직지심체요절』이 세계 최초의 금속활자 인쇄물로 인정되었다.

조선 시대 꽃피웠던 금속활자 인쇄

조선 시대에는 구텐베르크의 성경 인쇄(1455년)에 앞서 계미자(1403년), 경자자(1420년) 금속활자가 만들어졌고, 1434년에는 갑인자, 1455년에는 을해자가 만들어졌다. 조선 시대를 통틀어 가장 많이 쓰인 활자는 세종 때 만들어진 갑인자였다.

세종조에는 한글 창제 후 한글 활자도 만들었다. 현재 우리나라에는 19세기 이전에 만들어진 금속활자가 40만 개 남아 있다. 세계 최다最多 보유이다. 이렇게 오래된 금속활자가 많이 남아 있다는 것은 조선 시대의 금속활자 사용이 활발했음을 나타낸다. 조선은 세계 최고 수준의 금속활자 나라였던 것이다.

고려 팔만대장경, 출판문화의 대역사大役事

고려 고종 때인 13세기 중반 강화도에 설치된 대장도감에서 무려 16년에 걸쳐 목판 판각한 팔만대장경은 한문으로 쓰인 대장경 가운데 세계에서 가장 오래된 것이다. 전 세계에 남아 있는 대장경 중 유일한 완본으로 인정받고 있다. 팔만대장경은 청나라 말에 만들어진 '반가정사 대장경', 1980년대 만들어진 '불광대장경'의 모델이 됐다고 한다.

팔만대장경은 포괄성이나 정확성, 예술성, 역사적 중요성에서 세계에서 가장 뛰어난 대장경으로 인정받고 있다. 한자에 익숙한 사람이 하루 8시간씩 매일 읽어도 30년이 걸릴 만큼 양도 많다. 대장경 글자 수는 5,200만 자로 『조선왕조실록』의 5,300만 자와 비슷한데, 놀랍게도 오탈자가 130여 자에 불과하다. 여러 사람이 작업했음에도 불구하고 마치 한 사람이 판각한 것처럼 일정하다고 하는데, 그 이유는 1년간의 연습으로 글씨체를 맞췄기 때문이라고 한다. 그 정확성에 혀를 내두를 수밖에 없다. 글씨체도 아름다워 추사 김정희는 사람이 쓴 게 아니라 신선이 쓴 것 같다고 극찬했다.

세계 최대 규모의 궁궐인 자금성은 명나라 영락제 때 14년 동안 약 100만 명의 인원이 동원돼 건설했다고 한다. 팔만대장경은 16년에 걸쳐 만들었으며, 게다가 당시는 몽골 침략 시기였다. 팔만대장경을 만든 이유 또한 불력으로 몽골 침입을 막기 위해서였다. 전문가들은 연인원 130만 명을 동원해야 가능한 사업으로 추산한다. 당시 고려 인구가 300만 명 정도였다고 하니 얼마나 대단한 역사役事였는지 놀라울 따름이다.

『조선왕조실록』, 세계 최대 단일 왕조 역사서!

『조선왕조실록』은 단일 왕조의 역사서 가운데 가장 오랜 기간의 역사를 적은 책이다. 세계 최대 단일 왕조 역사서이다. 조선 왕조 472년간의 왕조 역사를 기록했다. 중국의 『대명실록』, 『대청역대실록』이 있지만, 이들 실록은 세계기록유산으로 등재되지 않았다. 그만큼 『조선왕조실록』의 가치를 세계가 인정한 것이다. 다른 나라 실록들의 원본이 불타 없어져 나중에 만들어진 사본들임에 비해 『조선왕조실록』은 유일하게 원본이다. 또한 다른 나라의 실록들이 필사본인 것과 달리 『조선왕조실록』은 활자인쇄본이어서 우수성을 더 인정받는다.

『조선왕조실록』은 기록의 공정성과 객관성이 뛰어난 것으로 평가받는데, 그 이유는 사관이 기록하고 후세의 왕들이 볼 수 없게 만든 조선의 실록 전통 때문이다. 중국과 일본, 베트남의 경우 왕들이 실록을 보았고, 마음에 들지 않으면 지우라고 명하기도 했다.

『승정원일기』, 세계 최대 단일 서종 역사 기록물!

승정원은 지금의 대통령 비서실에 해당하는데, 『승정원일기』는 주서라는 직책을 가진 사람이 왕의 언행, 군신 간의 대화, 그리고 매일 다루는 문서를 아주 꼼꼼하게 기록한 책이다. 조선 시대 최고의 기밀 기록이라 할 수 있다.

분량으로 따지면 『조선왕조실록』의 4배, 중국 역대 왕조의 정사正史인 『25사』의 6배 분량으로 세계 최대 단일 서종 역사 기록물이다. 이것도 남아 있는 것을 기준으로 한 것인데, 태조부터 광해군까지의 일기가 임진왜란 때 불타 없어지지 않았다면 더 최대가 되었을 것이다.

『승정원일기』에는 맨 처음 그날의 날씨를 기록하고, 비 오는 날에는 시간대별로 강우량을 적고, 밤에는 별의 움직임까지 적어 놓았다. 이런 기록은 세계에서 전무후무하다고 한다. 현재 조선 시대의 기후와 천문 연구의 훌륭한 기초 자료로 쓰이고 있다.

『일성록』, 세계에서 유일한 왕의 성찰 기록!

『일성록』은 정조가 세손 시절 쓴 '존현각일기'에서 비롯되었으나 나중에는 규장각의 검서관과 각신이 작성한 일기체 기록물이다. 당대에서 볼 수 없었던 '실록'을 보완하기 위해 당대 왕이나 후임 왕, 그리고 관료들의 국정 운영에 도움이 되도록 편집한 것이 바로『일성록』이다. '일성'이라는 제목은『논어』에서 증자가 "나는 날마다 세 가지 기준을 가지고 스스로에 대해 반성한다"는 글귀에서 따온 것이다. 왕 스스로 자신의 통치를 반성할 목적으로 작성한 일기로, 세계에서 유례를 찾아볼 수 없는 가치를 지닌 기록물이라 한다.

끼

인간을 일러 '호모 루덴스Homo Ludens'라 말하기도 한다. '노는 인간', '놀이하는 인간'이라는 뜻이다. 네덜란드의 문화역사학자 요한 하위징아가 1938년에 출간한『호모 루덴스』라는 책에서 유래한 용어이다. 하위징아는 놀이가 문화의 한 요소가 아니라 문화 자체가 놀이라고 주장했다. 하위징아는 놀이, 즉 유희는 단순히 논다는 의미에 그치는 것이 아니라 창조적 정신 활동을 뜻한다고 말한다. 따라서 놀이는 대표적인 창조적 정신 활동인 학문과 예술의 발전에 기여한다고 이야기한다.

대표적인 '호모 루덴스' 인간형을 찾는다면 우리 민족일 것이다. 우리 민족은 흥이 많으며, 예로부터 음주가무를 즐겼다고 기록으로 전해진다. 중국의 사서에도 우리 민족은 고대부터 '제천 행사'라는 국가적 축제에서 음주가무를 즐겼다고 소개하고 있다.

우리 민족을 일러 흥의 민족, 한의 민족이라는 말을 한다. 흥은 희극,

한은 비극을 표현한다. 흥의 민족이자 한의 민족이라는 것은 희비극의 풍부한 감성 표현을 지니고 있다는 뜻이다. 예술이라는 것은 희비극의 풍부한 감성이 있지 않고서는 발전이 불가능하다. 그 희비극의 풍부한 감성을 '끼'라 할 수 있다.

우리나라처럼 일상적으로 노래와 춤을 즐기는 민족도 없다고 한다. 세계적인 노래방 문화가 그렇다. 외국인들이 우리나라 TV를 접했을 때 하는 말이 노래와 춤이 나오는 오락 프로가 이렇게 많은 나라는 세계에 없을 것이라고 한다. 일상적으로 끼가 발휘되고 있는 것이다. 이는 세계 최고 수준의 술 소비량이라는 부작용으로까지 이어지고 있다.

그러나 음주가무를 즐기는 끼가 '밈'으로 전해져 지금의 세계 속 한류가 됐다. K-컬처는 이제 세계적인 명성을 얻고 있다. 팝과 영화, 드라마, 게임, 웹툰, 미용, 음식, 관광 등 전방위적으로 영향을 미치고 있다.

고려 시대부터 조선 중기까지는 세계 선진국이었다

우리는 고려 시대와 조선 중기까지 매우 수준 높은 관료행정 체제와 문화를 갖고 있었다. 500여 년 동안 유지된 통일왕조들, 세계적인 도자기 기술, 기록 혁명이라 할 정도의 기록 문화가 그것을 증명한다.

서양의 중세를 흔히 '암흑기'라 부른다. 기독교 신학에만 몰두해 사상의 발전이 더뎠다는 의미에서 쓰는 말이다. 반면 동양은 서양에 비해 유연성이 있었다. 고려 시대 국교가 불교였고, 조선 시대 국교가 유교였지만 서양의 중세처럼 사상적으로 심하게 폐쇄적이지는 않았다.

불교, 유교, 도가, 토템과 무속 신앙이 공존했다. 당시 동양은 사상과 학문 면에서 서양에 뒤지지 않았다. 의학과 수학도 앞섰던 것으로 평가한다.

중세는 동서양 통틀어 '경제의 암흑기'이기도 했다. 땅에 의존하는 농업경제였기 때문에 거의 성장이 이뤄지지 않았다. 산업혁명 이전 서양 농업경제의 성장률은 거의 제로 수준이었다. 당시 동양도 낮은 성장률을 보였지만 산업혁명 이전 식량 생산 능력에서는 서양을 앞섰다. 농법, 농구 그리고 가축 사용법에서 앞서 있었다. 예를 들어 동양은 이랑을 일궈 식물을 재배하고 제초하는 기술을 기원전부터 사용했지만, 서양에서 이런 기술을 사용한 것은 18세기에 들어서였다.

중국의 4대 발명품으로 나침반, 제지술, 화약, 인쇄술을 꼽는다. 나침반은 지도 작성, 항해, 여행의 발전에 기여했다. 제지술과 인쇄술은 사상과 정보, 행정 명령의 축적과 전달의 획기적인 발전을 가져왔다. 화약은 화학 기술의 결정체로 군사 기술과 대규모 토목 공사의 발전을 가능케 했다. 한 나라의 생산성 향상과 문화 발전에 크게 기여한 것이다.

중국과 인접한 우리나라는 이러한 과학기술을 빠르게 흡수할 수 있었다. 도자기와 활자 기술, 닥종이 제지술, 송연먹처럼 우리 조상들이 창조성과 독창성을 발휘해 중국보다 높은 수준의 기술을 확보해 중국에 역수출하기도 했다.

이처럼 중세에는 서양보다 동양의 경제력과 문화 수준이 높았다. 통일왕조의 역사가 오래된 만큼 행정 체계도 훨씬 발달했다.

프랑스의 문화과학자인 프레데릭 불레스텍스는 그의 책 『착한 미개인, 동양의 현자』에서 신라, 고려, 임진왜란 이전의 조선은 별 볼일 없는 나라가 아니라 오히려 세계적인 선진국이었다고 말한다. 당시 세계 13대 선진국 가운데 하나로 간주된다는 것이다. 불레스텍스의 주장에 따르면 우리나라가 지금 세계 G10의 선진국이 되기 이전에 이미 중세에 세계 G10의 반열에 올랐다는 것이다.

1983년 이토 준타로 등 일본의 동경대 연구진이 쓴 『과학사 기술사 사전』을 보면 1400년부터 1450년까지의 세계 주요 과학기술 업적은 조선 29건, 명나라 5건, 일본 0건, 동아시아 이외 지역 28건이었다. 이 시기는 태종 말, 세종 재위 기간과 겹친다. 총 62건 중 거의 절반에 해당하는 업적이 세종 시기에 이루어졌다는 것이다.

세종조에 세계에서 처음으로 측우기를 제작했고, 자격루 등의 시계를 만들어 시간 관념을 대중화했다. 또 세계에서 가장 훌륭한 달력 가운데 하나로 평가받는 '칠정산 내외편'을 제작했다. 세종조는 세계적인 과학기술의 르네상스 시기였다.

■ 세종 시대의 주요 과학기술 업적
- 훈민정음 창제
- 측우기
- 자격루(물시계)
- 칠정산 내외편
- 규표(해시계)
- 앙부일구(해시계)
- 천평일구(휴대용 해시계)
- 현주일구(휴대용 해시계)
- 간의와 소간의(천문관측기구)
- 혼천의(천문관측기)

- 혼천시계(혼천의와 서양의 추시계 결합 형태)
- 정남일구(혼의와 앙부일구 융합)
- 일성정시의(주야간 겸용 시계)
- 천상열차분야지도(천문도)
- 풍기대(바람 방향 측정)
- 제가역상법(천문서)
- 규형(높낮이 측량 기구)
- 인지의(원근 측량 기구)
- 악학궤범(음악서)
- 향약집성방(의학서)
- 의방유취(의학서)
- 향약구급방(의학서)
- 향약채취월령(의학서)
- 농사직설(농업서)
- 편경(타악기)
- 갑인자(금속활자)
- 병진자(금속활자)
- 철제 화포 제작(무기)
- 석빙고(얼음저장 창고)
- 세종실록지리지(지리서)
- 산천팔도지리지(지리서)
- 수표(물 수위 측정기구)

미국의 사회학자이자 정치가인 대니얼 모이니헌은 "사회의 성공을 결정짓는 것은 정치가 아니라 문화이다. 정치는 문화를 바꿀 수 있으며, 그리하여 정치를 정치 자신에서 구제할 수 있다"고 말했다.

『문명의 충돌』로 유명한 새뮤얼 헌팅턴은 또 다른 그의 책『문화가 중요하다』에서 1960년대 초반 1인당 GDP가 비슷했던 한국과 아프리카의 가나가 30년 뒤 엄청난 격차가 벌어진 결정적 이유를 문화에서 찾는다. "한국은 검약 정신이나 근면함, 또는 높은 교육열, 개인보다는 집단을 중시하는 조직 정신, 그리고 기강의 확립이나 극기 정신과 같은 문화 요소를 갖고 있기 때문에 경제 개발에 성공했다"는 것이다.

고려·조선 시대를 관통하며 문화적 유전자, 즉 밈이 오늘날 우리에게 복제되고 전달되는 과정을 거쳐 대한민국 도약의 힘으로 작용했다. 고려 시대부터 조선 중기까지 우리는 세계적인 생산력을 갖추고 있었고, 그 위에 세계적인 문화를 꽃피웠던 것이다.

조선 시대의 기록 혁명은 공화주의의 맹아

유네스코 세계기록유산에 등재된 조선 시대 대표적 기록물인 『조선왕조실록』, 『승정원일기』, 『일성록』은 왕과 관련한 기록물이다. 그 밖에도 어마어마한 수준의 기록물이 있는데, 왕과 관료의 행정 관련 기록들이다.

비변사는 지금의 국무회의에 해당하는 것으로, 『비변사등록』은 광해군부터 고종 때까지의 비변사 업무를 기록하고 있다. 1865년(고종 2년) 흥선대원군의 개혁 정책으로 비변사가 폐지되고 의정부가 부활한 이후에는 『의정부등록』으로 이름을 바꿨다.

『전객사일기』는 조선 후기 외교 업무를 담당한 전객사의 외교 일지로, 인조부터 고종까지 250년간의 기록이다. 이 밖에도 조선 시대 의금부에서 왕명으로 중죄인을 다스렸던 일을 기록한 『의금부등록』, 조선 시대 지방 관아의 등록 문서들을 정리해 편찬한 『각사등록』이 있다.

조선 시대는 왜 이처럼 방대한 분량의 왕과 관료의 행적, 행정과 관련한 기록들을 남겼을까? 왜 이렇게 치밀하게 정보를 축적했을까? 후대에 교훈으로 남기자는 뜻도 있었지만, 본질적으로는 왕권에 대한 신권의 견제였다. 이 기록물 모두가 왕권에 대한 '감시와 관찰' 기록인 셈이다. 이를 위해 엄청난 인력과 행정력을 동원했다.

조선 시대의 특징은 왕권과 신권의 상호 견제, 왕권과 신권의 균형을 추구한 체제라 할 수 있다. 조선 시대가 기본적으로 절대왕권 체제라 하지만 이를 강력한 신권이 제어했던 것이다. 세계적으로 상당히 희소하고 독특한 체제였다.

공화주의는 기본적으로 자유로운 시민권의 보장과 정부의 운영 원리로서 '견제와 균형'을 추구한다. 조선 시대에는 자유로운 시민권 같은 관념은 없었다. 그러나 왕권과 신권에 대해 제한적이긴 하지만 강력한 '견제와 균형'의 원칙은 있었다. 공화주의의 맹아가 있었던 것이다.

세종의 한글 창제 이후 출판과 언어 혁명으로까지 이어졌다면 우리나라는 아마도 동양에서 최초의 공화국 체제를 만들 수도 있었을 것이라는 아쉬움을 감출 수 없다. 임진왜란 이후 구한말까지 조선의 역사야말로 암흑기라 할 수 있다. 어쩌면 우리 역사에서 유일한 암흑기일지도 모르겠다. 한글 창제 후 대중화에 실패하면서 조선은 소중화주의에 안주했다. 훌륭한 기록 문화와 공화주의의 맹아를 갖고 있었으나 언어 혁명이 일어나지 않으면서 서양에 뒤졌고, 결국은 일제에 강점당하는 신세로 전락하고 말았다.

'식민지 근대화론'에 너무 민감할 필요 없다

　　일제강점기와 관련해 중요한 논쟁 중 하나가 '식민지 근대화론'을 둘러싼 논쟁이다. 우리 근대사에 대한 오랜 논쟁인데, 특히 2006년 이영훈 등이 저술한 『해방 전후사의 재인식』이 식민지 근대화론을 재차 주장하고 나오면서 논쟁이 다시 뜨겁게 불붙었다.

　　나는 이 주장을 보면서 한마디로 '그래서 뭐가 문제인데?'라는 생각을 했다. 식민지 시절에 일제에 의해 근대화가 이뤄졌다는 사실을 굳이 부정할 필요가 없다는 생각 때문이었다.

　　한 사람의 삶에서도 아름다운 장면이 있고, 아름답지 않은 장면이 있게 마련이다. 위인들도 그들의 삶을 뜯어보면 아름답지 않은 장면들이 늘 있었다. 위인이라고 해서 아름답지 않은 장면은 삭제하고 아름다운 면만 내세운다면 그런 개인은 위인전에는 적합할지 몰라도 그 사람에 대한 총체적 역사라 할 수 없을 것이다.

　　일제강점기 시절의 근대적 제도, 인프라, 사람은 우리의 역사에 주어졌고 어떻든 이후의 근대화에 영향을 미쳤을 것이라는 사고는 상식적이다. 이걸 부인할 이유도 없고, 부인할 필요도 없다. 그렇다고 일제시대의 근대화가 우리 역사에서 결정적인 자리를 차지했다고 볼 하등의 이유가 없다. 영향이 있었되 크지도 않았다. 대한민국 정부 수립 후 상당 기간 미국의 원조에 의존하기는 했지만 기본적으로 우리는 자주적 근대화를 이뤘다.

　　한때 '종속이론'이 풍미한 적이 있었다. 개발도상국의 경제가 선진국, 특히 미국 경제에 종속돼 있어 생산성 향상이 일정 억제되어 구조적으로, 그리고 항구적으로 종속 상황을 벗어날 수 없다는 이론이다. 우리나라에서도 군사독재 시기인 1970년대 말에 이 이론이 소개돼 1990년 말 사회주의권이 붕괴되기 전까지 재야운동 세력 사이에 풍미했다.

이들은 '독점 강화, 종속 심화'라는 테제를 내세웠다. 산업의 독점은 강화되고 있지만 종속은 더 심화되고 있다는 주장이다. 그러나 우리의 현실은 '독점 강화, 종속 완화'라는 자주적 근대화의 방향으로 진행해 왔다. 일제의 지배가 미제의 지배로 이어졌고 우리나라는 구조적으로 식민지·신식민지 상태라고 했던 주장은 현실에 의해 부정되고 무너졌다. 하긴 어떤 이들은 1980~1990년대에 우리나라를 '식민지반半봉건', '식민지반자본'이라고 성격 규정을 하기까지 했다.

식민지 근대화론에 대해 '자주적 근대화론'을 주장하는 사람들은 일제에 의해 강요된 근대화는 왜곡된 근대화로, 이것이 우리나라의 잘못된 근대화의 원인을 제공한 것으로 주장한다. 물론 우리가 20세기 초에 자주적 근대화를 추진하지 못하고 일제에 의해 근대화가 이뤄졌다는 것은 역사의 오점임에 틀림없다. 그렇다고 해서 마치 우리나라의 근대화가 틀려먹었고, 우리의 근현대사가 엉망이 됐다는 주장에는 동의할 수 없다.

흥미로운 사실이 하나 있다. 식민지 근대화를 적극적으로 주장하는 이들의 사상적 연원에는 위에서 언급한 '식민지반봉건, 식민지반자본'을 주장한 이들(이후 '식반자론'으로 명명)의 거듭된 오류가 도사리고 있다는 것이다. 이들의 주장은 현실에 의해 완전히 파산했다. 그런데 이들은 반성은커녕 새로운 오류를 들고 나온다.

한때 '아시아의 네 마리 용龍'이라는 말이 회자됐다. 1990년대 급격한 경제성장을 이룬 아시아의 네 나라를 지칭한 것으로 대한민국, 싱가포르, 대만, 홍콩을 일컫는다. 식반자론자들은 이 네 나라 모두 일본·영국 제국주의의 식민통치를 받았던 공통의 경험이 있음을 들어 '식민지 근대화론'이 틀리지 않았다고 주장하며, 심지어 식민지 시기를 미화하려 한다는 인식을 불러일으킨다. 한심한 주장이다.

그런가 하면 싱가포르 전 총리 리콴유와 하버드대학의 뚜웨이밍 교수는 유교가 아시아 네 마리 용의 경제성장에 큰 영향을 미쳤다고 주장하며 '신유교적 자본주의'를 내세운다. 물론 유교가 오랜 기간 이 네 나라에 영향을 미쳤기 때문에 유교가 경제발전에 미친 영향을 무시할 수는 없을 것이다. 그러나 유교 하나만으로 네 마리 용의 경제발전을 설명하려는 것은 일원론적 사고이다. 그보다는 오랜 역사를 통해 축적돼 온 문화와 지식의 역량, 그리고 국제 정세에 대한 민첩한 적응, 교육열과 창의성 등이 복합적으로 어우러진 결과라고 봐야 할 것이다.

'자주적 근대화론'은 이념의 과잉이 문제이고, '식민지 근대화론'은 일제강점기에 대한 과대평가·미화가 문제이다. 둘 다 빨리 극복해야 한다.

친일파 문제

우리 근대사에서 가장 뜨거운 주제이자, 현재도 여전히 뜨거운 주제가 있으니 바로 친일파 문제이다. 이는 우리나라만의 문제가 아니다. 정도의 차이는 있을지라도 2차 세계대전의 결과로 식민지 상태에서 해방된 모든 나라가 겪었고, 겪고 있는 문제라 할 수 있다.

나는 1970년생으로 박정희가 김재규의 총탄으로 사망했던 1979년
에는 10살, 초등학교(당시 명칭은 국민학교) 3학년이었다. 학교를 마치고 집
으로 가고 있는데 학년이 높은 형이 "박정희 대통령이 돌아가셨다"고
말했다. 그때 나는 대통령이 돌아가셨다며 눈물을 질질 흘렸었다. 내
인식의 지평에는 군사독재, 민주화 같은 사고는 존재하지 않았다. 내가
태어나 10살 때 박정희의 사망을 맞닥뜨리기까지 나는 내내 박정희
대통령 치하에 있었다.

일제에 국권을 빼앗긴 1910년으로 돌아가 보자. 당시 10살이었던
누군가가 있었다 치자. 일제 강점은 36년이었다. 30년을 한 세대라고
한다. 그 30년을 훌쩍 넘은 기간이다. 1910년 10살이었던 아이는 해방
이 이뤄진 1945년에는 45세의 중년이 돼 있었을 것이다. 과연 그에게
일본 제국주의는 무엇이었을까? 일본의 역대 통감부와 총독부의 통치
는 어떻게 받아들여졌을까? 그는 조국 독립의 일념으로 간도로 넘어가
총을 들었을까, 아니면 창씨개명을 하고 천황의 충실한 신민으로 살았
을까?

지사적 역사관을 버려야 한다. 독립운동가, 열사, 의사 등은 모두
영웅적인 지사들이다. 영웅, 지사 등의 명예로운 호칭은 어쩌면 그 존
재가 대다수 보통사람들에 비해 소수였기 때문에 가능한 명칭일지도
모른다. 이런 분들의 삶에 대해서는 적극적으로 선양하고 기려야 한다.
그게 정상이다. 그렇지만 나의 조부모가 일제강점기에 독립운동을 하
지 않았다고 해서, 나의 부모가 군사독재 시절에 민주화운동을 하지 않
았다고 해서 그들의 삶을 부정하거나 폄하할 이유는 없다. 그러면 역사

를 제대로, 객관적으로 볼 수 없다.

친일파 문제에 대해서도 지사적 역사관을 적용하지 않아야 한다. 일제강점기에 태어났거나 어린 시절을 보낸 이들에게 그들의 정권은 일본 정권이었고, 해방되기까지 쭉 그랬다. 그들 중 일부는 일제의 압제와 민족 차별에 의분을 느껴 목숨을 걸고 독립운동을 했을 것이다. 반면 대다수는 보통사람의 삶을 살았을 것이다. 또 소수는 일본 정권의 관료나 민간 협력업자가 돼 출세를 도모했을 것이다.

식민 잔재 청산은 그 기간이 길수록 비례해 어려워진다. 프랑스가 친나치 인사들을 대대적으로 청산할 수 있었던 이유 중 하나는 독일의 점령 기간이 그리 길지 않았기 때문에 가능하지 않았을까. 781년간 이슬람의 식민 통치를 경험했던 스페인의 식민 청산은 불가능했을 것이다.

을사오적같이 구한말에 한일합방에 동조하고 일제 정권에 참여한 고위 관료들, 귀족 칭호나 작위를 받은 자들, 일본 제국의회 의원이 된 자들, 조선과 구한말에 태어나 청장년기를 보내고 자주적 개화를 주장하다가 일제 강점 후 변절해 돌아선 지식인들은 누가 뭐래도 친일파이다. 최남선, 최린, 이광수 등은 친일의 오명을 벗을 수 없다. 그러나 1910년 당시 태어났거나 어린이였다가 해방 당시 40대의 중년이 된 이들 중 일제 정권에 복무했던 이들을 싸그리 친일파로 몰아세우는 건 동의할 수 없다.

내가 주장하는 바는 친일파와 친일정권 복무자는 구별해야 한다는 것이다. 청장년 시절 친일정권에 복무한 자들 중 고문, 학살, 살해, 밀정 따위의 행위를 한 이들은 반인도적 범죄 행위로 그 죄를 물을 수 있을 것이다. 그런데 당시 선생 직업을 갖고 있었다고, 동양척식주식회사에 근무했다고, 면장이나 면서기를 했다고, 창씨개명을 거부하지 않았다는 사실을 들어 친일파로 규정하는 것은 온당치 않다고 본다. 이런 사고는 마치 일제강점기에는 독립운동 아니면 나머지는 다 친일 카테고리에 있었다는 식의 잘못된 인식을 갖게 할 위험성이 있다. 친일청산 문제에서도 '과유불급'의 교훈이 적용되어야 한다.

이승만 정부가 '반민특위(반민족행위특별조사위원회)'를 강제해산한 것은 우리 역사의 아주 뼈아픈 대목이다. 그때 친일청산이 어느 정도 이뤄졌다면 여전히 친일파 문제로 우리 사회가 갈등하는 일은 훨씬 덜했을 것이다. 이 또한 우리의 어두운 역사이니 어쩌겠는가? 당시 국가는 너무 취약했고, 분단된 상태에서 세계적 냉전의 한복판에 놓였다가 끝내 3년간이나 한국전쟁을 치러야 했다.

앞으로라도 친일파 문제에 대해 지나치게 감정을 앞세우지 말았으면 한다. 냉철하고 합리적인 접근이 필요하다. 우리 선거를 한일전으로 규정짓고, 정적이라 해서 '토착왜구'로 몰아세우는 행동은 저열하다. 지일파知日派를 친일파와 동일시하지 말아야 한다. 이건 마치 일본의 지한파를 일본 내 사람들이 '토착 조센징'이라고 비난하는 것과 다르지 않다는 것을 잊지 말아야 한다.

고잉 컨선going concern으로서의 국가

경영학business administration은 주로 회사 경영을 다루는 학문이다. 경영학에서 가장 기본이 되는 개념이 고잉 컨선, 즉 '계속기업'이다. 기업이 망해 단절되는 것이 아니라 계속 존재한다고 가정하고 사업을 영위하는 기업을 전제로 해야 한다는 것이다. 이런 관점에서 사업 전략을 세우고, 같은 관점으로 재무제표도 작성한다. 기업에 대한 감사도 계속기업의 관점에서 타당한지를 따진다.

국가야말로 고잉 컨선이다. 계속국가인 것이다. 같은 나라 이름이라도 민주공화국 헌법 체제의 국가와 그렇지 않은 국가는 다르지만, 역사의 눈으로 봤을 때는 계속국가이다. 이걸 굳이 거론하는 이유는 지금의 대한민국을 일구기까지 대한민국의 역사를 끊이지 않은 흐름으로 파악할 필요가 있다는 것을 강조하기 위해서이다. 오늘날의 대한민국이 뚝딱 만들어진 것이 아니기 때문이다.

거듭 강조하지만 우리의 근현대사가 온통 엉망이었다고 여긴다면 지금의 세계 속 위상이 설명되지 않는다. 어두운 역사와 함께 대한민국 발전의 저력이 이어져 온 역사가 함께 공존하는 것이다.

이승만 정부가 발췌개헌, 사사오입 개헌을 통해 대한민국의 제헌헌법을 농단하고 경찰독재를 하다가 4·19혁명으로 무너졌지만 바른 선택으로 남한 단독정부를 세운 것은 평가할 만하다. 한국전쟁 당시 외교력을 발휘해 미군을 주축으로 한 유엔군의 빠른 개입을 불러 대한민국을 보존할 수 있었던 것은 대단한 역사적 행운이었다. 한국전쟁 직후 한미상호방위조약을 체결해 미국과 군사적 동맹 관계를 맺은 것은 우리나라의 군사적 안보를 넘어 경제개발의 안전판이 됐다.

또한 토지개혁으로 민주공화국의 경제적 토대를 마련한 것, 초등 의무교육을 도입해 대중적 교육 시스템의 토대를 마련한 것도 높이 살 만하다. 우리의 성공적인 근대화의 뿌리는 국민이 열심히 일하고, 열심히 아이들을 교육시켰기 때문에 가능했다(지금은 오히려 열심히 일하고, 열심히 교육시키는 것이 사회적 문제가 되고 있지만). 토지개혁, 의무교육의 도입이 있었기 때문에 가능했던 것이다.

박정희, 전두환으로 이어지는 군사독재 24년간은 정치적으로 암흑기였다. 일제강점기의 역사 청산에 더해 우리 근현대사에 군사독재 청산 과제까지 대두하게 했던 흑역사였다. 그러나 박정희 정부 시절 성장전략으로 '수출주도형 성장'과 '대기업 육성' 전략을 세운 것은 경제적 도약의 발판이 됐다.

정부 주도로 대기업을 육성하는 과정에서 정경유착·뇌물 등의 부정비리가 끊이지 않았고 재벌 대기업 체제가 만들어진 것은 사실이다. 그러나 이때 대기업 체제가 만들어지지 않았다면 세계화의 경제 개방 파고에서 우리나라가 세계적인 기업 경쟁력을 갖추기 어려웠을 것으로 본다. 혹자는 대만이 중소기업 중심의 경제 체제임을 들어 부러워하는데, 대만도 서서히 대기업 중심으로 산업구조가 재편되고 있다. 그렇지 않고서는 세계적 경쟁의 파고를 넘을 수 없기 때문이다.

장면 정부 때부터 입안된 것이라 하지만 박정희 정부 때 일관되게 '경제발전 5개년 계획'을 세워 정부 주도의 민관협력 발전 전략을 추진하고, 경부고속도로 등의 산업·교통 인프라를 갖춘 것도 큰 업적이다. 한국과학기술연구원KIST 등을 세워 과학기술 발전 정책을 세운 것도 대단한 일이었다.

박정희 정부 말기와 전두환 정부 당시는 우리 경제가 부가가치가 낮은 경공업에서 부가가치가 양호한 중공업으로 산업구조를 성공적으로 개편할 수 있느냐가 핵심 과제였다. 과도한 완력을 동원한 관치로 이 문제에 접근한 부작용도 있었지만, 결과적으로 우리나라는 당시 산업구조 개편을 성공적으로 해냈다.

노태우 정부는 저평가되어 있는 정부이다. 큰 충돌 없이 군사정부에서 민간정부로 성공적인 이양을 했다는 것만으로도 평가해 줘야 한다. 민주공화국의 초석을 놓은 것이다. 북방정책의 결과로 공산권 국가였던 소련, 중국, 그리고 베트남, 동유럽 국가들과 국교를 수립한 것, 남북기본합의서 채택, 남북한 동시 유엔 가입 등의 성과는 눈부신 것이었다. 경부선 KTX, 인천 영종도공항 건설 계획도 노태우 정부 때 이뤄진 것이다.

이런 결과들이 축적돼 김영삼 정부 때인 1996년 12월 선진국 클럽이라는 OECD에 가입하게 됐다. 섣부른 금융개방으로 혹독한 IMF 경제위기를 부르는 대참사가 일어났지만, 이 경제위기가 우리나라의 산업구조 개편이라는 긍정적 효과를 가져오는 태풍 역할을 한 것도 사실이다.

그러나 김영삼 정부가 군부 하나회를 숙청하고, 공직자 재산공개제도를 도입해 구정치인을 청산하고, 금융실명제 도입으로 금융의 투명성을 높인 것은 정치발전과 경제발전에 크게 기여했다.

김대중 정부는 약 170조의 공적자금을 투입해 부실 대기업을 과감하게 정리했으며, 금모으기라는 세계에 유례가 없는 국민 캠페인 등으로 IMF 관리체제를 조기에 벗어날 수 있었다. 그리고 미래 먹거리 산업으로 IT 산업을 성공적으로 육성했다. 그 결과 우리나라는 1999년 G20 가입 국가가 됐다.

또한 과거사 청산, 국가인권위원회 설립, 여성부 설립을 통한 여성의 권익 보호와 증진 등 우리나라의 민주공화국을 더 풍부하게 하는 업적을 남겼다. 햇볕정책 등을 일관되게 추진했고 김정일 위원장과의 최초의 남북정상회담을 성사시켜 김대중 전 대통령은 우리나라 최초의 노벨상 수상자가 됐다.

노무현 정부는 한·미 FTA를 체결하는 등 과감한 경제개방 정책을 추진했다. 우리는 산업화·민주화만 성공한 것이 아니다. 정보화뿐만 아니라 세계화·개방화에도 성공했기 때문에 오늘날에 이른 것이다. 그런 측면에서 김대중 정부 당시의 문화 개방 정책, 노무현 정부 당시의 경제 개방 정책의 의미는 상당하다.

이명박 정부 때는 세계 금융위기를 성공적으로 이겨냈다. 문재인 정부 때인 2018년 우리나라는 1인당 국민소득 3만 달러를 넘어 '3050 클럽 국가(1인당 국민소득 3만 달러 이상, 인구 5천만 명 이상의 조건을 만족하는 국가)'에 진입했다. 그리고 2021년 7월 유엔무역개발회의UNCTAD는 대한민국의 지위를 선진국으로 변경했다. 1964년 이 기구가 만들어진 이래 개발도상국에서 선진국으로 지위를 변경한 것은 처음 있는 일이었다. 대한민국이 명실공히 세계 속의 선진국이 된 것이다.

고잉 컨선의 관점에서 대한민국의 역사는 대단한 역사라 할 수 있다. 농업 중심 경제에서 경공업 중심 경제로, 경공업 중심에서 중공업 중심으로, 중공업 중심에서 지식산업 중심으로 성공적인 산업구조 개편을 이뤘다. 정치도 기복은 있었지만 공화주의, 민주주의를 심화시켜 온 과정이었다. 놀라운 역사이다.

한류와 국가 브랜드

1차 한류는 1996년 우리나라의 TV 드라마가 중국에 수출된데 이어 1998년부터 한국 가요가 알려지면서 아시아에서 우리나라의 대중문화가 대중적 인기를 얻게 된 현상을 말한다. 대중문화 열풍은 패션, 화장품, 김치, 라면, 고추장, 가전제품 등의 인기로까지 이어졌다.

한류의 배경에는 우리나라의 높아진 문화 역량이 있다. 그러나 이것만으로는 다 설명되지 않는다. 이와 함께 높아진 대한민국의 국가 브랜드가 있다. 우리나라는 88올림픽 전까지만 해도 세계에 잘 알려지지 않은 나라였고, 그나마 한국전쟁과 북한으로 인해 부정적으로 기억되는 나라였다. 그러나 88올림픽 개최로 세계가 한국을 주목하게 되었고, 높은 경제성장이 오랫동안 이어진 결과 1996년 OECD 가입으로 세계 속의 위상을 확보했다.

우리나라는 1994년에 1인당 GDP가 1만 달러를 넘었다. 1996년에는 GDP가 세계 11위에 이르렀다. 우리나라가 대만, 싱가포르, 홍콩과 더불어 국제적으로 '아시아의 네 마리 용'으로 불리던 시기이기도 하다. 나는 이렇게 대한민국의 국제적 위상이 높아지고 세계 속 인지도가 높아진 결과, 국가 브랜드의 가치가 높아진 것이 1차 한류의 배경이 됐다고 본다.

2000년대 초반부터는 한국 문화산업의 일본 진출이 본격적으로 이뤄졌다. 이때 대표적인 한류 현상으로 영화 〈쉬리〉 열풍에 이어 드라마 〈가을연가〉가 촉발한 '욘사마 열풍'이 있다. 2004년에는 박찬욱 감독의 영화 〈올드보이〉가 칸영화제에서 심사위원 대상을 받고 세계적 대

흥행에도 성공했다. 한류가 아시아를 넘어 서구로까지 확산된 것이다.

1999년에는 G20 국가가 됐다. 세계 선두국가 그룹에 속하게 된 것이다. 1998년 김대중 정부는 일본 문화 개방을 결정했다. 그 기저에는 우리나라의 경제와 문화 수준이 일본 문화를 개방해도 감당할 수 있다는 자신감이 있었다. 일본 문화에 압도될 것이라는 걱정이 많았지만, 예상과 달리 오히려 일본에서 한류 열풍이 불었다.

2000년대 후반은 '한류의 침체기'라 불린다. 드라마 〈대장금〉의 흥행을 이을 작품이 사라진 결과였다. 한류의 성장세가 잦아들었다. 그러나 세계 다양한 지역으로 서서히 한류가 확산되고 있었고, 게임이 한류의 대표 상품으로 고개를 들고 있었다.

2010년 들어 K-팝이 2차 한류를 열었다. 한국의 예능 프로그램이 본격적으로 수출되기 시작했고, 이 해에 일본 온라인 게임 시장 점유율 TOP 10이 모두 국산 게임이었다. 한류는 아시아를 넘어 중남미로까지 확산됐다.

2012년 3월에는 미국 대통령 오바마가 방한 중 한국외국어대학에서 강연을 하면서 한류에 대해 언급했다. 한류가 세계적으로 영향을 미치고 있다는 것을 상징하는 장면이다. 이때 한류를 대표한 것은 바로 싸이의 〈강남스타일〉이었다. 2019년에는 봉준호 감독의 〈기생충〉이 칸영화제 황금종려상을 수상했다.

2020년대 들어 한류는 본격적인 글로벌화를 이뤘다. K-드라마, K-영화, K-팝, K-웹툰, K-뷰티, K-게임까지 한류 열풍은 그 범위를 계속 넓히고 있다. 지금은 BTS 열풍으로 이어지고 있다. 그러한 열풍의 배경에는 유튜브가 있다. 우리나라 대중문화가 유튜브를 선도적으로 활용했기에 가능한 일이다. 한류는 이제 전 세계를 무대로 뻗어 나가고 있다. 2020년에는 봉준호 감독의 〈기생충〉이 아카데미 4개 부문을 석권했다. 〈오징어게임〉 등으로 넷플릭스에서도 한류 돌풍이 불었다.

이제 대한민국은 세계적인 문화 콘텐츠 생산국이 됐다. 2006년에 1인당 GDP가 2만 달러를 넘었고, 2018년에는 3050클럽에 들어갔다. 2005년 이탈리아가 세계 6번째 국가가 된 후 어떤 국가도 들어가지 못했는데, 우리나라가 13년 만에 들어간 것이다.

2차 한류는 우리나라가 2006년 1인당 GDP가 2만 달러를 넘어서고, 12년 후인 2018년 3050클럽에 가입하면서 '중진국의 함정'을 벗어나 선진국으로 도약하면서 국가 브랜드가 널리 알려지고 가치가 높아진 것이 배경이 되었다고 본다. 한류는 대한민국의 국가 브랜드 가치를 더하고, 대한민국의 국가 브랜드는 한류를 받쳐 주는 배경으로 작용하고 있는 것이다. 나는 이런 국가의 배경이 한류 돌풍의 큰 힘으로 작용했다고 본다.

한국학이 부흥해야 한다

우리는 우리에 대해서 잘 알고 있을까? 제대로 알고 있을까? 나는 누구인가, 인간은 무엇인가라는 물음은 철학을 비롯한 인문학의 출발이다. 우리 민족은 누구인가, 우리 한국인은 누구인가라는 물음과 그 대답 찾기의 중요성은 백 번 강조해도 모자랄 것이다. 한국학은 그 물음에 대한 대답 찾기이다.

한국학은 대한민국에 관한 전반적 지식을 다루는 종합학문이라 할 수 있다. 대한민국의 정체성identity를 다룬다. 우리 스스로 대한민국을 어떤 나라로 생각하는지, 외국 사람들은 대한민국을 어떻게 여기는지 그 종합에 의해 우리의 정체성이 형성된다. 우리나라는 한국학 연구를 위해 1978년 한국정신문화연구원을 설립했고, 2005년에 한국학중앙연구원으로 이름을 바꿨다. 부설로 한국학대학원을 운영하고 있다.

국가 정체성의 결과로 국가 브랜드가 만들어진다. 국가 브랜드란 한 나라에 대한 내외부적 인지도, 호감도, 신뢰도 등 유·무형의 가치를 종합한 것이다. 국가 브랜드는 국내적으로는 국민통합에 이바지하고, 국외적으로는 국가 경쟁력과 국제적 영향력을 높이는 수단이 된다.

우리나라는 국가적 차원에서 국가 브랜드를 전략적으로 관리할 목적으로 2009년 대통령 직속으로 국가브랜드위원회를 설치했다. 1988년 서울올림픽 이전까지만 해도 외국 사람들 대부분은 한국이란 나라의 존재를 잘 알지 못했으며, 안다고 해도 전쟁·분단·독재 등 부정적인 것들이었다. 그러나 서울올림픽 이후 대한민국의 인지도가 높아지고, 지금은 식민지에서 해방된 국가 중 산업화와 민주화에 모두 성공한 유일한 나라이자, 역동성 있는 국가라는 평가를 받기에 이르렀다.

해외문화홍보원은 매년 외국인들을 대상으로 대한민국의 국가 이미지 조사를 하여 그 결과를 발표한다. 2018년도 조사 결과를 보면 우리나라의 대표 이미지는 한식 40.0%, K-팝 22.8%, 한국 문화 19.1%, K-뷰티 14.2%였다. 한류가 우리나라의 국가 이미지에 결정적이라는 것을 알 수 있다.

2021년 조사를 보면 우리나라에 대한 긍정적 이미지를 주는 요인으로 현대 문화 22.9%, 제품 및 브랜드 13.2%, 경제 수준 10.2%, 문화유산 9.5%, 국민성 8.6%, 사회 시스템 7.8%, 스포츠 7.6%, 정치 상황 6.2%, 국제적 위상 5.3%였다. 한국에 대한 관심을 묻는 8개 문항 중 가장 많은 응답을 받은 항목은 한국 전통문화 체험 희망 83.4%, 한국 방문 희망 81.1%, 한국인과 친구 희망 76.6%, 한국어 학습 희망이 54.5%였다. 외국인들이 우리나라를 선진국으로 인식하고 있음을 알 수 있다. 한국어 학습 희망 비율이 2020년보다 8.7% 상승했다. 상당히 의미 있는 지표이다.

영국의 브랜드 가치 평가 기관인 '브랜드 파이낸스'는 매년 세계의 국가 브랜드 순위를 발표한다. 우리나라의 국가 브랜드 순위는 2012년 17위, 2013년 16위, 2015년 12위, 2016년 11위, 2019년 9위, 2020년 10위, 2021년 10위이다.

경제력, 군사외교력, 문화력, 인구자원력, 과학기술력 등을 종합평가하는 종합국력에서는 대략 10위에 위치하는 것으로 평가받는다. 2017년 US 뉴스 월드리포트는 우리나라의 종합국력을 11위로, 2019년 영국의 핸리잭슨 소사이어티는 11위로, 2018년 IMF는 8위로 평가했다. 종합국력과 국가 브랜드 순위가 일치하는 단계에 와 있는 것이다.

■ **2021년 국가 브랜드 순위 (브랜드 파이낸스)**
  - 1위 : 미국
  - 2위 : 중국
  - 3위 : 일본
  - 4위 : 독일
  - 5위 : 영국

- 6위 : 프랑스
- 7위 : 인도
- 8위 : 캐나다
- 9위 : 이탈리아
- 10위 : 대한민국

■ 2019년 종합국력 순위 (핸리잭슨 소사이어티)
- 1위 : 미국
- 2위 : 영국
- 3위 : 중국
- 4위 : 프랑스
- 5위 : 독일
- 6위 : 일본
- 7위 : 캐나다
- 8위 : 호주
- 9위 : 인도
- 10위 : 러시아
- 11위 : 대한민국

법고창신法古創新이라는 사자성어가 있다. 옛것을 새로운 것으로 거듭나게 한다는 뜻이다. 서양의 르네상스는 법고창신이었다. 르네상스의 원래 의미는 재생, 부활이다. 고대 그리스와 로마의 문화를 이상으로 하여 이를 부흥시킴으로써 새로운 문화를 창출하려는 거대한 움직임이었다. 서양은 르네상스를 통해 근대의 여명을 열었다.

한국학이 나아갈 길이 바로 우리식 법고창신, 우리식 르네상스로 우리의 역사·문화의 우수한 점을 재생·부활해 대한민국을 21세기 세계 선도 국가로 부흥시키는 것이다.

20세기 초에는 영국학이 대두하고, 20세기 중반에는 미국학이 대두했다. 자신의 나라가 세계 강국이 된 뒤 그 이유를 학문적으로 규명해 대내외적으로 드러낼 필요가 있었기 때문이다. 우리나라도 2000년 초 새로운 밀레니엄을 맞아 한국학에 대한 관심이 높아졌다. 그런데 안타깝게도 그때보다 지금 한국학에 대한 관심이 낮다.

국내 한국학의 역량 강화와 해외 한국학에 대한 지원을 늘려야 한다. 이를 통해 국가의 위상과 브랜드를 높여야 한다. 2018년 국가 이미지 조사 결과를 보면 우리나라의 이미지가 5천 년 오랜 역사와 문화가 응축된 결과로 드러나는 것이 아니라 과거와 단절된 현대의 이미지에 좌우된다는 것을 알 수 있다.

미국 MIT대학 경제학과 교수인 대런 애쓰모글루는 우리나라의 발전에 대해 제도주의적 접근을 통해 시장경제와 민주주의 헌정 체제의 결과라고 말한다. 이런 접근을 넘어 밈적 접근을 통해 우리의 오랜 역사에서 어떤 저력이 있었는가를 통시적 관점에서 살펴보려는 노력이 병행돼야 한다. 이것이 한국학의 핵심 과제일 것이다. 이런 토대 위에서 우리나라의 높아진 위상에 맞게 세계의 안정과 평화에 대한 기여도를 높일 전략을 모색해야 한다.

2

진보주의 :
새롭지 않은
'오래된 미래'

1 공화주의의 두 축 :
자유주의와
민주주의

지금은 공화주의 시대

대한민국의 영문 명칭은 'Republic of Korea'이다. 여기서 'Republic'은 공화국을 뜻한다. 중국의 영문 명칭은 'People's Republic of China'이다. 중화인민공화국이라는 뜻이다.

이와 달리 외형상 왕을 국가원수로 하는 영국과 일본 같은 입헌군주국이 있다. 그러나 이들 대부분의 군주는 '군림하되 통치하지 않는다'. 대부분의 현대적 군주는 정치적 실권을 갖지 않는 상징적 국가원수로 존재하기 때문이다. 따라서 대부분의 입헌군주국이 실제로는 공화국이다(태국, 리히텐슈타인, 모로코, 캄보디아, 통가처럼 군주의 권한이 강한 나라들도 있다).

공화국은 공화주의를 헌법 이념으로 삼아 운영하는 나라를 말한다. 우리 헌법 1조 1항은 "대한민국은 민주공화국"임을 선언하고 있다. 북한이나 중국 같은 나라는 민주공화국에 대비해 '인민공화국'을 내세운다. 중국 헌법 1조 1항은 "중화인민공화국은 노동 계급이 지도하고 노농

동맹을 기초로 하는 인민민주주의 독재의 사회주의 국가이다"라고 선언하고 있다. 계급 독재, 일당 독재의 사회주의 국가임을 천명한 것이다.

공화주의는 '자기 통치의 원리'를 근본 이념으로 한다. 자유롭고 덕성virtue을 갖춘 시민들이 정치 활동에 적극적으로 참여해 공공선을 실현해야 한다는 주의이다. 덕성이 무엇인지, 공공선이 무엇인지가 명확하지 않아 논란이 생길 수 있다. 그래서 먼저 공화주의가 무엇에 반대해 태동했는가를 보기로 하자. 그것이 공화주의를 빠르게 이해할 수 있는 지름길이기 때문이다.

고대 그리스와 로마의 공화주의는 군주제·참주제를 반대하면서 생겨났다. 혈연에 의해 세습되는 절대군주, 합법적으로 선출됐으나 독재자로 군림하려는 참주에 대한 강력한 반대에서 태동한 것이다. 군주나 독재자 같은 절대자에 반대하며 자유로운 시민이 스스로 나라를 다스려야 한다는 것이다. 그래서 공화주의를 '자기 통치의 원리'라고 말한다.

고대 그리스·로마가 제1의 공공선으로 여긴 것은 전쟁이었다. 나라를 방위하고, 정복하는 것이었다. 『플루타르코스 영웅전』은 이 시대의 영웅을 다루고 있다. 고대 그리스 공화주의 시대의 전쟁 영웅으로 테미스토클레스, 알키비아데스가 있는데, 이들 모두 도편 추방을 당한다. 당시에는 공화정에 위험한 인물이라고 판단하면 민회에 모인 시민들이 도자기 파편에 그 이름을 적게 하고 6,000표 이상이 나오면 10년간 국외로 추방했다. 전쟁 영웅으로 큰 인기를 얻은 사람이 향후 독재자가 될 수 있다는 우려에서 이런 강력한 조치를 취한 것이다.

플루타르코스는 전쟁 영웅들에 대한 도편 추방을 '민중의 시기심'이 발동한 결과라고 부정적으로 평한다. 어쨌든 공화주의자들은 독재자의 출현에 대해 강한 경계와 혐오감을 갖고 있었다. 심지어 공화주의를 지키기 위해 전쟁도 불사하고 목숨을 바치기까지 했다. 군주를 꿈꾼다며 카이사르를 암살한 원로원의 귀족 마르쿠스 브루투스와 카시우스가 그랬다.

공화주의와 민주주의

우리는 보통 공화주의와 민주주의를 구별하지 않는다. 공화주의와 민주주의가 거의 비슷한 시기에 태동했기 때문에 그럴 것이다. 미국의 정치학자이자 민주주의 이론 정립에 큰 역할을 한 로버트 달은 민주주의를 '계몽된 자기 이해에 기반한 시민들의 자기 통치'로 정의한다. 이러다 보니 공화주의와 민주주의가 구별되지 않고 혼용되는 것 같다.

'자유롭고 동등한 시민', '자기 통치(자치)', '시민 참여', '균형과 견제', '법의 통치와 법 앞의 평등'은 사실 공화주의의 원리이다. 고대 로마법의 원리에는 "모두에게 영향을 미치는 것은 모두에 의해 결정되어어 한다"는 내용이 있었다. 공화주의의 기본 이념을 드러낸 원리라 하겠다. 이탈리아의 공화주의 정치학자 비롤리는 "시민들이 자신의 개인적 이익을 위해서라도 공공선의 논의에 참여해야 한다는 것이 공화주의자들의 생각이었다"고 말한다.

민주주의는 정부를 어떻게 정당한 방법으로 세우고, 또 어떻게 정당한 방법으로 운영할 것인가를 다룬다. 즉 민주주의는 공화주의에 의해 세워진 공화국 정부를 어떤 정당한 절차와 방법으로 구성하고 운영할 것인가를 다룬 이론이라 할 수 있다.

닭이 먼저냐, 달걀이 먼저냐는 식의 논쟁이 있을 수 있겠으나 공화주의가 민주주의에 앞선 사상이라고 생각하는 것이 타당하다. 공화주의가 먼저 있고 민주주의가 다음에 있었던 것이지, 민주주의가 먼저 있고 다음에 공화주의가 있었던 것은 아니라는 말이다.

공화주의와 시민권

공화주의는 자유로운 시민을 전제로 한다. 자유로운 시민은 원칙적으로 동등한 권리를 가졌다고 여긴다. 여기서 시민을 어디까지, 즉 시민권을 어느 범위의 사람들에게까지 인정하느냐는 공화주의의 핵심 문제가 나온다.

고대 로마의 대표적인 공화주의자였던 키케로는 "공화국은 인민의 일들이다. 그러나 인민은 아무렇게나 모인 사람들을 뜻하는 것이 아니라, 정의와 공동의 이익을 인정하고 동의한 사람들을 의미한다"고 말했다. 여기서 말하는 인민은 시민이라고 보면 된다. 키케로의 주장은 '정의와 공동의 이익' 인정, 즉 공공선을 추구할 자질과 역량이 있는 사람이 시민이 되어야 한다는 것이다. 고대 그리스와 로마의 시민권의 원칙은 '예속의 부재', 즉 노예가 아니어야 한다는 것에서 출발한다. 자유로워야 한다는 것이다. 그리스와 로마 공화정의 시민권은 노예와 외국인이 아닌 성인 남성에 한해 주어졌다. 대략 인구의 5%였다고 한다. 상당히 제한적인 시민들에 의해 운영된 공화주의 체제였다.

국민주권 개념은 근대의 발명품이다. 우리 헌법에서도 "대한민국의 모든 권력은 국민으로부터 나온다"며 국민주권을 명시하고 있다. 중세의 군주주권과 대비되는 개념이다. 고대와 중세 공화국의 제한된 시민권이 근대에 들어와 대중적·보편적 시민권, 즉 국민주권 개념으로 발전한 것이다. 시민권의 견지에서 봤을 때 국민주권 개념은 대중적 공화주의의 시대를 가져왔다.

대중적 공화주의와 함께 대중적 민주주의 관념이 동시에 싹텄다. 대중적 민주주의의 가장 핵심적인 수단은 보편적 투표권이었다. 보편적 투표권이 대중적 공화주의, 대중적 민주주의의 표식이 된 것이다. 보편적 투표권은 보편적 시민권과 참정권을 보장하는 유력한 수단이었다.

미국의 투표권 확대 과정을 보면 재산 있는 백인, 재산 없는 백인, 여성, 흑인 등 소수 인종 순으로 확대돼 왔다. 여성은 1920년 수정헌법 제19조의 통과로 투표권이 생겼고, 1964년 미국 연방 민권법으로 소수 인종에게도 완전한 투표권이 주어졌다. 우리나라의 경우 1948년 제헌 헌법 통과 당시 남녀 모든 성인에게 보통 투표권이 주어졌으니 투표권의 역사만 놓고 보면 우리나라가 낫다고도 할 수 있다. 미국 민주주의 너무 부러워할 필요 없다.

민주공화국과 인민공화국

박정희 군사독재 시절인 1972년에 제정된 유신헌법은 가장 반민주적인 헌법이다. 민주공화국 헌법은 '주권재민의 원칙'을 밝히는 것으로 시작한다. 우리 헌법 제1조 2항 "대한민국의 주권은 국민에게 있고, 모든 권력은 국민으로부터 나온다"가 바로 주권재민의 원칙을 밝힌 것이다.

1948년 제정된 제헌헌법 제2조는 "대한민국의 주권은 국민에게 있고 모든 권력은 국민으로부터 나온다"고 명시했다. 그런데 유신헌법에서는 관련 조항이 "대한민국의 주권은 국민에게 있고, 국민은 그 대표자나 국민투표에 의하여 주권을 행사한다"로 바뀐다. "국민은 그 대표자(나 국민투표)에 의해 주권을 행사한다"는 표현은 대표자에게 포괄적으로 주권을 위임하는 것으로 해석될 수 있다.

인민공화국을 표방하는 중국 헌법 제2조는 "중화인민공화국의 모든 권력은 인민에게 속한다. 인민이 국가권력을 행사하는 기관은 전국인민대표대회와 지방각국인민대표대회"라고 밝히고 있다. 전국인민대표대회는 인민들의 직접투표가 아닌 공산당원이나 지방의원들의 간접선거로 구성된다. 주권재민이 제대로 보장되지 않는 것이다. 게다가 공산당의 영도를 원칙으로 하고 있어 전국인민대표대회가 주권재민의 원칙을 보장할 리 만무하다.

북한 헌법, 공식 명칭 '조선민주주의인민공화국 사회주의 헌법'은 어떨까? 제1조는 "조선민주주의인민공화국은 전체 조선 인민의 리익(이익)을 대표하는 자주적인 사회주의 국가이다"로 되어 있다. 아예 주권재민 원칙조차 없다.

국민주권의 원칙에 따르면 국민(시민)은 나라의 주인으로서 자신의 대리 역할을 할 행정부의 수장인 대통령과 국회의원을 뽑는다. 일종의 주인-대리인 관계라 할 수 있다. 주인-대리인 관계의 핵심적인 문제는

'위임의 문제'이다. 현대 공화주의 정부가 대의정치의 성격을 갖고 있기 때문에 위임의 문제는 무척이나 중요하다.

위임에는 제한적 위임이 있고, 위임을 받는 자의 포괄적인 권리를 보장하는 자율 위임이 있을 수 있다. 우리나라의 유권자와 국회의원 위임 관계는 자율 위임에 가깝다. 우리나라 헌법 제46조는 "국회의원은 국가 이익을 우선하여 양심에 따라 직무를 행한다"라고 명시하고 있다. 당시의 여론, 지역 구민의 이해, 당론 등에 속박되기도 하겠지만 원칙적으로는 국회의원에게 포괄적인 자율 위임을 보장한 것이라 볼 수 있다.

포괄적인 자율 위임 권한이 장기간 계속되면 대리인으로서의 대통령·국회의원은 어느 순간부터는 스스로를 대리인이 아니라 주인으로 여기게 된다. 그래서 민주공화국에서는 유권자들이 투표를 통해 대리인을 해고할 수 있도록 한 것이다. 대리인임을 깨닫게 하는 것이다. 해고하고 다른 대리인을 임명하기 위해서 필요한 것이 다당제이다. 그 당으로부터 나온 대리인을 해고하고 다른 당에서 대리인을 찾을 수 있을 때만 주인-대리인 관계가 온전하게 보장되기 때문이다.

키케로는 "자유는 정의로운 주인을 가지는 데 있는 것이 아니라 어떤 주인도 가지지 않는 데 있다"고 말했다. 루소는 "자유로운 시민은 복종은 하지만 예종은 하지 않으며, 지도자는 두지만 주인은 두지 않는다"고 했다. 주권재민, 국민주권 하에서 주인은 오로지 시민, 국민일 뿐이다.

인민공화국에는 이런 민주공화국의 상식과 원칙이 없다. 일당 독재 하에서 대리인이 주인 행세를 하는 것이 바로 인민공화국이다. 따라서 독재 국가일 수밖에 없다. 조선조 최고의 성군聖君은 세종대왕이다. 그의 애민 사상은 남달랐다. 그러나 성군이라 할지라도 절대군주제의 군주라는 성격은 달라지지 않는다. 인민공화국도 마찬가지이다. 비록 최고지도자가 품성이 좋고 뛰어난 지도자라 하더라도 그 헌법 정체의 특성상 독재자일 수밖에 없다.

공화주의, 자유주의, 민주주의

공화주의는 공공선 추구를 위한 시민적 덕성을 강조하는 데서 알 수 있듯이 본질적으로 공동체주의이다. 공화주의라는 것이 정치적 공동체를 누가, 어떻게 다스려야 하는가라는 정치철학에서 나왔기 때문에 공동체주의적 성격이 강할 수밖에 없다.

이런 공동체주의적 성격을 들어 공화주의와 자유주의를 대립하는 것으로 보는 이들도 있다. 주로 자유와 개인을 앞세우는 '자유지상주의자'들이 이런 모습을 보인다. 좌파 무정부주의, 좌파 자유지상주의자들을 아나키스트anarchist라고 하는데, 이들과 대비해 우파 자유지상주의자들을 미나키스트minarchist 또는 야경국가주의자라고 한다. 미나키스트는 공화주의와 자유주의를 대립하는 것으로 보는 경향이 있다.

공화주의는 '예속되지 않은 자유로운 시민'을 전제한다. 마키아벨리는 "시민은 자유를 유지하기 위해 자유를 자신의 수중에 쥐고 있어야 한다"고 말했다. 공화주의는 태생적으로 자유주의를 품고 있었다. 다만 키케로가 "우리 모두는 자유롭기 위해 법에 복종한다"고 말했듯이, 공화주의는 법을 자유의 수단으로 여기는 경향이 강한 반면 자유주의는 법을 개인의 자유를 간섭하는 수단이 될 수 있음을 경계하는 차이가 있다.

공화주의와 민주주의는 고대의 발명품이다. 그에 비해 자유주의는 근대의 발명품이다. 나는 공화주의와 자유주의가 대립하는 것이 아니라 현대의 공화주의는 민주주의와 자유주의를 품고, 또 그것을 두 축으로 하고 있다고 생각한다. 민주공화국의 원리를 자유민주주의라고 말하는 것에서도 알 수 있다. 공화주의와 자유주의가 대립한다면 민주공화국이라 하지 말고 그냥 자유국이라고 해야 할 것이다.

민주주의는 정치공동체의 운영 원리이다. 따라서 공동체주의적 성격이 강하다. 민주주의는 시민의 다수 의지에 의한 통치라고 본다. 자유주의 없이 공화주의가 민주주의만을 품고 있다고 가정해 보자. 자칫 전체주의에 빠져들 위험이 상존할 수 있다. 다수의 의지를 형식적으로 공공선과 정의로 일치시켰을 때 전체주의로 전락할 수 있다는 것이다. 독일의 바이마르 민주헌정 체제에서 선거로 히틀러가 등장한 역사적 사실에서 우리는 그 위험성을 확인할 수 있다.

공화주의가 제대로 꽃피려면 특히 개인의 인권과 자율성을 강조하는 자유주의와 민주주의가 서로 견제하고 균형을 이뤄야 한다. 그렇지 않으면 흔히 효율성과 합리성이라는 명목 아래 공화주의가 심각하게 훼손될 수 있다.

몇 년 전 개헌 문제가 나오며 우리 헌법에서 자유라는 말을 빼는 것을 두고 큰 논란이 인 적이 있다. 민주주의라는 말에 자유의 의미가 담겨 있으니 빼도 된다는 주장이었다. 난 위험한 주장이라고 본다. 민주주의는 자유주의를 온전히 담고 있지 못하고, 담을 수도 없다.

헌법에 시민의 자유권이 보장돼 있는데 무슨 문제냐고 항변할 수도 있다. 민주도 가다듬고 확대되듯이 자유도 마찬가지로 가다듬고 확대

된다. 헌법에 그 용어가 있느냐 없느냐는 때로 엄청난 결과를 초래할 수 있다. 우리 헌법의 제119조 2항, 이른바 경제민주화 조항이 있는 것과 없는 것은 헌법재판소의 판결에 엄청난 영향을 미친다. 동일한 이유로 우리 헌법에 자유 표기의 유무 또한 중요하다.

그러면 민주주의 없는 자유주의는 어떤가? 민주주의 없는 자유주의의 가장 극단적인 형태가 '무정부주의'이다. 무정부주의는 정부 자체를 억압이라 생각한다. 국가는 극히 예외적인 경우를 빼면 세계적으로 보편적인 제도이다. 세상이 간섭받지 않는 개인들의 이익 추구의 장으로 방임되는 경우는 없었다고 봐도 무방하다. 종족·부족의 상태에서도 지도자는 언제나 존재했다. 무정부주의는 공상에 불과하며 인간에 대한 무지의 소치일 뿐이다.

민주주의는 다수결주의가 아니다

민주주의는 다수의 의지에 의한 통치라고 했다. 그래서 일각에서는 민주주의=다수결주의라고 생각한다. 그렇지 않다.

우리나라의 국회의원 선거는 소선거구제로 단순다수 대표제이다. 단순하게 다수의 득표를 얻으면 당선되는 것이다. 국회의 운영 원리도 과반 출석의 과반 찬성으로 다수결제를 택하고 있다 보니 민주주의는 다수결주의라는 인식이 많다.

입법의 규칙으로 다수결주의(다수결 투표)가 많이 쓰인다. 그런데 다수의 의지가 반영된 입법으로 대표자나 관리를 투표가 아닌 다른 방식으로 선출할 수 있다. 고대와 중세의 공화국 사례를 보면 선거(투표)가 아니라 추첨 방식으로 관리를 선발하는 경우가 종종 있었다. 즉 다수의 의지로 선출 방식을 정한다면 꼭 다수결 투표일 필요가 없는 것이다.

그런가 하면 특수다수결제가 있다. 단순 과반이 아니라 재적의 2/3 이상의 찬성을 얻어야 하는 경우가 그렇다. 우리나라의 경우 국회에서 헌법 개정안을 통과시키려면 재적의원의 2/3 이상이 찬성해야 한다는 특수다수결제를 채택하고 있다. 특수다수결을 달리 표현하면 1/3 이상이 반대하면 통과되지 못한다는 의미이다. 따라서 특수다수결을 다른 말로 하면 '소수결'이라고 할 수 있다.

민주주의의 정당성은 다수 의지라는 결과의 확인만으로 충족되지 않는다. 지난한 토론과 설득, 동의 과정이 있어야 다수 의지가 정당성을 갖는다. 그래서 민주주의는 자유주의와 함께 가야 한다. 그래야 소수 의견이 대접받고, 토론과 설득이 보장된다. 민주주의=다수결주의라는 사고는 언제든 힘의 횡포 논리로 변질될 수 있음을 유의해야 한다.

입법에서 다수결주의가 횡행한다면 입법의 자의성이 높아지고, 그 자의성은 독단과 독재로 흐를 가능성이 높다. 법은 쉽게 만들어져서는 안 된다. 최근 들어 국회에서 법안을 많이 낸 국회의원이 마치 우수한 의원인 것처럼 착각하는 듯한 흐름이 성행하고 있다. 법은 화석처럼 굳어 있어도 안 되지만 쉽게 만들어져서도 안 된다.

독재는 다수결주의로 자신의 정당성을 위장하곤 했다. 자유주의가 보장되지 않는 인민공화국의 현실을 보라. 인민공화국은 항상 전체주의, 집단주의, 독재의 모습을 갖고 있다. 인민공화국은 잘못된 공동체주의의 전형적인 모습이다.

2 정체성과 인정투쟁

개성과 가면

　　인간은 존재 자체만으로 복잡하고 묘하다. 모든 사회과학은 근본적으로 '사람은 대체 어떤 존재인가?'라는 물음으로부터 성립했다. 어쩌면 그 물음의 답은 상식적인 것일 수도 있고, 아니면 영원히 완전한 답을 찾을 수 없는 그 무엇일지도 모르겠다.

　　사람과 동물의 차이에 대해서는 다양한 예시가 있다. 사람은 추상화抽象化(중요한 특징을 찾아내 표현하고 개념화하는 것)하는 능력이 있고, 언어를 갖고 있으며, 지식을 문자로 축적하고 전달할 수 있다 등등.

　　나는 사람과 동물의 차이점을 대략 세 가지 모순으로 정리한다. 첫째, 개인의 독립성을 추구하지만 사회를 떠나서 실현할 수 없는 존재라는 것. 둘째, 번식이 목적이 아니라 단지 쾌락을 위해 성관계를 할 수 있는 존재라는 것. 셋째, 죽는다는 것을 알면서도 죽음 너머의 세계를 상상할 수 있는 존재라는 것. 단순하기 이를 데 없지만 난 이 세 가지 모순으로부터 사람 간의 갈등과 도덕, 종교 문제가 발생한다고 본다. 가장 근본적인 모순은 사회적 동물이면서도 끊임없이 개인의 독립성을 추구하는 데 있지 않을까?

그렇다면 한 사람의 정체성identity은 어떻게 형성되는 것일까? 개인을 강조하는 사람은 '내가 나를 무엇이라 생각하는가'가 자신의 정체성을 규정한다고 생각한다. 과연 그럴까? 정체성은 나 스스로의 규정뿐만 아니라 '남이 나를 무엇이라 생각하는가'와 '남이 나를 무엇이라 생각하는지 나는 어떻게 받아들이고 있는가'로 구성된다. 나를 바라보는 자신의 시선과 나에 대한 남의 시선이 어우러져 그 사람의 정체성을 형성하는 것이다.

한 사람의 정체성을 '개성'이라 한다. 영어로는 'personality'라고 한다. 영어에 페르소나persona라는 말이 있다. 다른 사람들 눈에 비치는 모습을 뜻한다. '가면'이라는 뜻도 갖고 있다. 고대 그리스 가면극에서 배우들이 쓰고 벗었던 가면을 페르소나라고 했다. 이 페르소나가 사람을 뜻하는 'person'과 개성을 뜻하는 'personality'의 어원이 된 것이다.

심리학자 칼 융의 분석심리학에서 페르소나는 아주 중요한 위치를 차지한다. 칼 융은 페르소나는 사회가 요구하는 도덕과 질서, 의무 등을 따르게 하는 것으로, 그 과정에서 자신의 본성을 감추거나 다스리게 된다고 말한다. 칼 융은 페르소나가 과잉되면 여러 가지 심리적 문제가 발생한다고 본다. 그래서 자신의 본성과 페르소나 사이의 균형이 중요하다고 주장한다.

한 사람의 정체성은 개성과 가면의 변증법적 합合이라고 봐야 한다. 이를테면 가면을 쓴 개성이라 할 수 있다. 그럴 수밖에 없는 것이 인간은 독립성을 추구하지만 그것을 사회 속에서 실현해야 하기 때문이다. 개성만으로는 살 수 없는 것이 인간의 운명이다.

미국의 사회학자 조지 허버트 미드는 개인의 자아란 주격 '나I'와 목적격 '나me'의 화해를 통해서 형성된다고 말한다. '목적격 나'는 그가 속한 사회 구성원들이 정의하는 '나'이고, '주격 나'는 '목적격 나'에 반발하는 나를 말한다. 미드는 이 두 가지 나의 화해 과정에서 비로소 개인의 자아상이 형성된다고 본다. 미드의 자아 이론은 한 사람의 정체성에서 개성과 가면의 관계를 잘 밝히고 있다.

역사적·사회적 현상을 보면 일종의 파동, 패션(유행), 트렌드가 있음을 알 수 있다. 선거만을 놓고 보아도 어떤 때는 안정적 변화, 어떤 때는 빠른 변화가 주된 흐름이 되어서 결과를 가름하는 것을 볼 수 있다.

1987년 6·10민주항쟁으로 직선제 개헌이 되어 제6공화국이 출범했다. 그 해 12월 대통령선거에서는 군사정부 종식, 문민정부 출범 요구가 거셌지만 결국 군사정부의 한 축이었던 노태우 후보가 당선됐다. 김대중·김영삼 후보의 분열이 주원인이라 할 수 있지만 큰 흐름에서는 민심이 급격한 변화보다는 안정적 변화를 택했던 것이라 할 수 있다. 전 정권의 실정이 크게 작용하지만 통상적으로 여야 정권교체가 될 때는 급격한 변화를, 여여 정권재창출이 될 때는 민심이 안정적 변화를 요구한 결과라 볼 수 있을 것이다.

또 선거에서 어느 때는 경제 문제가 주요 이슈가 되고, 어느 때는 정치 문제가 주요 이슈가 된다. 2002년에는 정치 문제가 주요 이슈가 됐고, 2007년 대선에서는 경제 문제가 주요 이슈가 됐다. 사회학의 경우 어느 시기에는 경제 문제가 주요 이슈가 되기도 하고, 또 어떤 때는 정치 문제가, 또 어떤 때는 사회적 이슈가 주요 이슈가 된다.

개성과 가면의 문제도 마찬가지이다. 개성의 문제가 강조될 때가 있고, 가면의 문제가 강조될 때가 있다. 미국의 사회학자 데이비드 리스먼은 그의 책『고독한 군중』에서 사람들의 특징을 '내부지향형 인간', '타인지향향 인간', '전통지향형 인간'으로 나누며 시대적 상황과의 연관성을 서술하고 있다. 나는 내부지향형 인간은 개성을, 타인지향형 인간은 페르소나에 역점을 둔 것이라 본다. 개성이 강조될 때는 '개인주의 우월 사회'가, 가면이 강조될 때는 사회와 공동체를 강조하는 '민주주의 우월' 사회가 될 것이다. 민주주의 우월 사회에서 개인이 무시될 때, 개인주의가 억압될 때 전체주의 독재 사회가 될 것이다.

우리 사회는 개성만으로 살 수 없고, 가면만으로도 살 수 없다. 그런 사회는 근본주의 사회로, 결국 파쇼 체제로 전락할 수밖에 없다.

쇼펜하우어의 '고슴도치의 역설'

쇼펜하우어는 대표적인 염세주의 철학자로 알려져 있다. "삶은 가장 덜 인식할 때 가장 행복하다." 그가 했던 말이다. 그는 동료들이나 타인들을 항상 경계했다. 반사회적이었다. 그래서 음악을 벗 삼아 침잠하는 삶을 살려 했다.

쇼펜하우어가 쓴 마지막 책이 『부록과 추가』이다. 그 안에 쇼펜하우어의 '고슴도치의 역설'로 유명한 우화가 나온다. 어느 추운 겨울날 쇼펜하우어가 고슴도치들을 지켜보고 있었다. 추위를 이겨내기 위해

고슴도치들이 서로 몸을 안으려 한다. 그런데 바늘에 찔려서 떨어진다. 이런 시행착오 과정을 거친 끝에 고슴도치들은 최소한의 거리를 두는 게 가장 좋다는 것을 발견한다.

쇼펜하우어는 이 우화를 통해 외부로부터 따뜻한 관심을 구하려는 사람은 어느 정도 타인에게 상처받을 것을 각오해야 한다고 말한다. 타인에게 의지하지 않고도 혼자서 얼마든지 잘 살 수 있다는 자신을 합리화하는 것이다. 현대 심리학에서는 인간관계에서 애착 형성이 쉽지 않다는 것을 표현할 때 이 '고슴도치의 역설'을 쓴다.

나는 '고슴도치의 역설'이 사람과 사회의 근본적인 모순을 가장 잘 드러낸다고 본다. 이 역설은 개인, 자연환경, 사회라는 삼원 요소의 관계를 잘 드러내 준다. 고슴도치 각각은 개인을 상징한다. 서로 몸을 의지하려는 것은 사회를 뜻한다. 고슴도치의 가시는 사회와 개인의 적절한 거리가 필요하다는 것을 상징한다. 개인은 사회 없이는 생존할 수 없는 '사회적 동물'이라는 것, 그러나 사회와 개인이 일정한 거리를 두지 않으면 개인의 자유는 억압되고 전체주의의 함정에 빠질 수 있다는 것을 밝히는 것이다.

그러나 여기에서 추위라는 자연환경을 외면하고 추위를 극복하려는 고슴도치들만을 생각한다면 온전히 이 역설의 의미를 파악할 수 없을 것이다. 추위라는 자연환경적 요소, 기후 요소가 개인과 사회의 관계에 큰 영향을 미치는 것이다. 만약 더위라는 조건이었다면 고슴도치들은 더 적절하게 거리를 두었을 것이다.

진보라는 개념은 단지 사람과 사람의 관계, 사람과 사회의 관계로 한정될 수 없다. 지구 온난화에 따른 심각한 기후 위기는 이제 개인의 실존, 사회의 실존, 세계의 실존 문제로까지 우리의 위기의식을 확대하고 있다. 만일 이러한 기후 위기 앞에서 개인의 이익, 개인의 편리, 개인의 후생만 좇는다고 생각해 보자. 결코 기후 위기를 극복할 수 없다. 사회의 힘으로, 사회적 연대로, 지구적 차원의 연대로 해결해야 할 문제이다. 기후 위기는 다소 가시에 찔리는 아픔이 있더라도 서로가 서로를 안아 주지 않으면 안 될 문제이다. 공화주의는 생태주의를 반드시 포괄해야 한다.

동물의 생명권 문제를 보자. '공감과 연대'는 공화주의의 기본 정신이다. 동물의 생명권 문제는 개인과 사회의 문제를 넘어 동물의 생명권까지 공감과 연대를 확대하는 사안이다. 우리나라의 반려동물 인구는 약 1,400만 명이라고 한다. 반려동물을 단순히 키우는 것을 넘어 '자신의 확장'이라고 생각하는 경향이 갈수록 강해지고 있다. 자신의 자유의 영역으로 여기는 것이다. 이런 경우 동물의 생명권 문제는 자유주의의 확대 문제가 된다. 더운 여름날의 고슴도치처럼 사회와 개인이 좀 더 간격을 두고 봐야 한다.

그러나 동물의 생명권 문제가 반려동물 수준을 넘어 집단으로서의 인간, 집단으로서의 동물 문제가 됐을 때는 상황이 달라진다. 동물 생명권 보호와 함께 인간의 생체 에너지 수급 문제가 따른다. 동물의 생명권과 사람의 재산권이 갈등한다. 이때는 한겨울의 고슴도치들처럼 개인과 사회가 더 밀착해 이 문제를 논의해야 한다. 개인 차원에서 해결책을 모색할 수 없는 문제이기 때문이다.

악셀 호네트의 '인정투쟁'과 매슬로의 '인간 욕구 5단계론'

　　독일의 철학자 악셀 호네트는 '인정투쟁' 이론을 주장한다. 개인에 대한 사회의 인정 부재가 개인의 자아실현을 막고, 이러한 개인의 자아실현 좌절이 사회 갈등을 유발한다는 이론이다. 사회 속에서 개인의 자아실현 욕구의 발현을 '인정투쟁'이라고 명명한 것이다. 위에서 말한 미드의 자아실현 이론을 더 진전시킨 것이 악셀 호네트의 '인정투쟁'이라고 볼 수 있다.

　　호네트는 자아실현 과정에서 상호 인정이 중요하다고 말한다. 상호 인정에서 사회적 인정을 받으면 긍정적 자기의식을 갖게 되고, 사회적 무시를 경험하면 자기에 대한 긍정적 의식이 파괴된다고 말한다.

　　호네트는 긍정적 자기의식을 세 가지로 유형화한다. 첫째, 사랑과 우정의 원초적 인정, 둘째, 옳고 그름의 문제를 자율적으로 결정하는 법적 권리를 존중받는 인정, 셋째, 가치나 목적을 공유한 공동체 구성원들로부터 자신의 개성이나 능력을 인정받는 것이다.

　　이러한 사회의 인정 질서 속에서 개인이 새로운 자아상을 주장하면 사회와 대립하게 되는데, 개인의 저항은 인정 질서에서 배제된 사람들과의 사회적 연대를 통해 집단의 저항으로 확대된다. 그는 이러한 모든 저항을 '인정투쟁'이라고 했다.

　　사실 '인정투쟁'이라는 말을 처음 사용한 사람이 악셀 호네트는 아니다. 독일의 철학자 헤겔이 그의 책 『정신현상학』 '자기의식' 편에서 핵심 개념으로 제시했다. 헤겔은 이 개념을 사용하며 인정 과정은 투쟁, 그것도 생사를 건 투쟁이라고 말했다. 사람에게 인정받는다는 것은 목숨을 걸 만큼 중요하다는 것이다.

　미국의 철학자이자 여성주의 이론가인 주디스 버틀러도 인정투쟁
이란 말을 쓴다. "인정이란 자기 상실의 통찰에서 시작된다. 인정받는
다는 것은 상대방 속에서 나를 잃는다는 것, 나 자신이자 나 자신이 아
닌 타자 속에서 그리고 그 타자에 의해 전유되는 것이다." 주디스 버틀
러는 인정 질서에 대한 전복을 강조한다.

　미국의 심리학자 에이브러햄 매슬로는 1943년에 '인간 욕구의 5단
계'를 제시했다. 1단계 생리적 욕구, 2단계 안전의 욕구, 3단계 소속감과
애정의 욕구, 4단계 존경의 욕구, 5단계 자아실현의 욕구이다. 4단계,
5단계가 바로 악셀 호네트의 '인정투쟁' 단계로 볼 수 있다.

　사람들은 코로나19 위기 이전과 이후가 완전히 다를 것이라고 주장
한다. 물론 다를 것이다. 감염병에 덴 인간들이 그 취약점을 극복하기
위한 여러 기술적 모색을 할 것이라는 건 상식적 예측이다. 그러나 인
정투쟁의 관점에서, 특히 인정투쟁에 목숨을 걸기까지 한다는 관점에
서 봤을 때 사람들은 만나고, 모이고, 웃고, 울고, 떠들고, 그러면서 정
체성을 형성해 나간다는 면에서 코로나 전이나 후나 크게 달라질 것은
없다고 생각한다.

> 인간은 대중 속에서 존재하고 있을 때, 사실은 이미 그 자신으로부터 떠난 것이
> 다. 대중은 어떤 면에서 말한다면 녹여내는 역할을 한다고 할 수 있다. 말하자면
> 내가 그것이 아닌 무엇인가를 내 속에서 찾고 있는 것이다. 또 다른 한 면에서 본
> 다면, 대중은 단독자를 고립시켜서 아톰(원자)으로 만들어 버려 현존하려고 하
> 는 열망을 단념하게 한다. 대중이라고 하는 것은 실존이 없는 현존재인 것이며
> 신앙이 없는 미신이기도 하다.　　　 – 카를 야스퍼스, 『현대의 정신적 상황』 중

이래저래 개인(자아)과 대중(사회)의 관계라는 주제는 인간의 오래된 과제이다.

이성의 근대와 탈근대 : 사회적 진리와 개인적 진리의 문제

사람이 다른 동물과 구별되는 본질적인 특징이 이성이며, 따라서 사람은 '이성적 동물'이라고 말한다. 이성이 무엇이냐에 대해서는 오랫동안 논쟁이 있었다. 철학 논쟁의 주요 주제이기도 했다. 보통 이성은 사물을 옳게 판단하고 진위眞僞와 선악善惡, 미추美醜를 식별하는 능력을 뜻하는 것으로 개념 규정한다.

'근대 철학의 아버지'로 불리는 데카르트는 "신의 은총이 아니라 인간의 이성과 의지가 진리 발견을 통해 구원에 이르는 능력을 갖고 있다"고 말했다. 사람의 본질을 회의하고 생각하며 진리에 접근하려는 자유의지로 본 것이다. 이는 "나는 생각한다. 고로 존재한다"는 말에 잘 드러나 있다. 바야흐로 이성을 무기로 한 근대적 주체가 등장한 것이다. 이성은 신에 의지하지 않고 사람의 자유의지로 진리를 파악할 수 있다는 자신감을 드러낸다.

신의 진리가 아니라 사람의 이성이 파악한 진리가 세상의 빛을 열 것이라는 사상은 '암흑의 중세'를 끝내고 새로운 진보의 지평을 열었다. 그러나 무한정 진보의 지평을 넓힐 것이라 여겼던 이성은 어느 순간부터 위험한 것이 되었다.

진리는 어떻게 사회적으로 승인될까? 아니 인정될까? 내가 진리를 알고 있고, 나 아닌 다른 사람도 그 진리를 알고 있고, 내가 나 아닌 다른 사람이 그 진리를 알고 있다는 사실을 알았을 때 그 진리는 상호 승인된다. 연쇄적인 이 상호 승인을 통해 그 진리는 사회적으로 승인된다. 이것을 '자기동일성'의 원리라고 한다. 그런데 만일 이 '자기동일성'의 원리가 진실이 아닌 허상이라면 어떻게 될까? 누군가가 자신이 절대적 진리의 담지자이니 의심하지 말고 나의 진리를 믿고 따르라고 강요하는 일이 벌어진다면 어떻게 될까?

전체주의·파시즘은 개인, 아니면 집단이 절대적 진리의 담지자, 플라톤의 표현으로 하면 이데아의 담지자로 국가와 사회는 이 절대적 진리의 담지자를 중심으로 마치 하나인 듯이 묶여야 한다는 사상이다. 이걸 '유기적 국가 공동체' 사상이라고 한다.

파시즘의 어원은 '파스케스fasces'이다. 고대 로마에서 공권력을 상징하는 도끼를 파스케스라고 했는데, 붉은 띠로 묶은 나무 막대기 다발에 청동 도끼를 끼운 모양이었다고 한다. 파스케스는 라틴어로 '묶음'이라는 뜻이다. 파시즘은 이 다발 묶음처럼 사회가 조직되어야 한다는 사상이다. 파시즘·나치즘 등의 전체주의 세계관이 얼마나 파괴적인지는 역사가 증명하고 있다.

'이성의 위험성·폭력성'에 대한 회의를 배경으로 여러 철학 사조들이 등장한다. 이성의 위험성과 폭력성은 객관주의, 필연주의라는 이름으로 등장했기에 이에 대한 반대를 통해 등장했다. 실존주의는 개인의 개별적이고 특수한 실존으로부터 인간적 진리를 탐색한다. 분석철학은 주로 진리의 담지자로 언어를 주목하고 이에 대한 분석을 중요시한다. 현상학은 드러난 현상으로부터 진리를 탐구해야 한다고 주장한다.

이런 이성 중심주의에 대한 반대 흐름은 포스트모더니즘, 탈근대주의로 나아간다.

포스트모더니즘의 가장 극단적인 형태는 해체주의이다. 해체주의는 진리가 마치 주어진 것처럼 작용하는 것에 대해 회의한다. 보편적 이론이라는 거대 담론을 거부하고 진리의 상대성, 문화의 다양성을 중시한다. 이성의 진리는 승인되는 것이 아니라 조작되거나 사회에 강요될 때 비인간성, 폭력성을 드러낸다. 포스트모더니즘은 다원주의 사회의 출현, 개인주의의 번성이라는 시대적 배경에 조응하는 것이었다. 해체주의는 동일성을 반대하고 개성과 차이를 강조한다. 진리의 동일성이 전체주의, 집단주의의 폐해를 낳았다면 해체주의는 진리의 동일성을 부인하면서 진리의 담지자로서 개인에 침잠하는 오류에 빠질 수 있다는 우려가 있다.

개인주의는 상대주의, 주관주의로 출발해 정의情意주의로까지 나아간다. 도덕적 판단은 진위를 따질 수 있는 것이 아니라 개인적 선호의 문제라는 것이다. 이런 세계에서는 아예 공유되는 이성, 공유되는 진리라는 사고는 사라지고 오로지 직관, 느낌, 선호만이 존재하게 된다. 개인이 사회보다 절대적 우위에 서는 것이다.

사람은 이성적이기도 하고 비이성적이기도 하다

사람은 이성적인가? 사람은 끊임없이 진위와 선악, 아름다움과 추함을 식별하려 한다. 그리고 그에 대한 사회적 승인, 사회적 인정을 추구한다. 그 과정에서 철학과 학문, 도덕과 윤리, 종교와 예술이 발전하고 사회가 진보한다. 그런 측면에서 사람은 이성적이다.

우리는 이성이란 개념으로부터 '합리적'이라는 단어를 도출한다. 합리적이라는 말은 이성적이라는 말과 다르지 않다. 그런데 사람은 온통 이성적이고 합리적이기만 할까? 그렇지 않다. 사람이라는 동물은, 그리고 사람이 집단을 이루는 사회는 이성적인 것과 비이성적인 것의 혼합이다.

심리학은 인간이 얼마나 많은 편향에 빠져 있는지를 보여준다. 프로이트나 칼 융 등은 사람은 이성적 의식뿐만 아니라 개인 무의식과 집단 무의식을 지니고 있다고 주장한다. 행동경제학은 사람을 온전한 합리적 존재로 보지 않고 심리학·사회학·생리학적 차원에서 바라보는 경제학이다.

편향은 정상적인 사고의 과정을 거쳐서 바른 결정에 도달하지 못하도록 왜곡시키는 요인들을 말하는 것으로 '인지적 함정'이라고도 한다. 인터넷 위키트리 등에서 편향을 검색해 보라. 사람이 얼마나 많은 편향의 영향을 받는지 알 수 있다. 이런 많은 편향 속에서 정상적인 판단이 가능할까 싶을 정도이다.

사람은 이성과 비이성의 조합이다. 한 가지 편향도 갖지 않은 사람은 존재 불가능이다. 사람에게는 이성도 있지만 직관, 느낌, 선호가 있다. 그렇기에 한 가지 진리를 갖고 모든 사람의 생각을 통일시킬 수 있다는 총체성·전체성의 개념은 근본적으로 한계가 있다. 역사에는 숱한 우연이 작용한다. 그런데 마르크스의 사적 유물론처럼 묵시론적인 '역사적 필연 법칙'으로 유토피아적 미래를 예측하고, 그 법칙 속에 사람을 구속하는 것은 폭력이다. 칼 포퍼가 비판적 합리주의의 입장에서 『열린 사회와 그 적들』에서 주장했던 것이 바로 이것이다.

옳음과 좋음

'좋음the good'은 고대 그리스의 플라톤과 아리스토텔레스의 주요 철학적 주제였다. 근대의 공리주의功利主義 등에까지 영향을 미쳤다. 이 좋음과 쌍벽을 이루는 개념이 옳음the right이다. 『정의란 무엇인가』를 쓴 마이클 샌델은 그의 또 다른 책 『왜 도덕인가?』에서 칸트가 좋음에 대한 옳음의 우선성을 주장했음을 강조하며 이런 입장에 서는 것이 필요하다고 역설한다.

옳음과 좋음은 정치철학과 윤리학의 주요 개념으로 씨줄과 날줄을 이룬다고 해도 과언이 아니다. 정치와 윤리는 옳음과 좋음의 갈등이자 종합이다. 다소 거칠고 단순하지만 옳음은 가치와 이념, 진리의 모태이다. 좋음은 선호, 정념, 느낌의 모태이다.

옳음은 사회성을 강하게 띤다. 개인에 갇혀 있지 않고 사회 속에서 인정받는 것을 지향한다. 사람들을 강하게 묶는 성질이 있다. 그러나 사람을 옳음의 기준으로 편을 가르고, 옳음이 아니면 틀리다고 본다. 세상을 이분법으로 나누기 일쑤다.

좋음은 개인적 성격이 강하다. 어떤 사물, 어떤 주장에 대한 취향, 감정, 선호이기 때문에 다양성, 다원성의 성격을 띤다. 선호는 다름을 드러내는 것이지 틀림을 드러내는 것이 아니다. 상호 존중의 영역이다.

"아무리 훌륭한 정치 이론이라고 할지라도 그 가능한 최선이 특정 집단 또는 개인의 탁월함에 의존할 때, 그 이상의 실현은 비민주적이거나 아니면 시대착오적일 수밖에 없다." 우리나라 공화주의 학자 곽준혁의 말이다. 옳음을, 혹은 진리를 특정 집단이 독점하고 있다 생각하고, 또 그 옳음과 진리를 신성화했을 때는 배타적인 성격을 갖게 된다. 또한 갈등을 유일한 자양분으로 삼는다.

공리주의는 '최대 다수의 최대 행복'을 슬로건으로 내세웠다. 그 슬로건을 '최대 다수의 최대 옳음'으로 바꿔 보자. 이 슬로건 하에서 옳음만이 극단적으로 강조된다면 그 사회는 어떤 사회가 될까? 근본주의 사회가 될 것이다. 소수의 옳음은 이단이 되고 악이 된다.

이제 그 슬로건을 '최대 다수의 최대 좋음'으로 바꿔 보자. 세상에 좋음만이 극단적으로 강조되면 그 사회는 어떤 사회가 될까? 사람들은 하나의 원자가 되고 질서 없는 무정부주의 사회가 될 것이다. 옳음과 좋음은 늘 서로 조화를 이루고 균형을 찾아가는 과정에 있어야 한다.

3 자유, 평등, 그리고 박애

자유, 평등, 박애

'자유, 평등, 박애', 프랑스 혁명을 대표하는 슬로건이다. 현재 프랑스의 국가 슬로건이기도 하다. 자유, 평등, 박애는 현대 공화주의의 대표 정신이기도 하다. 근대적 의미의 자유와 평등은 한부모에서 태어난 자식들이다. 공화주의의 자식들인 것이다. 문제는 이 두 자식이 우애롭게 지내기보다는 '카인과 아벨'의 경우처럼 서로 경계하고 배제하고 질시하는 단계에까지 이르렀다는 것이다. 누가 그랬던가? 현대의 가장 큰 비극은 자유와 평등이 평행선을 달린 것이라고.

신분 사회로부터의 자유, 동등한 시민으로서의 평등이 왜 그렇게 평행선을 달리게 됐을까? 어느 순간부터 자유를 유독 강조하는 것이 보수적 정의가 되고, 평등을 유독 강조하는 것이 진보적 정의로 여겨지게 됐을까?

공화주의가 자유주의와 민주주의를 품어야 제대로 된 공화주의라

했다. 마찬가지로 공화주의는 자유와 평등 이념을 자신의 것으로 반드시 품어야 한다. 자유와 평등이 평행선을 걸으며 갈등하는 상황에서 이런 갈등을 해결하고, 그래서 공화주의를 풍부하게 하는 것으로서 '박애'가 강조되고 그 중요성이 재발견돼야 한다는 것이다.

왜 프랑스 혁명 당시 자유와 평등 두 가지 말고 박애도 들어갔을까? 박애는 다른 말로 우애, 협력, 연대라 해도 무방하다. 협력과 연대라는 정신이 없다면 자유와 평등은 언제든 갈등하며 따로 제 갈 길을 갈 것이라는 걱정과 우려가 있었던 것이 아닐까?

박애는 사회적 자본이다. 즉 신뢰이다. 그 나라, 그 사회를 지탱하는 보이지 않는 정신이다. 우주에서 보이지 않는 암흑물질이 존재하지 않고서 우주가 존재할 수 없듯이, 자본주의 경제에서 총요소생산성이라는 미지의 영역 없이 한 나라 경제의 경쟁력을 설명할 수 없듯이, 박애라는 정신이 존재하지 않고서는 한 사회를 온전히 설명할 수가 없다. 자유와 평등의 공존과 갈등만으로 한 사회를 온전히 들여다볼 수 없다는 것이다. 박애는 자유와 갈등을 융화시키고, 그 사회를 조화롭게 하는 핵심 수단이다. 어쩌면 박애의 수준이 그 나라, 그 사회의 수준을 결정하는 것일지도 모른다. 박애 없이 진보도 없다.

'자연권' 사상

근대적 자유는 '자연권' 사상과 결부돼 있다. 자연권이란 인간이 태어날 때부터 자연적으로 가지는 천부天賦의 권리를 말한다. 천부,

하늘이 준 권리라는 것이다. '왕권신수설王權神授說'이라는 게 있다. 절대 왕정 국가를 옹호하는 것으로, 왕권은 신으로부터 주어진 것이므로 신하와 백성은 왕에게 절대 복종해야 한다는 주장이다. 자연권은 이 왕권신수설에 저항하는 반대 개념으로 등장한 것이다.

자연권 사상은 1628년 영국 청교도 혁명의 도화선이 된 권리청원, 1689년 영국 명예혁명 당시의 권리장전에서 싹텄다. 권리청원을 이끌었던 에드워드 코크가 자연권, 자연법이라는 용어를 사용했다. 그러나 당시 청원서와 장전에는 자연권이라는 말이 쓰이지는 않았다. 1776년의 미국 버지니아주 헌법의 인권선언과 미국 독립선언, 1789년의 인권선언에 비로소 자연권이 표현돼 있다. 영국의 권리장전이 국왕과 귀족, 의회 간의 견제, 세력다툼의 성격이 강했다면 버지니아의 권리장전과 미국의 독립선언문은 신분적 제약이 없는 인간의 동등한 권리를 표방하고 있다.

버지니아 권리장전의 1조는 이렇게 시작한다. "모든 인간은 날 때부터 평등하게 자유롭고도 자주적이며 일정한 천부의 권리를 갖고 있으며, 인간이 한 사회의 성원이 될 때, 예컨대 생명의 자유와 향유와 같은 그러한 권리를 후손들로부터 박탈할 수 없다." 천부 인권으로서의 자연권과 양도 불가능성을 표현한 것이다.

미국 독립선언문을 보자. "우리는 다음을 자명한 진리로 생각한다. 모든 사람은 평등하게 태어났으며 신은 그들에게 누구도 빼앗길 수 없는 몇 가지 권리를 부여했다. 여기에는 생명과 자유와 행복 추구의 권리가 포함된다. 이 권리를 확보하기 위해 인민은 정부를 만들었으며, 정부의 정당한 권력은 인민의 동의에서 나온다…."

프랑스 혁명 당시의 '인간과 시민의 권리 선언'을 보자.

제1조. 인간은 자유롭고 평등한 권리를 지니고 태어나서 살아간다. 사회적
차별은 오로지 공공의 이익에 근거할 경우에만 허용될 수 있다.

제2조. 모든 정치적 결사의 목적은 인간이 지닌 소멸될 수 없는 자연권을 보존
하는 데 있다. 이러한 권리로서는 자유권과 재산권과 신체 안전에 대한
권리와 억압에 대한 저항권이다.

'인간과 시민의 권리 선언'에서 눈에 띄는 것은 '재산권'이 '자연권'
에 포함돼 있다는 것이다.

자연권은 자연법 사상에서 나온 것이다. 자연법은 만물을 지배하는
필연적 법칙, 자연적으로 존재하는 법 체계를 말한다. 인위적으로 제정
된 실정법과 반대되는 개념이다. 플라톤의 이데아와 현상 세계의 구별
이 연상된다. 자연법은 이데아이고, 실정법은 현상 세계와 같다. 이런
사고는 아리스토텔레스의 이성의 실현으로서의 목적론적 질서, 토머스
아퀴나스의 신의 정신으로서의 자연법 사상으로 이어진다.

토머스 홉스는 사회가 만들어지기 이전 자연 상태에서는 '만인의
만인에 대한 투쟁'이 벌어진다고 말한다. 이것을 극복하고 자기보존이
라는 자연권을 확보하기 위한 방편으로 인간의 이성이 자연법을 만들
어냈다는 것이다. 존 로크는 자기 보존 외에 자유와 재산권도 자연권
에 포함시킴으로써 자본주의에 기초한 근대 시민사회의 성립에 이론적
기초를 부여했다. 로크와 루소는 자연법에 따른 자연권이 침해됐을 때
저항권이 필요하다고 주장함으로써 미국 독립혁명과 프랑스 혁명 등
근대 혁명에 지대한 영향을 미쳤다.

영국의 보수주의 창시자라 불리는 에드먼드 버크의 계승자임을 자처하는 러셀 커크는 그의 책『보수주의 정신』에서 보수주의 사상을 여섯 개의 핵심 기둥으로 정리한다. 그 기둥 중 하나가 자유와 재산은 밀접하게 연결된다는 신념으로, 재산을 사적 소유에서 떼어내면 국가가 모든 것을 지배하게 된다는 테제이다. 자연권으로서의 재산권, 자유로서의 재산권, 즉 소유권을 강조한 것이다. 이런 사상은 신자유주의와 어우러져 활짝 꽃봉오리를 피운다.

자연권은 존재하는가?

자연법과 자연권 사상에 대해 법실증주의는 반기를 든다. 자연법과 자연권이라는 것은 존재하지 않으며 인간이 실제로 만든 법, 실정법實定法만이 의미를 갖는다는 것이다. 헌법상의 인권은 그것이 하늘이 내려줘서 의미가 있는 것이 아니라 헌법이 그런 권리를 명기했기 때문에 의미가 있다는 것이다.

많은 나라의 헌법에는 기본권으로서의 인권에 대해 명시하고 있다. 보통 인권은 인간으로서의 존엄과 가치, 행복을 추구할 수 있는 권리라고 규정한다. 인권은 크게 자유권과 평등권, 사회권, 참정권, 청구권으로 나뉜다.

자유권은 개인의 자유로운 영역에 대해 국가권력, 사회의 간섭이나 침해를 받지 않고 보장받을 권리이다. 자유권으로는 생명권, 신체 등 인신에 관한 자유, 통신의 자유 등 사생활의 비밀 보장과 자유, 거주와 이전의 자유, 양심의 자유, 종교의 자유, 언론출판의 자유와 집회결사의 자유, 학문과 예술의 자유 등 정신적 활동에 관한 자유, 직업선택의 자유, 재산권 등 경제생활에 관한 자유권 등이 있다. 이 자유권이 근대 인권의 기초가 됐다. 이 개인적 자유권이 자연권의 본질적 내용이다.

평등권은 인종, 성별, 종교, 신분, 나이, 장애 등으로 차별받지 않고 동등하게 대우받을 권리로 법 앞의 평등이 대표적이다.

19세기 중·후반 독점자본주의가 출현하면서 빈부 격차와 빈곤 문제가 사회적 이슈가 됐다. 이 문제의 해결을 위해 20세기 들어 각 나라에서 인간의 존엄을 유지하기 위한 최소한의 생활 보장과 실질적 평등의 추구가 부각되면서 사회권이 도입되었다. 복지국가의 토대를 제공한 것이 바로 사회권이었다. 1919년에 제정된 독일의 바이마르 헌법이 그 시초였으며, 2차 세계대전 이후 각 나라 헌법에 명문화됐다.

사회권은 시민이 인간다운 삶에 필요한 사회적 보장책을 국가에 요구할 수 있는 권리를 말한다. 사회권으로는 최저생활보장권, 교육받을 권리, 일할 권리, 단결권 등의 노동권, 주거권, 혼인과 가족의 보호권, 모성보호, 보건권, 환경권 등이 있다.

참정권은 시민이 국가의 의사결정 과정에 참여할 수 있는 권리로 시민 주권주의를 실현하는 수단이다. 선거권, 공무담임권, 국민투표권 등이 그것이다.

청구권은 기본권이 침해되거나 침해될 위험에 놓일 때 이를 구제하는 데 필요한 권리로 청원권, 재판 청구권, 국가 보상과 배상 청구권, 정보공개 청구권 등이 있다.

이렇게 장황하게 헌법상의 기본권을 늘어놓은 이유가 있다. 이 많은 헌법상의 기본권은 자연권인가, 아닌가? 개인의 자유권만이 자연권이고 나머지는 자연권이 아닌가? 만일 개인의 자유권만이 자연권이라면 나머지 헌법적 기본권은 자유권에 비해 낮은 위치에 놓이게 된다. 그렇게 되면 개인의 자유가 앞서게 되고 사회권 등 사회의 균형과 조화를 위한 기본권은 후순위에 놓이게 될 것이다. 그러면 사회는 혼란해진다.

법실증주의가 주장하는 대로 자연권이라는 것은 애초에 없었다. 왕권신수설에 대항해 개인의 자유권을 하늘이 내려준 권리라고 주장했던 역사적 맥락에서 나온 것이다. 자연권은 사회적 산물이었다. 왕권과의 투쟁 과정에서 나온 사회적 산물이었다. 따라서 자연권이라 하지 말고 헌법이 보장하는 기본권이라고 해야 한다.

사회가 다원화되고 인권에 대한 요구가 높아지면서 인권의 범위는 세분화되고 넓어지고 있다. 사회적 약자, 소수자에 대한 인권 보장이 헌법상의 기본권으로 반영되고 있다. 우리나라도 헌법상의 요구에 따라 빈곤층을 위한 생활보호와 의료보호, 장애인 복지, 노인 복지 등을 법률로 정하고 있다. 나라에 따라서 아동 인권이 기본권에 포함되는 경우가 많은데, 우리나라는 아직 헌법상 아동권이 보장되지 않고 있다.

'건강하고 쾌적한 환경에서 생존할 권리'인 환경권의 경우, 1972년 채택된 '유엔 인간환경선언' 이후 세계 여러 나라가 인권의 하나로 받아들였다. 정보화 시대가 되면서 인권의 하나로 정보인권이 강조되는 것도 시대적 흐름이다. 또한 양심적 병역거부자, 성소수자의 인권 보장도 시대적 흐름이 되었다.

소극적 자유와 적극적 자유

영국의 철학자 이사야 벌린은 자유를 '소극적 자유'와 '적극적 자유'로 나눈다. 소극적 자유는 국가와 사회로부터 간섭받지 않을 개인의 자유를 말하고, 적극적 자유는 사회 속에서 자기의 의지를 실현하는 것을 말한다.

이사야 벌린은 소극적 자유를 강조한다. 적극적 자유가 자칫 개인의 자유를 훼손할 수 있다는 것을 강조한다. 홉스, 로크, 밀, 롤스, 하이예크 등이 이런 입장에 서 있다. 이에 비해 스피노자, 루소, 칸트, 헤겔, 마르크스 등은 적극적 자유를 옹호하는 입장이다. 역량으로서의 자유를 말하는 아마르티아 센, 연고적 자아를 주장하는 마이클 샌델, '비지배 자유'를 주장하는 신공화주의자 필립 페팃도 적극적 자유를 옹호하는 편에 서 있다.

고전적 공화주의는 '시민 스스로가 제정한 법에 의한 자기 통치가 자유'라 여겼다. 소극적 자유주의자는 그런 생각을 거부한다. 소극적 자유주의자는 국가권력과 법이 언제든 개인의 자유를 간섭하고 훼손할 수 있다고 경계한다. 따라서 개인적 권리를 우선한다. 국가와 사회의 의무는 개인의 권리 보장을 목적으로 해야 한다고 주장한다.

소극적 자유가 극단적으로 나아가면 영국의 대처 전 총리의 말처럼 "사회와 공동체는 없다. 오직 개인과 가족만 있을 뿐이다"라는 사고로 이어진다. 간섭받지 않을 자유는 경쟁과 능력에 따른 자기실현의 적극적 추구 또한 간섭하지 말아야 한다는 주장으로 연결된다. '시장자유주의'라고 불리는 신자유주의는 이렇게 출현한다.

적극적 자유는 자기실현이 고립된 자아로 이룰 수 있는 것이 아니라 사회 속에서 실현된다고 본다. 칸트는 적극적 자유를 '자율'이라고 했다. 개인의 권리도 중요하지만 사회적 의무와 함께 가야 한다는 것이다. 이때 국가와 사회가 개인의 자기실현을 위해 적극적인 역할을 해야 한다고 주장한다. 법과 윤리 속에서의 자기실현을 강조한 것이다. 법은 자유를 간섭하는 자유의 수단이라고 생각한다. 개인의 자유 확대를 위한 사회적 조건의 창출을 강조한 것이다. 적극적 자유는 평등과 복지에 친화적이다. 언제나 자유가 평등과 평행선을 달리게 된다는 말은 거짓이다.

그런데 적극적 자유의 위험성을 경고하는 이사야 벌린의 주장은 터무니없는 것인가? 그렇지 않다. 국가가 민족과 사회를 앞세워 적극적 자유의 담지자로 나설 때 전체주의, 정치 독재로 빠질 수 있다는 것을 역사는 뚜렷이 보여주고 있다. 계급 해방과 '자유로운 이들의 연합'이라는 이상을 내세웠던 마르크스의 사상을 따르려 했던 공산 국가들이 일당 독재로 전락했던 것을 잊지 말아야 한다.

헤겔의 절대정신이 국가·민족과 잘못 만나게 되면 파괴적 결과를 초래하게 된다. 국가가 절대정신의 담지자로 세계 속에서 자신의 적극적 자유를 주장하게 되면 정복과 전쟁으로 이어진다. 히틀러의 전쟁과 푸틴의 우크라이나 침략이 그렇다. 개인의 권리가 억압되고 루소의 일반의지가 강조될 때, 그 일반의지의 담지자가 정부가 될 때 그 정부는 독재의 모습을 띤다.

또한 간섭받지 않을 권리가 무제한적인 자유의 추구로 이어진다면 어떻게 될까? 벤담은 "악을 행할 수 있는 자유는 자유가 아니란 말인가?"라는 도발적인 주장을 하기도 했다. 마이클 샌델이 지적하듯이 자기결정의 권리, 자유를 주장하면서 마약 할 권리, 장기를 팔 자유까지 무한 확장한다면 그 사회는 온전히 유지될 수 없다. 심지어 벤담식의 악을 행할 자유까지 허용하는 사회는 붕괴할 수밖에 없을 것이다. 시장의 절대적 자유를 주장할 때 사회 양극화와 불평등 심화로 그 사회는 유지될 수 없다. 모든 간섭이 죄악은 아니다. 필요한 사회적 간섭은 사회적 안정에 기여한다. 사회적 안정 없이는 소극적 자유의 추구도 불가능하다.

자유주의가 민주주의와 상호 견제해야 하듯이 소극적 자유는 적극적 자유와 공존하며 상호 견제해야 한다. 필립 페팃은 이렇게 말했다. "타인의 자의적 간섭에 비교적 잘 견딜 수 있음과 동시에 사람들 사이에서 안전하게 삶을 영위할 수 있는 사회적 상태로 자유를 이해해야 한다." 소극적 자유와 적극적 자유의 조화를 가장 적절하게 드러낸 말이다.

에리히 프롬의 '자유로부터의 도피'

영국의 철학자 토머스 홉스는 인간의 자연 상태는 '만인의 만인에 대한 투쟁'으로, 이 무질서를 극복하기 위해 사람들이 사회적 계약을 통해 일정 권리를 양도함으로써 권위를 가진 국가를 세웠다고 말했다. 그러면서 국가를 구약성경의 욥기에 나오는 괴물 '리바이어던' 이라 명명했다.

홉스는 단순히 강력한 권위와 통치권자로서 국가를 주장한 것은 아니었다. 통치권자의 요건으로 두 가지를 지적했다. 첫째는 국민을 보호하는(제압이 아니다) 압도적인 힘이고, 둘째는 국민의 동의이다. 홉스는 독재적인 권위체로서의 정부를 주장하지 않았다. 개인적 자유를 우선 시했다.

이사야 벌린 같은 이들은 자칫 적극적 자유의 주장이 개인적 자유를 억누를 수 있다는 것을 경계했다. 국가와 사회라는 이름으로 정치가 과잉됐을 때 개인적 자유가 억압될 수 있다는 것이다. 전체주의 실체를 봤을 때 일리 있고 근거 있는 주장이다.

그런데 에리히 프롬은 그의 책『자유로부터의 도피』에서 반대로 자유의 과잉이 전체주의를 낳았음을 밝히고 있다. 한나 아렌트도 이와 비슷한 주장을 했다. 소극적 자유의 창궐이 획일성과 광범위한 인간 소외 현상을 낳았고, 무력감과 불안에 휩싸인 사람들이 이런 자유를 참지 못하고 도피하여 새로운 의존과 복종의 대상을 찾게 된다고 갈파한 것이다. 그리고 그러한 흐름이 파시즘 같은 전체주의를 불러왔다고 말한다.

이 두 사람 모두 자유주의가 전체주의와 대립하는 것이 아니라 오히려 자유주의가 개인적 성격을 강화하면 전체주의의 원인이 된다고 본 것이다. 에리히 프롬은 그 해결책으로 적극적 자유를 주장한다. 한나 아렌트는 사적 영역의 확대가 아니라 공적 영역에 대한 참여를 해결책으로 제시한다.

한나 아렌트가 정치의 과잉을 주장하는 것은 아니다. 그녀의 주장은 공적 삶이 국가와 민족이란 이름 아래 획일적으로 복종하는 삶이 아니라 사람들 각자가 서로 거리를 두면서도 연대하는 삶을 살아야 한다는 것이다. 다원주의 사회에서의 공적 삶을 말하는 것이다.

홉스의 '만인에 대한 만인의 투쟁'은 개인적 자유를 강조한다. 그런데 개인적 사유의 과잉은 전체주의를 불러올 수 있다. 그러면 반대로 '만인에 대한 만인의 협력'이 있다고 가정해 보자. 그 사회는 자유롭고 민주적인 공화국일까? 그렇지 않다.

'만인에 대한 만인이 협력'이 바로 공산주의에서 그린 인간의 본성이다. 만인의 협력이 강조되는 사회는 협력적이지 않은 존재에 대한 억압을 전제한다. 평등을 내세우며 개인적 자유를 침해하게 된다. 사회주의 국가들이 억압적 국가로 드러난 사실로 알 수 있다. 극단적인 정치의 과잉, 정치 이념의 과잉 현상이 나타났다.

자유의 과잉은 전체주의를 낳을 수 있다. 정치의 과잉, 사회의 과잉, 평등의 과잉 또한 전체주의를 낳을 수 있다. 따라서 적극적 자유가 정치의 과잉으로 변질되지 않도록 끊임없이 경계하고 감시해야 한다.

필립 페팃의 '비지배 자유'와 '시민적·인격적 평등'

신공화주의자로 불리는 필립 페팃은 말한다. "하나의 이상으로서 비지배 자유는 풍부하면서도 매우 부담스러운 주제다. 왜냐하면 비지배 자유는 단순히 개인적 선택의 영역에서 타인의 간섭이 부재한 상태만을 요구하지 않기 때문이다. 비지배 자유는 개인적 선택의 영역에서 (실제로 간섭이 없더라도) 간섭할 수 있는 타인의 위협적인 권력에 그 누구도 종속되지 않는 상태를 요구하기 때문이다."

'간섭받지 않을 자유'는 국가와 사회, 타인으로부터 개인의 권리가 부당하게 간섭받지 않는 자유를 말한다고 했다. 그런데 이는 잘못 적용되면 '간섭받지 않고 내 맘대로 할 수 있는 자유'라는 사고로 이어질 가능성이 높다.

그래서 필립 페팃은 간섭받지 않는 개인적 자유를 넘어 '비지배 자유', 즉 법에 의거하지 않고 자의적으로 지배받지 않을 자유가 진짜 자유이며, 자의적으로 지배받지 않을 자유를 위한 입법이 있어야 더 많은 자유를 누릴 수 있다고 주장한다.

자의적인 것이 무엇을 뜻하는지, 무엇이 지배인지는 충분히 논란이 있을 수 있다. 그러나 유독 개인적 자유가 강조되는 상황에서 '비지배 자유'라는 관념을 통해 자유의 의미를 사회적으로 확장하고, 입법이라는 사회적 수단을 통해 자유를 확장해야 한다는 페팃의 주장에는 공감하는 바가 크다.

막스 베버는 사회 진보의 원천에는 분화가 있다고 했다. 관료화가 진행되면서 사회는 발전하고 효율적이 된다고 봤다. 관료화는 정부 기구의 관료화뿐만 아니라 기업의 관료화까지 포함한 포괄적인 개념이다.

관료화가 진전됨에 따라 '위계'가 만들어진다. 누군가는 상위 위치에서 지시하고 누군가는 하위 위치에서 그 지시를 이행한다. 위계 자체는 불가피하다. 위계 자체를 문제 삼으면 무정부주의로 치닫는다.

그러나 위계가 지배적 인격성을 갖게 되면 문제가 발생한다. 재벌 총수의 부인이 운전기사를 하인 다루듯 하는 모습이 있었고, 어느 재벌 총수는 직원을 폭행하고 맷값으로 해결하려다 공분을 사기도 했다. 위계라는 관료적 효율을 위한 수단이 사람에 대한 자의적 지배의 수단이 된 것이다. 위계가 낮다고 폭언을 일삼고, 성추행을 하고, 부당하고 위법한

지시를 내린다면 그건 인격적으로 지배하는 것이다.

『한국인의 에너지, 평등주의』라는 책에서 전북대 교수 정태석은 평등을 다양하게 구별한다. 그러면서 물질적 평등을 위한 노력과 함께 '시민적·인격적 평등'을 강조하며 '시민적·인격적 평등'을 위한 주요 과제로 갑질 해소를 내세운다. 난 정태석의 주장에 크게 공감한다. 위계가 존재하더라도 동등한 시민적 권리를 가진 인격체로 인정해야 한다.

칸트의 정언명령 두 번째는 "다른 사람을 수단으로만 생각하지 말고 목적으로 대하라"이다. 나는 선험이니 정언이니 하는 것은 없다고 생각한다. 현실적이고 경험적이고 사회적인 진리, 정의가 있다고 생각한다. 그렇지만 사람을 수단으로만 생각하지 말고 목적으로 대해야 한다는 칸트의 주장은 분명 '시민적·인격적 평등'의 중요성을 일깨우는 것임에 틀림없다.

대기업과 협력업체 사이의 위계를 이용한 갑질, 직장 내 상급자의 하급자에 대한 갑질, 정부 행정 관료의 행정 권한을 빙자한 갑질 등은 위계를 이용한 갑질이다. 갑질의 자유까지 자유로 인정해서는 안 된다. 이는 간섭받지 않을 자유를 넘어서는 사회적 해악이다. 그런 점에서 각종 '갑질방지법'은 페팃의 비지배 자유에 부합하는 것이라 볼 수 있다.

아마르티아 센의 '역량으로서의 자유'

페팃은 비지배 자유를 위해 국가가 적극적인 역할을 해야 한다고 말한다. "공화주의 정부는 다음과 같은 노력들을 통해 그러한 이상

(비지배 자유)을 신장시켜야 한다. 비지배 자유를 유지하는 데 필요한 법적, 경제적, 그리고 교육적 기반들을 제공해야 하고, 모든 시민들의 사회적·의료적 안전을 보장해야 하며, 그리고 다른 사람과의 관계에서 누군가를 특별히 취약하게 만드는 여러 관계로부터 시민들을 보호해야 한다."

페팃의 이런 주장의 연장선상에서 우리는 아마르티아 센에 주목해야 한다. 센은 인도 태생으로 동양인 최초로 빈곤에 대한 연구 업적을 인정받아 노벨경제학상을 수상했다. 센은 역량으로서의 자유를 말한다. "모든 사람들 각자가 가치 있다고 생각하는 삶을 살 수 있는 역량"이 자유라는 것이다.

센은 역량으로서의 자유를 위해 다섯 가지를 강조한다. 정치적 역량으로서의 민주주의, 경제적 역량으로서의 소득, 사회적 안전망과 복지 등 사회적 기회, 정보 투명성의 보장, 안전 보장으로 안보와 치안이 그것이다. 경제적 역량을 뒷받침하는 것이 마치 자유와 평등의 전부인 양 사고하는 경제주의적 관점을 넘어서는 것이다.

센은 가장 중요한 역량을 민주주의라고 본다. 미국의 정치학자 데이비드 이스턴은 "정치란 사회적 가치와 자원의 권위적 분배"라고 갈파했다. 그렇기에 시민으로서 동등한 발언권을 갖고 사회적 가치와 자원의 권위적 분배 과정에 참여하는 민주주의야말로 가장 일차적인 역량이라고 말한다.

난 센의 주장에 동의한다. 개인의 자유와 사회적 조건을 융합시킨 주장이라 생각하기 때문이다. 센은 자유주의와 민주주의의 조화를 설득력 있게 제시했다.

우리나라의 공화주의 학자 곽준혁은 말한다. "균등하게 주어진 '기회'

를 선택하고 향유할 수 있는 '최소한의 능력' 또는 가능성의 평등이 동시에 요구된다는 것이다. 그럼에도 불구하고, 한국 사회는 좀처럼 '기회의 균등'으로부터 '가능성의 평등'으로 관심을 이전하려 하지 않는다."

우리는 보통 평등 하면 기회의 평등, 조건의 평등, 결과의 평등을 말한다. 나는 곽준혁의 '최소한의 능력'과 '가능성의 평등'이 더 와닿는다. 센과 곽준혁은 동일한 문제의식을 공유하고 있다고 생각한다.

존 롤스는 '차등의 원칙'에 입각해 그 사회의 유능한 사람들이 능력을 맘껏 발휘하게 해 생산력을 높이고, 그 혜택이 불우한 이들에게까지 돌아갈 때 경제적 불평등은 정당화될 수 있다고 말한다. 이런 롤스식의 주장을 '평등주의적 자유주의'라고 한다.

그런데 롤스는 기본적으로 소득과 정보의 빈곤과 결여 등은 무엇을 할 수 있는 능력의 부족이지 자유의 부족은 아니라고 본다. 센의 역량으로서의 자유 주장은 롤스식의 한계를 넘는 것이라 할 수 있다.

이미 오래전부터 조건의 불평등으로 인해 기회의 평등이 훼손되어 왔다. 물론 어떤 맥락 속에서는 여전히 기회의 평등, 조건의 평등의 엄중함을 논할 수 있다. 그러나 사회 전반에 이를 적용하는 것은 어렵다. 이제는 역량으로서의 자유를 중심에 놓아야 한다.

공화주의의 일차적 과제는 시민으로서 역할을 할 수 있는 최소한의 조건은 무엇이고, 그 조건을 어떻게 마련할 것인가이다. 아리스토텔레스는 시민으로서 삶을 영위하는 데 필수적인 것들이 우선적으로 충족되어야 한다고 보았다.

무엇을 할 능력과 무엇이 될 능력을 갖출 수 있는 최소한의 요건에 대한 사회적 모색이 필요하다. 물질적·제도적 지원에 대한 모색이 필요하다. 사회적 자원의 분배, 재분배가 중요할 수밖에 없다. 이런 관점에서 평등에 접근하는 것이 필요하다.

모든 이의 자유를 위한 평등

　　프랑스의 철학자 에티엔 발리바르는 '평등·자유 명제'를 제시한다. 시민들의 평등 없이 자유가 없고, 반대로 시민들의 자유 없이 평등은 없다는 것이다. '모든 이를 위한 자유와 평등'을 말하는 것이다. 독일 철학자 위르겐 하버마스의 '헌정 국가'의 문제의식도 자유와 평등의 조화 문제를 다룬다.

　　자유와 평등의 관계, 조화, 실현의 문제는 인류의 오래된 숙제이다. 마르크스도 공산주의 사회를 '자유로운 개인들의 연합'이라고 했다. 마르크스는 착취가 없는 물질적 평등을 통해 개인들이 자유로워질 수 있다고 보았다.

　　그러나 자유와 평등의 완벽한 조화는 형이상학적 이데아이다. 인간의 실존이 '사회적 개인'인 이상 해결할 수 없는 난제이다. 인간은 경쟁하면서 협력할 수밖에 없는 운명이다. 경쟁은 승자와 패자를 낳고 우열을 가릴 수밖에 없다. 강자와 약자를 낳는다. 그러나 패자와 약자를 시민에서 배제하고 잉여인간으로 취급한다면 그 사회는 자기파괴적일 것이 명약관화하다.

　　중요한 것은 자유와 평등을 접목하고 그 조화를 추구하는 경향을 놓치지 않고 지속하는 것이다. 어느 시기에는 자유가 강조될 것이고, 또 어느 시기에는 평등이 강조될 것이다. 그런 부딪힘과 결속의 연쇄 속에서 자유와 평등의 불협화를 억제하고 조화의 정도를 높여 나가야 한다.

'모든 이의 자유를 위한 평등'은 가능하나 '모든 이의 평등을 위한 자유'는 불가능하다. 아마르티아 센의 '역량으로서의 자유', 곽준혁 교수의 '가능성의 평등'은 '모든 이의 자유를 위한 평등'에 대한 문제의식에 서 있다 할 수 있다.

보이지 않는 손은 '시장'이 아니라 '박애'여야

경제학의 시조라 불리는 애덤 스미스는 시장의 작동 원리를 '보이지 않는 손'이라고 표현했다. 국가의 간섭이나 개입 없이 시장에서 각 참여자가 열심히 자기 이익을 좇으면 사회 전체의 공적 이익이 증진된다는 주장이다. 자비심과 개입 같은 인위적인 것이 아니라 시장이 자기 논리에 따라 움직일 때 사회에 이바지한다는 것이다.

과연 그러한가? 보이지 않는 손은 완전자유시장에서 개인의 이익이 사회적 이익과 같아질 때 가능하다. 그러나 완전자유시장이란 없다. 독점, 정보의 불평등(생산자와 소비자의 정보 불평등 등), 부정적 외부 효과(경제 주체의 이익 획득을 위한 소위 합리적 의사결정으로 인해 그 비용이 외부의 사회나 사람에게 전가되는 것으로 공해가 대표적이다) 등으로 인해 완전자유시장은 환상에 불과하다.

완전자유시장이 불가능한데도 여전히 보이지 않는 손을 들먹이며 정부는 시장에서 손을 떼라는 주장을 한다. 물론 시장은 경제적 소득을 분배하는 데 있어 효율적인 수단이다. 그렇다고 그냥 놔둘 수는 없다.

적절히 보이는 손이 개입해야 한다. 세계 어느 나라도 보이지 않는 손에 의해 시장이 돌아가지 않는다.

나는 지금 시기 가장 크고 심각한 시장의 부정적 외부 효과는 일자리 상실과 질의 저하라고 생각한다. 시장은 노동을 하나의 인격으로 보지 않고 비용으로 보는 경향이 강하다. 한마디로 쉽게 비용 절감 수단으로 본다. 기술실업의 문제가 있지만 신자유주의 창궐 이후 노동을 비용 절감을 위한 쉬운 수단으로 보면서 일자리가 줄었고, 비정규직이 늘어나면서 일자리의 질이 하락했다.

시장에서 노동을 비용으로 보고 그것을 절감하려는 것은 시장 입장에서는 합리적이다. 그러나 노동은 인격체로서 자기와 자기 가족의 보존을 위해 먹고 살아가야 한다. 그 비용은 결국 국가와 사회가 부담해야 한다. 이런 부정적 외부 효과가 어디 있겠는가?

세계화도 마찬가지이다. 자본은 싸면서도 양질인 노동력을 찾아 세계 어디든 갈 수 있다. 세금을 적게 내거나 아예 내지 않는 곳을 찾아다닌다. 이른바 제도 쇼핑을 하는 것이다. 이런 자본이 누리는 자유에 비해 노동의 이동 자유는 거의 불가능하다. 국경을 넘기도 힘들고 지역을 떠나는 것도 용이하지 않다. 그렇게 해서 러스트 벨트Rust Belt가 발생했다. 세계화의 이익은 세계화에 최적화된 소수의 사람들이 누리고, 그 불이익은 러스트 벨트의 노동자가 떠안는 것이다. 그 비용 역시 국가와 사회가 치른다. 이런 불만이 쌓여 결국 세계 개방경제에서 보호무역주의 경향이 대두하게 된다. 트럼피즘의 '미국 우선주의'가 태동한 배경이다.

시장은 효율적이되 공정하지 않다. 그래서 일정 정도 국가의 개입이 필요하고 사회적 압력이 필요하다. 흔히 정부는 시장을 이길 수 없다고 말한다. 정부와 시장은 누가 누구를 이기고 지는 관계가 아니다. 상호 견제와 협력이 필요하다. 균형이 필요한 것이다.

미국의 소설가 마크 트웨인은 19세기 말 미국의 상황을 '도금 시대' 라고 경멸했다. 대략 남북전쟁 이후인 1873년부터 1893년까지 20년간 이 이 기간으로 카네기, 벤더필드, 로스차일드, 그레이엄 벨, 록펠러 등이 거대한 기업 트러스트를 구축해 산업과 금융을 독점했다. 이 기간에 부의 집중이 탐욕스럽게 이뤄졌다. 사회 불평등은 심화됐다. 완전자유시장은 파괴됐다. 노동자들의 인권은 무시됐고, 금력은 정치권력까지 좌지우지하려 했다. 이에 시어도어 루스벨트가 반독점법 등으로 메스를 들이댔다.

프랑스에서는 '벨 에포크'라 불리던 시절이 있었다. 벨 에포크는 '좋은 시절'이라는 뜻이다. 프랑스 혁명 등 정치 격동기를 거친 후에 평화와 번영을 구가하던 시절이다. 1890년부터 1차 세계대전이 발발한 1914년까지를 말한다. 이 기간은 번영의 시기이면서도 극심한 불평등의 시기였다. 상위 10%가 전체 부의 90%를 독점했다. 번영은 소수의 이익이었다.

지금 시대를 어떻게 볼 것인가? '도금鍍金 시대', '벨 에포크'의 시대라 부른다면 지나친 말일까?

진짜 보이지 않는 손은 사회적 습속과 윤리, 도덕이어야 한다. 나는 그것이 박애여야 한다고 본다. 박애는 다른 말로 하면 협력과 공존, 연대의 정신이다. 정부와 시장은 박애를 윤활유로 해 돌아가야 한다. 그리고 그 결과로 사회적 신뢰가 쌓여야 한다. 최종 결과로 국민의 행복감이 높아져야 한다. 그렇지 않으면 사회적 양극화, 불평등은 심화될 수밖에 없다.

4 왜 개인주의가 필요한가?

안토니오 그람시의 '인터레그넘'과 에밀 뒤르켐의 '아노미'

이탈리아의 마르크스주의자 안토니오 그람시는 그의 책 『옥중수고』에서 이렇게 썼다. "낡은 것은 죽어가는 데도 새로운 것은 아직 탄생하지 않았다는 사실 속에 위기가 존재한다. 바로 이 공백 기간이야말로 다양한 병적 징후들이 출현하는 때다." 이런 상태를 그람시는 '인터레그넘interregnum', 대공위시대大空位時代라고 했다.

역사적으로 '인터레그넘'은 1254~1273년의 19년 동안 신성로마제국의 황제가 공석이었던 시대를 말한다. 황제 자리가 공석인 것처럼 새로운 권위적인 가치·규범이 수립되지 않은 혼란과 위기의 시기를 말한다.

프랑스의 사회학자 에밀 뒤르켐은 기존의 개인이나 사회의 가치관이나 규범 등이 무너지면서 나타나는 불안정 상태를 '아노미'라고 했다. 뒤르켐은 사회적 분업의 발달은 사회의 유기적 연대를 강화하지만, 이상 상태에 빠지면 사회의 전체적 의존 관계가 교란되어 사회적 아노미

상황이 발생하는 원인이 된다고 말한다.

자유주의는 개인의 권리와 그 권리의 자유로운 행사를 주장한다. 이러한 자유주의는 필연적으로 개인주의를 낳는다. 개인주의는 무엇인가? 개인주의는 개인을 자율적이고 주체적인 인격체로 여기고, 국가와 사회는 이런 개인들이 서로 관계를 맺고 상호 작용하는 공간으로 생각하는 사상이라 할 수 있다.

> 근대로 넘어오면서 다양한 사회적 집단과 영역이 분화되며 그에 상응해 개인이 자유롭고 독립적인 존재가 되면서 개인성이 증가한다. (......) 분화와 개인화가 진행됨에 따라 한편으로는 다원성과 다원주의가, 그리고 다른 한편으로는 개인주의 및 주관성 그리고 상호 주관성이 발전한다.
> – 김덕영, 『환원근대 : 한국 근대화와 근대성의 사회학적 보편사를 위하여』 중

이에 비해 집단주의는 개인을 가족·기업·국가 등과 같이 개인을 초월한 사회 조직의 유기적 구성 요소로 간주하는 사상이다. 어떤 이들은 개인주의는 타자들과 공동체에 대한 배려와 책임을 기본 전제로 하기 때문에 이기주의와 다르다고 주장한다. 어쨌든 개인을 우선시하는 것은 틀림없다.

알레스데어 매킨타이어는 그의 책 『덕의 상실』에서 말한다. "지배적인 자유주의 견해에 따르면, 정부는 인간 선에 대한 경쟁적 개념들 사이에서 중립적이어야 한다. 그렇지만 자유주의가 장려하는 것은 실제로 최선의 인간 삶을 위해 요청되는 공동체의 유형을 구성하고 지속하는 데 적대적인 종류의 제도적 질서이다." 자유주의, 나아가 개인주의는 국가·정부의 중립성을 강조하고, 국가의 적극적 역할을 부정한다. 따라

서 잘못하면 마거릿 대처식의 사회 부정으로 이어질 수 있다.

국가는 "모든 것을 수렴하고 수단화하는 실체"가 되었다(『국민으로부터의 탈퇴 : 국민국가·진보·개인』, 권혁범). 정치학자 권혁범의 주장이다. 국가는 '야경국가'의 수준을 넘어 오래전부터 '뻔히 보이는 공공의 손' 역할을 수행해 왔다. 코로나 팬데믹 상황에서 우리는 보이는 손으로서의 국가와 정부의 역할을 목도했다.

정부는 단순한 개인들의 집합 공간이 아니다. 단순한 인권의 보장과 확정을 넘어 개인들의 집합적 희망을 수렴하고 우리 사회의 다원성을 지켜내는 역할을 하고 있다. 정부는 가치중립적이지 않다. 근대에 들어와 어떤 정부도 가치중립적이지 않았다. 오히려 가치선도적이었다. 항상 어떤 정부인가를 드러내려 했다. 다만 그 가치를 결과적으로 사회와 개인들이 선호했느냐, 선호하지 않았느냐의 차이가 있었을 뿐이다.

난 대한민국이 그 어느 때보다 '인터레그넘', '아노미' 상태에 처해 있다고 생각한다. 개인주의가 대세를 형성해 가고 있는 상황에서 기존의 권위·습속·규범이 이제 낡아 예전과 같이 질서를 형성하는 역할을 서서히 하지 못하고 있다. 그 역할 상실의 속도는 더 빨라질 수 있다. 그런 가운데 아직 새로운 것이 자리를 잡지 못하고 있다.

개인주의의 정립은 근대화의 주요 지표

개인주의가 마냥 옳은 것은 아니다. 개인주의는 크게 사회적 개인주의와 원자론적 개인주의로 나눌 수 있다. 사회적 개인주의는 인간의 사회성을 강조하는 개인주의이고, 원자론적 개인주의는 개인은 고립된 존재로 사람의 본성은 사회적이지 않음을 강조하는 개인주의이다. 후술하겠지만 원자론적 개인주의가 능력주의로 변질되면 그 공동체의 안정성은 심하게 흔들린다. 그런데 왜 나는 개인주의 혁명을 말하는가? 왜 나는 개인주의 혁명이 필요하다고 주장하는가?

난 반복적으로 공화주의는 자유주의와 민주주의를 두 축으로 해 발전해야 한다고 말했다. 자유주의와 민주주의가 상호 견제를 하고, 균형과 조화를 이뤄야 한다는 것이다. 또 어느 시대에는 자유주의가, 어느 시대에는 민주주의가 강조된다고 했다. 어느 시대에는 개인의 자아가 강조되고, 어느 시대에는 사회가 강조되기도 한다.

서구에서 개인의 자아가 강조되었던 세 시기가 있었다. 농노제 등 신분제에서 해방되는 즈음의 시기, 산업혁명으로 자본주의가 본격적으로 발전하는 시기, 그리고 68혁명으로 기존의 질서를 권위주의적이라고 비판하며 '개인적인 것이 가장 정치적이다'라는 슬로건을 외치면서 신사회운동으로 나아간 시기라 할 수 있다. 이런 가운데 자유주의와 민주주의가 서로 견제하고 경쟁하며 공화주의를 풍요롭게 했다.

우리나라는 오랫동안 근대화의 2대 과제였던 산업화와 민주화를 위해 노력해 왔다. 이 두 과제가 어느 정도 마무리된 시기를 나는 노무현 정부의 임기가 끝난 2007년 말로 생각한다. 이른바 민주화 세력이 정권을 재창출한 것을 형식적으로 민주주의가 완성된 것으로 보는 것이다.

근대화를 대표하는 것이 산업화인 시절에는 경제적 근대화가 마치 근대화의 전부인 것처럼 사고했다. 독일 카셀대학의 사회학과 교수인 김덕영은 그의 책 『국가이성 비판 : 국가다운 국가를 찾아서』에서 말한다. "근대화를 경제와 동일시하고 경제는 경제성장과 동일시하면서 경제의 다양한 측면, 즉 합리적 시장, 금융 체계, 노동 윤리, 기업 문화, 노동 조건, 노사관계 및 합리적 경제정책, 분배와 복지 등의 근대화는 도외시했다."

경제 제일 논리는 발전국가론이 뒷받침했다. 국가는 경제성장을 제1의 가치로 내세우면서 자유주의와 민주주의를 억압했다. 개인을 소외시키고 많은 것을 희생하게 했다. 그 결과 개인을 국가의 유기적 요소로 여기는 집단주의가 창궐했다.

민주화 시기에는 민주-반민주로 사회가 극명하게 갈렸다. 민주 세력이든 반민주 세력이든 지지자의 동원을 기본 전술로 삼았다. 민주화 시기에도 개인은 여전히 진영과 세력의 유기적 요소였다.

김덕영은 말한다. "근대화는 단순히 경제가 성장하는 과정이 아니라 정치, 법, 경제, 과학(학문), 예술, 윤리, 종교, 교육, 가족, 생태, 에로스 등의 다양한 삶의 영역이 변화하는 과정임을 의미한다." "요컨대 근대화를 경제가 성장하는 과정이 아니라 다양한 사회적 삶의 영역이 분화하는 과정, 즉 사회 분화 과정으로 파악해야 한다"는 것이다.

김덕영이 강조하는 것은 개인성과 개인주의 또한 근대성의 중요한 지표라는 것이다. 자율적이고 주체적인 인격체로서의 개인의 정립이 근대화의 주요 지표라는 것이다. 개인의 정립은 다원주의의 모태이기도 하다. 개인이 근대화의 지표가 되지 않은 공화국은 민주공화국이 될 수 없다. 그런 공화국은 인민공화국이다.

노무현 정부는 이명박, 박근혜 정부로 이어졌다. 산업화, 민주화 이후 바야흐로 개인이 본격적으로 발견될 수 있는 시기가 온 것이다. 박근혜 정부 말 촛불 항쟁과 탄핵으로 이어지는 집단적 시민의식의 발현이 있었지만, 개인주의의 물결은 계속 흘렀고 파고가 높아져 왔다. 그 속에서 기존의 질서와 권위, 습속, 도덕적 서열 등이 도전받고 회의의 대상이 되었다.

사회화와 개인주의

개인이 사회와의 상호 작용을 통해 사회적 규범을 습득해 내면화하고, 자아의 정체성을 정립해 가는 과정을 '사회화'라고 할 수 있다. 사회화는 여러 경로를 통해 이루어지는데, 그중 가장 기초가 되는 것이 사교社交이다. 사람들과 어우러져 사귀는 과정이 가장 기초적인 사회화 과정이라는 것이다. 그 위에 교육과정 등의 학습, 법과 행정에 대한 접근과 경험, 매스미디어와의 접촉, 그리고 최근에는 사회관계망서비스SNS, 메타버스가 주요 수단이 되고 있다.

우리는 오랫동안 확대가족(부부·자녀 외에 조부모 등이 함께 사는 가족), 대가족 속에서 살았다. 유교적 가부장주의, 서열 문화가 사회적 규범의 토대가 됐다. 또한 항렬 문화, 촌수 문화, 연령 문화의 영향력이 컸다. 이러한 것들이 개인의 정체성을 형성하는 데 큰 영향을 미쳤다.

이러한 사회에서는 체면이 중요했다. 자신의 생각보다는 남의 시선이 중요했다. 최근 황혼이혼이 증가하고 있는데, 청장년 때에는 큰 고통을 겪으면서도 남의 시선 때문에 이혼을 선택하지 못했던 노년의 여성들이 이혼을 감행하는 것이다. 이것이 가능해진 이유가 뭘까? 개인의 인권과 자기결정력을 중요시하는 개인주의가 주류로 등장하는 환경의 영향이 크다고 생각한다.

요즘 아이들이 커나가는 과정을 보자. 대부분 부모와 아이 한 명이 노멀normal인 세상이다. '잘 키운 딸 하나 열 아들 안 부럽다'가 아니라 '딸 하나이든 아들 하나이든 잘 키우면 된다'는 세상이다. 예전에는 한 아이를 키우는 데 온 마을이 필요했다지만 지금은 부모, 부모가 맞벌이 하면 대부분의 시간을 조부모나 외조부모, 아니면 베이비시터나 어린이집에서 보낸다. 아이의 유아기 때 사교의 범위가 확 좁아졌다. 사교의 공간이 협소해진 것이다.

공간만 협소해진 것이 아니라 관계의 폭도 협소해졌다. 형제자매 관계를 통한 우애를 경험할 일도 드물어졌다. 조부모를 비롯해 어른들을 통한 사회화 과정도 없거나 명절이나 경조사 때 잠깐 만남이라는 방식으로 단절되기 일쑤이다. 하물며 '동네 꼬마 녀석들'과 '동네 어른들'이라는 사고는 거의 사라졌다.

맞벌이 부부 가정에서 가부장주의는 더 이상 힘을 갖지 못한다. 같이 벌고 같이 살림을 한다는 사고가 자연스럽게 싹트게 마련이다. 자식도 아버지를 가부장家父長이 아니라 엄마와 동등한 존재로 인식한다. 유교적 가부장주의, 서열 문화가 더 이상 위력을 발휘하지 못하는 것이다.

동네 꼬마 녀석들은 유치원과 어린이집, 그리고 학원의 아이들이 된다. 이 속에서 아동기의 사회화 과정을 밟게 된다. 가정 밖에서 처음 사교라는 걸 접하는 것이다. 그러면서 학습을 하고 또래와의 놀이, 협력을 경험한다. 그리고 경쟁이라는 것에 눈을 뜨게 된다.

문제는 정규 교육 과정이다. 초등학교, 중학교, 고등학교 정규 교육

과정에서 협력보다는 경쟁 우위를 내면화하기 때문이다. 일찍부터 학원과 과외에 내몰리게 되면서 아이들은 학교와 학원이라는 이중생활에 익숙해진다. 어찌 보면 학원이 사회화의 주공간이 된다. 아이들이 학교보다는 학원과 과외를 통한 학습을 더 우위에 두기 때문이다. 그에 따라 전통적인 스승과 제자의 관계도 희미해진다. 아이들은 스승을 지도하는 선생님으로 바라보기보다 지식을 전달하는 기능인으로 인지하기 쉽다.

아이들은 학습 효과의 효율성 면에서 학교보다 학원이 낫다는 평가를 빨리 하게 된다. 그러다 보니 학교에서는 잠자고 공부는 학원에서 하는 기현상이 벌어진다. 스승들도 무력해진다.

도덕의 기본은 황금률과 은율이다. 황금률은 성경 마가복음에 있는 구절인 "무엇이든지 남에게 대접을 받고자 하는 대로 너희도 남을 대접하라"이다. 은율은 "네가 싫어하는 행동을 다른 이들에게 하지 마라"이다. 이것이 상호관계의 기본이다. 그러나 아이들은 이런 황금률과 은율을 체득하기 전에 '기죽지 말고 경쟁하라'는 경쟁률을 더 빨리 체득하는 것 같다. 취업난으로 대학도 '지식의 전당'보다는 '취업자 양성소'의 성격이 강화된 지 오래다.

방송·신문 등의 레거시 미디어가 더 이상 사회화의 중요한 역할을 담당하지 못하고 있다. 인터넷도 역할을 잃고 있다. 그 자리를 유튜브가 차지하고 있다. 1인 미디어가 개인과 만나는 것이 주류 문화가 되고 있는 것이다. 또한 실제 공간보다 SNS나 메타버스 등의 가상공간이 사회화의 주무대가 되었다. 가상공간에서는 개인과 개인, 개인과 집단 식으로 관계에서의 개인 우선성이 중요할 수밖에 없다.

그런 경향을 가속화하는 것이 '내 손안의 컴퓨터'라고 말하는 스마트폰이다. 이제 스마트폰을 통해 개인과 개인, 개인과 집단의 관계 맺기가 이루어지고 있다. 성균관대 공대 최재붕 교수는 이런 문화 트렌드를 '포노 사피엔스Phono Sapiens'라 말하고, 고려대 언어학과 김성도 교수는 '호모 모빌리쿠스'리고 말한다. 최재붕 교수의 책 『포노 사피엔스』의 부제처럼 스마트폰이 낳은 신인류가 등장한 것이다.

> 기본적으로 놀이는 사회성을 동반한 대동성의 의미를 가진다. 과거의 고싸움 놀이나 줄다리기와 같은 놀이가 대동성을 활성화시키는 놀이라면 현대의 놀이는 지극히 개인성이 강하다. 개인성이 놀이화되기 위해서는 가상성과 환상성이라는 영역을 적극적으로 활용하게 되는데, 이러한 영역은 어린이 놀이와 성인의 놀이에서 공통으로 드러난다. 그러한 놀이와 개인성을 활성화시키는 것은 바로 미디어와 컴퓨터의 등장이라고 하겠다.
>
> – 표정옥, 『놀이와 축제의 신화성』 중

놀이와 게임은 주효한 사회화의 수단이다. 숙명여대 표정옥 교수는 미디어와 컴퓨터의 등장이 놀이의 개인성을 강화한다고 말한다. 스마트폰, 컴퓨터를 통한 게임은 이에 익숙한 세대의 개인주의를 강화한다.

특히 MZ 세대라 불리는 20·30대는 이러한 사회화 과정을 통해 개인의 독립성, 개인의 몸과 정신에 대한 자기결정권이라는 개인주의적 가치와 덕목을 중요하게 생각한다.

왜 개인주의가 꽃피워야 하는가?

우리나라의 대표적인 공화주의 전문가인 곽준혁 교수는 자유주의와 민주주의의 갈등을 '다원성과 차이의 경험'과 '통일성과 일관성에 대한 열망' 사이의 모순이라고 표현한다. 그런가 하면 독일의 정치학자 칼 슈미트는 자유주의는 민주주의를 부정하고, 민주주의는 자유주의를 부정하기 때문에 자유민주주의는 근본적으로 성립하기 어렵다고 말한다.

나는 공화주의가 자유주의와 민주주의를 품어야 한다고 생각한다. 칼 슈미트의 주장대로 자유주의와 민주주의가 그 성격상 화해 불가능하다면 그 종점은 무정부주의나 전체주의일 수밖에 없다. 칼 슈미트는 결국 나치에 부역했고, 죽을 때까지 그 오명에서 벗어나지 못했다.

막스 베버는 분화가 진보의 원동력이라고 했다. 분화는 사회의 다원화를 의미한다. 다원화의 반대말은 무엇일까? 단극화單極化이다. 하나가 절대우위에 있는 상태를 말한다. 단극화적 사고는 가치 일원주의value monism라는 사상으로 이어진다. 오직 하나의 가치만을 인정하여 다른 모든 가치를 그것에 비추어 옳고 그름과 좋고 나쁨을 가리는 것이다.

이사야 벌린은 그의 책 『고슴도치와 여우』에서 고슴도치를 가치 일원주의, 여우를 가치 다원주의로 표상한다. 고슴도치가 위험한 상황에서 오로지 몸의 가시철을 세우는 방법으로 방어하듯, 일원주의는 하나의 가치로만 세상을 파악하려 한다는 것이다.

요즘 근본주의fundamentalism라는 말을 자주 사용한다. 근본주의는 종교적 교리를 무오류의 절대적 진리로 내세우는 것이다. 종교적 교리는 전지전능한 신의 말씀이므로 오류가 있을 수 없다는 것이다. 정치적 근본주의도 이와 마찬가지이다. 특정 가치와 신념을 신성시하고, 수정 가능하지 않은 무오류로 판단하는 가운데 다른 가치와 신념은 모두 그르다는 입장이다.

자유주의자들은 민주주의라는 것이 인민의 다수 의지에 의한 통치이니만큼 잘못되면 '통일성과 일관성'이라는 미명하에 '다원성과 차이'를 무시하는 전체주의로 흐를 수 있다는 우려를 과도하게 한다. 과도하지만 사실 틀린 우려도 아니다. 나치즘·트럼피즘도 선거 민주주의를 통해 집권 사상이 됐기 때문이다. 그래서 자유주의자들은 민주주의라는 이름으로 근본주의가 출현하는 것을 극도로 경계한다.

공산주의의 계급주의, 나치즘이나 파시즘의 민족우월주의, 국가주의 등은 모두 근본주의이다. 나는 시장 근본주의로 불리는 신자유주의, 일체의 정부와 권위를 부정하는 무정부주의도 근본주의의 일종이라고 본다. 엘리티즘과 포퓰리즘도 극단화되면 근본주의로 미끄러질 수밖에 없다.

우리나라는 오랫동안 산업화·민주화라는 근대적 기획을 시대적 과제, 시대정신이라는 이름으로 집단적으로 추구했다. 또한 일제강점기, 미국과 소련의 군정에 의한 분단, 한국전쟁으로 민족주의 의식이 어느 나라보다 강하다. 이런 가운데 사회는 급속도로 분화돼 왔고 다원화돼 있다.

복잡하고 다원화돼 있는 한국 사회를 산업화 시대의 사고 또는 시장 근본주의적 사고로 이끌기란 불가능하다. 민주화의 가치, 물질적 평등의 가치만으로 이끈다는 것도 불가능하다. 자유주의만으로, 혹은 민주주의만으로 이끈다는 것도 불가능하다. 우리 사회의 엘리트 집단이 여전히 근본주의적 편향에 빠져 허우적대고 있지는 않은지 성찰이 필요하다. 우리 사회의 엘리트 체제를 기득권 체제로 인지하고 부정하는 기류가 갈수록 강해지고 있다는 것은 심각한 위기의 징후이다.

개인주의는 더 만개해야 한다. 그래서 우리 사회의 다원화를 더 가속화시켜야 한다. 다원주의가 활짝 꽃피는 속에서 민주주의와 상호 견제하며 성장하는 방향으로 가야 한다. 그래야 민주공화국이 더 튼튼하고 건강해진다.

마키아벨리는 사회의 갈등이 자유의 자양분임을 처음으로 갈파했다. 갈등은 잘 해결되면 공화국을 훼손하는 것이 아니라 더 풍부하게 한다고 생각했다. 개인주의는 사회의 다원주의를 강화하고, 그러면서 더 복잡하고 다양한 갈등을 유발한다는 것이다.

그런데 개인주의가 민주적 리더십을 통해 통합의 방향으로 가지 않으면 그 사회는 불안하고 위험한 사회가 되고 만다. '자유로부터의 도피'로 전체주의로 폭주할 위험성이 있다. 만인의 만인에 대한 이기利己의 추구로 전체주의적 리바이어던이 출현할 수 있는 것이다. 개인주의를 근대화의 주요 흐름으로 인정하면서 민주공화국을 살찌게 할 수 있는 정치적 상상력, 정치적 기획이 필요한 이유가 여기에 있다.

다원주의 사회의 민주주의

다원주의 사회에 필요한 민주주의는 어떤 것이어야 할까? 슘페터('창조적 파괴'의 그 슘페터이다)의 선호집합적 민주주의, 캐스 선스타인

등의 '심의민주주의', 샹탈 무페의 '쟁투적 민주주의'가 대표적인 주장이라 할 수 있다.

슘페터의 선호집합적 민주주의는 철저히 자유주의적 관점의 민주주의이다. 선호집합적 민주주의는 공공선 자체를 거부한다. 다원주의 사회에서의 민주주의는 공공선이나 루소식의 일반의지를 형성하는 과정이 아니라 선거를 통해 개개인의 선호를 집약하는 것이라는 입장이다. 가치의 우열을 부정하고 절차를 통해 확인되는 선호의 집합이 정의라는 주장이라 할 수 있다.

선호집합적 민주주의는 결과적으로 엘리트 중심의 경쟁에만 치우쳐 다수의 시민들을 정치 과정에서 소외시켜 종국에는 민주주의를 파괴하는 결과를 불러올 수 있다는 비판을 받는다.

이에 비해 자유주의와 민주주의의 융합을 통해 민주주의를 재구성하려는 움직임이 있다. 바로 심의민주주의와 쟁투적 민주주의이다.

미국 하버드대학 로스쿨 교수인 캐스 선스타인과 펜실베이니아대학의 정치철학자 에이미 것만 등은 심의민주주의를 주장한다. 이들은 정치의 목적은 선호를 집합하는 것이 아니라 심의를 통해 경쟁하는 사회 세력 간의 균형을 잡는 것이라고 본다. 정치의 원칙으로는 첫째, 정치 과정에 접근하는 데 있어 모두가 동등해야 하며, 둘째, 토론을 통해 점진적으로 합의를 이뤄야 한다고 제시한다. 이들은 시민의 활동적 참여를 통한 견제와 시민의식의 고양을 공화주의의 목표로 제시한다.

심의민주주의는 고전적 공화주의에 대해 비판적이다. 시민의 정치적 참여를 최고의 선으로 바라보고, 공동체주의적 입장에 서서 밀접하고 동질적인 사회가 바람직하다고 주장하는 것은 감상적 전통으로

다원주의 사회에 맞지 않다는 것이다. 하버마스의 의사소통행위 이론
노 넓게는 심의민주주의 범주에 들어간다 할 수 있다.

영국 웨스터민스터대학의 정치철학 교수인 샹탈 무페는 심의민주
주의도 본질적으로는 선호집합적 민주주의의 함정에 빠져 있다고 비판
한다. 무페는 심의 절차라는 것이 결코 중립적일 수 없으며, 심의는 항
상 본질적인 가치와 도덕을 포함하기 때문에 단순히 절차로 제한될 수
없다고 주장한다. 특히 사회관계의 구성 요소로서 권력을 둘러싼 갈등
을 고려하지 않은 한계가 있다고 지적한다.

그러면 무페의 '쟁투적 민주주의'는 무엇인가? 그녀는 자유민주주
의는 갈등을 적대감의 표출이 아니라 반감, 즉 반대하는 감정으로 보아
야 한다고 주장한다. 그랬을 때 한쪽이 사라져야만 하는 것이 아니라 상
대방(상대 집단)을 정당한 상대로 인정하는 가운데 '쟁투'의 과정을 통해
민주주의를 심화시킬 수 있다고 본다. 이런 민주주의 관점에 서야 전체
주의의 출현을 예방할 수 있다는 것이다.

자유주의는 개인을 중요시하는 만큼 원심력이 강하게 작용한다. 이
와 달리 민주주의는 구심력이 강하다. 우주가 다양한 힘의 조화로 균형
을 갖는 것처럼 자유주의의 원심력과 민주주의의 구심력은 어우러져
조화와 균형을 이뤄야 한다.

최근 민주주의의 논의 동향을 보면 다원주의 사회에서 어떻게 자유
주의와 민주주의의 조화와 균형을 이룰 것인가가 주요 주제임을 알 수
있다. 이런 의미에서 심의민주주의와 쟁투적 민주주의에 대한 관심을
기울이는 것이 무척 중요하다 하겠다.

5 능력주의는 개인주의의 최악의 변질

토머스 맬서스의 '인구론'과 허버트 스펜서의 '사회진화론'

가난한 이들에게 위생을 강조하는 것 대신 우리는 오히려 그와 반대되는 습관을 장려해야 하며, 마을의 도로는 더욱 좁게 만들고 집 한 채에 더 많은 사람들이 바글거리며 살게 만들어야 한다. 정착지 건설은 건강을 해치기 딱 좋은 늪지대와 같은 곳을 장려해야 한다. 그리고 무엇보다도 우리는 창궐하고 있는 질병에 대한 맞춤형 치료약을 배척해야 한다.　　　－ 토머스 맬서스,『인구론』

사물의 자연적 질서 하에서 사회는 병들고 열등하며 느리고 우유부단한 신념 없는 자들을 끊임없이 배제해 나간다는 사실을 알지 못한 채 정부의 간섭을 찬양하고 있다. 이러한 간섭은 정화 작용을 중지시킬 뿐만 아니라 지금까지의 정화를 무효화시킬 가능성도 지니고 있다. 그것은 잡다한 무모하고 열등한 사람들을 격려하는 반면 유능하고 똑똑한 사람들의 용기를 꺾는 것이다.

　　　　　　　　　　　　　　　　　　　－ 허버트 스펜서,『개인 대 국가』

스펜서주의는 벤담주의보다 훨씬 더 탐욕적 개인주의의 정당화에 봉사했던 것 같다. 벤담의 사상도 개인주의를 주장하지만 그래도 그것은 사회계약에 있어서 법률의 긍정적 측면을 강조하고 있었다. 그러나 스펜서주의는 어떤 형태의 법률적 간섭도 궁극적으로는 인류 전체의 복지와 환경에 대한 최적의 적응을 손상시킨다 하며 거부하였다. 그는 열심히 '쾌락'을 극대화하기 위하여 노력하는 사람은 그의 그러한 행위로 인해 의식하지는 않더라도 인류 전체의 최대 행복과 그 진화적 발전에 공헌하게 된다는 것을 보여줌으로써 오로지 자신의 개인적 이익만을 추구하는 사람들에게 좋은 변명을 제공해 주었다.

– 루이스 알프레드 코저, 『사회사상사』

토머스 맬서스는 빈곤한 자들은 인구 조절을 위해 참혹한 상황에 놓여 죽어 나가는 것이 사회를 위해 바람직하니 국가가 개입하지 말아야 한다고 주장한다. 허버트 스펜서는 어차피 사회는 진화의 법칙에 따라 열등한 자들을 도태시키는 것이 마땅하므로(허버트 스펜서는 이를 '정화淨化 작용'이라 했다!) 국가는 가만히 놔둬야 한다고 주장한다.

이런 주장에는 그가 누구든, 어떤 상황에 처해 있든 살아야 할 이유가 있으며, 동등한 기본권적 자유를 누리는 시민이라는 생각이 배제돼있다. 적자敵者, 즉 경쟁에서 이겨낼 능력이 있는 자들 중심의 질서를 주장한다. 이런 사고에서는 가난한 자, 열등한 자, 경쟁에서 진 자들은 모두 잉여인간이다.

그러나 세상은 적자생존의 사고로만 유지될 수 없다. 그건 엘리트들만의 세상이다. 세상에는 '협자생존協者生存'의 법칙도 있는 것이다. 협력하는 자들이 더 잘 살아남을 수도 있다. 적자생존과 협자생존은 극단으로 치닫지 말아야 한다. 조화와 협력, 균형을 추구해야 한다. 그래야만 그 사회가 생존할 수 있고 지속 가능하다.

능력주의는 '능력근본주의'

하나의 단일한 원리로 세상을 이해하고, 그 원리로 세상의 질서가 구축되어야 한다는 사상을 원리주의라고 한다. 원리주의는 다른 말로 하면 근본주의이다.

다원주의의 기본 전제는 진리, 정의, 가치의 상대성, 다원성이다. 하나의 진리, 정의, 가치로 한 사회를 설명하고 조직하는 것이 불가능하다는 것이다. 또 하나는 잠정성이다. 지금 여기의 상황에서는 맞지만 다른 곳, 다른 때에는 수정될 수도 있고, 맞지 않을 수도 있다고 본다. 그렇다고 그것들을 등가等價로 보는 것은 아니다. 어느 것이든 얼마든지 사회의 주류가 될 수도 있다.

원리주의·근본주의는 이런 상대성·잠정성을 받아들이지 않는다. 자신들의 원리는 절대성·영원성을 갖고 있다고 본다. 결과적으로 자신들의 원리를 신성화하고, 그것을 종교적 도그마의 위치로 올려놓는다.

능력주의를 어떻게 바라볼 것인가? 능력주의는 능력을 단일의 가치, 단일의 질서 원리로 본다. 능력에 의한 질서를 정의라고 생각한다. 언뜻 큰 문제 없는 것 아니냐는 생각을 할 수도 있겠지만 결코 그렇지 않다.

위에서 맬서스와 스펜서가 가난한 자들, 열등한 자들에 대해 어떤 사고를 갖고 있는지 그들의 말을 통해 드러내 보였다. 그들은 가난하고 열등한 자들을 최소한 기본권을 갖고 자유를 누려야 할 이들로 보지 않았다. 죽어 사라져야 할 대상, 정화의 대상으로 본다. 그리하여 국가는 쓸데없이 이들의 삶을 개선한답시고 개입하지 말라고 한다.

능력주의는 세상을 간단하게 능력 있는 사람과 능력 없는 사람으로 나눈다. 능력 없는 사람은 경쟁에서 뒤처진 자들, 열등한 자들, 그래서 가난한 자들이다. 능력주의 세상에서 능력 없는 사람은 그 사회의 잉여 인간일 뿐이다. 쓸데없이 남아도는 사람에 불과한 것이다.

능력은 어떤 분야에서는 공정과 정의의 가치가 될 수 있다. 시험이나 시장에서는 일정 정도 그렇다. 이걸 완전히 부정하는 것은 역편향적 사고이다. 그러나 이 복잡하고 다원적인 사회에서 능력 하나만으로 사회를 끌어갈 수는 없다. 능력주의는 또 하나의 근본주의가 될 수밖에 없다.

능력주의의 귀결은 초엘리트 사회

공동체의 부자와 가난한 사람들, 배운 사람들과 배우지 못한 사람들을 면밀히 조사해 보십시오. 누구의 덕이 더 우세합니까? 차이는 사실상 다양한 계급에서 흔히 있는 악덕의 많고 적음이 아니라 악덕의 종류에 있는 것입니다. 그리고 바로 여기에 부자들이 가지고 있는 이점이 있습니다. 그들의 악행은 아마도 궁핍한 사람들의 그것보다는 국가의 번영에 이로울 것이며, 도덕적으로 덜 타락한 것입니다.　　　　　　　　　　　　　　　　　　　　- 알렉산더 해밀턴

미국 건국의 아버지 알렉산더 해밀턴은 엘리트 사회를 꿈꿨다. 능력주의 사회는 초엘리트 사회를 지향한다. 엘리트의, 엘리트에 의한, 엘리트를 위한 사회이다. 따라서 소수의 초엘리트와 다수의 비엘리트로 양분된 사회가 될 수밖에 없다.

능력주의는 자유주의를 거부한다. 자유주의는 사람이라면 누구나 동등한 기본권이 있다고 주장하는데, 능력주의는 이걸 거부하는 것이

다. 능력주의는 민주주의도 거부한다. 능력에 따라 구성되는 사회에서 다수의 의지는 걸리적거릴 수밖에 없다. 따라서 능력주의는 반민주 공화적일 수밖에 없다.

능력주의가 가장 잘 구현된 사회는 어떤 사회일까? 인민공화국 세상일 것이이다. 탁월한 몇 명의 엘리트(로버트 달의 표현대로 하면 수호자)가 다수 시민들의 의지를 선험적(경험적인 것이 아니다!)으로 대변한다고 생각하는 사회이다.

중국과 같이 일당독재 국가에서 소수의 엘리트 집단이 이끄는 나라, 북한과 같이 현대 군주인 수령이 이끄는 나라가 바로 능력주의의 나라이다. 능력주의는 그런 나라를 꿈꿀 수밖에 없다. 그런 점에서 능력주의는 상당히 위험한 사고이다.

히틀러는 민주주의를 혐오했다. 자기와 같은 탁월한 사람이나 보통의 평범한 사람이 똑같이 한 표를 행사하는 것은 잘못됐다고 생각했다. 민주주의는 필요 없고 탁월한 지도자 1인에 의해 유기적으로 돌아가면 된다고 생각한 것이다. 히틀러는 능력주의의 역사적 증인이다.

이 세상에 순수한 능력은 없다

어떤 사람이 능력이 없느냐, 있느냐는 결과론적인 해석이다. 그 사람이 어떤 성취를 이루고 나서야 능력 여부를 판단할 수 있기 때문이다. 어려운 시험에 합격했거나 자수성가를 했다고 하면 우리는 보통 그 사람을 능력 있다고 할 것이다.

스스로 능력 있다고 생각하는 사람은 흔히 그 능력이 온전히 자기의 노력으로 일군 것이리 착각한다. 과연 그럴까? '능력주의'라는 말을 처음 세상에 소개한 영국의 사회학자 마이클 영은 그의 책『능력주의』에서 능력은 'IQ+노력의 결과물'이라고 말한다. IQ는 후천적 노력으로 획득되기보다는 선천적인 것이기 때문에 사람의 능력이라는 것은 그 사람의 노력만으로 갖게 된 전유물이 아니라는 것이다.

마이클 샌델도 능력주의의 문제를 다룬다. 그의 책『공정하다는 착각』은 능력만을 공정의 척도로 내세우려는 능력주의는 결코 사회적으로 공정하지 않다고 주장한다.

그러면 능력은 어떻게 만들어지는 것일까?

첫째, 선천적으로 주어지는 것이 있을 것이다. 젠더, 선천적 장애 여부, 어떤 나라에 태어났는가, 어떤 부모의 자식으로 태어났는가, IQ 등은 본인의 의지와 상관없이 주어지는 것이다. 이것을 선천적 운이라고 하자.

둘째, 태어나고 자라면서 누리게 되는 사회의 제도적 혜택이 있다. 나는 못 누렸지만 지금 아이들은 아동수당, 누리과정, 중학교와 고등학교 의무교육, 대학교 가서는 조건에 따라 국가장학금 혜택을 받을 수 있다. 이런 혜택을 누리는 것과 못 누리는 것은 큰 차이가 있다.

셋째, 살아가면서 겪고 느끼게 되는 숱한 우연성이다. 우연히 어디를 가서 누구를 만나게 되고, 그러다가 뜻하지 않게 기회를 갖게 된다. 이런 것들은 본인의 노력과 상관없이 주어지는 것이다. 이것을 후천적 운이라고 하자.

넷째, 순수한 본인의 노력이 있을 것이다. 남들보다 더 열심히 공부하고, 열심히 일한 그 노력 말이다.

이렇듯 한 사람의 능력은 '선천적 운 + 사회의 제도적 혜택 + 후천적 운 + 순수한 본인의 노력이 종합된 결과'이다. 각각이 능력에 기여하는 바가 얼마일지는 정확히 잴 수 없다. 그러나 노력이 능력을 만들었다는 것은 대단한 착각이다. 능력이 순수한 노력의 결과일 수 없다. 순수한 노력의 결과물로서의 순수한 능력은 허구이고 착각이다.

그 사람이 무언가를 성취하고 능력 있다고 평가받는 것은 그 사람의 순수한 노력의 결과이면서 동시에 사회적 조력의 결과물이다. 그런데 마치 그것이 자신의 순수한 결과물이므로 온전하게 본인의 것이고, 본인만이 누려야 한다는 것은 착각임과 동시에 우리 사회에 해악적인 것이다. 이 세상에서 사회의 도움 없이 크든 작든 간에 성취를 이룬 사람은 단 한 사람도 없다.

정의는 강자의 이익인가, 약자의 이익인가?

플라톤의 『국가』 1권을 보면 소피스트인 트리시마코스는 소크라테스와의 대화 과정에서 "정의란 강자의 이익"이라는 주장을 한다. 트리시마코스야말로 근대 엘리티즘과 능력주의의 원조라 할 수 있겠다. 능력주의에 찌든 사람이 아니고서는 이런 주장을 감히 할 사람은 많지 않을 것이라 본다.

공화주의의 일차적 과제는 시민으로서 역할을 할 수 있는 최소한의 조건은 무엇이고, 그 조건을 마련하는 방법이라고 했다. 그래서 아리스토텔레스는 시민의 삶을 영위하는 데 필수적인 것들이 우선적으로 충족되어야 한다고 말했다. 정치에서 자원 분배, 재분배가 핵심임을 지적한 것이다.

그렇다면 '정의는 약자의 이익'이라 볼 수 있는가? 상식적으로 약자가 강자, 엘리트에 비해 시민으로서 역할을 할 수 있는 최소한의 조건이 결여돼 있기 때문에 '정의는 약자의 이익'이라는 말은 일정 정도 진실을 담고 있다. 그러나 나는 이런 종류의 언명이 탐탁지 않다.

정의가 강자의 이익이라 했을 때 약자는 배제된다. 마찬가지로 정의가 약자의 이익이라 했을 때 강자는 배제된다. 흑백 논리이고, 이분법적 사고이다. 이런 식의 접근으로는 정의 실현에 한계가 있다. 자칫 적대적 갈등으로 함몰될 수 있다. 진짜 중요한 것은 이런 언명, 선언이 아니라 복잡한 다원주의 사회에서 어떤 정의를 어떻게 이룰 것이냐는 현실적 기획이다.

원시공산주의 사회라면 달랐겠으나 생산력이 발전하고 경쟁이 일상화돼 강자가 생기고, 계급이 생기고, 위계가 생겼다. 마르크스의 공산주의는 국가도 없고, 물질적으로 온통 자유로운 이들이 연합해 살아가는 사회를 꿈꿨다. 그런 사회는 오지 않았다. 그 중간 단계로 설정한 프롤레타리아 일당독재의 사회주의 국가는 평등한 사회로 나아가기는커녕 당 관료의 과두정 국가라는 모순 속에 붕괴했다.

난 강자는 사라지지 않을 거라 생각한다. 어느 사회이든 간에 강자는 등장하고 존재할 수밖에 없다. 상대적 강자와 상대적 약자는 다양한 형태로 존재할 것이다. 다만 공화주의의 원칙에 따라 어떤 사회를 조직화할 것인가가 중요하다. 차이를 넘어 다원성에 기초한 공공성을 어떻게 확보할 것인지가 핵심이다. 강자가 실존을 넘어 힘을 독점하고, 지배자로 등장하는 것을 어떻게 억제할 것인가를 고민해야 한다.

미국의 법철학자 로널드 드워킨은 현대 자유주의가 인간에게 좋은 삶에 관한 물음 또는 인간 삶의 목표들은 공공적 관점에 따라 체계적으로 해결할 수 없는 것으로 간주되어야 한다는 명제를 자신의 핵심 교의로 삼았다며 개탄한다. 홉스식의 '만인에 대한 만인의 투쟁'은 '만인에 대한 만인의 무지와 착각'으로, 이는 공화주의적 사회계약에 따라 재구성되어야 한다는 주장에 귀를 기울여야 한다.

차이는 자칫 차별, 더 나아가 지배로 이어질 수 있다. 성별 등 생물학적 차이, 재산과 소득에 따른 차이, 정치권력의 유무에 따른 차이 등 여러 차이가 그렇다. 민주공화국은 동등하게 자유로운 시민들로 구성된다는 것을 전제로 하는 만큼 그것이 보장될 수 있도록 끊임없이 노력해야 한다.

그렇기 때문에 시민으로서 살아가는 데 필요한 최소한의 조건은 무엇이고, 그것을 어떻게 마련해야 하는지 줄기차게 모색해야 한다. 아무래도 많이 가진 자, 학벌이 좋은 자보다는 덜 가진 자, 덜 배운 자들이 최소한의 조건에 미달하기 십상이다. 그래서 필요한 것이 '차등의 원리'이다. '차등의 원리'를 부정하고 능력에 따른 질서 구축을 떠드는 능력주의자들이야말로 민주공화국의 적이다.

능력주의자들의 최대의 적은 사회권이다. 이들은 사회권을 부정할 수밖에 없다. 그들에게는 영화〈300〉에서 페르시아 황제 크세스크세스가 되뇌었던 "나는 자비롭다"의 사고는 있지만 한 시민에게 시민으로서 살아갈 최소한의 조건이 마련되어야 한다는 관점에서의 사회권은 낭비일 뿐이다.

사회권의 부정은 마리 앙투아네트의 "빵이 없으면 케이크를 먹으면 되지"와 같은 얼토당토않은 사고로 이어지게 돼 있다. 현실에 대한 무지와 현실 부정으로 이어지는 것이다. 이는 배제와 갈등의 격화로 치닫는다. 능력주의는 민주공화국에 치명적인 해악을 끼친다.

페미니즘에 대한 단상

우리 사회는 오랫동안 유교적 가부장 질서가 지배해 왔다. 사실 유교적 질서가 지배하지 않은 서양에서도 가부장 문화, 남성 중심의 질서는 오랫동안 유지돼 왔다. 이에 대한 반발과 문제 제기로 여성주의 운동, 페미니즘이 일어나는 것은 필연적인 귀결이었다.

여성주의를 영어로 페미니즘feminism이라 한다. 반대말인 남성주의는 영어로 매스큘리즘masculism이라고 한다. '남성다운'이라는 뜻인 masculine에서 연유했다고 한다. '근육'의 영어 단어인 'muscle'이 어원이다.

농경사회에서 중공업 시대, 전쟁 발생 빈도가 높은 시대에는 남성의 생물적 힘인 근육이 중시됐다. 그러나 평화의 시대, 지식이 중요한 지식경제 사회에서는 아무래도 근육보다는 지식이 강조될 수밖에 없다. 남녀의 학습 능력이나 두뇌의 차이가 있을 수 없다. 바야흐로 남녀 모두 기회의 평등을 구가하는 시대가 온 것이다.

'잘 키운 딸 하나 열 아들 안 부럽다'가 아니라 '잘 키운 외동딸, 잘 키운 외동아들 안 부럽다'의 시대이다. 장남 교육 뒷바라지를 위해 딸들이 돈 벌러 가던 시대는 이미 끝났다. 새로운 시대가 열린 것이다.

결혼해서 애를 낳기 전까지 남녀는 형식상 동일한 조건에서 경쟁한다. 그러나 결혼 후 아이를 낳게 되면 여성은 경력 단절과 차별 문제에 봉착하게 된다. 이건 엄연한 현실이다. 어쨌든 남성들이 느끼기에 여성과의 경쟁 범위가 넓어졌고, 강도 또한 세졌다. 20·30대에서 남녀 갈등이 높아지는 이유가 여기에 있다.

페미니즘은 자유주의, 개인주의, 다원주의가 발달하면 자연스럽게 세력화된다. 개인주의에서 가장 중요한 것이 '자기결정권'이다. 자신의 몸과 정신에 대한 자기결정권!

"개인들은 서로 결합되어 있는 일련의 사회적 관계 내에서 특정한 사회적 공간을 계승한다. 그것들은 나의 본질의 한 부분으로서, 적어도 부분적으로 그리고 종종 전체적으로 나의 책무와 의무를 정의한다." 매킨타이어가 한 말이다.

여기에서 개인을 남성과 여성으로 바꿔 보자. "여성과 남성들은 서로 결합되어 있는 일련의 사회적 관계 내에서 특정한 사회적 공간을 계승한다. 그것은 나의 본질의 한 부분으로서, 적어도 부분적으로 그리고 종종 전체적으로 나의 책무와 의무를 정한다."

페미니즘은 여성의 지위가 향상되고 자기결정권 의식이 강화되는 과정에서 싹텄다. 이에 따라 남성과의 관계에서 새로운 관계, 새로운 공간을 요구한다. 페미니즘의 발생과 발달 시기는 사회적 아노미의 시기이면서 새로운 질서를 탐색하는 시기이기도 하다.

다만 최근의 전개 과정을 보면 몇 가지 우려스러운 점이 있다. 첫째, 남성을 강자, 여성을 약자로 설정하고 '정의는 약자의 이익'이라는 관점에서 여성주의를 바라보는 경향이 일부 있다. 이분법이고, 흑백 논리이다. 맥락과 상황 속에서 판단해야 하는 문제를 이미 주어진 것으로 간주하는 것은 옳지 않다.

여성이 약자의 위치에 있을 확률이 높기는 하지만 항상 그런 것은 아니다. 남성도 피해자일 때가 있다. 맥락과 상황을 주의 깊게 살피는 자세가 필요하다. 남성과 여성은 단순히 강자, 약자로 나눌 수 없다. 공존과 동반의 대상이라는 관점이 필요하다.

둘째, 여성의 자기결정권이 중요하고 강화해야 하는 것은 맞지만 그것이 절대화되어서는 안 된다. 정체성은 개성과 가면의 종합이라 했다. 상황에 따라, 시대에 따라 개성과 가면 둘 중 어느 것이 우위에 있을 수 있지만 한 가지만 있으면 된다는 식은 곤란하다. 그런 것이 바로 자유 근본주의, 자유 지상주의적 사고이다.

'신체의 자유 억압', '남성 중심의 시선 거부'를 외치며 공개된 장소에서 상의를 탈의하고 가슴을 드러내는 시위가 있었다. 난 이런 의사 표현을 존중한다. 그러나 그런 사고, 주장에 대해서는 반대한다. 그런 방식은 소수의 급진적인 전위 활동가들의 방식일 수 있을지는 모르나 다수의 여성으로부터 동의를 받기 어렵다.

우리 사회에서 자기결정권은 무척 중요하다. 그러나 자기결정권만으로 그 사회가 구성되고 운영되는 것은 아니다. 다양하고 수많은 자기결정권, 다양하고 수많은 타인의 시선, 그런 것들이 어우러져 그 사회의 법과 도덕, 문화, 습속을 만든다.

자기존중은 타인으로부터의 존중과 조화를 이뤄야 한다. '화성에서 온 남자, 금성에서 온 여자'는 없다. 여성이나 남성이나 오랫동안 이

지구에서 공존했고, 지금도 공존하고 있다. 앞으로도 공존할 것이다. 공존적 페미니즘이 필요하다.

페미니즘이 아니라 개인주의가 저출산의 원인

일부에서는 페미니즘 풍조가 확산되면서 결혼과 출산을 기피하는 것이 저출산의 원인이라고 주장한다. 그렇지 않다. 모든 페미니스트가 비혼인 것도 아니고, 무자녀를 추구하는 것도 아니다.

개인주의는 자신의 삶을 우선시한다. 결혼·출산 같은 사적 영역에서도 자신의 가치, 자신의 삶을 우선시하는 경향이 강하다. 물론 결혼, 살 집 마련, 아이 양육 비용이 높은 것이 결혼과 출산의 걸림돌로 작용한다. 그러나 이것이 근본적 원인이라 보지 않는다. 하나의 거대한 트렌드로서의 개인주의가 근본 원인이라고 본다. 개인주의는 남녀를 가리지 않는다.

난 개인주의를 부정적으로 보지 않는다. 그동안 우리 사회는 개성보다 가면을 중요시해 왔다. 이제는 개성·자아를 중요시하는 단계로 올라서고 있는데, 이것이 우리 사회의 공화주의를 더 풍부하게 하고 튼튼하게 하는 데 도움이 될 것이라고 본다.

트렌드라는 것도 변화하게 마련이다. 이전에는 집단주의가 우선했으나, 지금은 개인주의가 우선하고 있다. 이 트렌드가 영원히 이어지는 것도 아니다. 또 어느 시기가 오면 사회적인 것, 공공적인 것, 집단적인 것이 더 우선할 것이다.

지난 10년간 저출산 대책으로 100조 원의 예산을 썼다고 한다. 그러니 합계출신율은 계속 떨어져 이제 세계 최저 수준에 이르렀다. 앞으로도 저출산 문제 극복을 위해 많은 예산이 쓰일 것이다. 그러나 이 문제가 예산으로 해결할 수 있다고 생각하면 오산이다. 트렌드가 바뀌어야 한다.

인간사라는 것이 하나의 흐름으로만 쭉 가는 것이 아니다. 일정 시점이 되면 다시 결혼, 가족, 출산의 가치가 개인의 삶에서 중요한 위치를 차지하는 때가 올 것이다. 서구 사회가 다 그런 과정을 거쳤다. 그때를 기다리며 끊임없이 사회적 노력을 경주해야 한다.

6 다원주의 사회란 무엇인가?

단일하고 보편적인 사회정의는 없다

사람 사는 세상을 꿰뚫는 단일하고 보편적인 사회정의, 다른 말로 '덕德, virtue'은 존재할까? 사회정의는 사회적 진리와 도덕을 전제로 한다. 일반 사람과 사회에서 두루 통하는 진리나 도덕을 '공리公理'라고 한다. 사회정의는 이 공리를 전제로 하는 것이다. 하나의 공리가 있다면 하나의 사회정의도 가능할 것이다.

진眞, 선善, 미美는 각각 진리, 도덕, 예술을 상징한다. 진리에는 과학적 진리, 종교적 진리, 사회적 진리가 있다. 같은 진리이지만 속성이 다르다. 과학적 진리는 객관적인 법칙에서 찾고, 종교적 진리는 경전과 그 해석에서 찾을 수 있다지만, 사회적 진리는 살아 있는 사람의 문제여서 주관적 진리인지 객관적 진리인지 애매하다. 같은 진리라도 그 사회의 구조, 문화, 또는 그 사람이 처한 조건에서 이해하고 받아들이는 데 차이가 있다.

도덕과 예술은 진리보다 상대성과 주관성이 더 강하다. 도덕도 법과 윤리에 큰 차이가 있다. 예술은 최고로 상대성이 중시되는 영역이라 할 수 있다. 다원화되고 복잡한 사회일수록 진리와 도덕, 예술의 상대성이 강화될 수밖에 없다. 민주공화국은 상대성을 존중하는 가운데 통일성을 지향해야 하는 난제를 가지고 있다.

영국의 철학자 이사야 벌린은 "인간 가치의 다양성과 차이가 너무나 커서 이것들에 대한 추구가 유일한 도덕적 질서 속에서 조화를 이룰 수 없고, 따라서 그와 같은 조화를 추구하거나 다른 가치들에 대한 몇몇 가치들의 헤게모니를 강요하는 모든 사회적 질서는 필연적으로 하나의 구속복으로 변할 수밖에 없으며, 게다가 인간 조건에 대한 전체주의적 구속복으로 변할 수밖에 없다"고 말한다.

그런가 하면 알레스데어 매킨타이어는 "하나의 객관적 도덕 질서가 존재하지만, 이에 대한 우리의 감각은 우리가 경쟁적 도덕 진리들을 완전히 조화시킬 수 없다"고 말한다.

이사야 벌린은 유일한 도덕적 질서 속에서의 정의 추구는 불가능하며, 자칫 전체주의로 경도될 수 있다고 경계한다. 이에 비해 매킨타이어는 하나의 객관적 도덕 질서가 존재하지만 우리의 경쟁적 도덕 관념 때문에 그것을 받아들이기 어렵다고 주장한다. 누구 말이 맞을까?

정치철학자 데이비드 밀러는 자신의 책 『사회정의의 원칙들』에서 정의에 대한 단일하고 통합적인 원칙을 찾기보다는 다양한 원칙을 찾아야 한다고 강조한다. 그러면서 이러한 원칙들은 각각의 사회가 처한 환경에 따라 다르게 구성될 수밖에 없는데, 3대 분배 원칙으로 '필요와 공적, 평등'을 제시한다. 나는 데이비드 밀러의 문제의식에 동의한다.

기본적 필요가 충족되어야 할 영역이 있고, 시장처럼 경쟁력에 따른 공적이 기본 원칙으로 자리 잡아야 할 영역이 있으며, 평등 추구의 관점에서 접근해야 할 영역이 있다. 영역의 다름을 인정하지 않고 하나의 원칙으로만 접근하는 것은 비현실적이다.

그렇다고 정의의 무원칙을 얘기하려는 것은 아니다. 원칙은 분명히 있어야 한다. 다원성 속에서 통일성을 추구해야 한다는 관점을 버리지 않아야 한다. 통일성을 획득하기 위해서는 민주적 리더십이 절대적으로 필요하다. 거듭 말하지만 민주공화국에서는 자유주의와 민주주의가 서로 견제하며 균형을 잡아 가야 한다. 그 속에서 통일성을 추구하는 것이다.

중용은 근본주의의 극복

유교 사서의 하나인 『중용』에서 중용의 도를 다루다 보니 사람들은 '중용'을 단순하게 유교의 교리로만 생각한다. 물론 중용이 유교 사상에서 커다란 위치를 차지하는 핵심 개념임은 분명하다. 중용의 요체가 이상과 현실의 조화이고, 극단을 배격하고 실용을 추구하는 것이라 했을 때 중용은 서양 사상과 동양 사상에 공통적으로 있는 것이다.

플라톤은 공동체의 균형과 조화를 가능케 하는 원리로 중용을 강조했다. 플라톤은 무한하게 욕망하고 극단으로 치달아서는 안 되며 어디쯤에서 그칠 줄 아는 것이 최고의 지혜라고 했다. 따라서 중용은 크기의 측정이 아니라 모든 가치의 질적인 비교라고 했다. 아리스토텔레스는 사람의 욕망을 다스리는 이성으로서의 중용을 강조했다. 마땅한 정도를 초과하거나 미달하는 것을 악덕이라 했고, 그 중간을 찾는 것을 참다운 덕이라고 했다.

중용은 수학의 양적인 개념이 아니다. 중용을 정치적 의미의 중도와 동일시하며 수학적이고 기계적인 양적 중간 정도를 추구하는 것으로 생각하는 것은 잘못된 사고이다. 플라톤의 말대로 중용은 '크기의 측정이 아니라 모든 가치의 질적 비교'로 양적 균형을 꾀하는 것이 아니라 질적 초월이다.

중용의 미덕은 근본주의를 극복하고 초월하는 것이다. 하나의 원리, 하나의 원칙, 하나의 정의로 온 세상을 다 설명할 수 있고 조직할 수 있다는 근본주의를 배격하는 것이다. 개인주의, 다원주의를 특징으로 하는 현대 사회에서 중용은 사회 구성과 운영의 원칙이라 할 수 있다.

정의는 중용의 원칙에 입각한 '조화와 균형'을 통해 '만들어 가는 정의'

적대감이 아니라 반감에 기초한 '쟁투적 민주주의'를 주장하는 샹탈 무페는 '갈등적 합의'를 강조한다. 그러면서 갈등적 합의란 공존을 가능케 하는 공통의 윤리적·정치적 원칙들이 존재하지만, 그러한 공통의 원칙에 대한 해석에서는 항상 갈등이 있을 수 있다는 사실에 기초한 합의라고 정의한다.

중용은 근본주의를 배격하는 것으로 극단極端을 질적으로 초월하는 것이라 했다. 다원주의 사회에서 중용은 정의를 가능케 하는 원칙이다. 그렇다면 중용이라는 원칙에 입각해서 추구해야 할 정의의 내용은 무엇일까? 나는 '조화와 균형'의 추구여야 한다고 생각한다.

'조화와 균형'의 추구가 갈등을 외면하거나 봉합하는 것은 아니다. 오히려 갈등을 정의 실현의 원동력으로 본다. 심의 민주주의이든, 쟁투적 민주주의이든 갈등을 정의 실현의 원동력으로 삼는다. 샹탈 무페가 말했듯 '갈등적 합의'의 관점이 중요하다. 갈등 속에 그냥 대책 없이 녹아 들어가는 것이 아니라 공존을 가능하게 하는 공통의 윤리적·정치적 원칙을 찾아 나가는 것이다. 이것이 다원성·다양성 속에서 민주적 리더십을 통해 통일성을 추구한다는 것의 요체이다. 다만 그 공통의 원칙에 대해서는 언제나 갈등이 있을 수 있다는 합의가 전제되어야 한다. 공통의 원칙의 가변성·잠정성에 대한 합의가 있어야 한다는 것이다.

이처럼 '갈등적 합의'를 통해 균형과 조화를 추구해야 한다. 이를 통해 시민의 전반적인 역량을 높이고, 삶의 질을 높여야 한다. 그렇다면 어떤 조화와 균형을 말하는 것일까?

자유주의와 민주주의의 조화와 균형, 개인주의와 공동체주의의 조화와 균형이라는 큰 원칙 아래 자유와 평등의 조화와 균형, 국가와 시장의 조화와 균형, 경쟁과 협력의 조화와 균형이 추구돼야 한다. 엘리티즘과 포퓰리즘의 조화와 균형, 옳음과 좋음의 조화와 균형, 당위와 이익의 조화와 균형, 강자와 약자의 조화와 균형이 이뤄져야 한다.

따라서 지금은 무엇보다 '만들어져 있는 정의made justice'가 아니라 '만들어 가는 정의making justice'라는 관점이 중요하다.

'만들어져 있는 정의'는 이미 완결되어 있고, 구축되어 있는 것이다. 주어져 있는 것이다. 이런 정의관은 독단과 도그마로 이어져 갈등을 수습하는 것이 아니라 적대적 갈등을 유발한다. '만들어 가는 정의'는 지금 여기의 정의가 이미 주어진 것이 아니라 갈등을 다루고 조화와 균형을 이루는 과정에서 만들어 가는 정의라는 입장을 취한다. '구성적 정의관'이라 할 수 있다.

구성적 정의에서 가장 중요한 것은 '끊임없는 성찰, 균형을 잡으려는 노력'이다. 원칙과 신념이 현실에서 갈등의 상호 조정, 심의 과정을 통해 균형과 통합성을 이뤄야 한다.

고대 그리스의 소피스트들은 어쩌면 소크라테스보다 아는 것이 많았을지도 모른다. 그러나 결과적으로 소크라테스가 '서양 철학의 아버지'라는 명예로운 호칭을 갖게 됐다. 왜 그랬을까? 이유는 한 가지였다. 소크라테스는 '나는 내가 모른다는 것을 안다'는 지적 회의주의를 견지했기 때문이다.

'unknown unknown'이라는 말이 있다. 미국 전 국방장관 도널드 럼스펠드가 전쟁의 위험성을 언급하며 썼다고 한다. 알지 못한다는 사실 자체를 알지 못한다는 뜻이다. 모르는 것을 아는 것을 넘어 모른다는 것을 모르는 영역도 있다는 것이다. 인간은 한계가 있고, 지식과 지혜도 한계가 있을 수밖에 없다.

나의 가치·원칙·이념을 중요시하되 불안정성이 있음을 인정하고 대화를 통해 조화와 균형을 이루려는 자세를 가져야 한다. 공화주의는 인간 본성에 대한 낙관과 정치적 리더십에 대한 비관이 바탕에 깔려야 한다. 정치적 리더십이 자신의 가치를 신성시하고 독단과 교조에 빠질 수 있다는 것을 알기에 극도로 경계한다. 그래서 공화주의는 늘 자신을 성찰하고 타인을 상상하는 능력에 의존하는 것이다.

엘리티즘 vs 포퓰리즘

정치인들의 입에서 '포퓰리즘'이라는 단어가 자주 언급된다. 서로를 대중에 영합하는 자들이라며 '포퓰리스트'라고 비판한다. 대체 포퓰리즘을 무엇으로 알기에 저렇게 서로를 공격하는 것인지 궁금할 때가 있다.

어떤 것을 직접적으로 설명하기 힘들면 때로는 그 반대말이 무엇이고, 어떻게 대비되는 것인지를 논하면 이해하기가 쉽다. 포퓰리즘의 반대말은 무엇일까? 엘리티즘이다. 엘리티즘은 소수의 엘리트가 국가나 사회를 이끌어야 한다는 사상이다.

엘리티즘의 극단은 군주국가이다. 군주가 주권의 주체인 국가이다. 다음은 참주정이다. 군주가 아니지만 군주처럼 통치하려는 독재정이다. 다음은 귀족정과 과두정의 집단지도체제이다. 로버트 달은 민주주의는 다두정多頭政이고, 비민주주의는 수호자주의라고 했는데, 엘리티즘은 정치적으로 수호자주의이다. 북한과 중국이 수호자주의 체제이다.

수호자주의는 갈등을 해결하는 방법을 전문가 등 엘리트의 지식, 전체를 앞세우는 조화, 그리고 이성적 절제에서 찾는다. 이에 반해 민주주의는 시민들의 의견, 자유와 평등의 조화, 감정을 배제하지 않는 설득을 강조한다. 수호자주의는 갈등을 억압해 드러나지 않는 것을 선호한다. 민주주의는 갈등의 불가피성과 의견의 다양성을 좀 더 적극적으로 옹호한다.

포퓰리즘을 민중주의라고 한다. 민중주의는 엘리트에 대한 불신 속에서 민주주의의 핵심적 구성 요소이자 그 사회의 다수인 인민 대중에게 호소함으로써 실질적인 인민주권을 실현하려 한다. 민중주의를 비판히는 이들은 이들이 선동과 조작을 통해 인민주권을 역이용한다고 본다.

경쟁의 원리가 있는 사회에는 반드시 승자와 패자, 강자와 약자가 있기 마련이다. 중요한 것은 차이를 인위적으로 없애는 것이 아니라 차이가 사회적 차별과 지배로 치닫지 않도록 법과 제도, 윤리를 만드는 것이다. 그걸 엘리트 중심의 질서로 만들 것이냐, 인민 대중의 질서로 만들 것이냐로 엘리티즘과 포퓰리즘으로 나뉘는 것이다. 엘리티즘은 약자의 간섭을 싫어하고, 포퓰리즘은 강자의 지배를 두려워한다.

엘리티즘이 대중과의 일체감과 그 속에서 가능성을 발견하지 못한다면 대중과 괴리돼 분열로 치닫게 되고 대중에 의해 거부될 수밖에 없다. "선진 민주주의 국가에서도 민주주의에 대한 불신이 증폭되고 있고, 시민들의 정치적 삶을 민주적 절차가 아닌 법조인이나 언론인들이 지배하고 있다는 인식마저 팽배하다"는 달튼의 말은 엘리티즘에 대한 강력한 경고이다.

포퓰리즘은 대중과 집단지성에 대한 낙관주의는 올바르지만 민주적 리더십을 통해 대중 영합적 자세를 극복하지 못한다면 갈등을 극복하기는커녕 더 큰 갈등을 초래할 수 있다. 엘리티즘과 민중주의도 경쟁과 견제를 통해 조화와 균형을 이뤄야 한다.

탁월함과 평범함

남보다 두드러지게 뛰어난 것을 탁월하다고 한다. 전쟁에서 용맹을 떨쳐 승리를 거둔 자, 강한 권력에 접근한 자, 부자, 어려운 시험에 통과한 자, 뛰어난 미덕을 발휘한 자들을 보통 탁월한 자의 반열에 올려놓을 수 있을 것이다. 보통 능력이 검증된 자를 탁월한 자라 말한다.

여기에서 질문을 하나 던지자. 다원주의적 공화주의 사회에서의 탁월함은 무엇일까? 또 탁월하지 않은 평범함은 무엇일까? 고대와 중세 공화주의 시대와 같은 신분 제약 없이 모든 시민이 동등한 자유를 누리고 있다고 생각하는 근현대 공화주의 사회에서 탁월함과 평범함은 무엇일까 묻는 것이다.

오랫동안, 최근에는 미국의 건국 과정에서도 재산의 소유 여부가 시민권 사상의 주요 주제였다. 지켜야 할 재산이 있는 자만이 공공선을 추구할 자격이 있고 시민의 자격이 있다는 생각이 널리 퍼져 있었다. 재산을 소유한 자만이 시민적 미덕, 시민적 탁월성을 갖추고 있다고 본 것이다. 그러나 대중 공화주의, 대중 민주주의 시대의 도래로 이런 사고는 더 이상 유효하지 않게 되었다.

선거는 영어로 'election'이다. 한 사회의 지도층 또는 지배적 위치에 있는 사람을 엘리트elite라고 한다. 두 단어 모두 '뽑다, 가려내다'는 뜻의 라틴어 'eligo'에서 유래했다. 고대에 선거는 엘리트, 다른 말로 탁월한 자를 뽑는 것이었다.

지금은 어떤가? 지금의 선거도 엘리트를 뽑는 과정 아닌가? 우리 국회의원의 면면을 보라. 연령으로는 50·60대, 서울 소재 대학을 졸업한 남성이 대부분이다. 유별나게 판사, 검사, 변호사 등 법조인 출신이 많다. 부자들도 많다. 가히 엘리트들의 집합소라 할 만하다. 국회의 구성에서 다른 연령대의 비서울 소재 대학 졸업자나 저학력자, 부자가 아닌 자, 여성은 심각하게 과소대표되고 있다.

물론 국회를 국민의 구성 그대로 대의하도록 만들 수는 없다. 선거로 우열을 가리는 구조에서는 어렵다. 그렇지만 지금처럼 엘리트를 뽑는 선거로 고착화된다면 앞으로도 '대의의 심각한 문제'가 발생할 수 있다.

탁월함·능력은 본인의 노력과 여러 가지 선천적·후천적 운과 제도로 가능하다고 했다. 물론 무엇이 그 탁월함에 기여했는지는 수량과 비율로 나타낼 수 없을 것이다. 그러나 만일 평범한 사람이 후천적 운과 제도로 전혀 생각지 못한 기회를 얻고, 그동안 평범함 속에 묻혀 있던 탁월함을 발견하게 된다면 그건 얘기가 달라질 것이다.

공화주의의 가장 큰 미덕은 '공공에의 헌신'이다. 공공에의 헌신을 통해 명예욕을 얻고자 하는 이기심이야말로 공화주의의 가장 큰 미덕이다. 링컨은 23살 때 일리노이주 주의원으로 첫 출마를 했다. "누구나 자기만의 고유한 야망이 있다고 합니다. 저는 주민들에게 진정으로 존경받고, 그들의 존경에 부끄럽지 않은 사람이 되고 싶은 야망이 있을 뿐입니다." 그때 출마선언문의 한 구절이다.

난 이런 공화주의적 미덕을 갖는 데 많은 지식, 높은 지위, 많은 부가 필요하다고 생각지 않는다. 우리나라는 세계 최고의 대학 진학율을 자랑한다. 그리고 누구나 '손안의 컴퓨터' 스마트폰만 활용해도 고대 아테네의 명예롭고 탁월한 시민들보다 훨씬 많은 지식을 활용할 수 있다. 우리 공화주의가 탁월함의 늪에 빠지지 않기를 바란다. 운이 주어지고, 제도가 뒷받침되면 누구든 평범함에 가려진 탁월함이 발견될 수 있다는 낙관주의를 갖기를 바란다. 그래서 나는 우리 민주주의에서 선거와 추첨이 조화와 균형을 이룰 것을 주장한다.

'1인 1표' vs '1힘 1표' vs '1원 1표'

민주공화국은 1인 1표로 운영되는 나라이다. 일정 나이 이상이 되면 보편적이고 평등한 투표권을 갖는다. 선거를 통해 자신들을 대의할 의회를 구성하는 것이다. 이것이 대의민주주의이다.

1힘 1표로 운영되는 나라는 권력의 크기와 양에 따라 1표가 행사되는 나라라 할 수 있다. 모든 시민이 동등하게 1표를 행사하는 것이 아니라 힘이 많을수록 그에 비례해 더 많은 표를 행사하는 것이다. 독재 국가에서는 독재자와 그 친위 세력이 자신의 힘에 비례해 더 많은 영향력을 갖는다. 독재국가의 운영 원리인 것이다. 히틀러는 모든 시민이 한 표를 갖는 것은 자연적 질서에 위배된다는 생각을 했다.

1원 1표는 보통 시장의 운영 원리이다. 소유한 것이 많을수록, 지분이 많을수록, 재산이 많을수록 더 많은 표와 권한을 갖는다. 협동조합같이 지분이 많더라도 1인 1표를 행사해야 한다는 원리로 운영되는 곳도 있지만, 대부분의 기업과 사업체는 1원 1표의 원리로 작동한다.

이런 사회는 금권, 즉 경제권력이 곧 정치권력이 되는 금권국가가 될 것이다. 금권이 정치권력을 전유하든가, 아니면 정경유착의 형태로 정치권력을 좌지우지하는 것이다. 처음에 금권은 국가나 정부, 사회가 시장에 개입하지 말고 알아서 해나가도록 요구하지만 나중에는 필연적으로 정치권력을 좌우하는 힘을 갖는 방향으로 나아간다. 돈의 힘에 기대 로비력, 정보력, 홍보력을 총동원해 정치권력을 복속시킨다. 신자유주의가 추구한 바가 이것이다.

정치 민주화는 '1인 1표'가 '1힘 1표'를 극복하는 것이라 할 수 있다. 경제 민주화는 '1인 1표'가 '1원 1표'를 극복하는 것이다. 의회민주주의를 통해 시장과 정권의 독점과 독재의 출현을 견제하는 것이다.

민주공화국은 따지고 보면 상당히 까다롭고 시민을 힘들게 하는 제도이다. 시민에게 자유를 주는 대신 영원히 경계심을 발동할 것을 요구하기 때문이다. 필립 페팃은 "비지배 자유는 주로 동의에 내주었던 자리를 견제력이 대체하는 민주주의를 지지한다"고 말했다.

정치권력과 경제권력은 견제하지 않으면 지배세력으로 폭주하려 한다. 이건 지난 역사가 증명하는 만고의 진리이다. 그래서 민주공화국은 지배세력의 등장을 막기 위해 '견제와 균형'의 원칙을 도입한 것이다. 조금이라도 독재와 지배가 똬리를 틀지 않도록 촘촘하고 복잡한 방식을 도입했다. 쉽게 통치하지 못하도록 만드는 것이다.

공화주의는 아무리 훌륭한 사람('선관善管'이라 한다), 이를테면 세종대왕 같은 사람이라도 지배자가 될 틈을 줘서는 안 된다는 원칙 위에 서 있다.

문재인 대통령의 열렬한 팬들 사이에서 "이니 하고 싶은 대로 해"라는 말이 유행한 적이 있다. 이건 진짜 반공화주의적 언사이다. 2020년 노무현 대통령의 당선 직후 노사모 게시판에서는 '이제 대통령 만들었으니 잘 하는지 감시하자'는 주장이 쏟아졌다. 이게 바로 공화주의적 태도이다.

"공화주의는 인민 주권이 선거적 권위가 아니라 저항의 권리에 있다." 미셸 푸코와 『푸코 효과』라는 책을 같이 쓴 파스콸레 파스퀴노의 말이다. 공화주의는 이런 것이다.

장 자크 루소는 시민에 대해 "선거 기간에만 자유인이고, 선거가 끝나면 노예 신세가 된다"고 말했다. 공화주의는 신분 제도가 없더라도 지배와 피지배 관계가 되면 시민의 자유가 사라진다고 본 것이다. 시민은 피곤하지만 늘 긴장의 끈을 놓지 않고 독재와 금권 정치의 출현을 감시하고 견제해야 한다. 이는 민주공화국의 시민이 된 이상 감수해야 하는 일이다.

최소 국가(작은 정부) vs 최대 국가(큰 정부) vs 최적 국가

신자유주의자들은 시장의 자유는 최대한 보장되어야 하므로 국가는 최소한의 역할을 하는 최소 국가가 되어야 한다고 주장한다. 심지어 외교안보와 치안에 집중하는 '야경夜警 국가'를 요구하기도 한다. 이와 반대로 국가가 시장의 폭주를 막고 복지 등 사회적 역할을 넓혀야 하는 만큼 최대 국가가 필요하다는 주장도 있다.

나는 최대·최소 국가의 관념은 잘못됐다고 생각한다. 최대와 최소라는 단일한 수학적 기준이 있을 수 없다. 이런 용어 자체가 신자유주의의 소산이다. 시장 입장에서 최소와 최대를 말하는 것이다. 대신 소극적 국가, 적극적 국가라는 표현을 쓰는 것이 맞다고 본다. 국가와 사회의 관점에서 말하는 것이기 때문이다.

시장은 하나의 제도일 뿐이다. '경제학의 아버지'라 불리는 애덤 스미스가 그의 책『도덕감정론』에서 말하려 한 것은 경제적 동기 부여가 고도로 복잡한 문제이며, 보다 넓은 사회적 관습과 도덕관에 뿌리내려야 한다는 것이다.

원래는 경제학이라는 말 자체가 없었다. 정치경제학이었다. 19세기 후반에 정치경제학에서 경제학으로 학문의 이름이 바뀐 것이다. 시장경제학 등장으로 시장의 자율성·독립성을 강조하면서 이름이 바뀐 것이다. 그러나 정치와 떨어진 시장경제는 없다. 경제학은 정치경제학으로 재정립되는 것이 맞다.

현대 국가들도 헌법에 의거한 제도를 갖고 있다. 사회도 여러 법과 제도에 따라 질서가 만들어진다. 그럼에도 마치 시장이 자연적 질서, 또는 천부적 질서인 양 강변하는 것은 옳지 않다.

시장은 유용하면서도 위험성이 상존하는 제도이다. 국가와 정부도 유용하면서도 위험성이 상존하는 제도이다. 그래서 시민사회의 견제가 필요하다. 균형을 찾아 그 나라에 적합한 체제를 만들어야 한다. 어떤 체제가 시민의 자유와 평등에 적합한 것인지를 찾아야 한다. 그랬을 때 그 나라는 최적의 국가가 될 것이다.

8 지금 시기 진보주의는 무엇인가?

진보주의의 열쇳말, 포용

국어사전은 '포용'을 "남을 너그럽게 감싸 주거나 받아들임"이라고 풀이하고 있다. 그러나 나는 포용을 누군가가 남을 일방적으로 감싸 주는 것이 아니라고 생각한다. 상호적인 행동으로 서로를 감싸는 것이라 본다.

나는 앞에서 정의를 중용의 원칙에 입각한 '조화와 균형'을 통해 '만들어 가는 정의'가 되어야 한다고 주장했다. 연대와 협력, 평화와 공존의 정신으로 갈등을 원동력으로 해 조화와 균형을 이루는, 주어진 정의가 아니라 만들어 가는 정의, 구성적 정의가 다원주의 사회의 정의가 되어야 한다는 것이다. 이런 정의관에 입각했을 때 이 모든 것을 포괄할 수 있는 단어가 바로 '포용'이라고 생각한다.

인간의 역사는 포용의 역사였다. 먼저 시민의 범위를 넓히는 과정이었다. 군주 1인, 귀족 집단이 주권의 담지자였던 것에서 자유롭고 동등한 시민 모두를 주권의 담지자로 넓히고 포용하는 과정이었다. 대중 민주주의도 재산 있는 남성, 재산 없는 남성, 여성, 다민족 국가의 경우 소수 인종까지 시민권을 넓히고 포용했기에 가능했다.

시장의 효율과 개인의 자유를 앞세우는 자유방임 국가, 중상주의 국가에서 시장의 효율과 사회의 안정을 위해 사회적 약자를 보호해야 한다는 포용적 사고 속에서 '사회권'의 개념이 대두했고 복지국가, 사회적 시장경제가 탄생했다. 적대하며 전쟁을 불사하는 국제 관계에서 개방 경제로 세계를 포용하고 평화와 공존을 이뤄야 한다는 정신에서 유엔이 만들어졌고, EU가 출범했으며, 우리의 대북 포용 정책이 취해졌다.

이제 포용은 인간 중심주의를 넘어 생태를, 자연과 기후, 동물의 생명권을 포용한다는 정신으로 넓어지고 있다.

포용은 고여 있는 것이 아니다. 포용하는 과정을 통해 역동성을 발휘하는 것이다. 포용은 존중과 상생이다. 포용은 자기이해와 욕망을 억압하거나 포기하도록 강요하지 않는다. 자리이타自利利他, 즉 자신의 이익이 남의 이익과 조화를 이루는 것을 지향한다. 포용은 많이 가지고 유리한 위치에 있는 자가 지배하는 것이 아니라 양보의 미덕을 통해 사회를 조화롭게 하고 균형을 잡아 가는 것이다. 포용은 때론 급진적이고 전복적일 수도 있다. 포용은 원래 너그러움이지만 도저히 포용할 수 없다는 판단이 서면 급진성을 띨 수밖에 없다.

포용은 수직적 지배를 반대한다. 수평적 소통과 협력을 찬성한다. 러시아의 철학자 미하일 바흐친이 말한 것처럼 지금은 수직의 세계관이 수평의 세계관으로 전환하는 때이다. 이것이 순조롭지 않을 때는 그의 표현처럼 전복적 상상력이 동원된다. 그리하여 프랑스 철학자 자크

데리다의 주장처럼 중심과 주변의 원래 의미가 해체된다. 그러면서 질이 다른 포용, 더 높은 포용을 지향하게 된다.

포용적 외교안보, 포용적 정치, 포용적 행정, 포용적 경제로 나아가야 한다. 그리고 포용적 생태주의로 나아가야 한다. 포용의 가짓수가 더 많아지고, 범위가 더 넓어지며, 깊이도 더 깊어져야 한다. 이 시대의 진보주의는 바로 포용적 진보주의여야 한다.

대한민국은 이제 세계를 선도한다는 자세를 가져야 한다. 경제적 기술 선도에만 매몰되어서는 안 된다. 세계 속에 대한민국이 포용적 사회의 모범으로 드러나고 민주공화주의를 선도하는 국가로 인정받아야 한다. 혁신적이면서도 포용적인 국가로 세계를 선도해야 한다.

포용적 생태주의 : 인류세에서 지구세의 시대로

'도구적 이성'에 대한 비판과 반성

철학의 근본 주제는 '무엇이 사람의 본성이고, 무엇이 올바른 삶이며, 어떤 사회가 나은 사회인가?'이다. 철학은 이에 대해 끊임없이 답을 찾아가는 과정이라 할 수 있다.

근대는 두 가지 이성의 시대이다. 하나는 이성利性이다. 사람은 자기의 이익, 행복과 쾌락을 좇는 존재이다. 경제적 동물이라는 것이다. 다른 하나는 이성理性이다. 사람은 진리를 자각하는 능력이 있고 그 진리에 기반해 더 나은 사회를 만들 수 있다는 사고이다. 사회적·정치적 동물이라는 것이다.

근대는 이 두 가지 이성이 대립하고 견제하고 융합하는 과정이었다. 자본주의, 공산주의라는 것도 이 두 가지 이성을 어떻게 해석하고 무엇을 더 우위에 둘 것인가로 운명이 갈렸다고 할 수 있다. 많은 사람들이 오랫동안 이성理性의 계몽성이 이성利性을 억제하고 조정해 더 풍요롭고, 더 자유롭고, 더 평등한 세상을 만들 수 있을 것이라 생각했다.

어느 시점부터 진짜 문제는 이성理性이 아니냐는 회의가 일기 시작했다. 인간의 해방과 자유를 가져온다고 생각했던 이성이 오히려 과학의 이름으로 인간과 자연을 지배하는 나쁜 도구가 되지 않았냐는 회의였다. 1947년 독일의 철학자 막스 호르크하이머가 『도구적 이성 비판』에서 이 문제를 본격적으로 제기했다.

같은 해 호르크하이머와 동료 학자 테오도르 아도르노는 『계몽의 변증법』이라는 책에서 서구의 문명은 계몽적 이성에 의해 진보하는 것이 아니라 이성을 과신한 나머지 야만성에 빠져 자기파괴로 나아가고 있다고 경고한다. 전체주의, 전쟁, 핵무기, 환경 파괴 등은 이성을 과신하고 도구로 사용한 결과라는 것이다.

그들은 말한다. "인간의 안에 있는 자연의 부정과 더불어 단순히 밖에 있는 자연 지배의 목표뿐만 아니라 자기의 생의 목적 자체가 착란되어 불투명하게 된다"고. 그리고 이러한 사태의 귀결은 자연에 대한 우위에서 사람이 자연에 예속되는 사태로 이어질 것이라고 말한다.

인간 중심주의에 대한 뼈아픈 반성이다. 인간의 패권적 이성주의, 패권적 과학주의에 대한 질타이다. 인간 중심주의에 인간과 생태의 공존이라는 '포용적 생태주의'의 길로 가지 않는다면 역으로 자연이 인간을 배척하는 시대가 도래할 수 있다는 경고이다. 포용은 사람 대 사람의 관계라는 인식 지평을 넘어서야 한다. 이제 사람은 자연과 기후, 동물에 대한 포용과 공존으로 인식의 지평을 넓혀야 한다는 강력한 충고이기도 하다.

인류세

'인류세人類世'라는 용어는 1955년 노벨화학상을 받은 네덜란드 대기화학자 파울 요제프 크뤼천이 2000년에 처음 쓴 말이다. 그동안 지구의 역사는 지질학적 특징으로 나눴으나 이제 그런 시대는 마감됐다면서, 지금은 '만물의 영장'이라고 자부하는 사람이 중심이 되는 '인류세'라고 명명해야 한다는 것이다. 지질학계에서는 이 용어를 인정하지 않고 '홀로세' 또는 '충적세'라는 명칭을 쓴다.

이러한 용어는 인류에 대한 긍정적인 의미를 담고 있지 않다. 부정적이다. 인간의 자연환경 파괴로 인한 지구 온난화, 엘니뇨·라니냐와 같은 이상기온 현상 등으로 이제 인류의 지속가능성까지 걱정하는 시대가 도래했음을 말한다. 특히 앞으로의 인류 세대가 지구 환경 파괴의 대가를 치르면서 어려움을 극복해야 한다는 걱정이 진하게 배어 있다.

지구상에 동물이 출현한 이래 최소 11차례의 멸종이 있었다고 한다. 그중에서 '대멸종'이라고 부르는 심각한 사례가 다섯 번 있었다고 한다. 5차 대멸종 때는 공룡이 멸종했다. 이때가 6,600만 년 전이다. 인류가 약 400만 년 전에 출현했으니 그동안의 대멸종은 인류와 관계가 없었던 것이다.

지구학자들은 6차 대멸종을 경고한다. 사람이 원인이 되어 대멸종이 일어날 것이라는 것이다. 인간의 대량생산·대량소비로 인한 지구

환경 파괴로 인간의 멸종까지 포함하는 대멸종이 올 수 있다는 것이다.

『노동의 종말』로 유명한 미국의 사회학자 제레미 리프킨은 그의 책 『엔트로피』에서 말한다. 에너지는 인간에게 유용한 상태에서 유용하지 않은 엔트로피 상태로 변하는데, 인류가 더 많은 것을 원하고 생산하고 소비함에 따라 지구에 이 엔트로피를 높여 결국은 종말을 맞을 수 있으니 빨리 저低엔트로피 사회로 전환해야 한다고. 문제는 지구가 아니라 인류인 것이다.

인간 중심의 관점에서 주변 환경과 생물을 일방적으로 지배하는 '인류세'에서 인간도 자연의 일부분이고 지구 환경과 다른 생명과의 조화와 균형을 이뤄야 하는 시대, '지구세'의 시대를 열어야 한다. 사람이 만물의 영장靈長이라는 것은 부인할 수 없다. 그러나 그 영장의 의미가 군주·독재자일 필요는 없다. 조화와 균형을 추구하는 정의로운 영장이 되어야 한다.

'애니마티즘'적 생태관

'범신론汎神論, pantheism'이라는 사상이 있다. 신과 우주 만물을 동일시하는 종교적·철학적 사상이다. 범신론의 신은 여호와나 알라 같은 만물을 초월해 주재하는 신을 말하는 것이 아니다. 인격신을 숭배하는 종교의 입장에서는 무신론인 셈이다. 신이 곧 일체의 만물이고, 만물이 곧 신이라고 본다.

그런가 하면 '애니미즘animism'은 무생물계에도 영혼이 있다고 믿는 사상이다. 영화 〈아바타〉, 〈원령공주〉 등에 애니미즘적 사고가 녹아 있다.

그리고 애니마티즘animatism이 있다. 애니미즘이 영혼에 대한 관념이라면 애니마티즘은 활력·생명력에 대한 관념이라 할 수 있다. 그래서 애니마티즘을 다른 말로 '바이탈리즘vitalism'이라고도 한다.

나는 포용적 생태주의를 위해서는 신과 영혼적 관점보다는 활력·생명력의 관점에 서 있는 애니마티즘이 필요하다고 생각한다.

그동안 인간은 자연환경은 자연자원으로, 동식물은 생물자원으로 명명해 왔다. 사람 중심의 관점에서 자연환경과 동식물을 써먹을 대상으로만 생각했던 것이다. 물론 이런 관점을 완전히 극복하는 것은 불가능하다. 그렇지만 자연환경과 동식물이 사람과의 관계가 아니라도 그 자체로 활력과 생명력을 지닌 자기존재 이유를 지녔다는 사상이 있다면 우리는 지금과는 다른 세상에서 살고 있을 것이다.

인간의 환경권과 환경 의식은 인간이라는 자연과 인간 이외의 자연과의 공감과 연대 의식이다. 이제 친환경을 넘어 필必환경을 말하는 시대이다. 자연이 일방적으로 인간의 욕구 해결 대상이 아니라 함께 공존하고 지켜 주어야 할 동반자라는 의식이 싹트고 있는 것이다. 그래야 인간이 지속적인 생존을 도모할 수 있고, 행복해질 수 있다는 자각이다.

아리스토텔레스는 노예를 '말할 줄 아는 짐승'으로 보았다. 노예는 사람이 아니라 인간의 지배에 필요한 도구라는 것이다. 데카르트는 동물을 '영혼이 없는 기계'라고 봤다. 동물을 인간의 지배에 필요한 도구라고 본 것이다. 도구적 인간관이 사라지면서 노예가 사라졌듯이, 도구적 동물관이 사라지면 인지 능력과 감정을 갖고 있는 동물에 대한 공감과 연대 의식이 생기게 된다. "자연이 때론 동물들에게 혹독한 시련을 주지만 잔인한 것은 아니다. 오로지 인간만이 동물에게 잔인한 일을 저지른다." 곱씹어 봐야 할 경구이다.

2017년 살충제 달걀 파동이 일어났다. 공장식 비좁은 닭장에서 수많은 닭을 키우다 보니 진드기가 닭의 몸속에서 다량 번식할 수 있는 환경이 되었고, 이 진드기를 죽이기 위해 다량의 살충제를 뿌리다 보니 살충제 일부가 닭의 몸속에 흡수되고 달걀에까지 살충제 성분이 남게 된 것이다. 이 사건으로 동물복지에 대한 여론이 일었다. 동물복지가 사람의 건강으로까지 이어진다는 사실이 새삼 환기된 것이다.

이제 많은 사람들에게 동물 생명권 의식이 싹트고 있다. 문제는 동물이 자신의 생명권을 지키기 위해 자신들의 정부를 만들 수 없다는 것이다. 사람만이 지켜줄 수 있다.

국가위원회를 '국가인권·생명권 위원회'로 확대 개편하자

동물의 생명권 보장과 확대의 흐름은 세계적 대세이다. 그렇다고 문제가 없는 것은 아니다. 누군가는 여전히 동물을 인권의 부속물로 생각할 테고, 누군가는 동물의 독립적 권리를 주장할 테고, 또 누군가는 인권의 확장으로서 동물의 생명권을 바라볼 수 있다.

'동물권리론'을 주장하는 톰 레건은 "동물도 고유한 생명으로서 권리를 누려야 한다"고 말한다. '생명중심주의'를 주장하는 폴 테이러는 "개별 생명체는 인간에게 유용함이라는 외재적 가치가 아니라 사람과 같이 내재적 가치를 갖는 존재"라고 주장한다.

난 인권의 확장 개념에 동의한다. 앞에서도 말했지만 동물은 자신들의 정부를 세울 수 없다. 자연 상태에서의 동물은 생명권을 논할 이유가 없다. 사람과의 관계에서 문제가 발생하기 때문이다. 동물의 생명권 보장이 인권을 더 풍요롭게 할 수 있다는 생각을 해야 한다. 동물에게 가해지는 학대와 고통을 접하면 사람 또한 불행·불쾌·불편의 감정을 느끼게 되므로 이런 것을 퇴치해 사람의 행복감을 고양할 수 있어야 한다.

지금은 반려동물이라는 말을 통상적으로 쓰지만 얼마 전까지만 해도 애완동물이라고 했다. 애완은 '가지고 논다'는 뜻이다. 장난감 같은 것으로 동물을 대한다는 사고가 깔려 있다. 이와 달리 반려는 '함께 살고, 정서를 나눈다'는 뜻이다. 반려동물을 행복과 슬픔을 함께 나누는 존재로 여기는 것이다. 난 이걸 인권의 확장이라고 본다.

현실적으로는 민법상 반려동물이건 가축이건 소유의 대상이다. 재산인 것이다. 재산권의 관점에서 동물은 '살아있는 물건'일 따름이다. 민법상으로는 동물보호단체가 학대 신고를 받고 현장에 출동해 구조 작업을 하면 절도죄가 된다.

개를 둘러싼 오랜 논쟁이 있다. 법률적으로 개를 가축으로 유지할 것인가, 뺄 것인가의 문제이다. 현행법에 개는 가축으로 분류된다. 동물보호단체는 개를 가축에서 빼야 한다고 주장한다. 그렇지 않고서는 개고기 문제를 해결할 수가 없다. 전국의 농장에서 개를 키워 고기를 팔아 생업을 유지하는 이들이 많다. 이들은 개가 가축으로, 재산으로 계속 남아야 한다고 주장한다. 여전히 극심한 갈등을 겪고 있다.

공장형 농장을 동물복지형 농장으로 만들기 위해서는 많은 비용이 든다. 우리나라는 농림축산식품부가 '동물복지 축산농장 인증마크제'를 실시하고 있는데, 이때 그 비용을 누가 내고 어떻게 분담할 것인가가 문제이다. 이 또한 갈등 요인이다. 동물복지 담당 주무부서는 농림축산식품부 동물복지정책팀인데, 이 문제를 맡겨놓기에는 갈등이 만만치 않다.

국가인권위원회를 '국가인권·생명권위원회'로 확대 개편할 것을 제안한다. 그래서 동물생명권 보장을 높여 가는 동시에, 갈등 조정의 가이드라인을 제시하는 역할을 해야 한다. 인권과 같이 동물생명권 관련 정책 연구와 개선 권고, 조사와 구제, 교육과 홍보, 국내외 관련 단체와의 교류와 협력의 역할을 해야 한다.

마하트마 간디는 말했다. "한 국가의 위대함과 도덕적 진보는 동물이 받는 대우로 가늠할 수 있다."

에너지 문제에 대한 포용적 접근이 필요하다

쇼펜하우어는 대표적인 염세주의 철학자로 알려져 있다. "삶은 삶을 가장 덜 인식할 때 가장 행복하다." 쇼펜하우어에게 삶이란 그 본질을 알면 알수록 부조리하고 괴로운 것이었다. 그에게 유일한 위안은 음악이었던 것으로 전해진다.

전쟁은 극도로 위험하고 잔혹하다. 그렇다고 전쟁이 바로 일어난다고 생각하면서 살 수는 없는 노릇이다. 핵폭탄도 그렇다. 인간을 절멸시킬 수 있는 파괴력을 갖고 있지만 이것이 실제로 사용되는 경우를 늘상 걱정하며 살 수는 없다. 기우杞憂라는 말이 있다. 옛날 중국의 기나라 사람이 하늘이 무너질까, 땅이 꺼질까 매일 걱정하느라 밥도 안 먹고 잠도 못 잤다는 고사에서 유래한 말인데, 쓸데없이 과도하게 걱정하는 것을 꼬집는 말이다.

〈판도라〉는 강력한 지진으로 인해 원자력발전소가 폭발하는 사고를 다룬 영화이다. 일설에 따르면 문재인 전 대통령이 이 영화를 보고

난 후 '탈원전' 의지를 다졌다고 전해진다. 영화는 가장 극단의 상황을 설정해 만들기도 한다. 그래야 그 위험성을 더 심각하게 깨달을 수 있기 때문이다.

난 환경주의자들이 지구 환경의 위기, 기후 위기, 원자력발전의 위험성을 경고하고 사람들을 계몽하는 것이 무척 중요하다고 보지만, 그렇다고 최악의 상황을 설정해서 근본주의적으로 환경 문제를 대하게 해서는 안 된다고 생각한다. 환경 문제는 환경 자체의 문제이기도 하지만 수많은 이해관계자들 간의 갈등의 문제이기도 하다. 환경주의만으로 세상을 다 해석하고 조직할 수는 없다.

유학에 '정명론正名論'이라는 것이 있다. 명칭은 실제와 맞아야 하고 실제와 맞지 않으면 바로잡아야 한다는 것이다. 문재인 정부가 '탈원전 정책'을 펼쳤다고 하는데, 정명론의 입장에서 봤을 때 이건 완전히 잘못된 주장이다. 잘못된 이름 때문에 과도한 비난을 받았다.

문재인 정부는 2083년까지 점진적으로 원자력발전소가 생산하는 전력을 신재생에너지 등으로 대체하겠다는 계획을 세웠다. 문재인 정부 5년의 계획이 아니라 60년의 장기적 목표를 세운 것이다. 원자력발전소 수명이 60년이니 수명이 다한 것은 연장하지 않고 새로운 원전을 건설하지 않으면 60년 후에는 원전을 없앨 수 있다는 것이다.

'탈脫원전'이 아니라 '감感원전'이었던 것이다. 문재인 정부의 임기가 60년이라면 탈원전이라고 할 수 있다. 그러나 정권이 교체되면 얼마든지 바뀔 수 있다. 그렇다면 애초부터 탈원전이 아니라 감원전이라고 하는 것이 현실에 부합했다.

'탄소제로'라는 말도 쓰지 말아야 한다. 탄소중립과 탄소제로가 무분별하게 섞여 쓰이고 있다. 이산화탄소 배출량만큼 흡수하는 대책을 세워 실제 배출량을 '0'으로 만든다는 것이 탄소중립인데, 탄소제로는 마치 탄소 배출이 없는 이상적인 사회를 가정하는 것처럼 오인된다. 사람이 살아가는 것 자체가 탄소를 발생시키는 과정이다. 탄소제로는 사람이 생존하는 한 불가능하다.

문재인 정부는 신고리 5·6호기 건설 중단 여부를 결정하기 위해 500명의 시민으로 구성된 공론화위원회를 구성했다. 논의 결과 건설 재개 찬성이 높아 공사를 재개했다. 문재인 정부 임기 내에 신고리 4·5·6호기와 신한울 1·2호기가 가동되거나 건설 중으로 오히려 원전 수가 증가했다. 탈원전이라는 말이 무색해진 것이다.

다만 추가로 건설할 예정이었던 신한울 3·4호기가 건설 중단했고, 천지 1·2호기 등 신규 원전 6기의 건설 계획이 백지화되었다. 그리고 월성 1호기를 폐쇄했다. 원전 발전량 비중도 2017년 26.8%, 2021년 27.4%로 큰 변화가 없다.

태양열 등 친환경 대체에너지의 비율을 늘리고 탄소 배출을 줄이는 것은 전 세계적 과제이다. 그런데 원자력발전은 석유와 석탄 등 화석연료 발전, 태양열 발전 등에 비해 탄소 발생이 훨씬 낮다는 것이 딜레마이다. 게다가 원자력발전으로 발생하는 전기는 다른 발전에 비해 전깃값도 싸다. 원자력발전 옹호의 밑바닥에는 탄소 배출보다 싼 전깃값이 있는 것이다. 재계와 산업계가 대체로 원자력발전을 옹호하는 이유는 싼 전기값 때문이라고 봐야 한다.

탄소 배출을 줄이고, 재생에너지 비중을 높이면서, 싼 전깃값을 유지하기란 현재로서는 불가능하다. 에너지 정책의 '트릴레마'라고 할 수 있다. 재생에너지로 생산되는 전기 비용이 지금보다 훨씬 낮아진다면 이 트릴레마를 해소하는 데 도움이 되겠지만 지금은 어렵다.

따라서 에너지 전환 정책과 관련해 공론화위원회를 구성해 방향을 잡는 것이 좋다고 생각한다. 문재인 정부가 신고리 5·6호기 공사 재개 문제를 공론화위원회에 부쳤을 때 환경단체뿐만 아니라 원자력업계 등 이해관계자들로부터 충분히 의견을 듣고 결정했듯이, 윤석열 정부의 에너지 전환 정책도 그런 과정을 통해 결정하면 좋을 것이다.

전기료는 국민 전체의 부담 문제이기도 하고 산업계의 적지 않은 비용 문제이기도 하다. 산업계의 의견도 충분히 경청할 필요가 있다. 탄소중립은 거스를 수 없는 방향이기 때문에 적절한 에너지 믹스 정책이 도출될 수 있을 거라 기대를 해본다.

탄소 감축과 전기료 인상을 억제하기 위해 원전 의존성을 높이는 것이 맞는지, 아니면 원전 감축 방향에서 60년이 아니라 100년 정도의 전망을 가질 것인지, 재생에너지를 늘려 갈 때 늘어나는 전기 생산 비용을 정부와 한전 등의 발전회사와 국민이 어떻게 분담하는 것이 맞는지, 원전에서 나오는 방사성 폐기물 문제는 어떻게 할 것인지 공론화위원회의 토론을 통해 대책을 만들기를 희망한다. 원자력발전 사업을 수출 전략 산업으로 삼는 것이 타당한지도 검토가 필요하다. 그것이 에너지 문제에 대한 포용적 접근이다. 그래야 정권이 바뀔 때마다 에너지 정책으로 인한 갈등과 혼선이 줄어들 수 있을 것이다.

EU 택소노미와 고준위 방사성 폐기물 문제

'그린 택소노미Green Taxonomy'는 어떤 산업 분야가 친환경 산업인지를 분류하는 녹색산업 분류 체계를 말한다. 녹색산업으로 분류되면 투자를 수월하게 받을 수 있도록 각종 금융 및 세제 지원을 받을 수 있다. EU 택소노미는 EU가 만든 그린 택소노미를 말한다.

EU는 세계 최초로 2020년 6월 택소노미 가이드를 발표했다. 당시에는 원자력발전과 천연가스가 녹색산업으로 분류되지 않았지만 최종안에는 포함되면서 상당히 논란이 일었다. 우리나라도 환경부 중심으로 만든 K-택소노미를 2021년 12월 말 공개했는데, 여기엔 원자력발전이 빠져 있다.

EU 택소노미는 원자력발전을 포함하되, 신규 원전을 짓는 회원국의 경우 2050년까지 방사성 폐기물을 안전하게 처리할 수 있는 세부 계획을 세워야 한다는 단서를 달았다. 방사성 폐기물에는 고준위 방사성 폐기물이 포함된다.

원자력발전은 저탄소 발전이고 당장의 전깃값이 싸다는 장점이 있다. 그러나 체르노빌·후쿠시마 원전 사고처럼 한번 사고가 나면 어마어마한 재난을 일으킨다. 후쿠시마 사고에 대해 원전 자체의 문제가 아니라 쓰나미 문제라고 하는데, 그 원인이 어디에 있든 간에 대형 원전 사고라는 본질은 달라지지 않는다.

그런데 더 심각한 문제는 방사성 폐기물, 특히 고준위 방사성 폐기물 문제이다. 고준위 방사성 폐기물은 사용 후 핵연료 폐기물로 10만 년 정도 사람과의 격리가 필요하고 지하 깊숙이 묻어야 한다. 현재 세계 31개 국가가 약 450기의 원전을 가동하고 있다. 원전을 가동하는 나라 중 고준위 방사성 폐기물 문제를 해결한 곳은 핀란드·스웨덴 두 나라뿐이다. 이탈리아·카자흐스탄·리투아니아 세 나라는 원전 가동을 중단했지만 이 문제로 끙끙 앓고 있다.

우리나라의 경주 방폐장은 중저준위 방사성 폐기장이다. 이 중저준위 폐기장을 만들기까지 극심한 갈등이 있었다. 안면도·굴업도·부안이 예정지로 검토됐다가 주민들의 반대로 무산됐다. 부안은 거의 전쟁터였다.

세계 원자력 발전소 현황(에너지경제연구원, 2021)

나라 이름	가동 중 원전	건설 중 원전	폐쇄 원전
미국	94	2	39
프랑스	56	1	14
중국	50	16	
러시아	38	3	9
일본	33	2	7
한국	24	4	3
인도	23	6	
캐나다	19		6
우크라이나	15	2	4
영국	15	2	30
스페인	7		3
벨기에	7		1
스웨덴	6		7
독일	6		30
체코	6		

나라 이름	가동 중 원전	건설 중 원전	폐쇄 원전
파키스탄	6	1	
대만	4		2
스위스	4		2
핀란드	4	1	
헝가리	4		
슬로바키아	4	2	3
아르헨티나	3	1	
불가리아	2		4
브라질	2	1	
남아공	2		
멕시코	2		
루마니아	2		
이란	1	1	
슬로베니아	1		
네덜란드	1	1	
아르메니아	1		1
UAE	1	3	
벨라루스	1	1	
방글라데시		2	
터키		3	
이탈리아			4
리투아니아			2
카자흐스탄			1
합계	444	54	192

현재 총 33개 국가에서 444개의 원자력발전소가 가동 중에 있다. 그리고 19개 국가에서 54개의 신규 원전을 건설 중이다. 원전 발전 국가들이 수십 년 동안 고준위 방사성 폐기물 처리장 문제를 공론화했지만 대부분의 나라가 아직까지도 해결하지 못하고 있다. 단 두 나라만이 이 문제를 해결해 가고 있다. 핀란드(가동 원전 4개, 건설 중 1개)는 1983년부터 부지 확보에 들어가서 2016년 건설에 착수했다. 고준위 방폐장 건설에 30년 넘게 걸린 셈이다. 스웨덴(가동 원전 6개, 폐쇄 원전 7개)도 마찬가지이다.

그러나 소위 원전 강국이라는 미국, 프랑스, 중국, 러시아, 그리고 우리나라는 고준위 방사성 폐기물 처리장 문제를 해결하지 못하고 있다. 당장 탄소 배출이 적다고, 전기 생산 비용이 싸다고 원전을 늘리는 것은 후대에게 고준위 방폐장이라는 대형 폭탄을 돌리는 것이다. 이 문제에 대한 대책 없이 원전을 외치는 것은 무책임의 극치가 아닐 수 없다. 원전 문제는 반드시 고준위 방폐장 문제 해결과 함께 논의해야만 한다.

포용적 외교안보를 위해

통일은 민족의 염원인 동시에 대한민국의 이익 확대여야

나는 앞서 '민족주의를 품은 공화주의', '민족주의를 품은 애국주의'를 말하며 애국의 대상으로 민주공화국으로서의 대한민국을 강조했다. 이 관점에서 통일은 어떤 것이고, 어떠해야 하는가?

나는 또한 북한을 '전제적 입헌군주정 국가'로 규정했다. 민주공화정 정체·국가가 아니라면 인정의 대상은 될 수 있어도 존중·사랑의 대상이 될 수 없다고 말했다. 북한을 어떻게 바라볼 것인가? 북한은 통일의 상대이면서 동시에 경쟁의 대상이다. 통일은 어떤 관점으로 봐야 하는가? 민족의 염원이면서 동시에 대한민국의 이익 확대로 봐야 한다.

이념 때문에 갈라져 분단국가가 됐던 독일은 평화적으로 통일을 이뤘다. 동독의 붕괴가 결정적이었다. 흡수통일이었다. 베트남은 냉전의 격렬한 군사적 대결의 결과로 통일이 됐다.

예멘은 오스만제국의 식민지에서 해방된 이후 이념을 이유로 남북으로 분단됐고, 1970년대에는 세 차례나 내전을 치렀다. 예멘은 다섯 차례의 정상회담 결과로 1990년 평화적으로 통일했으나, 1994년 중앙정부와 남부군 사이에 내전이 발발해 다시 분단됐다. 이후 무력통일이라는 최악의 방법으로 재통일이 됐으나, 2011년 아랍의 봄 이후 나라가 내전으로 찢어져 쑥대밭이 되고 말았다. 지금도 이슬람 교파 문제, 부족의 강한 정체성, 사우디아라비아 등 외세의 개입 등으로 내전의 끝이 보이지 않는다.

한편 중국은 '하나의 중국' 원칙을 내세우며 대만을 국가로 인정하지 않고 있고, 유엔도 대만을 회원국으로 인정하지 않고 있다. 우리나라도 중국과 수교하며 대만과 단교를 했다. 그러나 대만은 엄연한 국가이다. 냉혹한 국제질서의 희생양이 되고 있을 뿐이다. 중국도 엄연한 분단국가이다. 현재 중국은 대만과의 무력통일도 불사하겠다고 엄포를 놓고 있는 상황이다.

통일은 대한민국의 중대한 국가 이익이다. 남북이 분단되면서 대한민국은 대륙과 해양을 잇는 반도국가의 이점을 누리지 못하고 사실상의 섬나라가 돼버렸다. 또한 분단으로 인해 늘 안보 불안에 시달려야 한다. 북한과의 관계는 남남 갈등의 큰 요인이다. 그렇기에 통일은 민족의 염원이면서 대한민국의 중대한 국가 이익이기도 하다.

통일은 절대 무력으로 이뤄져서는 안 된다. 그 희생과 후유증이 너무나 크다. 혹자는 북한의 주석궁을 우리 군의 탱크로 둘러싸는 것이 통일이라고 주장하기도 했는데 헛소리이다. 그러면 통일은 외교와 협상의 방법으로 이뤄질 수 있을까? 그럴 가능성을 아예 부정할 필요는 없지만 낭만적인 사고라 생각한다. 예멘의 예에서 보듯, 외교와 협상의 방식은 언제든지 엎어질 수 있고 내전 상태로 빠질 수 있다.

한때 북한 붕괴론, 통일대박론이 있었다. 김일성과 김정일이 사망했을 때 북한이 붕괴할 수 있다는 전망이 있었으나 북한은 여전히 건재하다. 사람도 환경에 적응을 잘하며 생존하는 질긴 생명력을 갖고 있지만 국가도 마찬가지이다. 북한은 내핍하며 체제를 이어가고 있다. 그렇다고 북한이 앞으로도 죽 체제의 안정을 유지할 것인지는 모르는 일이다.

우리나라는 1994년 김영삼 정부가 제시한 남북연합을 중간 단계로 하는 '민족공동체통일방안'을 내놓은 상태이다. 북한은 1980년 노동당 대회에서 채택한 '고려민주공화국창립방안'이 공식 통일 방안이다. 특이한 것은 통일의 완결 형태로 연방제를 제시하고 있다는 점이다.

국가연합이라면 EU를 떠올리면 될 것이다. 연방제 하면 미국, 러시아, 인도 등의 연방제 국가를 떠올리면 될 것이다. 연합이든 연방이든 비교적 비슷한 이념과 헌정 체제를 전제로 한다. 남한과 북한처럼 같은 민족의 DNA를 가지고 있다는 공통점 외에는 이념과 헌정 체제에서 극명한 차이가 있는 나라가 연합을 하고 연방을 한다는 것은 거의 불가능하다. 이런 식의 통일 방안은 언제든 예멘의 상황처럼 재분단과 대결로 되돌아갈 것이다.

북한이 지금의 입헌군주제를 고수하는 한 통일은 어렵다. 북한이 중국식 인민공화국 체제로 변한다고 해도 통일은 어렵다. 평화적 통일을 이루려면 북한이 변하는 방법밖에 없다. 가장 좋은 건 독일의 통일 사례이다. 북한 내부가 모순에 의해 붕괴하고 다수의 인민이 민주공화국 헌정 체제의 전망에 동의하는 것이 중요하다. 그리고 구 동독이 투표로 서독과의 통일을 결정했듯이 북한의 인민들이 투표로 남한과의 통일을 결정하는 것이다. 난 이것이 유일한 통일의 모습이라고 생각한다.

민주공화국으로의 남북통일, 이것만이 진정한 민족의 염원을 이루는 방법이다. 이랬을 때 통일이 대한민국의 국가 이익이 된다. 내게는 달리 생각할 수 있는 것이 없다.

베트남의 강한 정신력과 국익을 위한 유연함 배워야

베트남은 한나라의 정복으로 한구군이 설치된 이래 천 년이 넘는 기간 동안 중국 대륙의 국가들에게 정복되어 지배를 받았다. 전국적 저항운동 끝에 독립했으나, 19세기 후반에 프랑스의 식민지가 됐다. 1945년 호치민의 영도로 독립을 선언하고 프랑스와의 9년 전쟁을 거쳐 독립을 달성했다. 그러나 1954년 제네바 협정에 따라 남북이 분단됐다. 북베트남은 1955년 통일 내전을 일으켰고, 나중에 미국과 호주·한국 등 연합군과의 10년 동안의 국제전에서 승리하며 통일을 이뤘다.

그런데 1975년 미국 중심의 연합군과 전쟁이 끝난 지 얼마 안 돼 인도차이나 반도의 주도권을 놓고 캄보디아가 베트남에 전쟁을 걸었다. 1975년부터 1978년까지 이어진 전쟁은 베트남의 승리로 끝났다.

1979년에는 중국과 전쟁을 하게 된다. 베트남이 중국을 멀리하고 소련과 가까워지면서 양국 간 갈등이 일어났고, 급기야 전쟁으로 이어진 것이다. 1개월 동안의 전쟁 끝에 중국이 베트남에서 철수하면서 전쟁이 종결됐다. 서로 전쟁에서 이겼다고 주장했으나 중국의 목표가 캄보디아를 점령한 베트남군 철수에 있었으나 그 목표를 이루지 못한 만큼 사실상 베트남의 승리라고 할 수 있다.

이처럼 베트남은 강대국인 프랑스·미국·중국과의 전쟁에서 이기고 통일을 쟁취했다. 미국에 처음으로 전쟁 패배의 쓴맛을 안겼다. 양차 세계대전 이후 이렇게 강대국을 상대로 세 번 연거푸 전쟁에서 승리한 나라는 없다.

이 정도에서 베트남의 정신을 배우자고 하면 그들의 호전성, 불굴의 독립 의지를 배우는 것에 그칠 것이다. 그러면 베트남의 정신을 배우자고 얘기를 꺼내지 않았을 것이다.

베트남은 국부 호치민에 대한 무한한 사랑을 표현하는 나라이다. '호 아저씨'라 부르는 것에서 알 수 있듯이 그에 대한 무한한 사랑은 존경심이면서 친근감이다. 호치민이라는 국부에 대해 베트남 사람들은 정서적 일체감을 느끼는 것이다. 베트남의 통합 정신을 유지하고 높이는 데 절대적인 역할을 한다.

베트남은 사회주의 국가이다. 그러나 꽉 막힌 국가가 아니다. 중국이 1978년 개혁·개방 정책을 취했듯이, 베트남은 1986년 베트남판 개혁·개방 정책인 '도이모이'를 주창한다. 1억에 가까운 인구, 도이모이의 성공으로 베트남은 연간 6~8%의 높은 성장률을 유지하고 있다. 폐쇄적 국가에서 유연한 시장 사회주의 국가로 나아간 것이다.

베트남은 치열하고 참혹한 전쟁의 교전 당사자였던 미국과 1995년 수교를 한다. 전쟁이 끝난 지 20년 만의 수교였다. 우리와는 앞서 1992년 수교 관계를 맺었다. 베트남은 종전 7년 만인 1982년부터 나라의 재건과 발전을 위해서는 미국이 필요하다는 판단 하에 미국과의 수교 의사를 미국 측에 줄기차게 전했다고 한다. 수교가 늦어진 것은 베트남 내부의 반발보다는 미국 내부의 공화당 강경파의 반발 때문이었다.

베트남의 교육열은 대단하다. 베트남의 부모들은 살림이 어렵더라도 자녀들의 교육에 돈을 아끼지 않는다. 이에 따라 대학 진학률도 높아지고 있다. 1억가량의 인구와 높은 교육 수준을 고려하면 베트남의 발전 가능성은 무척 크다고 하겠다.

베트남은 다민족 국가이다. 인구의 약 86%를 차지하는 킨족 외에 53개의 소수민족이 있다. 그러다 보니 역사적으로 민족 간 갈등이 심각했고, 불교 인구가 다수인 상황에서 이슬람과 힌두교도에 대한 종교 탄압이 심했다. 여전히 분단의 기억이 있어서 남북의 지역 갈등도 있다. 그러나 2000년대 들어 민족과 지역 갈등을 해소하기 위해 많은 노력을 하고 있다. 2001년부터 2011년까지 베트남공산당 서기장을 지낸 농득마인은 베트남의 소수민족인 따이족 출신이었다. 비록 베트남이 사회주의 인민공화국이라는 한계가 있지만 그들의 강한 정신력과 국가의 이익을 위해서 발휘하는 유연한 태도 등은 본받고 배울 필요가 있다.

대한민국의 지정학적 어려움

대한민국은 세계 10위의 경제력과 군사력 6위, 과학기술력 7위의 선진국이다. 그러나 불행히도 세계 패권을 다투는 미국과 중국, 세계

3위 경제력과 군사력 5위의 일본, 세계 군사력 2위의 러시아에 둘러싸여 있다. 세계 4대 강대국에 둘러싸여 있는 것이다. 게다가 분단돼 일상적으로 북한의 군사적 위협에 대응해야 하는 상황이다. 현재 북한은 핵개발을 완료한 것으로 평가받고 있다.

세계에서 우리나라와 같이 강대국에 둘러싸여 있는 나라는 없다고 봐도 무방하다. 유럽의 경우 영국·프랑스·독일에 둘러싸인 베네룩스 3국(벨기에·네덜란드·룩셈부르크)가 있지만 경제공동체인 EU, 군사동맹체인 나토가 있어 우리나라의 지정학적 처지와는 다르다.

우리나라의 이런 곤궁한 처지를 극복하기 위한 피나는 노력이 오늘날 선진국 대한민국을 만든 동력이 될 수도 있었다고 생각한다. 그러나 최근 동북아시아는 세계 패권의 주무대가 돼가고 있고 갈등이 고조되고 있다. 미국은 '아시아로의 귀환Pivot to Asia'을 선언했고, 중국은 동북아를 자신의 패권이 실현되는 공간으로 만들 심산이다. 우크라이나와 전쟁을 일으킨 러시아도 유럽 문제가 해결되면 동북아로 눈을 돌릴 것이다. 일본은 동북아의 위기를 '보통국가화', 즉 개헌으로 전쟁할 수 있는 국가로 나아갈 기회로 삼고 있다. 북한은 핵보유 국가로 인정받겠다는 태세이다.

대한민국은 구한말의 상황만큼 외교안보적 어려움에 처해 있다고 해도 지나치지 않다. 물론 구한말과 지금 대한민국의 위상은 하늘과 땅 차이다. 그렇지만 그때나 지금이나 우리를 둘러싼 강대국들의 힘은 매우 위력적이다.

노무현 정부는 '동북아 균형자론'을 주창했다. 우리나라가 동북아의 평화와 공존을 위한 균형자 역할을 하자는 주장이었다. 일각에서는 균형자 역할을 하려면 현실적인 힘이 있어야 하는데 그런 측면을 몰각한 허황된 주장이라고 폄하했다. 그러나 나는 대한민국이 동북아의 균형자 역할을 해야 한다고 생각한다. 지정학적 위기를 지정학적 기회로 삼아야 한다. 현재 우리의 세계 속 위상을 봤을 때 결코 불가능하지 않다. 우리는 할 수 있고, 해야 한다.

북한은 우리의 주적인가? 헌법과 법률상 그렇다

오랫동안 '북한 주적 논란'이 있었다. 노무현 정부 때 『국방백서』에 북한 주적 표현이 사라졌을 때 논란이 극심했다.

아주 오래전부터 『국방백서』에 주적 개념이 있었던 것은 아니다. 주적 개념이 『국방백서』에 처음 등장한 것은 1995년으로, 1994년 남북 실무회담에서 북한 대표였던 박영수 조평통 부국장이 서울 불바다 발언으로 위협을 가한 뒤였다. 김대중 정부 들어서 2000년 6월 남북 정상회담 이후 군 공식 문서에 주적이란 용어를 쓰지 않자, 그때 처음 논란이 일었다. 그러자 정부는 2001년부터 2003년까지 아예 『국방백서』를 발간하지 않았다.

노무현 정부 들어 2004년 『국방백서』를 발간하면서 주적 대신 '직접적 군사 위협'이라는 용어를 썼으며, 2006년에는 '현존하는 북한의 군사적 위협'이라는 표현을 썼다. 그러다 2010년 천안함 폭침 사건 이후부터 "북한 정권과 북한군은 우리의 적"이라고 『국방백서』에 명시해 왔다.

1990년대 말 동구 사회주의권과 소련의 해체로 냉전 시대가 막을 내린 점, 중국과 일본의 군사적 야망이 고조되는 상황 등을 들어 북한의 위협에만 초점을 두는 북한 주적론은 시대 상황과 부합하지 않다는 의견도 있다.

그런데 우리 헌법과 법률을 보면 주적 논쟁이 부질없다는 생각도 한다. 우리 헌법 3조는 "대한민국의 영토는 한반도와 그 부속도서로 한다"고 명시하고 있다. 헌법상으로 북한은 대한민국의 영토인 것이다. 국가보안법 제2조 정의 1항은 "이 법에서 반국가단체라 함은 정부를 참칭하거나 국가를 변란할 것을 목적으로 하는 국내외의 결사 또는 집단으로서 지휘통솔단체를 갖춘 단체를 말한다"고 돼 있다. 명시하고 있지 않지만 사실상 북한을 반국가단체로 보고 있는 것이다. 반국가=주적이라고 등치할 수는 없지만 상식적으로 반국가는 그 국가에 적대하는 세력이고, 따라서 주적이라는 사고로 자연스럽게 이어질 수밖에 없다.

난 주적 논쟁을 끝내려면 헌법의 영토 조항을 바꾸고 국가보안법을 폐지하거나 개정해야 한다고 본다. 우리 헌법과 국가보안법이 북한을 정부를 참칭해 우리 영토를 무단으로 점거한 반국가세력으로 보는데, 『국방백서』에 북한을 주적으로 표시하고 안 하고가 뭐 그리 대수인가!

북한은 이미 우리와 함께 유엔에 가입해 있는 엄연한 국가적 실체이다. 북한이 대한민국을 적대시해 위협하고 있다는 것과 북한이 세계가 인정한 국가라는 것은 차원이 다른 문제이다. 난 한반도, 나아가 동북아의 평화와 공존을 위한다면 헌법과 국가보안법을 고쳐 북한을 국가로 인정할 필요가 있다고 본다. 헌법과 법률을 놔두고 주적이니 아니니 싸우는 것은 한 편의 희극 같다.

미국은 동맹 국가에 대한 핵우산 제공에 흔들림 없어야

핵무기 보유국이 자신의 핵전력으로 군사동맹을 맺은 국가의 안전보장을 약속하는 것을 '핵우산' 정책이라고 한다. 우리나라는 한미상호방위조약에 따라 미국의 핵우산에 들어가 있다고 본다. 1978년 한·미 연례안보협의회에서 핵우산이 공식화되고 명문화됐다. 그러나 우리나라가 핵공격을 받았을 때 어떤 수준의 핵무기로 대응한다는 구체적 계획이나 지침이 없어 한계가 있다는 지적이 많다. 앞으로 이 한계를 해결해 나가야 한다.

핵우산이란 '핵확장억지전략'을 뜻한다. 핵우산은 핵이나 생화학무기 공격을 받았을 때 미국이 상호확증파괴의 개념에 의거, 핵무기를 동원해 준다는 약속으로, 이 약속이 흔들리면 무시무시한 결과가 초래될 수 있다. 미국의 핵우산이 작동한다는 전제 하에 핵무기 자체 개발 유혹을 떨쳐 버리는 것이기 때문이다. 따라서 핵우산이 펼쳐지지 않거나 찢어졌다는 판단이 들면 핵무기 자체 개발 유혹에 빠질 수밖에 없다. 핵무기확산금지조약NPT의 강한 국제적 강제가 있다지만 북한은 NPT를 탈퇴해 핵무기를 완성했다.

2021년 미국의 조 바이든 정부는 '핵 선제 불사용 원칙'과 핵무기를 미 본토 방어 목적으로만 사용한다는 '단일 원칙'을 추진했다. 이렇게 되면 핵우산 무력화가 아니냐는 논란이 일었다. 다행히 바이든 대통령은 기존의 핵 정책을 유지하기로 했다. 그러나 미국 정치권에서 여전히 핵무기를 미국 방어 목적으로만 사용한다는 '단일 원칙'을 주장하는 목소리가 크기 때문에 안심할 수가 없다.

일각에서는 나토식 핵공유, 전술핵 재배치를 말한다. 현재로서는 가능성이 낮지만 핵우산 지침 구체화와 함께 가능한 방법이 무엇인지 끊임없이 찾아야 할 것이다. 물론 가장 명쾌한 방법은 우리가 자체적으로 핵무기를 개발해 보유하는 것이다. 그러나 우리나라는 NPT에 가입해 있고 핵무기 개발 추진 시 엄청난 국제적 제재를 받기 때문에 현재 상황에서 자체 핵무기 개발은 요원한 일이다.

북한의 핵 위협 앞에서 자체 핵무기 개발이라는 치명적 유혹에 빠지지 않도록 미국은 확고하게 핵우산을 제공하겠다는 약속을 견시해야 하고, 그 약속을 구체화해야 한다. 한때 북한이 중국의 핵우산 아래 들어가도록 해 자체 핵개발을 하지 못하도록 해야 한다는 주장이 있었다. 2015년 새누리당 소속의 국회 국방위원장이었던 황진하 전 의원이 미국에서 열린 세미나에서 이런 주장을 했다. 그러나 중국은 한 번도 핵우산 정책을 실시한 적이 없다.

북한은 1961년 당시 소련과 동맹조약을 맺었다. '조소동맹조약'이 그것이다. 그러나 1990년 한·소 수교와 함께 조소동맹조약은 사라지게 됐다. 그와 함께 북한에 제공했던 소련의 핵우산도 사라져 버렸다. 그렇잖아도 핵무기 자체 보유 열망이 컸던 북한은 조소동맹의 해체를 계기로 핵무기 개발에 나서게 됐다. 이런 역사적 사건을 우리나라도, 미국도 결코 잊어서는 안 된다.

북한의 핵무기는 중국과 러시아에도 위협이 될 수 있다

현재 공식적으로 핵무기 보유국으로 인정하는 국가는 미국, 영국, 프랑스, 중국, 러시아이다. 모두 NPT에 가입해 있다. 핵보유 국가로 공식적으로 인정하지 않고 있으나 사실상의 핵보유 국가로 인정받는 나라는 인도, 파키스탄, 이스라엘이다. NPT에 가입하지 않은 나라들이다. 이제 북한이 세계를 향해 핵보유 국가로 인정하라고 큰소리를 치고 있다.

핵폭탄은 태평양전쟁 당시 미국이 일본의 나가사키와 히로시마에 했듯이 폭격기에서 지상으로 투하하는 등 여러 가지 방법이 있지만 가장 일반적인 방법은 핵탄두와 미사일을 결합해 투발投發하는 것이다. 이런 방식을 취할 경우 이론상 핵미사일은 360도 사거리가 닿는 모든 방면으로 쏠 수 있다. 굳이 이런 얘기를 꺼내는 것은 북한의 핵폭탄은 우리나라와 미국, 일본에 큰 군사적 위협이기도 하지만 중국과 러시아에도 위협이 될 수 있다는 뜻이다.

핵무기는 보유 자체로 상당한 전쟁 억제 수단이 된다. 북한이 핵무기 개발을 체제 수호를 위한 자위적 조치라고 하지만, 핵무기는 방어용이면서도 공격용이다. 그렇기에 전쟁 억제 수단이 되는 것이다. 아무리 미사일 방어 체제를 잘 갖춘다 하더라도 방어가 안 되고, 하나의 핵미사일이라도 방어망을 뚫는다면 엄청난 살상 효과를 일으킨다. 그러다 보니 핵무기를 보유한 국가에 대해서 군사적 공격을 하기가 어렵다.

인도와 파키스탄 관계를 보면 종합적인 국력에서 인도가 파키스탄을 훨씬 앞선다. 재래식 군사력 면에서도 인도가 압도할 것이다. 그러나 아무리 카슈미르 영토 분쟁이 격화된다고 해도 함부로 공격할 수 없다. 파키스탄이 핵무기 보유 국가이기 때문이다. 이건 미국과 북한 관계에도 적용될 수 있다. 미국의 군사력에 비해 북한이 아무리 형편없다 하더라도 함부로 대할 수 없다. 우리도 마찬가지이다. 그만큼 핵무기는 위협적이다.

세상이 언제나 멈추지 않고 움직이듯이 외교·안보 관계도 움직인다. 오늘의 적이 내일의 친구가 될 수 있고, 오늘의 친구가 내일의 적이 될 수도 있다. 북한 입장에서 소련과 중국이 자신과의 동맹을 파기하고 우리나라와 수교를 할 줄 알았겠는가. 대만 입장에서 미국과 우리나라가 중국과 수교하면서 자신들과 단교하고 주둔한 미군을 철수할 것이라 생각이나 했겠는가.

지금 동북아는 한·미·일 삼각동맹과 북·중·러의 연합이 부딪치고 있는 형국이다. 이런 구도가 앞으로도 계속 유지될 수 있을까? 북한은 여전히 중국과 러시아와의 협력이 긴요하다. 그러나 이런 협력이 항구적일 거라는 보장은 없다. 한·미·일 삼각동맹 관계도 마찬가지이다.

북한이 핵무기 보유 국가가 된 이상 이제 중국도 러시아도 북한을 예전처럼 다룰 수는 없다. 북한이 미국에 대해서 같은 핵무기 보유 국가로 관계를 정립해 달라고 요구하는 것처럼 중국과 소련에 대해서도 언제든 그런 요구를 할 수 있다. 중국은 북한과 국경을 맞대고 있는 데다 평양에서 베이징까지의 거리가 멀지 않다. 중국은 북한을 특별대우하면서 계속적으로 끈끈한 관계를 유지하려 할 것이다. 러시아는 국경을 마주하고 있지만 중국과는 입장이 다르다. 평양에서 모스크바까지는 꽤 거리가 멀다. 중국만큼 북한의 핵무기를 심각하게 바라보지 않을 수 있다.

우리의 외교안보는 단기적 관점에서 국익 추구도 중요하지만 중장기적 관점에서 여러 변수들에 의해 어떻게 정세가 변화하고, 그런 가운데 우리의 국익을 어떻게 추구할 것인가 전략을 수립하는 것이 무엇보다 중요하다. 우리의 자체적인 힘을 키우면서도 변화된 정세 속에서 국제 역학 관계를 잘 활용하는 지혜가 필요하다.

국가 이익 우선, 동맹 이익과의 조화

지금 시기 우리 대한민국의 외교안보 노선의 원칙은 무엇이 돼야 할까?

첫째, 무엇보다 제1원칙은 평화와 공존이다. 전쟁이 수단으로 동원되는 사태는 피해야 한다. 북한과의 평화와 공존만을 말하는 것이 아니다. 중국과 미국의 갈등 사이에서도 한반도이건 대만이건 전쟁이 일어나는 일은 있어서는 안 된다. 갈등은 상존하는 것이다. 다만 그 갈등이 격화돼 무력을 동원하는 일만은 없어야 한다.

둘째, 국가 이익을 우선하는 가운데 동맹 이익과 조화를 이룬다는 원칙을 세워야 한다. 국가 이익과 동맹 이익이 일치할 수는 없다. 때로는 갈등할 수 있다. 이런 상황은 반드시 우리에게 외교안보적 딜레마로 다가온다. 그렇다고 마냥 동맹의 요구를 외면하기 힘들 수 있다. 현명한 대처가 필요하다.

셋째, 한미동맹을 유지하되 유연함을 추구해야 한다. 우리의 외교안보가 한미동맹에 종속되는 결과를 초래해서는 안 된다. 한미동맹에 종속된다는 것은 미국의 외교안보 노선에 종속된다는 말과 같다. 미국의 북한에 대한 이해利害와 중국에 대한 이해, 러시아에 대한 이해, 일본에 대한 이해는 때론 같을 수도 있고 다를 수도 있다는 관점을 놓치지 말아야 한다.

당분간 우리 독자적인 대북 정책의 공간이 거의 없다는 것을 인정해야

문재인 정부 들어 두 차례 북·미 정상회담이 있었다. 2018년 6월 싱가포르 정상회담, 2019년 2월 하노이 정상회담이 그것이다. 2019년

판문점에서 남·북·미 정상이 만나는 자리가 마련되고 트럼프 대통령과 김정은 위원장이 대화를 나눈 일이 있었다. 일각에서는 그 만남을 3차 북·미 정상회담이라 말하기도 하지만, 그건 깜짝 이벤트 정도의 만남으로 정상회담이라 할 수는 없다.

북한은 오래전부터 북·미 정상회담을 원했다. 북한의 수령과 미국의 대통령이 직접 마주 보고 회담하는 것을 외교안보의 주요 목표로 삼아왔다. 회담 성과의 유무와 상관없이 북한은 그 목표를 이뤘다. 앞으로도 북한은 남북 정상회담 등의 남북 대화보다는 북·미 직접 대화를 내세울 것이다. 미국이 움직이지 않으면 한반도 상황이 크게 변할 수 없는 사정이기에 더욱 그럴 수밖에 없다.

북한의 핵무기 개발은 이미 한반도의 문제를 넘어 세계 안보의 이슈가 됐다. NPT가 인정하는 핵무기 보유 국가(미·중·러·영·프로 유엔 상임안보리 국가와 겹친다) 외에 사실상의 핵무기 보유 국가로 인정하는 인도, 파키스탄, 이스라엘은 NPT 가입 국가가 아니다. 북한만이 NPT에 가입했다가 탈퇴해 핵무기 개발을 한 유일한 나라이다.

북한의 핵무기 개발 문제는 유엔, 특히 유엔 안보리의 문제이다. 북한에 대한 국제적 제재는 거의 유엔 안보리의 결정에 따라 이뤄졌다. 최근 북한이 ICBM급 미사일인 화성-15형을 발사하자, 추가 제재 조치를 취하기 위해 유엔 안보리가 열렸다. 그러나 중국과 러시아의 반대로 추가 제재는 불발됐다. 핵무기 개발의 예방과 통제에 유엔이 무력하다는 사실을 증명한 것이다.

NPT 문제는 더 심각하다. 북한이 NPT 가입 국가였다가 탈퇴해 핵무기 개발을 한 것은 NPT 입장에서는 아주 좋지 않은 사례이다. 이

나쁜 전례가 만들어졌기 때문에 핵무기 위협에 봉착한 국가들도 이제 나쁜 전례를 따라할 위험성이 생겼다. 국제원자력기구IAEA도 골치가 아프다.

따라서 미국과 유엔 등 국제기구들은 북한을 핵무기 보유국으로 결코 인정할 수가 없다. 그냥 사실상의 핵무기 보유 국가가 되는 것이다. 북한에 대한 경제적 제재 등을 해제할 수도 없다. 이 또한 나쁜 전례가 되기 때문이다.

이런 상황에서 대한민국이 대북 정책을 독자적으로 취할 수 있는 공간은 아주 비좁을 수밖에 없다. 유엔이 인정하는 인도적 지원 외에는 다른 방법으로 숨통을 틔우는 것이 어렵다. 남북 정상이 만나 회담을 한다 해도 서로 만족할 수 있는 성과를 내기가 쉽지 않다.

북한은 가급적 우리의 귀에 대고 말하려 하지 않을 것이다. 우리도 들려줄 말이 그리 많지 않다. 북한이 미국과의 대화로 앞길을 모색하듯이 어쩌면 우리도 현실적으로 미국과의 대화를 통해 남북관계의 진전을 도모해야 하는 처지이다. 일단 이런 상황을 냉정하게 받아들여야 한다. 북·미 대화가 다시 재개되어 북·미 관계와 남북 관계에 커다란 진전이 있어야 한다. 북한과의 대화보다는 오히려 한·미 대화가 더 중요할 수 있다. 한반도 비핵화와 평화 체제 구축에 대한 복안을 갖고 먼저 미국을 설득해야 한다. 그것이 현실적인 길이다.

개성공단 재개에 얽매이지 말고 인도주의적 지원 사업 확대해야

개성공단은 대한민국의 자본과 북한의 토지와 노동력이 어우러진 사업으로 남북의 경제협력과 교류의 상징이었다. 김대중 정부 당시인

2000년 6월 최초의 남북 정상회담 이후 발표된 6·15 공동선언의 후속 조치로 이뤄진 사업이었다. 남북 협력의 획기적인 이정표였다. 그러나 북한의 핵 개발로 2016년 2월 사업이 전면 중단됐다. 급기야 2020년 6월 북한이 개성공단 내의 남북공동연락사무소를 폭파하기에 이르렀다.

우리 내의 진보진영에서는 개성공단 재개를 줄기차게 주장해 왔다. 북한의 핵무기 개발과 유엔의 대북 제재 대응으로 얼어붙은 상황을 타개하는 데 가장 필요한 조치가 개성공단 재개라고 본 것이다.

나는 개성공단 재개에 부정적이다. 첫째, 유엔의 대북 제재가 계속되는 한 사실상 개성공단 재개는 불가능하다. 2017년 유엔 안보리가 채택한 대북 제재 결의 2375호는 북한과의 경제 합작을 전면 금지하고 있다. 안보리 제재 결의상의 벌크캐시(대량현금) 금지 조항을 위배하지 않는 방식으로 재개해야 한다고 하지만, 북한의 체제 특성상 근본적 해결책을 찾기가 불가능하다. 이런 이유로 금강산 관광 재개도 쉽지 않다.

둘째, 사업과 계약의 안정성·계속성이 보장되지 않는 방식이기 때문에 근본적 한계가 있다. 북한의 계속되는 핵무기 개발과 미사일 실험으로 세계가 출렁이고 남북 관계가 악화하면 설혹 개성공단이 재개되더라도 언제든 다시 문을 닫을 수 있다.

개성공단에 입주했던 기업들은 개성공단의 재개를 강하게 원한다. 이미 투자한 것이 있고 개성공단 사업이 사업성이 있기 때문일 것이다. 그러나 계약의 안정성 문제가 해결되지 않으면 계속 곤란한 상황에 처할 수 있다.

사드가 배치된 성주골프장의 원소유주는 롯데그룹이었다. 성주골프장을 사드 부지로 제공했다는 이유로 롯데그룹은 중국으로부터 유·

무형의 보복을 당했고, 결국 중국 내 롯데마트는 11년간의 사업을 접고 전년 철수 결정을 내렸다. 중국에 진출한 국내 기업들 모두 정도의 차이가 있지만 이런 어려움을 겪었다. 한류 문화 사업도 같은 운명이었다. 시장경제를 안다는 중국도 이런데 하물며 북한이 어떨지는 쉽게 짐작할 수 있다.

가능성이 당장은 없지만 앞으로 거대한 고정적 인프라가 필요한 남북 합작 사업은 되도록 대한민국 영토 내에서 해야 한다. 그래야 남북경제합작사업이 중단되더라도 피해를 줄일 수 있다. 아니면 동북 3성 지역에 한·중 합작이나 우리 기업들이 투자하는 형태로 공단을 만들고, 거기에 북한 인력을 고용하는 방식을 택할 수도 있을 것이다.

유엔 제재에 위배되지 않는 한 북한에 대한 인도주의적 지원 사업을 확대할 필요가 있다. 그 분야가 무궁무진할 거라 본다. 현재 대북한 인도적 지원 사업의 가장 큰 걸림돌은 북한 당국이다. 먼저 경제제재 해제가 없으면 어떤 인도주의적 지원 사업도 거부하겠다는 태세이다. 어쩔 수 없다. 우리 정부의 지원을 거부하면 민간 지원 방식을 취해서라도 협력과 교류는 이어가야 한다. 이가 안 되면 잇몸으로라도 해야 한다.

주한미군의 전략적 유연성 반대해야

주한미군의 전략적 유연성이란 우리나라에 주둔하는 미군의 역할을 한반도 방위에 한정하지 않고 주한미군을 해외 분쟁 지역에도 자유롭게 드나들 수 있도록 '신속기동군화'한다는 개념이다. 미국의 조지 W. 부시 정부 시절인 2000년부터 추진해 온 미국의 군사 전략이다. 이렇게 되면 경우에 따라서 한반도는 미국의 세계 군사 전략의 거점이 된다. 대만이 군사분쟁 지역이 됐을 때 주한미군이 대만으로 기동하게 되면 중국이 우리나라를 공격할 수도 있다. 주한미군의 전략적 유연성이야말로 우리나라의 국익과 미국이 생각하는 동맹 이익이 충돌하는 극명한 예이다.

1953년 체결된 한미상호방위조약은 한미동맹의 기반이다. 조약 3조는 "각 당사국은 타 당사국의 행정 지배하에 있는 영토와 각 당사국이 타 당사국의 행정 지배하에 합법적으로 들어갔다고 인정하는 금후의 영토에 있어서 타 당사국에 대한 태평양 지역에 있어서의 무력 공격을 자국의 평화와 안전을 위태롭게 하는 것이라 인정하고 공통한 위험에 대처하기 위하여 각자의 헌법상의 수속에 따라 행동할 것을 선언한다"고 명시하고 있다. 이 조약을 해석하면 주한미군의 존재 이유는 대한민국 영토에 대한 무력 공격을 방어하는 것이다.

그런데 전략적 유연성이 현실화되면 주한미군의 성격이 바뀌게 된다. 더 우려되는 것은 이 개념이 확대되면 주한미군뿐만 아니라 우리나라 군대도 협력이란 명목으로 한반도 밖의 분쟁에 개입하고 지원할 수도 있게 된다는 것이다. 이렇게 되면 베트남 파병, 이라크 파병 등과는 차원이 다른 상황에 직면할 수 있다. 우리나라가 한반도 밖 동북아 군사 분쟁의 당사자가 될 수 있는 것이다.

미국이 주한미군의 전략적 유연성을 채택하려면 한미상호방위조약을 개정해야 한다. 조약 개정이 추진된다면 미국과 한국 정부의 갈등뿐만 아니라 우리 내부의 남남 갈등이 극심해질 것이다. 피해야 하고 막아야 한다.

주한미군의 주둔은 북한에 대한 억지뿐만 아니라 동북아의 세력균형을 위해서 반드시 필요하다. 앞으로도 미국은 우리 정부에 주한미군 주둔 비용을 더 낼 것을 끊임없이 요구할 것이고, 때론 주한미군 감축을 압박할 것이다. 나는 너무 과하지 않은 선에서 이러한 미국의 요구에 부응하더라도 전략적 유연성에 대해서는 반대해야 한다고 본다. 그게 대한민국의 국익을 지키는 것이고 동맹의 이익과 조화를 이루는 길이라 본다.

대한민국은 동북아 세력균형의 균형자 역할에서 국가 이익을 취해야

지금 미국과 중국은 세계적 차원에서 패권 다툼을 벌이고 있다. 패권 다툼은 전방위에서 진행되고 있다. 외교와 군사, 산업 등 전방위를 아우른다. 이 패권 다툼의 불똥이 어디로 튈지 가늠할 수 없다. 러시아와 우크라이나의 전쟁은 미국이 주도하는 나토 군사동맹의 유럽 패권 추구가 러시아와 갈등하게 되면서 촉발했다. 이렇듯 팽창적 지역 패권 전략은 언제든 군사적 분쟁의 위험을 안고 있다.

중국의 굴기崛起와 미국의 아시아로의 귀환이 갈등하는 것에 더해 북한의 핵무기 개발과 위협이 미국의 동북아 패권 전략의 소재로 활용되는 측면이 있다. 이런 가운데 미국은 자신의 동북아 패권 전략에 한미동맹이 활용되어야 한다는 사고를 하고 있다. 한미동맹의 범위가 한반도에 갇히기를 바라는 우리의 입장과 충돌하는 것이다.

대표적으로 사드 추가 배치와 한국의 쿼드Quad 참여 문제가 있다. 사드 추가 배치는 윤석열 대통령이 후보 시절 공약했다. 쿼드는 미국·일본·인도·호주 네 나라가 참여하고 있는 안보협의체이다. 미국은 한국·베트남·뉴질랜드 3개국을 더해 '쿼드 플러스'로 확대하고자 하는 복안을 갖고 있다. 쿼드는 미국의 중국 견제를 위한 인도태평양 지역 전략의 일환이다.

사드와 쿼드는 모두 동북아와 인도태평양 지역에서의 세력 변경 전략이다. 즉, 세력균형의 변경 역할을 하는 것이다. 사드는 북한의 미사일 공격에 대한 방어용이라고 아무리 말해도 중국은 우리나라의 미사일 방어 체계가 미국의 미사일 방언 체계에 통합돼 ICBM 등 자신의 핵무기 자산을 견제하고 무력화하는 역할을 할 것이라고 의심한다.

러시아는 미국의 MD를 무력화할 수 있는 기술을 확보하고 있지만 중국은 그렇지 못한 상황이라 러시아보다는 중국이 느끼는 압박이 훨씬 크다. 중국의 미사일 공격이 MD에 의해 무력화되지 않기 위해서는 중국이 기술 개발과 미사일 개량, 실전 배치에 막대한 군사비를 지출해야 한다. 중국 입장에서 사드는 세력균형의 파괴자로 인식될 수밖에 없다.

쿼드가 쿼드플러스로 확대되면 인도태평양 지역에서 미국의 군사 동맹이 중국을 거의 완벽하게 둘러싸서 봉쇄하는 모양새가 된다. 더군다나 인도·베트남과는 국경을 맞대고 있다. 러시아와 우크라이나 전쟁에서 국경이 갖는 지정학적 위험성이 얼마나 큰 것인가를 우리는 실감하고 있다. 게다가 인도는 핵무기 보유 국가이다. 이 또한 세력균형을 변경하는 것으로 중국에는 엄청난 압박이 된다.

최근 미국이 한·미·일 합동군사훈련을 제안했으나 우리 국방부가 반대했다는 언론 보도가 있었다. 한·미·일 합동군사훈련은 쿼드 참여의 전 단계로 추진하는 것으로 봐도 무방하다. 우리 국방부가 반대한 것이 사실이라면 현명한 처사였다고 생각한다.

사드·쿼드와 같은 지역 세력균형의 파괴·변경을 꾀하는 조치는 되도록 회피해야 한다. 동북아의 평화와 공존을 위해서는 세력균형이 절대적으로 필요하다. 대한민국은 동북아 세력균형의 균형자 역할을 해야 한다. 이 지점에서 우리나라와 미국의 국익이 충돌할 가능성이 높다. 인내심을 갖고 미국을 설득해야 한다. 그러면서 우리의 국익을 보전하고 확대해야 한다.

대한민국은 함부로 건드릴 수 없는 나라가 돼야

어떻게 해야 할까? 우리 스스로 안보 역량을 키우면서 한미동맹을 유지해야 한다.

첫째, 전시작전권을 하루빨리 환수해야 한다. 미국도 전시작전권 환수를 요구하고 있다. 전시작전권 환수는 우리가 완전한 정상국가에 이르렀다는 지표이다. 미국이 계속 전시작전권을 가질 것을 요구한다면 한미동맹의 한반도 밖 확장을 요구하는 미국에 끌려 다닐 수밖에 없다.

둘째, 우리의 독자적인 미사일 방어 체계인 KAMD와 북한의 탄도미사일 선제타격을 포함하는 킬체인Kill Chain 구축, 재래식 무기를 동원한 대량응징보복 시스템을 구축하는 것이다. 한국형 사드라 불리는 장거리 지대공 미사일인 L-SAM과 장사정포 요격 체계인 '한국형 아이언돔'이라 불리는 LAMD의 개발과 실전 배치를 서둘러야 한다.

셋째, 영공과 영해의 방어 능력을 높이기 위해서는 공군력과 해군력을 강화해야 한다. 이를 위해 군사비 지출을 늘려야 한다. 경항모 사업을 추진하고 미국의 협조를 얻어 핵잠수함을 개발해야 한다. 미국·러시아·독일·프랑스가 운용하고 있는 우주사령부 설립 계획을 세워야 한다.

우리의 영공·영해·영토를 지키는 것은 핵심적인 국가 이익이다. 강대국들에 둘러싸인 지정학적 어려움을 해결하기 위해서는 세력균형을 통한 평화공존 전략, 한미동맹의 유지와 함께 우리의 자체 방위력을 증강해야 한다. 만일 우리의 영토에 군사적 침공이 가해질 때 이를 격퇴하는 것은 물론, 침공을 가한 나라의 영토에도 군사적 무력을 전개할 수 있는 역량까지 확보해야 한다. 대한민국은 함부로 건드릴 수 없는 나라가 돼야 한다.

G8, 또는 G10 가입으로 대한민국의 국제적 위상과 발언력 높여야

지금 국제적인 현안과 관련해 포괄적인 의제를 다루는 대표적인 국제기구로는 유엔, G7, G20이 있다. 유엔이 대표성을 갖고 있으나 안보리 상임이사국(미국·영국·프랑스·중국·러시아)의 막대한 권한과 만장일치제로 인해 효율적으로 국제 문제에 대응하는 데 한계가 있다는 것이 드러난 지 오래다. 북한이 ICBM급 미사일을 발사해 소위 레드라인을 넘었지만 중국·러시아의 반대로 아무런 추가 제재도 하지 않은 것에서도 알 수 있다.

민주주의 선진국의 모임으로 불리는 G7은 현재 미국, 영국, 프랑스, 독일, 이탈리아, 캐나다, 일본이 가입해 있다. G7은 한때 러시아가 가입해 G8으로 확대됐으나, 2014년 러시아가 크림반도를 강제병합하면서 회원 자격이 일시 정지됐고, 2019년에 완전히 탈퇴했다.

또 하나의 국제기구로 G20이 있다. G7 국가를 포함해 우리나라, 중국, 인도 등이 가입해 있다. G7 국가의 협력만으로는 경제 문제 등 국제 문제 해결에 한계가 있어 G20을 결성했다고 한다. G20 소속 국가는 세계 인구의 2/3, 전 세계 GDP의 90%, 교역량의 80%를 포괄하고 있다. 갈수록 G20의 중요성이 높아지고 있는 추세이다.

우리나라의 국제적 위상과 발언력을 높이기 위해서는 G8, G10을 결성해 목소리를 높이고 가입할 필요가 있다. 이미 우리나라는 G7 정상회의 초청국이고, 미국이 우리나라의 G8 참가를 긍정적으로 바라보고 있는 만큼 그 기회를 잘 활용해야 한다.

현재 G7이 대서양 국가 위주이고 아시아에서는 일본이 유일하게 가입해 있으므로 지역 균형 차원에서 우리나라가 참가할 명분이 있다. G7은 신규 회원 국가의 가입이 회원국의 만장일치로 이뤄진다. 현재 일본이 반대하고 있으나 반대를 뚫고 가입해야 한다. G8이 어려우면 브라질·호주와 함께 G10 결성과 가입을 대안으로 추진해야 한다. 그렇게 되면 G20 내에서의 발언권도 강화될 것이다.

6자 회담 복원해야

북한 핵문제 해결과 한반도의 비핵화를 위해 2003년부터 2007년까지 여섯 차례 6자 회담이 열렸으나 지금은 무용지물인 상황이다. 미국과 중국, 미국과 러시아의 갈등이 고조되고 있고, 북한이 ICBM급 미사일 발사와 핵실험을 재개하려는 상황에서 6자 회담 재개 가능성은 희박해 보인다.

그러나 역으로 이럴수록 6자 회담을 재개하려는 노력을 해야 한다. 별 효과가 없다는 비관이 지배적이지만 그럼에도 불구하고 외교적 해법을 찾는 노력을 계속해 나가야 한다. 동북아의 평화와 공존을 위해서는 대화를 통해 세력균형을 추구하는 방법을 꾸준히 모색해야 한다.

북한이 핵무장을 강화할수록 우리나라, 미국, 일본뿐만 아니라 중국, 러시아에게도 위협으로 다가갈 것이라 추측할 수 있다. 북한의 독자적 발언력이 높아지고 독자적 행동반경도 넓어질 것이다. 그렇게 되면 북한은 중국과 러시아로서도 골칫덩어리가 아닐 수 없다.

예를 들어 미국이 북한의 핵무기 보유를 암묵적으로 인정하면서 전격적으로 북한과 수교를 하고 북한의 개혁·개방을 위해 자본 투자에 나서는 경우를 상정해 보자. 그렇게 되면 북한은 최소한 반미 국가에서 벗어나게 되고, 더 진척되면 친미 국가가 될 수도 있다. 중국 입장에서는 가장 안 좋은 시나리오이다. 물론 가능성이 높진 않다. 그러나 베트남은 반미 국가에서 지금 친미 국가 단계로 가고 있다. 세상일은 모르는 것이다.

우리나라가 6자 회담 재개를 주도적으로 제안해야 한다. 우리나라, 북한, 미국, 일본, 중국, 러시아가 참여하는 6자 회담은 한반도와 동북아의 세력균형과 평화를 넘어 세계적 차원에서의 미·중, 미·러 갈등을 완화하는 효과를 부수적으로 가져올 수 있을 것이다.

앞으로 남북정상회담은 되도록 서울에서 열어야

그동안 총 다섯 차례의 남북정상회담이 있었다. 그중 세 번은 평양에서 열렸고, 2018년에 있었던 두 번의 정상회담 중 4월 정상회담은 우리의 관할인 판문점 평화의 집(정확히 말하면 유엔 관할이다)에서, 5월은 북측 관할인 판문점 통일각에서 열렸다.

2000년 첫 남북정상회담의 결과로 발표한 6·15선언에서 "김정일 국방위원장이 적절한 시기에 서울을 방문한다"고 명시했다. 김정일 위원장이 사망했으므로 그 승계자인 김정은 위원장이 방문하면 된다.

김정은 위원장의 서울 답방은 6·15선언의 약속 이행 차원을 넘어서는 것이다. 한반도의 비핵화와 평화를 위한 커다란 진전으로 받아들여질 것이다. 북한의 정상이 대한민국의 수도 서울을 답방할 정도로 적대감이 상당히 해소됐다는 징표로 받아들여질 것이기 때문이다. 남북 관계의 새로운 전환으로 받아들여질 것이다. 평양에서의 남북정상회담이 의미가 없는 것은 아니지만 기대감을 갖게 하지 않는 것도 사실이다.

북한은 두 차례 북·미 정상회담을 가졌다. 북한은 앞으로도 특별한 이유가 없다면 우리나라와 남북정상회담을 갖기보다는 미국과 정상회담을 추진하려 할 것이다. 자칫하면 남북문제가 북·미 문제의 하위 문제로 전락할 수 있다. 이렇게 되면 한반도와 동북아 문제에서 우리의 발언력이 크게 약해질 수 있다. 경계해야 한다.

경호 문제의 불안감으로 서울 답방이 어렵다면 그 대안으로 제주, 아니면 경기도 파주와 강원도 고성 등 북한 인접 지역을 회담 장소로 할 수도 있을 것이다. 서울 답방이 어렵다면 대한민국 내 어느 곳에서라도 회담을 하는 것이 좋다.

한·중·일 FTA 체결해야

2012년부터 한·중·일 FTA 협상 개시가 선언되고 추진됐으나 아직 체결되지 않았다. 한·중 FTA는 2015년 12월 공식 발효됐다. 한·일 FTA는 2006년 결렬된 사실이 있다.

아시아와 오세아니아 지역을 포괄하는 FTA로 역내포괄적경제동반자협정인 RECP가 있다. 아세안ASEAN, 동남아시아국가연합 소속 10개국

(브루나이, 캄보디아, 인도네시아, 라오스, 말레이시아, 베트남, 미얀마, 필리핀, 싱가포르, 태국)과 우리나라, 일본, 중국, 호주, 뉴질랜드 5개국, 총 15개 국가가 참가하고 있다. 인도는 중국과의 협상 갈등으로 참여하지 않고 있다. 우리나라에서는 2022년 2월 발표됐다. RECP를 통해 우리나라는 사실상 일본과 FTA를 체결한 셈이다.

11개 나라(일본, 캐나다, 호주, 뉴질랜드, 싱가포르, 칠레, 브루나이, 말레이시아, 베트남, 페루, 멕시코)가 참여하고 있는 CPTPP(포괄적·점진적 환태평양경제동반자협정)이 있다. 처음에는 미국·일본이 주도해 TPP(환태평양경제동반자협정)라는 명칭으로 추진했으나 트럼프 대통령이 보호무역주의를 내세워 탈퇴하면서 많이 쪼그라들었다. 우리나라도 가입하지 않았다.

RECP는 개방 정도가 매우 낮다. 각국의 이해관계가 첨예하게 드러나다 보니 개방률을 낮게 잡는 것으로 타협한 것이다. 서비스 개방은 아예 빠져 있다. RECP보다 개방 정도가 높은 한·중·일 FTA가 추진될 필요가 있다. 한·중·일 관계는 과거사 문제와 경제 갈등, 후쿠시마 원전 오염수 방류 문제로 썩 좋지는 않다. 경제 개방과 경제 의존성 강화가 절대적으로 평화를 보장하는 안전판 역할을 하지는 않지만 디딤돌 역할은 한다. 한·중·일은 경제적으로 서로 더 의존하고, 신뢰를 더 쌓아가야 한다. 경제적으로 협력하면서 싸울 때는 싸워야 한다.

한·미·일 군사동맹은 피해야

거듭 강조하지만 한반도와 동북아의 평화와 공존을 위해서는 지역 균형 정책이 필요하다. 중국의 팽창적 패권 추구, 북한의 핵무기 개발 가속화 문제도 동북아 지역 세력균형 전략 하에서 억제하려는 노력이 필요하다. 그것이 포용적 외교안보 전략의 핵심이다. 포용적이라 함은 핵심적으로 세력균형 전략의 포용을 의미한다.

중국과 북한의 위협에 맞서는 방식으로 일각에서 한·미·일 군사동맹을 말하기도 한다. 미국은 우리나라와 일본과 각각 군사동맹을 맺고 있지만 우리나라와 일본은 군사동맹을 맺고 있지 않다. 그래서 한·미·일 삼각동맹이라고 하지 한·미·일 군사동맹이라고 하지는 않는다.

한·미·일 군사동맹은 중국과 러시아, 북한 입장에서 보면 지역 균형 전략이 아니라 지역 균형 변경 전략이다. 한·미 군사동맹의 입장에서 보았을 때도 변경 전략이라 하지 않을 수 없다.

우리 입장에서는 일본이 2차 세계대전 패배 후 승전국인 미국의 주도로 만들어진 평화헌법에 따라 자위권 외에 교전 등을 위해 군사력을 사용할 수 없는 상태에 머무는 것이 좋다. 한번 팽창을 경험한 나라는 팽창 욕망을 자제하기가 쉽지 않다.

독일은 1차 세계대전 패배 이후 체결된 베르사이유 조약에 따라 막대한 전쟁배상금 말고도 강력한 군사적 제재를 강요받았다. 육군을 10만 명, 해군을 1만 5천 명 이상 보유할 수 없게 됐고, 공군은 아예 보유가 금지됐다. 전차와 잠수함, 최신 화기 등의 보유도 금지됐다. 전투함도 마음대로 보유할 수 없었다. 사실상 '전쟁할 수 없는 나라'가 된 것이다. 그럼에도 재무장하고 히틀러가 2차 세계대전을 일으키기까지 채 30년도 걸리지 않았다. 독일은 비밀리에 재무장하는 데 성공했고, 또 전범 국가가 됐다.

현재 일본은 자위대이지만 군사력만으로도 우리나라를 앞선다. 일본 평화헌법의 빗장이 풀렸을 때 어떤 일이 벌어질지 알 수 없다. 게다가 최근 아베 전 총리를 중심으로 일본의 극우화가 강화되는 것은 우려스러울 정도이다.

우리가 한·미·일 군사동맹을 맺게 된다고 바로 일본의 평화헌법 체제가 무너지는 것은 아니다. 동북아 안보에서 일본의 역할과 부담을 확대한다는 것이 미국의 구상이다. 그것이 미국의 국가 이익이다. 미국 입장에서는 일본이 '전쟁할 수 있는 나라'가 되는 것이 자신들의 이익과 일치한다. 이 지점에서 미국의 안보 이익과 일본의 안보 이익이 일치할 수 있다. 그러나 우리의 안보 이익은 지역 균형 전략, 현상유지 전략에서 찾아야 한다. 한·미·일 삼각동맹 체제가 유지돼야 한다.

일본과의 발전적 미래는 무척 중요하다. 지금의 극심한 한·일 갈등은 완화되어야 한다. 그러나 일본의 과거사 부정, 역사 왜곡, 독도 분쟁을 인정하거나 묵인해서는 안 된다. 이건 단순한 역사 전쟁이 아니다. 역사 전쟁은 팽창의 전조이다. 독일에 대해 유럽 각국이 경계를 하지만 팽창 걱정을 덜하는 것은 과거사에 대한 반성과 철저한 현상 유지에 있다. 과거사에 대한 반성은 평화를 가져오지만, 과거사에 대한 왜곡은 충돌을 불러온다는 것을 잊지 말아야 한다.

나는 친일 문제에 대해 과도하게 접근하지 말자는 입장이지만, 일본 정부 차원의 과거사 왜곡과 독도 분쟁화 시도에 대해서는 단호하게 맞서야 한다고 생각한다. 그것이 정의이고 우리나라 국익에 부합한다고 보기 때문이다. 일본의 과거사 왜곡은 일본의 큰 약점이 되어야 한다.

중국의 동북공정 등 역사 왜곡 문제도 마찬가지이다. 팽창은 언제나 사전 정지 작업의 일환으로 역사를 왜곡하기 마련이다. 우크라이나 전쟁에 역사와 사실 왜곡이 등장한 것을 보라. 중국의 동북공정 등은 한반도에서의 전쟁이나 통일 등의 급변사태 시 중국의 국가 이익을 도모하기 위한 것이다. 이는 우리나라의 국가 이익과 정면충돌하는 것이므로 단호하게 맞서야 한다.

러시아의 움직임에 주목해야

냉전 시기의 주연은 미국과 소련이었다. 당시 국제 관계는 미국과 소련의 2차 방정식이었다. 그러나 1972년 미국과 중국이 공식 수교하면서 국제 관계는 미국과 소련, 중국의 3차 방정식으로 변하게 된다.

냉전 시기 사회주의 진영으로 시야를 좁혀 보면 소련과 중국의 주도권 싸움이 있었다. 소련과 중국은 1969년 우수리강 유역의 국경 문제로 두 차례나 무력충돌을 했다. 핵무기 사용을 불사하겠다는 엄포까지 했을 정도였다. 이 분쟁은 소련과 중국의 밀월 시대가 끝났음을 알리는 신호였다. 이 틈을 미국이 파고들어 중국과 수교를 한 것이다.

지금은 중국과 러시아의 신밀월 시대이다. 미국의 패권을 무너뜨리는 데 두 나라의 이해가 일치하기 때문이다. 세상 모든 것이 움직이고 변화하듯 미국의 패권도 변화할 것이고, 중국과 러시아의 밀월 관계도 변할 것이다.

러시아는 오랫동안 유럽 국가를 자처해 왔다. 그러나 러시아의 영토 중 유럽에 속하는 지역보다 아시아에 속하는 지역이 훨씬 많다. 러시아는 그동안의 유럽 중시 정책에서 유라시아 정책으로 전환하려 하고 있다. 활동의 중심축을 서서히 동북아로 이전하려 하는 것이다.

러시아와 우크라이나의 전쟁은 크게 보면 나토의 동진 정책과 이에 대한 러시아의 반발로 일어났다. 러시아와 국경을 맞대고 있는 우크라이나의 나토 가입은 러시아에 대단한 위협으로 다가왔을 것이다. 아마도 이 전쟁이 마무리되고 러시아의 유럽 쪽 국경에 대한 걱정이 사라지면 러시아는 동북아로 눈길을 돌릴 것이다.

중국은 14개 국가와 국경을 맞대고 있다. 어떤 나라와 국경을 맞대고 있는가는 그 나라의 운명에 상당한 영향을 미친다. 중국과 국경선을 가장 많이 맞대고 있는 나라는 러시아이다. 그리고 인도, 파키스탄, 북한과 국경을 맞대고 있다. 모두 핵무기 보유 국가들이다.

현재 중국은 러시아, 파키스탄, 북한과는 우호적 관계를 유지하고 있다. 인도와는 국경 분쟁으로 군사적 충돌이 발생했을 정도로 관계가 좋지 않다. 인도는 중국 포위 군사안보협의체인 쿼드에 참여하고 있다. 중국은 남중국해를 둘러싸고 국경을 맞대고 있는 베트남과도 충돌하고 있다. 동중국해에서는 일본과 센카쿠열도의 영유권을 둘러싸고 충돌하고 있다. 영토와 영해 문제가 상존하고 있는 것이다. 거기다가 티베트와 신장위구르 문제와 함께 대만과 홍콩 문제까지도 있다.

미국은 대서양을 사이에 두고 유럽과 떨어져 있고, 태평양을 사이에 두고 아시아와 떨어져 있다. 국경을 맞대고 있는 캐나다와 멕시코와는 아무 문제가 없다. 더욱이 캐나다는 동맹 국가다. 그리고 미국, 캐나다, 멕시코는 자유무역협정으로 경제동맹 관계이다. 국경 리스크가 없는 것이다. 한때 소련이 쿠바에 핵무기를 배치하면서 일촉즉발의 위기로 가기도 했지만 지금은 그럴 우려가 없다. 국경 리스크에 관한 한 미국은 축복받은 국가이다.

러시아가 아시아 중시 정책, 즉 동방정책을 펼치면 어떻게 될까? 미국과의 갈등이 있겠지만 중국과의 갈등도 피할 수 없을 것이다. 러시아가 예전과 달리 동북아에서의 입지를 다지려는 것을 중국 입장에서는 묵과할 수 없을 것이다. 러시아로서도 중국이 동북아의 패권 국가로 등극하는 것을 두고 볼 수만은 없을 것이다.

또한 러시아와 중국은 북한 관계에서의 주도권을 갖고 충돌할 가능성이 있다. 두 나라 모두 북한과 국경을 맞대고 있다. 핵무기 보유를 선언하고 있는 북한에 대한 관리, 주도권 확보는 갈수록 러시아와 중국에 중요한 문제가 될 것이다.

나는 우리나라가 러시아의 움직임을 주시하면서 러시아와의 관계를 잘 맺어 나갈 필요가 있다고 생각한다. 현재 중국과 러시아는 둘 다 권위주의 체제이지만, 그래도 러시아는 투표권이 보장돼 있는 나라이다. 중국에 비해 변화할 가능성이 훨씬 크다. 이런 러시아가 동북아로 기지개를 켤 때 어떤 변화가 일어날지 예측하고 잘 대비해야 한다.

1972년에 미국과 중국이 그랬듯, 미국과 러시아가 새로운 밀월 관계로 돌아설지도 모를 일이다. 러시아의 움직임을 예의주시하면서 러시아가 동북아에 미칠 영향을 고려해 잘 대비해야 한다.

미국과의 상설통화스와프 추진해야

미국은 현재 EU, 일본, 스위스, 영국, 캐나다와 상설통화스와프를 체결하고 있다. 스위스를 빼면 모두 미국과 동맹 관계를 맺고 있는 나라 또는 국가연합이다. 상설통화스와프를 맺으면 무제한·무기한·무이자로 달러를 조달할 수 있다. 자국 통화위기의 안전판을 마련할 수 있는 것이다.

달러가 세계 유일의 기축통화로 통용되지만 미국과 상설통화스와

프를 맺은 나라의 경우, 그 나라의 통화를 달러가 받쳐주는 것이므로 세계 시장에서 일종의 기축통화로 받아들여질 수 있다. EU의 유로와 일본의 엔화, 영국의 파운드화가 그렇다.

미국은 금융위기 등 특수 상황이 아니면 미국 재무장관이 인정한 기축통화하고만 스와프를 체결한다는 원칙을 갖고 있다. 기축통화로 인정받으려면 그 나라의 외환시장이 100% 개방되어야 할 것, 최소한 미국이 인정하는 3개 이상의 기축통화에 24시간 시장을 개방해야 한다는 등의 까다로운 조건을 충족해야 한다.

원화 완전 개방 시 통화 투기의 위험성이 있고, 중앙은행의 통제력이 떨어지는 등의 단점이 있다. 그러나 세계 속에서 우리 경제의 위상, 원화의 위상을 높이기 위해서는 추진할 필요가 있다. 한미동맹의 깊이를 더 깊게 하는 의미도 있다.

당장 할 수 있는 것은 아니다. 중장기적 전망을 세워 추진해야 한다. 이게 성사되면 외환위기의 걱정을 덜게 된다. 재정적자로 원화의 가치가 하락했을 때 발생할 수 있는 통화 위기의 안전판이 될 수 있다. 그러면 재정적자 폭에 유연성을 발휘할 수 있을 것이다.

'한글의 세계화' 전략 추진해야

그동안 우리 문화의 세계화를 위해 여러 시도가 있었다. 김치의 세계화, 한복의 세계화, 태권도의 세계화 등이 꾸준히 시도되었다. 우리 문화의 세계화라고 할 수 있겠다. 예전에는 미국 문화의 점령을 걱정하는 수동적인 입장이었다면 이제는 우리 문화를 세계화하려는 능동적 입장으로 바뀐 것이다.

문화의 세계화에서 가장 중요한 것은 그 나라 언어의 세계화라고 생각한다. 미국이 세계 패권 국가 지위를 유지하는 요인에는 군사력, 경제력, 달러의 기축통화 지위 등이 있지만 문화적 영향력이 크다는 이유도 있다. 그 문화적 영향력 중 가장 큰 것이 영어가 만국의 공용어 지위를 갖고 있다는 점이다. 어떤 언어를 사용하는 세계 인구가 많다는 것은 그 언어를 사용하는 국가의 세계 영향력의 척도가 된다.

사용자수가 많은 세계 언어는 중국어이다. 중국 인구가 많은 탓이다. 인도의 힌디어가 사용자수 4위를 차지한 이유도 마찬가지이다. 2위는 스페인어, 6위가 포르투갈어이다. 중남미에 많은 식민지를 갖고 있었던 탓이다. 3위는 영어, 5위가 아랍어이다. 우리나라는 프랑스에 이어 세계 18위이다. 참고로 러시아와 일본어는 각각 8위와 9위이다.

한류가 아시아를 넘어 세계로 뻗어 나가면서 한글을 배우려는 사람들이 많아지고 있다. 우리나라의 웅비를 위해서는 천금의 기회이다. 외국 대학에 한국어 강좌를 늘리는 데 지원을 아끼지 않아야 한다. 많은 나라의 학교에서 한국어가 제2외국어로 채택될 수 있도록 해야 한다. 한글교실을 체계적으로 여러 나라에 세워야 한다. 온라인으로 외국인들이 한국어를 학습할 수 있도록 지원을 해야 한다. 지금 이 일을 공공기관인 세종학당재단이 하고 있는데, 예산과 인원을 늘려야 한다.

2021년 기준 세종학당은 82개국, 234곳에 진출해 있다고 한다. 2022년에는 270곳으로 늘리는 것을 목표로 하고 있다. 재외동포와 외국인의 한국어 사용 능력을 평가하는 한국어능력시험 응시자가 1997년 약 2,700명에서 2020년 40만 명으로 늘었다. 인도와 러시아, 베트남은 한국어를 제2외국어로 채택하고 있다. 이러한 추세를 더 확대해야 한다.

우리 세종학당재단이 독일의 괴테학원(공식 명칭은 '괴테 인스티튜트'), 중국의 공자학원에 버금가는 한글 세계화의 첨병 역할을 하도록 해야 한다. 세종학당이 한글을 습득한 외국인 네트워크의 허브 역할을 하도록 하는 것이다.

공간이 의식을 지배한다고 하지만 언어만큼 의식을 지배하는 것은 없다. 어떤 나라의 언어를 안다면 그 나라에 우호적일 가능성이 매우 높다. 한글의 세계화는 세계 속에 지한파智韓派를 육성하는 과정이다.

포용적 정치·행정을 위해

이제 대통령제 시대를 끝내자

대한민국 정부가 수립되고 75년이 지났다. 그 75년 동안 74년이 넘는 기간을 대통령제 하에서 보내고, 1년도 안 되는 기간을 의원내각제(정확히 총리와 대통령을 따로 선출돼 행정권한을 나누는 이원집정부제)로 보냈다. 1960년 4·19민주혁명의 결과로 그해 6월 15일 의원내각제로 개헌이 이뤄져 제2공화국이 출범했으나 이듬해 박정희의 군사쿠데타 이후 대통령제로 다시 돌아갔다.

제헌헌법 당시 의원들 대다수는 의원내각제를 선호했다. 그래서 제헌헌법 초안에 정부 구성을 의원내각제로 했으나 대통령제를 선호했던 이승만의 이의 제기로 국무총리가 내각 제청권을 갖는 등 의원내각제적 요소가 있는 어정쩡한 대통령제가 채택됐고, 지금의 제6공화국 헌법에까지 이어지고 있다.

우리의 제헌헌법은 정통성이 있고, 민주공화국을 천명한 나름 훌륭한 헌법이었다. 그러나 대통령 자리에 대한 이승만의 욕심으로 발췌개헌, 사사오입 개헌이 이뤄져 헌법 정신이 훼손되는 일이 벌어졌다. 공화주의 원리이자 정신인 '견제와 균형', '법치와 분권'이 무너진 것이다. 제1공화국은 민주공화국다운 헌법을 갖추고 있었으나 결국 이승만의 경찰독재로 귀결됐다. 제2공화국이 무너지고 제3공화국에서 제5공화국으로 이어지는 26년간은 경찰독재보다 더한 군사독재를 겪어야 했다.

미국 건국의 아버지 중 한 사람이자 네 번째 대통령이었던 제임스 매디슨은 미국 건국 당시 헌법은 "야심이 야심에 대항하도록 해야 한다"는 원리에 충실하게 설계되어야 한다고 강조했다. 권력이란 자기 강화 본능이 있다. 야심을 갖게 한다. 야심을 갖게 되면 무한질주하려는 욕망을 분출하려는 위험이 있다. 매디슨은 그 야심을 본능으로 인정하되 상호 견제와 균형을 통해 탐욕으로 변질되는 것을 시스템적으로 제어해야 함을 역설한 것이다.

미국 건국 당시 공화주의자들은 사실상의 군주, 참주僭主라는 독재자의 출현을 어떻게 제도적으로 막을 것인가를 두고 깊은 고뇌를 했다. 그들의 결론은 권력에 관한 한 사람을 믿지 말고 헌법에 견제와 균형 장치를 만들어야 한다는 것이었다. 제임스 매디슨은 이런 말도 했다. "만일 인간이 천사라면 정부는 필요하지 않을 것이다. 만약 천사가 인간을 통치한다면 정부에 대한 내외부적 통제가 필요하지 않을 것이다." '사람이 문제이지 제도가 문제냐'는 식의 사고를 거부한 것이다.

'디모클레스의 칼'이라는 서양 속담이 있다. 권력의 엄중함과 위험함을 경계하는 속담이다. 기원전 4세기 그리스 도시국가였던 시라쿠사의 디오니소스 왕 때의 일화에서 연유했다. 디오니소스 왕은 신하인 디모클레스가 왕의 권력을 부러워한다는 것을 알고 왕좌에 앉아 보라고 한다. 왕좌에 앉으니 천장에 한 올의 말총에 매달린 시퍼런 칼이 보였다. 이는 겉으로 보기에 왕이 대단한 권력과 부를 누리지만 아슬아슬한 칼날 아래에서 늘 긴장을 놓을 수 없는 자리라는 걸 일깨우는 일화로 자주 인용된다. 로마의 공화주의자이자 철학자인 키케로가 자주 인용해 '디모클레스의 칼'이 유명해졌다고 한다.

여기서 궁금한 것 한 가지. 칼 아래 권좌에 있었던 디오니소스는 어떤 왕이었을까? 고대 그리스 역사에 등장하는 대표적인 참주, 즉 독재자였다. 여기서 말하는 디오니소스는 디오니소스 2세이다. 디오니소스의 숙부인 디온은 그를 이상적인 군주로 만들려고 플라톤을 불러 교육을 시켰으나 실패하고 오히려 디오니소스에게 추방당한다. 디온은 나중에 귀국해 쿠데타를 일으키고 디오니소스를 몰아낸다. 디오니소스는 디온이 죽은 뒤 다시 시라쿠사의 왕이 되는데, 결국 참주 정치에 반기를 든 시민들에게 국외로 쫓겨나 비참하게 죽고 만다.

당대 최고의 지성으로 계몽군주의 철인통치를 주장했던 플라톤의 교육으로도, 권좌 위의 시퍼런 칼로도 디오니소스가 독재자가 되는 것을, 독재자로 폭주하는 것을 막지 못했던 것이다.

4·19 민주혁명 이후 왜 당시 정치권은 대통령제가 아닌 의원내각제 정부를 세우려 했을까? 그건 대통령제 하에서는 '디모클레스의 칼'로도 독재자의 출현을 막을 수 없다는 각성이 있었기 때문이라고 본다. 대통령제보다 의원내각제가 '견제와 균형', '법치와 분권'에 더 낫다고 판단했기 때문일 것이다. 의원내각제는 '오래된 미래'이다.

다원주의와 개인주의 사회는 수직적 관계보다 수평적 관계를 중시한다. 대통령제는 수직적 관계를 중시하며 권력의 집중을 꾀하려는 성격이 강하다. 권력 장악에 몰두하게 한다. 바흐친의 지적처럼 지금은 수직적 관계의 수평적 관계로의 혁명적 전복이 필요한 때이다. 대통령제는 명령과 지배에 익숙하다. 포용의 정치에 어울리지 않는다. 이제 대통령제 시대는 끝내야 한다.

의원내각제와 인사청문회

인사청문회는 대통령이 임명한 행정부의 고위 공직자와 대법원장과 대법관, 헌법재판소장과 헌법재판관 등 사법부 고위공직자의 도덕과 능력을 국회가 검증하는 제도이다. 삼권분립의 원칙에 따라 입법권을 갖고 있는 국회가 행정과 사법을 견제하는 제도라 할 수 있다. 대통령의 고위공직자 인사권에 대한 견제이다.

우리나라는 2000년 6월 인사청문회법이 제정되면서 도입되었다. 제정 당시에는 헌법에 의거해 임명에 국회의 동의가 필요한 대법원장과 대법관, 헌법재판소장, 국무총리, 감사원장, 국회에서 선출하는 헌법재판소 재판관과 중앙선거관리위원회 위원이 대상이었다.

노무현 정부 때는 국회의 권한을 강화하는 차원에서 인사청문 대상에 국가정보원장, 검찰총장, 국세청장, 경찰청장으로 넓혔다. 2005년 7월에는 관련법 개정으로 대상을 모든 국무위원(장관)으로 확대했고, 국회에서 선출하지 않는 헌법재판소 재판관, 중앙선거관리위원회 위원도 인사청문회를 실시하도록 했다. 나중에는 합참의장과 방송통신위원회 위원장, 공정거래위원장, 금융위원장, 국가인권위원회 위원장, 한국은

행 총재로까지 청문 대상을 넓혔다.

안사청문회 대상 중 헌법에 의거해 국회의 임명동의가 필요한 경우는 대법원장과 대법관, 헌법재판소장, 국무총리, 감사원장이다. 그리고 국회에서 선출하는 헌법재판소 재판관과 중앙선거관리위원회 위원이다. 나머지 대상들은 청문 절차를 거치기는 해도 국회의 임명동의 등의 인준 절차가 없다. 국회가 인사청문경과보고서를 채택하지 않고 청와대로 송부하지 않을 경우, 대통령은 10일 이내의 기한을 정해 재송부를 요청할 수 있다. 국회가 그 기한을 넘길 경우, 대통령이 임명할 수 있다.

문제는 항상 인준 절차가 없는 청문회에서 발생한다. 물론 국회 임명동의 대상 공직자가 국회에서 부결되는 경우도 있다. 그러한 경우는 다른 사람을 청문회에 올릴 수밖에 없다. 그러나 국회 동의가 필요없는 청문 대상 고위 공직자의 경우는 대통령이 소정의 절차를 거쳐 임명하면 된다.

그동안 인사청문회에 대한 여러 지적이 있었다. 도덕 검증은 비공개로 하고 공개 청문회는 정책 위주로 하자는 방안이 제출됐다. 여당이 이런 방안을 지지하고 야당은 반대한다. 여야가 뒤바뀌면 반대의 목소리를 낸다.

이제 국회에서 인사청문경과보고서를 채택하지 않고 대통령이 임명을 강행하는 것이 다반사가 됐다. 인사청문경과보고서를 채택하는 경우도 여야 합의보다는 표 대결로 가는 경우가 많아지고 있다. 인사청문회가 정치 양극화의 지표이자 상징이 된 것이다. 특히 장관들의 인사청문회가 그렇다. 역대 정부 장관급 이상 고위공직자 청문보고서 미채택에도 임명 강행 비율을 보자. 김대중 정부 12.5%, 노무현 정부 6.2%,

이명박 정부 23%, 박근혜 정부 14.9%, 문재인 정부 30.4%이다.

아이러니한 것은 갈수록 인사 검증 기준이 강화됐지만 인사 강행 비율은 줄지 않고 더 높아지고 있다는 사실이다. 문재인 정부는 인사 검증 7대 원칙을 제시했다. 병역 면탈, 불법적 재산 증식, 세금 탈루, 위장 전입, 논문 표절 등 연구 부정행위, 성 관련 범죄, 음주운전이다. 이렇게 강화된 원칙의 잣대를 됐지만 청문보고서 미채택은 늘었다.

인사청문회는 당파의 전쟁터가 됐다. 이런 현상은 앞으로도 계속될 것이다. 인사청문회가 검증의 장이라기보다는 선동의 장, 대결의 장이 되고 있는 추세를 멈추기가 쉽지 않을 것이다.

대통령제 국가인 멕시코·브라질·아르헨티나·칠레는 장관 인사청문회를 하지 않고, 대통령 우위의 이원집정부제를 운영하는 프랑스 역시 장관 인사청문회를 하지 않는다. 대통령의 장관 인사권 보장을 우선하는 경우라 할 수 있다. 그러나 대통령제 국가는 의회의 견제와 균형 원칙에 비춰 인사청문 대상을 넓히는 게 맞다고 본다.

보통 의원내각제 국가의 경우 장관 인사청문회를 하지 않는다. 영국과 일본이 그렇다. 난 의원내각제(이원집정부제 포함)로의 개헌과 함께 장관 인사청문회 제도를 없애기 바란다. 다수가 7대 인사검증 원칙의 그물에서 벗어날 수 없는 국회의원들이 마치 성인 도덕군자인 양 질의하는 청문회의 모습은 한 편의 코미디이다.

대통령제 하에서라도 장관에 대한 인사검증은 언론과 시민에 맡겨 진행하는 것이 낫다. 국회에 제출되는 인사청문 자료를 공개하여 누구나 접근해 볼 수 있도록 하자. 그래서 인사청문회를 청문회장 회의실 보다는 아예 공론의 장에 맡기는 편이 지금보다는 훨씬 나을 것이라고 본다. 시민과 언론의 검증 공론장을 통과하지 못한다면 대통령이 임명을 강행하기 쉽지 않을 것이다. 만일 강행한다면 그 대통령은 지지율 상실을 각오해야 할 것이다.

솔직해지자. 소위 우리 사회의 여론 주도층, 인텔리 계층에 속하는 사람들 중 인사검증 7대 원칙으로부터 자유로울 수 있는 사람이 얼마나 될까? 이런 식의 강화된 인사검증을 하는 것이 현실적일까? 평생 영혼이 숭고한 삶을 살았다는 평가를 받는 간디와 톨스토이도 한때의 도덕적 문제를 안고 있었다.

K-방역에서 K-민주로

역설적이지만 한 나라의 시민의식이 가장 잘 드러나는 때는 전쟁과 재난 상황이다. 위기 속에 드러나는 시민의식이야말로 진정한 시민의식이다. 코로나 바이러스 팬데믹 상황에서 우리나라는 뛰어난 방역 능력을 세계에 과시했다. K-방역이라는 말이 만들어졌을 정도였다.

2021년 6월 영국 콘월에서 G7 정상회의 확대회의가 열렸다. 우리나라는 G7 국가는 아니지만 2년 연속 초청국으로 참여했다. G7 보건 세션 회의에서 보리스 존슨 영국 총리가 "한국은 단연 세계 최고의 방역 모범국이죠. 방역 1등이죠"라고 하자, 옆에 있던 구테헤스 유엔 사무총장이 "한국 대단해요"라고 응수했다. 그러자 프랑스 마크롱 대통령이 "다들 생각이 같으시네요"라고 거든다.

난 이 장면을 보고 울컥했다. 세계의 내로라하는 국가의 정상들이 모인 회의 자리에서 우리의 대통령을 향해 한국의 방역 능력이 최고라는 공개 평가를 받은 것이다. 대한민국이 선진국 중의 선진국으로 평가

받은 것이다. 대한민국이 세계 속의 모범 선진국이 될 수 있음을 드러내는 일대 사건이었다.

K-방역은 방역당국의 행정 지도력과 투명성, 우수한 의료 인력과 국민건강보험을 비롯한 뛰어난 의료 시스템, 사회적 거리두기와 마스크 쓰기 그리고 높은 백신 접종률로 발현된 발군의 시민의식 3박자가 어우러진 결과이다.

코로나 확진자가 늘어난 것을 이유로 우리나라 방역이 실패했다고 말하는 사람들이 있는데 그렇지 않다. 우리나라와 같이 개방경제 국가인 경우 코로나가 확산일로일 때 거의 락다운 조치를 취했다. 국경을 닫아걸거나 지역을 아예 봉쇄한 것이다. 우리나라는 이런 조치를 취하지 않았다.

중국처럼 코로나 확진자가 발생했을 때 반복적으로 지역 봉쇄 조치를 취하면 확진자의 증가는 막을 수 있다. 그러나 경제가 큰 타격을 입는다. 봉쇄 등의 강력한 방역 조치를 취하지 않고 코로나 확진자 증가를 막을 수 있는 경우는 드물다. 봉쇄 조치를 하지 않으면서 코로나 확진자 억제에 성공하는 경우는 아주 예외적이다.

그래서 확진자 발생보다는 치명률로 각국의 코로나 방역 성과를 비교하는 것이 맞다. 감염을 피할 수 없을 때는 사망에 이르지 않게 하는 것이 무엇보다 중요하다. 2022년 4월 기준 우리나라의 인구 10만 명당 누적 사망자 수는 29.4명으로 OECD 38개 국가 중 네 번째로 낮다. 미국 291.3명, 이탈리아 262.7명, 영국 241.1명, 프랑스 211.7명, 독일 153.1명에 비해 크게 낮다. 누적 확진자 중 누적 사망자 비율을 나타내는 누적 치명률은 0.13%로 OECD 국가 중 세 번째였다. 우리보다 치명률이 낮은 국가는 뉴질랜드·아이슬란드로 인구가 적은 섬나라였다. 뉴질랜드는 인구가 500만 명이 안 되고, 아이슬란드는 인구가 35만 명이 안 된다.

그 결과 세계가 코로나 방역으로 몸살을 앓았던 2020년 우리나라는 -1.1%의 경제성장률로 OECD 국가 최고 수준의 성장률을 달성했다. 2020년 세계 경제성장률 -4.2%, G20 국가 평균 성장률 -3.8%와 비교할 때 놀라운 결과였다. 방역 성공의 이면에는 자영업자와 소상공인의 막대한 손실 등의 그림자가 있었던 것도 사실이다. 이 문제는 뒤늦었지만 손실보상 등으로 일정 정도 해결해야 할 것이다.

잘 알려지지 않은 사실이 하나 있다. 2020년 9월 세계표준화기구ISO가 자동차 이동형Drive-Thru 및 도보 이동형Walk-Thru 선별진료소 절차에 대한 국제표준화 작업을 맡게 될 워킹그룹을 설치했는데, 우리나라가 의장을 맡는 등 주도하고 있다는 것이다. K-방역이 국제표준으로 인정받은 것이다. 자랑스러워할 만한 일이다.

그동안 K-팝, K-드라마, K-게임, K-웹툰, K-컬처 등 한류에 대한 자부심을 나타내는 K-밈들이 많았지만 K-방역만큼 우리나라가 선진국 반열에 올라서 있고, 더 나아가 모범적인 선진국으로 부상할 수 있음을 나타내는 말은 없었다. 우리에게는 너무나 소중한 계기이다.

내게는 소망이 있다. 대한민국이 세계 속에서 민주적 공화주의의 모범이 되는 것이다. 대한민국이 다른 무엇보다 K-민주, K-공화로 칭찬받고 추앙받는 나라가 되기를 바란다. 지금은 북서쪽의 유럽 국가들이 가장 자유롭고, 가장 민주적이고, 가장 공화적인 나라로 칭찬받고 있다. 시장의 효율과 사회적 안정을 모두 이룬 나라로, 정부에 대한 신뢰가 높고 국민의 행복도도 높은 나라들이다.

난 대한민국이 북서유럽의 국가들보다 더 나은 국가가 되기를 바란다. 그 나라들조차 대한민국의 제도를 부러워하고 배워 가는 때가 어서 오기를 바란다. 세계에서 국가에 대한 자부심과 정부에 대한 신뢰가 가장 높은 나라가 되기를 바란다. 대한민국에 태어난 것을 행운으로 여기며 높은 행복감 속에서 삶을 영위할 수 있기를 바란다.

신뢰의 위기는 대의정치의 위기

나는 위에서 대한민국의 신뢰의 위기는 엘리트 정치의 위기라고 단언했다. 다원주의를 넘어 개인주의가 꽃피는 상황에서 엘리트 정치가 지적·이데올로기적 헤게모니를 상실해 가고 있다고 진단한 것이다.

그러다 보니 엘리트 정치가 엘리트 기득권 정치로 인식되고 있다. 정치의 대의 능력이 좁혀져 엘리트 계층만을 대변하는 정치가 돼가고 있다는 것이다. 정치가 '그들만의 리그'라는 사고가 팽배해질수록 정치는 신뢰를 잃을 수밖에 없다. 공화주의·민주주의의 위기로 악화된다.

공화주의와 민주주의가 경계해야 할 대상은 로버트 달의 표현을 빌리면 수호자주의와 과두정이다. 한 명의 초엘리트에 의한 독재정, 엘리트 집단에 의한 과두정이다. 이에 대비해 로버트 달은 현대 민주주의는 다두정多頭政이 되어야 한다고 말한다. 다원주의 하에서의 대의민주주의에서는 여러 계층의 이해를 대변하는 많은 대표자, 머리가 있어야 한다는 것이다.

공화주의는 시민적인 공공적 덕성을 갖춘 이들이 자기통치를 하는 원리이다. 그런데 대표자들의 다수가 특정 계층의 엘리트들로만 구성

됐을 때는 과두정이 등장하고 사회가 균열된다.

신뢰의 위기의 핵심은 대의정치의 위기이다. 대의정치의 위기는 선거 민주주의에 대한 불신으로 확산한다. 대의정치에 대한 불신은 사회 전체적인 자원 분배에 대한 불신으로 필연적으로 나아간다. 정치가 자원 분배를 공정하게 하지 않는다고 생각한다. 결국 기회와 결과 분배 모두를 불신하게 된다.

가장 두려운 것은 이런 불신의 끝은 정체성의 위기, 소속감의 위기라는 것이다. 나에게 대한민국이라는 나라는 무엇인가? 나는 대한민국 시민으로서 존중받고 있는가? 나는 대한민국 시민으로서 권리 의식과 의무감을 갖고 있는가? 나는 대한민국의 자랑스러운 시민이 맞는가? 세계 10위의 선진국 대한민국인데 나는 왜 자부심을 못 느끼는가? 대한민국은 세계 속에서 자신의 위상에 걸맞은 역할을 하고 있으며, 나는 그런 대한민국을 사랑하는가?

헬렌 켈러와 앤 설리번

헬렌 켈러는 장애를 딛고 일어나 세계사에 큰 족적을 남겼다. 장애인과 노동자와 여성 그리고 소수 인종의 권리를 위해 싸운 미국의 인권운동가, 사회복지사업가, 사회당 소속의 진보적 여성 정치인, 작가로서 초인 같은 업적을 남겼다. 헬렌 켈러는 우리에게 인간 승리의 표상으로 각인되고 있다.

헬렌 켈러는 태어난 지 19개월 되었을 때 뇌척수막염을 앓아 청각과 시각을 모두 잃었다. 그런 헬렌 켈러가 시각·청각 장애인으로 대학 교육을 받은 최초의 사람이 됐고, 사회에 진출해 비장애인도 감당할 수 없는 왕성한 사회 활동을 했다.

헬렌 켈러는 두 가지 운이 있었다. 첫째는 부유한 가정에서 태어났다는 것이고, 둘째는 앤 설리번이라는 훌륭한 가정교사를 만날 수 있었다는 것이다.

앤 설리번은 불우한 가정에서 자랐다. 아버지는 알코올중독자로 폭력을 일삼았고, 어머니는 결핵으로 설리번이 여덟 살 때 사망했다. 나중에 친척들은 설리번과 그녀의 동생 지미를 주립병원에 버렸다. 동생도 결핵으로 사망했다. 설리번은 난폭해져서 자해를 하기까지 했다. 그런 설리번에게 롤노라는 간호사가 빛이 돼주었다. 롤노의 헌신으로 그녀는 정상적인 교육을 받을 수 있게 됐다. 헬렌 켈러에게 설리번이 있었다면 설리번에게는 롤노가 있었던 것이다.

설리번은 다섯 살 때 트리코마 감염병에 걸려 시력을 거의 상실하는 바람에 시각장애인학교에 다녔다. 다행히 수술로 시력을 회복해 학교를 무사히 졸업할 수 있었다. 이런 설리번이 헬렌 켈러의 가정교사가 되었고, 응석받이로 막무가내였던 헬렌 켈러의 삶의 인도자가 된 것이다.

내가 여기에서 헬렌 켈러와 설리번의 이야기를 길게 인용한 건 우리 정치에도 '운'의 요소를 도입할 것을 제안하기 위해서이다. 헬렌 켈러가 설리번 선생과의 만남이라는 운, 우연을 통해 장애를 극복하고 미국 사회의 진보를 위해 공적 삶을 살았듯이 난 우리나라 시민들이 추첨이라는 운이 작용하는 공직 선발 방식을 통해 잠재된 공적 능력을 발휘할 수 있기를 바란다. 추첨 제도가 마련되기를 바란다.

그래서 정치가 엘리트들만의 리그가 아니라 장삼이사도 기회가 마련되면 얼마든지 훌륭한 역할을 할 수 있다는 사회적 각성이 일어나기를 바란다. 그걸 통해 대의정치 위기의 돌파구가 마련되기를 바란다. 추첨 민주주의와 선거 민주주의의 균형과 조화로 K-민주, K-공화의 모범이 만들어져 세계 속에 떨치기를 바란다.

- 사회적 자본의 핵심은 국가 기구에 대한 시민의 신뢰인데, 우리나라의 사회적 자본이 취약하다는 것은 바로 대표적인 지배 엘리트인 정치인·관료에 대한 신뢰가 매우 낮다는 것임.
- 우리나라 국민의 고등학교 진학률은 거의 100%에 육박하고, 대학 진학률은 70%가 넘어 세계 최고 수준임.
- 따라서 우리나라 국민의 교육, 인문적 교양 수준은 특별한 전문성을 요구하는 분야가 아니라면 정보만 제공된다면 토론을 통해 올바른 집단지성을 발휘할 수 있는 역량이 충분하다고 봄.
- 국가 운영에서 우리 사회의 엘리트들이 과다 대표되는 폐해를 극복하기 위해서는 기층 시민들의 참여를 활성화해야 함.
- 그 과정을 통해 시민적 덕성이 검증된 이들이 드러날 것이고, 정치인 재생산의 수원지 역할을 할 것임.

선거민주주의와 추첨민주주의의 조화와 균형

아리스토텔레스는 『정치학』에서 "공직자를 추첨으로 임명하면 민주 정체로, 선거로 임명하면 과두 정체로 간주할 수 있다"고 말했다. 몽테스키외도 이와 비슷한 말을 했다. "추첨에 의한 선발은 민주정의 특성이요, 선거에 의한 선발은 귀족정의 특성이다. 추첨은 누구나 기분이 상하게 하지 않는 선발 방법으로, 각각의 시민에게 조국을 위해 봉사하고자 하는 희망을 준다."

앞에서 엘리트와 선거의 영어 단어 '일렉션election'은 같은 어원을 갖고 있다고 했다. 시민권이 제한된 고대 그리스 사회에서도 선거는 그 사회의 엘리트를 선발하는 과정이었다. 선거는 엘리트의 과두정을 낳는다 해도 과언이 아니다. 대중민주주의 사회라는 지금도 별로 달라진 것이 없다. 대한민국 국회도 50대 명문대 출신의 남성이 주류를 형성하고 있다.

로버트 달은 민주주의를 위해서는 '계몽된 자기 이해'를 갖고 있는 사람들이 자신의 계층을 대변해야 한다고 주장한다. 다원주의 사회의 복잡한 이해관계 속에서 자기 이해를 대표하고 그것을 관철하려 노력해야 한다는 뜻이다. 그러나 '계몽된'이라는 수식어가 잘못 이해되면 이 수식어가 안내하는 것이 엘리트 정치의 강화일 수 있다는 우려를 낳게 된다. '계몽된'이라는 것은 학습과 훈련을 전제로 하는 것이고 '된'이라는 말은 이미 습득된 것이라는 뜻이다. 잠재력보다는 개발의 의미가 강하다. 이래서는 엘리트 정치의 회로를 벗어날 수 없다.

제임스 매디슨은 뛰어난 공화주의자였지만 뼛속까지 엘리트주의자였다. "모든 정치적 헌법의 목적은 우선적으로 그 사회의 공공선을 식별하는 최상의 지혜와, 이를 추구하는 최상의 덕성을 소유한 사람들을 통치자로 뽑는 것이어야 한다. 그리고 그다음의 목적은 그들이 공적인 위임을 받은 동안 덕성을 유지할 수 있게 가장 효과적인 예방책들을 취하는 것이다"(『연방주의 교서』 중). 최상의 지혜와 최상의 덕성을 소유한 이들이 정치를 해야 한다는 것이다. 이런 식의 사고는 궁극적으로 능력주의로 귀결될 수밖에 없다.

마키아벨리는 『군주론』에서 비르투virtu와 포르투나fortuna라는 단어를 쓰고 있다. 비르투는 탁월함, 역량, 능력, 자질 등 사람 내부의 힘을 뜻한다. 포르투나는 운·운명의 의미를 갖는 것으로, 사람 외부의 힘을 뜻한다. 마키아벨리는 세상사는 이 비르투와 포르투나의 질기고 기나긴 조합이라고 본다. "약자들이여 비르투를 발휘하라! 결단력 있고 과감하게 눈물을 흘리지 말고 움켜진 주먹으로 운명과 맞서라."

마키아벨리는 자신의 비르투로 운명의 여신에 맞서라고 말했다. 나는 말한다. 운명의 여신이 주는 기회에 맞닥뜨린다면 비르투를 발휘하라고.

고대 그리스와 로마의 공화정, 그리고 중세 이탈리아와 스페인의 공화정 도시국가들에서는 선거와 함께 추첨이 공직 선발 제도로 쓰였다. 비르투와 포르투나를 동시에 추구한 것이다. 민주정과 귀족정의 조화와 균형을 추구했던 것이다. 나는 선거민주주의와 추첨민주주의의 조화를 통해 탁월성과 평범성이 경쟁하고 조화와 균형을 이루기 바란다.

고대 그리스에서 추첨을 민주주의의 핵심 제도로 채택한 이유는 민주주의를 데모스, 즉 보통 사람들이 자기 스스로를 지배하는 체제로 이해했기 때문이다. 엘리트나 귀족의 지배가 아니라 보통사람의 자기 지배!

대통령 직속의 상설공론화위원회로 '국민회의' 설치

문재인 정부는 신고리 5·6호기 건설 중단 여부를 결정하기 위해 500명의 시민참여단으로 구성된 공론화위원회를 만들었다. 또 대입제도 개편을 위해 550명의 시민참여단으로 구성된 공론화위원회를 만들었다.

문재인 정부의 공론화위원회 시도 의미는 결코 작지 않다고 본다. 원자력발전이나 대학입시 같은 사회적 난제를 시민참여단의 논의 결과를 통해 타협점을 찾고, 권고의 방식으로 국정에 반영하기 위한 참신한 시도였다. 숙의민주주의, 심의민주주의가 강조되는 상황에서 공론화위원회가 좋은 실현 수단이 될 수 있다고 생각한다.

공론화위원회, 공론 조사의 역사는 짧지 않다. 1988년 미국 스탠퍼드대학 정치학 교수인 제임스 피시킨이 처음 창안을 했다. 토론과 숙의 과정을 거치는 만큼 여론조사보다 훨씬 우월한 여론 반영 방식이라 할 수 있다. 지금까지 20여 개국에서 70여 차례 진행됐다고 한다. 몽골은 2017년 4월 공론 조사 방식으로 개헌을 했다. 놀라운 것은 기존 정당이 주장해 온 것과 다른 결과가 나왔다는 것이다. 공론 조사 결과는 개헌에 모두 반영됐다고 한다.

공론화위원회 시민참여단은 표본 추출 방식으로 남녀 비율을 거의 반반으로 구성한 것으로 알고 있다. 이 또한 좋은 방식이었다고 본다.

나는 한시적인 특별위원회로 공론화위원회를 구성할 것이 아니라 대통령 직속으로 자문단 성격의 상설공론화위원회를 구성할 것을 제안한다. 명칭은 '국민회의'가 좋겠다. 의회와 대비해 회의라는 이름을 사용하는 것이다.

구성 방식은 17개 광역시·도별 각각 10명으로 추첨 선발해 총 170명으로 한다. 추첨은 랜덤 방식으로 하고, 당첨됐으나 본인이 거부할 경우 재추첨한다. 남녀 반반으로 20대, 30대, 40대, 50대, 60대 이상으로 표본을 나눠 임의 추첨한다.

국민회의 위원의 임기는 1년 또는 2년으로 한다. 되도록 많은 이들의 참여와 경험을 원한다면 1년으로 하는 것도 좋을 것이다. 국민회의는 찬반이 격렬하게 대립하는 국정의 주요 사안에 대해 토론을 하고, 그 결과를 대통령에게 권고하는 역할을 한다. 필요한 경우 대통령이 과제를 직접 제시한다. 국민회의는 의장이 대표하며 위원들의 호선으로 선출하고 대통령이 최종 임명하는 것으로 하며, 필요하면 약간 명의 부의장을 둘 수 있도록 한다.

조직 구성과 규약은 위원들의 토론을 통해 정한다. 사무국은 위원 가운데 선발하여 구성하며, 의장이 임명권을 행사한다. 사무국 상근자에게는 소정의 급여를 지급한다. 비상근자는 주 1회 정기회의에 참석하며 필요한 수당을 지급한다. 청와대 정무비서관이 지원 역할을 담당한다.

이렇게 하면 국정에 대한 시민들의 관심과 참여 열기를 높일 수 있을 것이고, 여론을 더 정확하게 반영할 수 있을 것이다. 국민회의 활동 과정에서 공적 책임이 검증된 새로운 인재를 발굴할 수도 있을 것이다. 국회와는 새로운 견제와 협력 관계가 만들어질 것이라고 본다.

우리나라는 수도권 집중 문제가 심각하다. 나아가 수도권 집중은 국회에서 수도권이 과다 대표되고, 비수도권이 과소 대표되는 문제를 야기한다. 대의정치의 위기는 많은 계층이 대의에서 소외되는 계층 대의의 위기와 함께 지역 대의의 위기도 안고 있다.

현재 국회의원 의석수는 지역구 253석, 비례 47석이다. 지역구 253석 중 수도권은 서울 49석, 경기 59석, 인천 13석으로 121석이다. 전체 지역구의 47.8%로, 거의 50%에 육박한다. 그런데 여기서 그치는 것이 아니다. 비례의원 47명 중 못 해도 2/3 이상은 수도권 의원이라고 해도 무방하다. 전체 국회의원 300명 중 절반 이상이 수도권 의원인 것이다. 수도권이 과다 대표될 수밖에 없는 구조이다. 이런 상황에서 지역 균형 문제를 해결하기란 사실상 어렵다.

인구 비례로 의석수를 할당하기 때문에 지금과 같은 상황에서 문제를 근본적으로 해결할 수 있는 방법은 없다. 그래서 우리나라도 상하 양원 체제로 가자는 주장이 일리가 있다. 상원은 각 지역별로 동등하게 의석을 배분한다. 우리나라도 4·19 민주혁명 이후 개헌으로 상하 양원제를 채택한 적이 있다.

난 상설공론화위원회로서의 국민회의가 상원으로서의 전망을 갖고 운용되기를 꿈꾼다. 상하 양원제를 채택하더라도 상설공론화위원회가 필요할 수 있을 것이다. 그 가능성을 굳이 닫을 필요는 없다. 지역별로 동등한 위원 수를 할당하는 방식으로 구성하는 국민회의는 성과가 있다면 상원 구성의 전망을 충분히 가질 수 있을 것이다. 그런 날이 오기를 기대한다.

비례국회의원 선발에 추첨제 도입

비례국회의원은 전국의 정당 득표율에 따라 배분하기 때문에 전국구 국회의원이라 불린다. 예전에는 당대표가 맘대로 권한을 휘두르거나 당의 유력자들의 담합으로 순번을 결정했다. 그러다 보니 공천헌금 또는 특별당비를 내는 식으로 뒷거래가 이뤄졌다. 하지만 이제는 투표를 도입하는 등 순번 결정이 많이 투명해졌다.

지역구 선거 공천에서는 여성과 청년이 경쟁력이 낮다는 이유로 번번이 탈락하는 일이 많았다. 직능과 계층의 대표성이 보장되기도 힘들다. 장애인 등 우리 사회의 소수자들이 소외되기 쉽다. 비례국회의원 제도는 이런 문제에 대해 일정 정도 해결책 역할을 했다. 여성 국회의원 수를 늘리기 위해 홀수 순번에는 여성을 배정하도록 한 것은 큰 역할을 했다.

나는 파격적으로 비례국회의원 추첨제를 도입할 것을 제안한다. 예를 들어 비례국회의원 당선이 15번까지 가능하면 10명은 20대, 30대, 40대, 50대, 60대로 연령 구별을 해 남녀 2명씩 총 10명을 배정하고 나머지 5명은 직능과 계층 대표성을 갖는 사람으로 구성하는 것이다.

먼저 각 당에서 비례국회의원 지원자를 받는다. 연령별, 그리고 당이 정한 직능과 계층별로 자격 요건이 되는 사람의 지원을 받는 것이다. 그런 다음 당의 배제 기준에 따라 걸러내고 추첨을 통해 결정한다.

나는 이렇게 추첨 방식으로 선발된 비례국회의원이 지역구에서 선거로 선출된 국회의원들과 경쟁하는 모습을 보고 싶다. 누가 더 시민의 눈으로 보기에 탁월한지 확인하고 싶다. 추첨으로 비례국회의원이 된 이들 중 공적 책임감과 역량이 확인된 사람들은 나중에 지역구 국회의원이 될 수도 있을 것이다.

기초의원 선출에 추첨제 도입

지역 범위에 따라 국회의원, 광역의원, 기초의원이 있다. 나는 기초의원 선발에 추첨제를 도입할 것을 제안한다. 당이 공천을 하지 않고 비례, 지역구 구별하지 않고 해당 지역의 지역구 총의원 모두를 추첨으로 선발하는 것이다. 그리고 일정 요건의 지역민 청원이 있을 경우, 광역단체장이 그 지역의 주민투표에 회부해 가부 여부를 결정할 수 있게 한다. 기초단체장은 기초의원 선발에 이해관계를 갖기 때문에 광역단체장이 투표 회부 권한을 갖는 것이다. 현실적으로 투표율 50%가 넘기 힘들므로 투표율 30% 이상이면 유효한 것으로 한다.

이를 위해 법으로 자격 기준을 먼저 정한다. 그리고 각 지방자치단체 주관으로 기준을 통과한 사람들을 선별한 뒤, 통과한 이들을 대상으로 남녀 동수를 원칙으로 해 연령별로 랜덤 방식으로 추첨을 한다. 당첨자가 거부할 경우 재추첨을 한다.

기초의원 선출을 이런 방식으로 하기 위해서는 공직선거법 개정이 먼저 이뤄져야 할 것이다. 추첨으로 뽑힌 기초의원이 본인의 판단으로 당선 후 특정 정당에 입당하는 것을 허용할 필요도 있을 것이다.

각종 위원회 최소 반 이상 추첨한 인원으로 구성

현재 대통령 직속, 국무총리 직속, 장관 직속으로 정부 공식 부처가 아닌 수많은 위원회가 운용되고 있다. 공기업에도 이런 위원회들이 있다. 민관 거버넌스 확대 차원에서 운용되고 있는 것이다. 그러나 유명무실한 위원회도 많다. 그런 위원회는 되도록 빨리 폐지해야 한다.

이런 위원회는 거의 이른바 전문가나 정부·여당이 배려한 사람들로 충원된다. 나는 위원회 관련법을 개정해서 전문성이 요구되는 위원회의 경우(예를 들어 원자력위원회) 전문가 50%, 나머지 50%는 추첨 방식으로 구성할 것을 제안한다. 전문성이 상대적으로 필요하지 않은 위원회, 예를 들면 대통령 직속 청년위원회는 전원 추첨 방식으로 구성할 수도 있을 것이다.

공기업 감사 시민추첨선발제 실시

개인사업체가 아닌 우리나라의 법인기업은 정치적 관점에서 보면 거의 대부분 독재정을 실시하고 있다. 재벌 대기업 경영의 총수 전횡 문제는 어제오늘의 일이 아니다. 기업 내부를 감시하는 감사들도 총수의 의중대로 뽑는 경우가 허다하다. 공기업도 마찬가지이다. 기업 경영의 민주화는 참으로 더디기만 하다.

지인 중에도 공기업 감사를 지낸 이들이 몇 명 있다. 처음에 감사가 되면 회사 경영에 도움이 될 일을 하거나, 감사 본연의 역할에 충실해야겠다고 마음을 다잡는다. 그러나 얼마 안 가 회사 경영진에서 말한다. "그냥 조용히 쉬시다가 가시죠." 이게 지금 공기업 감사들의 실태이다. 언젠가부터 감사는 논공행상의 자리가 돼버렸다. 높은 연봉에 누리는 자리가 된 것이다. 나라를 위해 불행한 일이다.

공기업 감사를 전원 시민 추첨으로 선발하면 좋겠다. 일정 연령 제한을 둘 수는 있을 것이다. 30대 이상 또는 40대 이상의 조건을 둘 수 있을 것이다. 남녀 동수로 2인 이상의 후보군을 이사회에 제출하고 이사회의 의결로 감사를 선임하면 된다.

추첨으로 선발한 감사에게는 차량, 수행원 등의 혜택을 주지 않는다. 연봉은 기업의 사정에 따라 최저 5천만 원에서 최고 1억 원 사이에서 책정한다. 이렇게 하면 상당한 비용을 아낄 수 있을 것이다. 지금처럼 감사직이 최소한 논공행상의 자리가 되지는 않을 것이다.

감사에 추첨선발제를 먼저 실시한 뒤 집행이사나 사외이사 등으로 확대한다. 지금처럼 청와대가 논공행상을 따져 낙점하는 방식보다는 훨씬 나아질 거라 확신한다.

대통령 권한 분산과 행정부 개혁을 위한 몇 가지 제안

청와대 수석비서관 제도 완전 폐지, 내각 중심의 국정 운영

윤석열 대통령이 정책실장, 민정수석, 일자리수석을 없애고 청와대 인원을 30% 감축한 것은 환영할 만한 일이다. 미국의 백악관 직원이 400명 정도인데, 우리나라 청와대 직원은 1,000명에 달한다는 말도 있다. 그런데 나머지 수석비서관을 존치하는 것은 유감이다. 수석비서관 명칭을 보좌관으로 바꾼다고 해서 달라지지 않는다. 그래서는 내각 중심의 국정 운영이 불가능하다.

그동안 청와대가 내각보다 상위의 위치에 있었던 것은 사실이다. 옥상옥이었다. 특히 수석비서관 제도가 그 역할을 했다. 청와대 수석보 과관회의가 국무회의보다 더 언론의 관심을 받았다.

청와대에서 근무했던 사람들은 수석비서관이 반드시 필요하다고 한다. 그렇지 않으면 장관들이 말을 안 들어 통제할 수 없다는 것이다. 이렇게 정부 부처 장악의 효율성 관점에서 수석비서관 존치를 말하는 것은 익숙한 것과 이별을 하지 않겠다는 관성적 사고라 하지 않을 수 없다.

대통령실 수석비서관 제도는 완전 폐지돼야 한다. 안보실장은 존치할 수도 있다고 본다. 정무수석은 비서실장이 그 역할을 하거나 아니면 정무장관직을 신설하는 것이 낫다. 대통령실은 비서관들이 중심이 돼 정부 부처와 협력하면서 대통령을 보좌하면 된다.

부총리 제도 폐지

현재 경제부총리를 기획재정부장관이 겸임하고, 사회부총리를 교육부장관이 겸임하고 있다. 부총리 제도를 폐지해야 한다.

기재부의 경우 예산 수립과 재정 지출, 공공기관 평가 등의 업무를 담당한다. 업무 역할만으로도 권한이 무척 강한데 기재부장관을 부총리로 하고 있어 사실상 모든 정부 부처의 상위 부서로 군림하고 있다.

부총리 제도를 없애야 한다. 기재부와 교육부를 다른 부처의 위상과 같게 만들어야 한다. 업무 효율과 회의를 위해서라면 부총리라고 할 것도 없이 기획재정부장관과 교육부장관을 수석장관으로 하면 된다.

정부의 법안 발의권 폐지

대통령제 국가라 하더라도 정부가 법안 발의권을 갖고 있는 나라는 거의 없다. 정부 법안 발의권은 대통령의 권한 강화에 쓰이는 것으로 대통령의 통치 효율성을 위한 것이다. 법안 발의는 입법부인 국회의 고유 권한이어야 한다. 정부가 원하는 법안이 있으면 당정 협의를 통해 국회의원이 발의하면 된다. 추후 개헌 과정에서 정부 법안 발의권을 없애야 한다. 개헌이 없더라도 정부가 법안 발의권을 행사하지 않는 방법도 있을 것이다.

감사원, 국회로 이관

행정부 기구로서의 감사원이 다른 행정 부처를 감사하는 것은 논리상 맞지 않다. 감사원을 정부 기구에서 떼어내 국회의장 직속 기구로 두어야 한다.

지금은 감사원장 후보를 대통령이 지명하고 국회의 동의를 얻는데, 감사원이 국회로 이관되면 여야 추천 외부 인사로 구성된 감사원장 후보 추천위원회가 국회의장에게 복수로 대상자를 올리면 국회의장이 임명하는 방식으로 바꿔야 할 것이다. 법제사법위원회에서 후보 인사 청문회를 하고 국회의 동의 절차를 밟으면 된다.

물론 행정부 자체의 감찰 필요성은 있다. 이것은 국무총리 산하에 감찰부서를 두면 될 일이다. 지금도 총리실 산하로 정부합동부패예방 추진단, 법무감사담당관, 공직복무관리관 제도가 있다. 이 제도를 통폐합하거나 역할을 강화하면 될 것이다.

대통령의 과도한 인사권 문제 해결

제왕적 대통령제라고 하는데, 그 본질은 과도한 인사권이다. 대통령에게 대법원장과 대법관, 헌법재판소장과 헌법재판관, 선거관리위원장과 선거관리위원들에 대한 임명권이 있기 때문에 인사권을 통한 사법부 장악, 헌법상 독립 기관인 선거관리위원회 장악 논란이 끊이지 않았다.

우리 헌법 제104조 1항은 "대법원장은 국회의 동의를 얻어 대통령이 임명한다"라고 돼 있고, 2항은 "대법관은 대법원장의 제청으로 국회의 동의를 얻어 대통령이 임명한다"라고 돼 있다. 실질적으로 대통령이 임명권을 행사하는 것이다. 원래 이렇게 돼 있던 것이 아니다. 유신헌법의 잔재이다.

4·19혁명 이후 들어선 제2공화국 헌법에는 대법원장과 대법관을 법조인 선기인단의 선거로 뽑도록 했다. 그리고 1972년 유신헌법 전인 제3공화국 헌법에서는 대법원장은 법관추천회의의 제청 후 국회 동의를 얻어 대통령이 임명하고, 대법관은 대법원장이 법관추천회의의 동의를 얻어 제청 후 대통령이 임명하는 방식이었다. 그러던 것이 제4공

화국 헌법부터 지금까지 대법원장은 '대통령이 국회 동의 후 임명'하는 것으로 바뀌었다. 대법관은 제4공화국, 제5공화국에서는 대통령이 대법원장 제청에 따라 임명하는 것으로 돼 있다가, 지금의 헌법에서는 대통령이 대법원장 제청으로 국회의 동의를 얻어 임명하게 돼 있다.

대법원장을 대통령이 임명하는 나라는 거의 없다. 또한 대법관을 대법원장의 제청으로 대통령이 임명하는 나라도 거의 없다. 이래서는 행정부와 사업부의 분립이 구조적으로 어렵다. 미국은 대통령이 대법원장과 대법관을 임명한다. 그러나 미국의 대법관은 종신직이다. 따라서 정권교체의 주기에 따라 대법원 구성의 균형이 잡힌다. 우리나라처럼 대법관의 임기가 6년인 나라에서는 그렇지 못하다.

헌법재판소를 살펴보자. 헌법 제111조 2항은 "헌법재판소는 법관의 자격을 가진 9인의 재판관으로 구성하며, 재판관은 대통령이 임명한다", 3항은 "재판관 중 3인은 국회에서 선출하는 자를, 3인은 대법원장이 지명하는 자를 임명한다", 4항은 "헌법재판소의 장은 국회의 동의를 얻어 재판관 중에서 대통령이 임명한다"고 돼 있다. 대법원장을 대통령이 임명하는 것을 감안했을 때 마음만 먹으면 7~8명의 헌법재판관은 대통령의 뜻에 따라 임명할 수 있는 것이다.

헌법 제114조 2항은 "중앙선거관리위원회는 대통령이 임명하는 3인, 국회에서 선출하는 3인과 대법원장이 지명하는 3인의 위원으로 구성한다. 위원장은 위원 중에서 호선한다"고 돼 있다. 중앙선거관리위원장은 통상적으로 대법관이 맡아 왔다. 중앙선거관리위원회도 똑같은 이유로 대통령의 의중에 따라 다수가 구성될 수 있기 때문에 항상 중립성이 문제가 되고 있다.

이 문제를 시급하게 해결해야 한다. 이 문제의 해결 없이 제왕적 대통령 문제는 해소되지 않는다. 대통령의 인사권을 제한해야 한다. 중립적인 추천위원회를 구성하든지, 국회로 권한을 넘겨야 한다. 대법관을 법조인으로 구성된 선거인단에서 선출하게 하는 것도 좋은 방법이라고 생각한다.

수도권 개발 억제, 비수도권에 집중

지금처럼 수도권 개발에 많은 재정이 투여되면 수도권 집중 문제 해결은커녕 오히려 가속화될 수밖에 없다. 수도권에 돈과 교육과 직업 기회가 몰리고 뒤이어 사람이 몰린다. 집에 대한 수요가 만성적으로 과다하다 보니 집값이 뛰고 교통 인프라에 대한 요구가 많아진다. 인구의 절반이 넘는 사람들이 사는 수도권의 요구를 정치권이 외면하기 힘들어 수도권 개발을 위한 예산은 늘어만 간다. 수도권으로 인구도 계속 유입된다. 이 같은 순환이 무한대로 이어진다. 이것이 수도권의 현실이다.

반면 비수도권은 양질의 일자리가 줄어들고 동시에 거주 인구가 줄어든다. 지방 소멸 현상이 가속화된다. 지역 균형발전은 공염불이 된다.

지방소멸위험지수라는 것이 있다. 한 지역의 20~39세 여성 인구를 65세 이상 인구로 나누는 것으로, 이 지수가 0.5 미만이면 소멸위험지역으로 분류한다. 인구 유입이 없다면 해당 지역이 없어질 가능성이 높다는 의미이다. 인구 유입은 고사하고 인구 유출이 지방 소멸을 가속화하고 있다.

한국고용정보원 조사에 따르면 2021년 5월 기준으로 전국 228개 시·군·구 가운데 42%가 소멸위험지역이다. 이 비율은 해마다 늘고 있다. 수도권의 빈집 비율은 약 5%이지만 지방은 10%가 넘는다.

지역균형 발전을 위해서는 수도권 개발을 억제해야 한다. 이미 예정된 개발계획 외에 추가로 개발계획을 잡지 말아야 한다. 중앙정부 차원의 대규모 신도시, 택지 개발과 교통 인프라 계획을 세우지 말아야 한다. 하더라도 지방정부의 개발공사 차원에서만 진행하도록 해야 한다. 되도록 유지·보수에 집중해야 한다. 심하게 말하면 수도권은 지금보다 살기 불편해져야 한다.

수도권에 투입될 재정을 비수도권 개발에 쏟아부어야 한다. 일자리를 만들어야 한다. 교육 인프라 수준을 높이는 데 써야 한다. 상시 노동자 50인 이상 고용하고 있는 수도권 소재 사업장 지방 이전 시 30년간 법인세 면제 등의 파격적인 지방균형 정책을 추진해야 한다.

지방자치제 강화와 교육부·행안부 역할 축소

지방자치제 도입 이후 모든 대통령은 중앙정부의 권한 축소와 지방자치제 강화를 공약했다. 문재인 전 대통령은 연방제에 준하는 지방자치제를 실현하겠다고 약속했다. 그동안 중앙정부의 권한이 지방정부로 점차 이양돼 왔으나 여전히 한계가 있는 것이 사실이다.

지방자치를 강화하기 위한 핵심은 세금 배분 문제와 인사권이다. 특히 세금 배분 문제가 중요하다. 2020년 기준 국세와 지방세 비중은 73.7% 대 26.3%이다. 1995년 지방자치제 전면 실시 당시 국세와 지방세 비중은 78.8% 대 21.2%였다. 2000년에는 81.9% 대 18.1%였다. 재정 분배 측면에서는 악화한 것이다. 그러다 국세 비중이 서서히 줄어 지금에 왔다.

미국·독일 같은 연방제 국가의 경우, 지방세 비중이 상대적으로 높다. 연방제 국가의 경우 평균 국세와 지방세의 비율이 65.7% 대 34.3%라고 한다. 비연방제 국가인 영국은 92.8% 대 7.2%, 프랑스 70.4% 대 29.6%, 일본은 59.5% 대 40.5%이다. 영국에 비해 프랑스와 일본의 지방자치제가 강화돼 있음을 알 수 있다. 우리나라도 일본과 같은 방향으로 가야 한다고 생각한다. 그것이 지방자치 강화에 부합한다고 생각하기 때문이다. 국세의 일부를 지방세로 이관하는 방식으로 5년 이내에 국세와 지방세 비중을 프랑스 수준인 7 : 3으로, 10년 이내에는 일본 수준인 6 : 4로 개편하면 좋을 것이다.

우리나라는 지방자치와 함께 교육자치를 실시하고 있다. 광역 단위의 교육감을 주민 직선으로 뽑고 있다. 그런데 중앙정부 부처인 교육부와 행안부의 역할 분담이 항상 논란이 되고 있다. 자치 강화를 위해서는 교육부·행안부의 위상과 역할이 축소되어야 한다. 자치와 자율성을 확대하는 방향으로 가야 한다. 중앙부처가 정책과 감독 권한을 줄여야 한다.

몇 해 전 지방직 공무원이었던 소방공무원을 국가직 공무원으로 바꿨다. 지방자치 강화 측면에서는 역행한 것이라 할 수 있다. 자치경찰제가 도입되면 대부분의 경찰공무원도 지방공무원화될 것이다. 소방공무원의 국가직화는 이런 추세를 거스른 것이다. 이런 식으로 어떻게 지방자치를 강화한다는 것인지 알다가도 모를 일이다. 처우의 문제가 있다면 지방재정 확대로 대처했어야 했다. 나쁜 전례가 만들어진 것이다.

관습헌법상 수도 서울을 깨뜨려야 : 청와대와 국회의 세종 이전 등

2004년 헌법재판소는 '신행정수도의 건설을 위한 특별조치법' 헌법소원심판에서 대한민국의 수도는 서울이라는 관습헌법을 들어 위헌 판결을 했다. 큰 논란이 일었다. 국회의 결정이나 국민투표로 결정한 국가적 중대 사안을 임명직인 헌법재판관으로 구성된 헌법재판소가 결정하는 것이 맞느냐는 논란이었다. 성문헌법을 채택하는 국가에서 비성문헌법인 관습헌법을 인정하는 것이 올바르냐는 것도 논란거리였다.

간통죄의 사례를 보자. 1990년 9월 처음으로 헌법재판소에서 간통죄 위헌 여부를 다뤘다. 결론은 합헌. 2001년 10월 두 번째로 헌법재판소 판결이 있었다. 결론은 합헌. 2008년 10월 세 번째 판결이 있었다. 결론은 합헌. 2015년 2월 네 번째 판결. "간통죄는 국민의 성적 자기결정권과 사생활의 비밀 자유를 침해하는 것으로 헌법에 위배된다"고 위헌 판결. 1953년 간통죄가 만들어진 지 62년 만에 폐지된 것이다.

2004년 관습헌법을 들어 행정수도 건설법이 위헌 판결을 받았지만, 간통죄를 통해 알 수 있듯이 시대의 변화에 따라 위헌이 합헌이 될 가능성은 열려 있다. 2004년의 헌법재판소 판결에 너무 얽매일 이유가 없다.

국회에서는 오랫동안 국회의 세종시 이전을 논의해 왔다. 위헌 문제를 피하기 위해 분원 건설로 의견을 모으고 있다. 지난 대선에서는 유력 후보들이 세종시에 청와대 분원을 설치할 것을 공약했다. 세종시에 행정도시를 완성하려는 계획이 진행되고 있는 것이다. 실제 이 계획이 실행되면 또 위헌 소송이 제기될지도 모르겠다. 그러면 합헌 결정이 나지 않을까 조심스럽게 기대해 본다.

한편 부울경 메가시티가 추진되고 있다. 수도권의 과밀화를 방지하고 지역균형발전을 위해 부산시와 울산광역시, 경남의 주요 지역을 포괄해 메가시티를 구축하는 지역발전 전략이다. 부울경에 제2의 수도권을 만들자는 것이다.

세종시는 행정중심복합도시로 국내 유일의 특별자치시이다. 인구는 40만 명이 안 된다. 난 세종시를 대전시와 공주시, 논산시, 금산군, 완주, 진안, 전주까지 포괄하는 메가시티로 만들 것을 제안한다. 2차 공공기관 지방 이전까지 이뤄진다면 약 300만 명의 인구를 가진 메가시티가 구축될 것이다. 이렇게 되면 수도권과 함께 세종·대전·전주를 포괄하는 중부권 메가시티, 그리고 부울경 메가시티의 3축 중심 체계가 만들어질 것이다. 대구경북 메가시티가 만들어지면 4축 중심 체계가 된다. 호남권 메가시티가 현실화된다면 5축 중심 체계가 만들어질 것이다.

노무현 정부 시절 국가균형발전위원회는 수도권, 충청권, 호남권, 영남권의 4개 초광역경제권 구상을 발표한 적이 있다. 이명박 정부 당시에는 수도권, 충청권, 호남권, 대경권, 동남권의 5대 광역경제권과 강원권과 특별자치도의 2대 특별광역경제권으로 나누는 5+2 광역경제권 발전 구상을 선보였다. 이 구상들의 연장선상에 있다고 보면 될 것이다.

행정고시, 경찰대 폐지

2017년 헌법재판소의 합헌 결정으로 사법고시가 폐지되는 과정을 밟게 됐다. 사법고시가 '개천에서 용' 나는 통로가 되기도 했지만, 사법연수원 기수 문화가 어우러져 우리 사회에 강력한 법조 특권 카르텔을 만드는 제도로 작용해 왔던 것도 사실이다. 로스쿨 제도가 잘 안착되는 것이 중요하다. 로스쿨 학비가 비싸다는 문제가 있는데, 취약계층 등에 대한 장학금 확충과 생활비 지원으로 해결할 수 있을 것이다.

나는 행정고시도 폐지되어야 한다고 생각한다. 행정고시 합격자도 예전 사법고시 합격자처럼 5급 공무원으로 초임을 시작한다. 그리고 고위 행정직을 독점하다시피 하고, 기수 문화가 작동한다. 법조 특권 카르텔까지는 정도가 아니더라도 행시 출신들의 특권 카르텔이 형성된다.

국가 건설 초기 문맹률이 높고 대학 진학률이 낮은 상황에서 고시제도는 우수한 이들을 공무원으로 유입시키기 위한 불가피한 조치였다고 볼 수 있다. 그러나 지금처럼 전반적인 학력 수준이 높고 세계 최고의 대학 진학률을 보이는 나라에서 '공시족'이라는 말이 있듯이, 많은 이들이 공무원이 되기 위해 몰리는 나라에서 과연 행정고시제를 존속할 이유가 있는지 생각해 봐야 할 것이다.

예전에 세무대가 있었다. 유능한 세무공무원을 양성할 목적으로 1980년 설립했다. 교과과정이 일반대학의 세무학과와 다르지 않고, 졸업생들을 자동으로 8급 세무공무원으로 특별채용하는 것이 특혜라는 논란이 이어지면서 1999년 폐교했다.

서울시립대에 시비장학생 제도가 있었다. 입학 시 성적이 우수한 이들에게 서울시가 장학금을 주고 졸업하면 7급 공무원으로 특별채용하는 제도였다. 이 제도도 폐지됐다.

이런 특별채용제도는 연고주의가 작용해 공무원 내에 카르텔을 형성하게 한다. 사법고시, 행정고시, 세무대, 서울시립대 시비장학생이 모두 같은 경우이다. 카르텔 형성은 보직과 승진 문제로 조직 내에 심한 알력과 갈등을 일으킨다. 폐지되는 것이 마땅하다.

경찰대도 폐지되어야 한다. 경찰대는 우수한 경찰 간부를 육성한다는 목적으로 1981년 개교해 지금까지 이어지고 있다. 경찰대 졸업생은 졸업과 동시에 6급 경위로 임용된다. 지금 경찰 내 고위직인 총경과 경무관 계급의 반 이상이 경찰대 출신이다. 고위직을 과점하고 있다. 전체 경찰관의 5%도 되지 않는 경찰대 출신이 고위직과 요직을 꿰찬다. 경찰대와 비경찰대 출신 간에 갈등이 생기지 않을 수 없다.

공무원, 공공기관 퇴직자 '이해충돌방지법' 마련

2021년 4월 이해충돌방지법이 국회 본회의를 통과했다. 이해충돌방지법은 역사적인 법이다. 현직에 있는 공직자가 공적 업무를 수행하면서 사적 이익을 추구하는 것을 방지하는 법으로, 우리 사회의 투명성과 청렴성을 획기적으로 높일 수 있을 것으로 기대한다. 공무원과 공공기관 임직원 포함 약 190만 명이 적용 대상이다.

이해충돌방지법의 주요 내용은 직무 관련자에 대한 사적 이해관계 신고, 부정 취득 이익의 몰수와 추징, 직무상 비밀 이용한 재산상 이익 취득 금지 등이다. 고위공직자나 채용 업무를 담당하는 공직자의 가족은 해당 공공기관과 산하기관, 자회사 등에 채용될 수 없고, 공직자와 생계를 같이하는 직계 존비속은 관련 기관과 수의계약을 체결할 수 없다. 직무상 비밀을 이용한 재산 취득의 경우 현직이 아니라도 퇴직 후 3년 이내에 업무상 취득한 미공개 정보를 활용할 수 없으며, 제3자가 공직자로부터 얻은 정보로 이익을 볼 경우 처벌이 가능하다.

공직윤리법상 퇴직공무원의 경우 국무총리 산하 인사혁신처의 재취업심사제도를 통해 가능 여부를 승인받아야 한다. 현직 시의 인간

관계를 활용해 시장경쟁을 왜곡하고, 타인의 취업을 방해한다고 판단할 경우 재취업을 불허할 수 있다. 그러나 유명무실하다. 대상의 80%가 넘는 이들이 재취업 승인을 받는다. 올해 3월 경실련 발표에 따르면 4급 사무관 이상의 승인율이 89.3%로 90%에 가깝다.

공기업의 경우 퇴직 임원 3명 중 한 명이 자회사나 출자회사에 취업한다. 공공기관의 경우 기획재정부 지침에 재취업 심사를 하도록 규정돼 있지만, 이를 어겨도 별다른 제재가 없다. 공기업의 96.3%가 재취업심사 평가 기준을 운영하지 않는다고 한다.

공무원, 공공기관 퇴직자의 재취업 문제를 이대로 방치해서는 안 된다. 직업 선택의 자유라는 미명하에 벌어지는 광범위한 불공정 관행을 막아야 한다. 판사·검사 세계에만 전관예우가 있는 것이 아니다. 모피아니 철피아니 하는 전·현직 공무원과 공공기관 종사자들의 카르텔을 막을 수 없다. 심지어 상장기업의 경우 재취업심사가 끝나지 않은 퇴직 예정자를 주주총회에서 이사로 선임하는 웃지 못할 일이 벌어지고 있다. 일종의 입도선매인 셈이다. 재취업심사가 유명무실하니 안심하고 퇴직자를 스카우트하는 것이다.

공무원, 공공기관 퇴직자에 대한 이해충돌방지법이 필요하다. 대상이 너무 넓으면 고위직 퇴직자로 범위를 좁힐 수 있을 것이다. 판사와 검사 퇴직자의 경우, 전관예우방지법에 따라 퇴직 전 3년간 근무한 기관에 대해 퇴직 후 3년 동안 사건 수임을 제한하고 있다. 공무원, 공공기관 퇴직자에 대해서도 최소 3년 동안 이해충돌을 방지해야 한다. 가족이나 친지, 제3자가 대표로 있는 법인을 내세워 퇴직 전 근무처로부터 특혜를 받는 것까지 근절해야 한다.

포용적 사회를 위해

우리나라는 기본권적 자유 보장 국가에서 자유로서의 역량 보장 국가로 나아가야 한다. 스스로 가치롭다고 생각하는 삶을 영위할 수 있는 역량으로서의 자유를 위해서는 개인적 노력과 함께 사회의 지원이 조화를 이루어야 한다. 사회 포용성을 높여 양극화와 불평등의 완화를 이끌어내야 한다. 시장의 공공적 통제로 경제민주화를 달성해야 한다. 대한민국은 혁신적이면서도 포용적인 국가로 세계를 선도하는 나라로 우뚝 서야 한다.

ESG 경제, 헌법에 명시

우리 헌법 119조 2항을 경제민주화 조항이라 한다. "국가는 균형 있는 국민경제의 성장 및 안정과 적정한 소득의 분배를 유지하고, 시장의 지배와 경제력의 남용을 방지하며, 경제 주체 간의 조화를 통한 경제의 민주화를 위하여 경제에 관한 규제와 조정을 할 수 있다." 1항은 "대한민국의 경제 질서는 개인과 기업의 경제상의 자유와 창의를 존중함을 기본으로 한다"고 돼 있다. 경제 자유화 조항이다. 우리 헌법은 경제 자유화와 민주화를 모두 담고 있다. 우리 헌법은 경제 자유화와 민주화의 조화와 균형이 목표임을 밝히고 있는 것이다.

경제민주화를 위해 그동안 상장 대기업의 지배 구조를 개선해 총수의 경영 전횡을 막고 기업의 민주화를 촉진시키는 상법 개정안과 공정거래법 개정안이 주로 논의돼 왔다. 금융 분야에서는 금융사를 보유한 재벌그룹의 동반 부실 위험을 상시 감독하는 금융그룹통합감독법,

최대주주 적격성 심사 요건을 강화하는 금융회사지배구조법, 금융소비자보호법 등이 논의돼 왔다.

경제민주화는 주로 대기업 내외부의 지배 구조, 즉 거버넌스governance를 다뤘지만, 지금은 경제 운용과 기업 경영에서 ESG가 강조되고 있다. ESG란 환경Environment, 사회Social, 지배구조Governance를 말한다. 기업이 이윤 확보에만 전념할 것이 아니라 비재무적 요소인 환경과 사회적 책임, 지배 구조 개선에 충실해야 함을 강조하는 것이다. ESG 경영, ESG 경제는 경제민주화를 포괄하면서도 넘어서는 시대적 과제가 되었다.

ESG는 기업의 고유한 목표인 이윤 창출과 확대에 사회적 윤리 책임을 결합한 것이다. 따라서 사회책임투자 또는 지속가능투자를 중요하게 여긴다. 여러 나라에서 이미 연기금을 중심으로 ESG 정보공시의무 제도를 도입했다. 유엔도 2006년에 유엔책임투자 원칙을 도입해 사회책임투자를 장려하고 있다. 우리나라도 2021년부터 기업의 자율공시를 권장하고 있으며, 2025년부터 자산 총액 2조 원 이상 상장사의 ESG 공시 의무화가 도입되고, 2030년부터는 모든 코스피 상장사로 확대된다.

나는 헌법에 ESG 경제, ESG 경영을 명시해야 한다고 생각한다. ESG는 단기간의 흐름이 아니고 앞으로 지속되어야 할 시대적 흐름이다. 기업의 절대적인 생존 전략이다. 세계적 추세이기도 하다. 우리나라가 헌법에 ESG를 명시하는 나라가 되기를 기대한다.

빈곤율 문제와 기본소득

빈곤율에는 두 가지가 있다. 먼저 절대적 빈곤율이다. 가구 한 달 소득이 최저생계비 수준에 미치지 못하는 절대빈곤 가구의 비율이다.

상대 가구 한 달 소득이 중위소득의 50% 미만인 계층의 빈곤 가구 비율을 말한다. 여기서 소득은 세금과 이자를 뗀 후 자유롭게 쓸 수 있는 가처분소득을 말한다. 최근 들어 절대적 빈곤율보다는 상대적 빈곤율에 주목하고 있다. 그래서인지 절대적 빈곤율에 대한 최신 통계는 찾을 수 없다. 2016년 우리나라의 절대적 빈곤율은 9.3%였다고 한다.

2022년 기준중위소득

(단위 : %)

구 분	기준중위소득	기준중위소득의 50%
1인 가구	1,994,812	997,406
2인 가구	3,260,085	1,630,042
3인 가구	4,194,799	2,097,400
4인 가구	5,121,080	2,560,540
5인 가구	6,024,515	3,012,258
6인 가구	6,907,004	3,453,502

복지부에 설치된 중앙생활보장위원회는 해마다 기준중위소득을 발표한다. 중위소득은 전체 가구를 소득 순위로 나열했을 때 중간에 해당하는 소득을 말한다. 기준중위소득은 이 중위소득에 여러 경제지표를 반영해 산출한다. 기준중위소득은 기초생활보장제도를 비롯해 각종 복지사업 수급자 신정의 기준이 된다. 이를 기준으로 기초생활보장 대상자의 생계급여는 월 소득이 기준중위소득의 30% 이하인 가구를 대상으로 지급하고, 의료급여는 40% 이하, 교육급여는 50% 이하를 대상으로 지급한다.

2021년 기준 우리나라의 상대적 빈곤율은 15.3%이다. 2015년 17.5%에서 서서히 감소하고 있다. 그러나 OECD 국가들과 비교하면 우리나라의 상대적 빈곤율이 네 번째로 상당히 높다는 것을 알 수 있다.

더 심각한 것은 노인빈곤율이다. 통계청 자료에 따르면 2020년 기준 65세 이상 노인 인구의 상대적 빈곤율은 38.9%이다. 노인빈곤율이 40%대에서 처음으로 30%대에 진입했다. 기초연금의 효과가 컸다. 그렇지만 OECD 국가 중 여전히 최하위이다. 대다수 OECD 국가의 노인빈곤율은 10% 안팎이다. OECD 국가 평균은 약 15%이다.

OECD 국가 상대적 빈곤율(OECD, 2019)

(단위 : %)

나라 이름	상대적 빈곤율	나라 이름	상대적 빈곤율	나라 이름	상대적 빈곤율
코스타리카	20.5	이탈리아	14.2	스위스	9.2
미국	17.8	영국	12.4	프랑스	8.5
이스라엘	16.9	호주	12.4	노르웨이	8.4
대한민국	16.7 *	그리스	12.1	네덜란드	8.3
칠레	16.5	캐나다	11.6	벨기에	8.2
에스토니아	16.3	룩셈부르크	11.4	헝가리	8.0
라트비아	16.2	뉴질랜드	10.9	슬로바키아	7.7
멕시코	15.9	포르투갈	10.4	아일랜드	7.4
일본	15.7	폴란드	9.8	핀란드	6.5
리투아니아	15.5	독일	9.8	덴마크	6.1
터키	14.4	오스트리아	9.4	체코	6.1
스페인	14.2	스웨덴	9.3	아이슬란드	4.9

※ 대한민국 16.7% : 우리 정부 발표로는 16.3%

상대적 빈곤율은 지니계수와 함께 그 나라의 소득 불평등을 나타내는 지표이다. 상대적 빈곤율이 높다는 것은 우리나라의 소득 불평등이 상당히 높다는 뜻이다. 2018년 기준 OECD 국가의 가처분소득 지니계수(소득이 평등할수록 0에 가깝고 불평등할수록 1에 가까움)를 보면 우리나라는 0.345로 미국 0.390, 영국 0.366보다는 낮고 스웨덴(0.275), 폴란드(0.281), 헝가리(0.313), 독일(0.289), 프랑스(0.301), 캐나다(0.303), 이탈리아(0.334), 호주(0.325), 일본(0.339)보다 높다. OECD 36개 회원국 중 10번째로 지니계수가 높다.

우리나라의 지니계수 추이를 보면 1992년 0.245였다가 IMF 경제위기 이후 악화해 2010년 0.312, 2014년 0.302, 2015년 0.295로 완화되었다가 2016년부터 0.3 이상으로 상승한 상태이다. 국부는 늘었지만 불평등이 높아진 것이다.

2012년 기준 15.3%인 상대적 빈곤율을 떨어뜨려야 한다. 빈곤율 하락을 국가 복지 정책의 목표로 삼아야 한다. 장기적으로 독일 수준인 9.8%까지 빈곤율을 낮추겠다는 목표를 세워야 한다. 그래서 소득 불평등을 줄여야 한다.

우리나라의 기본소득론자들을 대표하는 기본소득한국네트워크는 2021년 8월에 2023년 온 국민에 월 30만 원의 부분기본소득을 지급하고, 2033년부터는 월 91만 원의 완전기본소득을 지급하는 기본소득 시행 로드맵을 발표했다. 월 91만 원은 2021년 1인 가구 기준중위소득인 182만 7,831원의 50%에서 도출한 것이다. 2033년이면 기준중위소득이 지금보다 높아질 것이기 때문에 상대적 빈곤율을 완전히 해소할 수 없지만 거의 해소할 수 있는 수준이다.

문제는 이 로드맵을 완성하려면 2023년 약 187조 원, 2033년에는 약 566조 원의 재원이 필요하다는 것이다. 국민소득에서 세금이 차지하는 비율을 조세부담률이라고 하는데, 우리나라 조세부담률은 2020년 기준 20.4%이다. OECD 국가 평균은 약 25%이다. 조세부담에 건강보험료 등 사회보장부담을 합한 비율을 국민부담률이라고 하는데, 2020년 우리나라의 국민부담률은 28.0%이다. OECD 평균은 약 35%이다. 덴마크의 국민부담률이 가장 높아서 46.6%이다. 기본소득한국네트워크의 로드맵대로 하려면 2033년에는 조세부담률과 국민부담률이 2배 이상 되어야 한다.

조세는 수학의 문제가 아니다. 조세 저항이 이루 말할 수 없는 사람의 문제이다. 국민부담률 60% 정도가 되어야 완전한 기본소득을 지급할 수 있다는 것은 통계상 가능한 것이 정치적으로는 어렵다고 봐야 한다.

한국의 세전 빈곤율은 OECD 국가 중에서 최고 수준으로 양호한 것으로 알려져 있다. 그러나 세후 빈곤율로 따지면 OECD 국가 중 4위로 세금의 재분배 개선 효과가 무척 낮다.

이 문제를 해결하기 위해서는 빈곤층에 대해 선별적·집중적으로 재정을 투여해야 한다. 빈곤층과 부유층 구별 없이 모든 국민에게 기본소득을 지급하자는 주장은 현실적이지도 않고 재분배 효과에 역행하는 것이다.

포용적 기초생활보장제 실시

우리나라의 기초생활보장제의 생계급여 선정 기준은 중위소득의 30% 이하, 의료급여 40% 이하, 주거급여 45% 이하, 교육급여 50%

이하이다. 상대적 빈곤율은 기준중위소득의 50% 이하인 가구들의 비율로 따지는데, 현재의 기초생활보장제도로는 빈곤율 해소에 한계가 있다. 기초생활보장제에서 가장 큰 비중을 차지하고 월별로 지급되는 생계급여의 대상자가 기준중위소득의 30% 이하인 한 한계가 있을 수밖에 없다.

무엇보다 먼저 생계급여 선정 기준을 중위소득의 40% 이하로 상향해야 한다. 추가 재정 소요는 3조 5천억 원에서 4조 원가량일 것으로 예상한다. 문제는 생계급여 수급자가 65세 이상 노인이 되어 기초연금을 받을 경우 공적이전소득으로 잡혀 소득인정액이 올라가면 다시 토해내야 한다는 것이다. 흔히 말하는 줬다 뺏는 경우가 발생한다. 그래서 각종 공적이전소득을 생계급여 수급자의 소득인정액 산출에서 제외해야 한다는 논의가 있었으나 아직 실현되지 않고 있다. 기초연금의 경우 국민연금과 연계해 감액한다. 이에 비해 아동수당, 양육수당, 장애인연금 등은 생계급여 수급자의 소득인정액에 포함되지 않는다.

소득인정액은 소득평가액과 재산소득환산액의 합이다. 소득평가액은 실제 소득에서 장애, 질병, 양육 등 가구특성별지출비용을 빼고, 추가해서 근로소득공제액을 뺀다. 실제 소득은 근로소득, 사업소득, 재산소득, 이전소득으로 구성된다. 따라서 기초연금, 국민연금 등의 공적이적소득뿐만 아니라 근로소득이 발생하거나 늘면 기초생활보장제 대상자에서 빠지게 된다. 나는 생계급여를 40%로 상향하는 것에 더해 근로소득이 발생하더라도 중위소득의 50% 이내까지는 생계급여 지급 허용 범위에 두는 '포용적 기초생활보장제'를 실시할 것을 제안한다. 그 범위를 넘었을 때 감액하는 것이다.

2022년 기준중위소득의 50%, 40%, 30%

(단위 : 원)

구 분	기준중위소득	50%	40%	30%
1인 가구	1,994,812	997,406	797,925	598,444
2인 가구	3,260,085	1,630,042	1,304,934	978,025
3인 가구	4,194,799	2,097,400	1,677,920	1,258,440
4인 가구	5,121,080	2,560,540	2,048,432	1,536,324
5인 가구	6,024,515	3,012,258	2,409,806	1,807,354
6인 가구	6,907,004	3,453,502	2,762,802	2,072,101

　　예를 들면 3인 가구 기준중위소득의 40% 이하로 생계급여 수급자를 정했을 때 기초생활보장 생계급여는 167만 7,920원인데 공적이전소득, 근로소득 발생으로 이 금액을 넘더라도 그 50%인 209만 7,400원까지는 허용 범위 안에 두자는 것이다. 50%와 40%의 차액인 41만 9,480원의 소득이 초과 발생하더라도 생계급여를 감액하지 말고 그대로 지급하자는 것이다. 41만 9,480원이 넘는 소득에 대해서만 감액하면 된다. 그러면 줬다 뺏는 문제도 어느 정도 해소되고, 상대적 빈곤율 해소에도 큰 도움이 될 것이다. 소득세와 법인세 과표 구간은 상당히 넓다. 그에 비해 생계급여 지급은 너무 여유가 없고 빡빡하다. 그럴 이유가 없다.

　　이런 빡빡한 기초생활보장제도상의 생계급여 수급자 조건이 있는 이유는 차상위계층과의 소득역전 현상이 발생할 수 있기 때문이다. 차상위계층은 기초생활보장제도의 수급권자에 해당하는 계층으로, 소득

인정액이 기준중위소득의 50% 이하인 계층을 말한다. 생계급여 기준으로 말하면 기준중위소득의 30~50%에 해당하는 계층이다. 만일 생계급여 수급 조건을 기준중위소득의 40% 이하로 상향하면 40~50%에 해당하는 계층이 될 것이다.

차상위계층에 해당해 거주 관공서에 신청하면 자활급여, 장애수당 및 장애아동수당, 의료비 지원, 지역가입자의 건강보험료 지원, 전세 임대 입주, 자녀 학비 지원, 주거급여 등 여러 가지 복지 혜택을 받을 수 있다. 여기에 근로장려금, 교육비 지원금 등의 혜택 범위나 규모를 늘린다면 생계급여자와 차상위계층의 소득역전 문제는 해결할 수 있을 것이다.

'살찐 고양이법' 도입

살찐 고양이는 1928년 발간한 프랭크 켄트의 책 『정치적 행태』에 처음 등장한 용어로, 탐욕스러운 기업가를 지칭한다. 미국 도금 시대 당시 독점자본가를 '강도귀족robber baron'이라 비난했던 것과 일맥상통한다. 기업 임원과 일반 직원 간의 급여 차이가 심하게 벌어지자, 몇몇 나라에서 이를 시정하기 위해 일명 '살찐 고양이법' 도입을 논의했다.

최저임금은 저임금 노동자를 보호하기 위해 국가가 임금의 최저액을 정해 사용자에게 강제한 것이다. 반면 살찐 고양이법은 최고임금법으로, 기업 임원 임금의 최고 수준을 정해 이를 강제하는 것이다.

프랑스는 2012년 공기업 임원의 연봉 최고액이 최저 연봉을 받는 노동자의 20배를 넘지 못하도록 법으로 정했다. 세계에서 유일하게 적용되고 있는 살찐 고양이법이다. 사기업에는 적용되지 않는다. 스위스는

2013년 3월 기업 경영진의 연봉을 최저 연봉자의 12배로 제한하는 것을 골자로 하는 법을 국민 발의를 통해 국민투표에 부쳤지만 부결되었다.

우리나라에서는 2019년 4월 부산시의회가 공기업과 출자·출연 기관 임원 급여에 상한선을 두는 일명 '살찐고양이 조례'를 통과시켰다. 적용 대상은 20여 곳으로 기관장과 임원에 대한 보수를 최저임금 대비 6~7배로 정했다. 당시 부산시는 "법제처에서 단체장 권한과 공공기관 경영 자율 침해의 소지가 있다"는 의견을 보내 왔다며 의회에 재의 요청을 했으나 부산시의회는 다시 표결에 부쳐 통과시켰다.

2007~2008년 세계 금융위기 뒤인 2011년 9월부터 미국에서는 '월가를 점령하라Occupy Wall Street'라는 시위가 발생해 장기간 이어졌다. 월가로 상징되는 금융자본의 탐욕 때문에 미국을 비롯해 세계 경제위기가 발생했고, 이 금융위기 탈출을 위해 미국 오바마 정부는 대규모의 구제금융을 동원해야 했다. 구제금융으로 살아난 금융기업들은 여전히 거액의 봉급을 받으며 오히려 정부에 추가 지원을 요청하기까지 했다. 이에 분노해 월가 점령 시위가 벌어진 것이다. 오바마 대통령은 방송 인터뷰에서 이런 금융기업의 행태에 분노하며 금융기업 경영진을 살찐 고양이라고 맹렬하게 비난했다.

나날이 심화되는 사회 양극화, 불평등을 완화하기 위해서는 시장에서의 분배, 세제와 재정을 통한 재분배 모두에 국가의 입김이 작용해야 한다. 최저임금법은 시장에서의 분배에 국가가 개입한 예이다. 살찐고양이법, 즉 최고임금법도 같은 이유에서 국가가 룰을 정하는 것이다. 최저임금법은 밑에서 올리는 역할을 한다면 최고임금법은 위에서 아래로 누르는 역할을 하는 것이다.

2016년 정의당 심상정 의원이 '최고임금법'을 발의했다. 사기업의 경우 임원에게 지급할 수 있는 최고임금을 최저임금의 30배를 넘지 못하도록 하고, 공기업의 경우는 10배를 넘지 못하도록 제한한다는 것이 골자이다. 이 기준을 초과해 임금을 지급할 경우, 개인과 법인 모두에게 부담금과 과징금을 부과하게 돼 있다.

2017년 전 세계 재산 증가분의 82%를 가장 부유한 1%가 가져갔다고 한다. 지난 30년간 전 세계의 노동자 실질임금상승률은 미미했고 노동소득분배율은 70%대에서 60%대로 하락했다. 거의 모든 나라에서 회사 경영진과 일반 직원 사이 임금 격차가 심각하게 벌어지고 있다. 미국의 사례를 보자. 미국 최고경영자와 일반 직원 간 임금 격차가 1965년에는 20대 1, 1978년에는 30대 1, 1989년에는 59대 1, 2000년에는 376대 1로 정점을 찍었다. 2021년 기준 186대 1이다.

우리나라 사정은 어떨까? 기업분석연구소 리더스인덱스에 따르면 국내 상위 500대 기업의 최고 연봉자와 일반 직원 연봉의 격차는 약 21대 1이라고 한다. 가장 격차가 큰 곳은 SKC로 약 190배라고 한다. 삼성전자는 약 45배인 것으로 알려져 있다.

지난 대선에서 더불어민주당의 이재명 후보는 살찐고양이법 도입에 반대했다. 삼성 몰락법이요, 시진핑 미소법이라 했다. 스위스에서도 살찐 고양이법을 도입하면 스위스에 본사를 둔 글로벌 기업이 떠날 거라는 우려 여론 때문에 법의 도입이 무산됐다. 그런데 이런 식의 사고로는 불평등 완화에 한계가 있을 수밖에 없다.

시장경제는 의회민주주의와 함께 근대 공화제의 두 축 역할을 하는 제도이다. 시장경제의 정당성은 부의 창출과 확대에만 있는 것이 아니다. 성장의 수혜는 잘 분배돼야 한다. 경영자와 노동자가 그 열매를 함께 누릴 수 있는 공동번영이 가능해야 시장경제의 정당성이 확보된다. 그러나 지금 이 정당성은 회의의 대상이 되고 있다.

세계화도 마찬가지이다. 세계화로부터 번영의 열매를 가져가는 계층과 세계화로 번영은커녕 일자리를 잃는 계층이 극명하게 분열·대립하고 있다. 글로벌 기업은 세계 각국을 대상으로 제도 쇼핑을 하고, 본사나 계열사를 조세회피처에 두어 자신들의 이윤을 최대한 확보한다. 자본은 쉽게 이동할 수 있는 반면, 노동자는 쉽게 이동할 수 없다. 개방은 기울어진 운동장인 것이다. 이런 추세가 계속되면 세계화가 계속 지지받기란 힘들다. 최근에 스멀스멀 고개를 드는 자국 우선주의는 이런 토양에서 자란다.

미국에 뉴딜 시대를 연 프랭클린 루스벨트 대통령은 1942년 4월 27일의 의회 연설에서 다음과 같이 외쳤다. "매우 낮은 소득과 매우 높은 소득 사이의 격차는 반드시 완화되어야 할 것입니다. 하여 본인은 이 엄청난 국가적 위기의 시기 속에서, 모든 초과소득은 전쟁의 승리를 위해 투입되어야 하며, 미국 시민이라면 그 누구라 할지라도 모든 세금을 낸 후에는 연 2만 5,000달러 이상을 벌 수 없어야 한다고 생각합니다" (『그들은 왜 나보다 덜 내는가』 이매뉴얼 사에즈, 게이브리얼 저크먼). 2만 5천 달러는 지금의 100만 달러에 상당하는 액수로 우리나라 돈으로 약 12억 원이다.

플러스 기본공제제도 도입

2019년 기준 우리나라 근로소득자 중 근로소득세를 안 내는 면세자 비율은 36.8%이다. 이에 비해 영국은 면세자 비율이 2.9%, 호주 15.8%,

일본 15.5%, 캐나다 17.8%, 미국 30.7%로 우리나라가 높다. 이걸 이유로 '국민 개세주의'에 위배된다고 주장하기도 한다. 그러나 경제생활을 영위하는 한 상품 구매 과정에서 부가가치세를 내기 때문에 모든 국민은 세금을 내고 있다고 봐야 한다.

다만 근로소득세의 면세자 비율이 다른 나라에 비해 높은 것은 고칠 필요가 있다. 근로소득세 면세자는 총급여에서 여러 항목을 공제한 다음 세율을 적용했을 때 소득세가 제로가 될 때 발생한다. 대개 연간 근로소득 5천만 원 이하 계층이다.

보통 근로소득세 납부 대상자는 연말정산을 통해 기납부한 세금을 돌려받거나 더 내게 된다. 연말정산은 총소득에서 과세표준에 맞는 세율을 적용하고 인적공제, 의료비, 교육비 등 여러 항목에 해당하는 비용 금액을 빼는 방식으로 계산한다.

원천징수한 근로소득세는 조세수입으로 잡힌다. 연말정산을 통해 환급을 해주는 것처럼 조세수입에 잡혔던 금액에서 빼서 돌려주는 것을 조세지출이라고 한다. 조세지출을 줄인다면 재정에 플러스 효과가 난다. 간접적으로 증세 효과가 생기는 것이다.

공제는 금액이나 수량을 빼는 것을 말한다. 이걸 마이너스 공제라고 하자. 빼지 않고 더하는 것을 플러스 공제라고 하자. 플러스 공제를 10만 원 설정하면 환급을 해야 하는 경우, 즉 조세지출을 하는 경우 10만 원 정도를 줄이는 효과가 있다. 기본 플러스 공제를 신설하고 사회기여금이라는 명칭을 붙이면 어떨까 제안해 본다.

현재 소득세 과세표준 구간은 8개 구간으로 돼 있다. 1,200만 원 이하 / 1,200만 원 초과~4,600만 원 이하 / 4,600만 원 초과~8,800만 원

이하 / 8,800만 원 초과~1억 5,000만 원 이하 / 1억 5,000만 원 초과~
3억 원 이하 / 3억 원 초과~5억 원 이하 / 5억 원 초과~10억 원 이하 / 10억
원 초과이다. 종합소득세도 이와 마찬가지로 구간을 나눈다.

근로소득세와 종합소득세 모두 이 구간별로 사회기여금 플러스
기본공제를 도입하면 좋을 것이다. 1,200만 원 이하는 10만 원, 다음 구간
은 20만 원, 30만 원, 40만 원, 50만 원, 60만 원, 70만 원, 80만 원을
적용하는 방법이 있다. 금액은 현실적으로 조정하면 된다.

'보유세 강화, 거래세 완화' 방향으로 부동산 세제 개편

부동산 세제 방향에 대해 대부분의 사람들이 보유세 강화, 거래세
완화를 말한다. 보유세는 부동산 보유 이익에 대해 내는 세금이고,
거래세는 부동산을 매매할 때 내는 세금이라 보면 된다. 보유세는 재
산세, 종합부동산세가 대표적이고 거래세는 취·등록세, 양도소득세가
대표적이다.

2019년 기준 OECD 주요 국가의 GDP 대비 부동산 보유세와 거래
세 비중은 다음과 같다.

부동산 보유세 비중

순위	나라 이름	비중(%)	순위	나라 이름	비중(%)
1위	캐나다	3.13	8위	아이슬란드	1.75
2위	영국	3.12	9위	덴마크	1.32
3위	미국	2.71	10위	벨기에	1.30
4위	프랑스	2.50	11위	이탈리아	1.22
5위	뉴질랜드	1.96	12위	폴란드	1.11
6위	이스라엘	1.93	13위	스페인	1.07
7위	일본	1.92	14위	한국	0.93

거래세 비중

순위	나라 이름	비중(%)	순위	나라 이름	비중(%)
1위	대한민국	1.76*	9위	룩셈부르크	0.65
2위	벨기에	1.14	10위	포르투갈	0.60
3위	이탈리아	1.05	11위	아일랜드	0.57
4위	프랑스	0.82	12위	이스라엘	0.49
5위	콜롬비아	0.77	13위	독일	0.46
6위	스페인	0.75	14위	네덜란드	0.37
7위	터키, 영국	0.72			

* 대한민국 1.76%(주식거래세 포함, 부동산 거래세만으로는 약 1.5%)

OECD 국가 평균 보유세 비중은 약 1%이다. 그에 비해 우리나라의 보유세 비중은 상당히 낮다. 2018년 조세재정연구원 자료를 보면 2018년 기준 우리나라의 보유세 실효세율은 0.16%로 미국 0.99%, 영국 0.77%에 비해 훨씬 낮다. 최근 공시지가 현실화 등으로 보유세 증가 속도가 빨라지고 있기는 하지만 여전히 보유세 비중은 낮다. 반대로 거래세 비중은 상당히 높은 편이다.

우리나라는 부동산 문제의 휘발성이 워낙 강하다. 특히 부동산 세금 문제는 여론에 큰 영향을 미친다. 노무현 정부 시절부터 부동산 세제와 관련해 보유세는 올리고 거래세는 낮춰야 한다는 주장이 끊임없이 제기돼 왔음에도 여전히 답보 상태이다. 보유세라 해도 종합부동산세는 국세이고 재산세는 지방세이다. 거래세의 경우 양도소득세는 국세이고, 취·등록세는 지방세이다. 따라서 중앙정부와 지방정부의 이해관계가 다르다.

현재 양도소득세의 경우 양도차익 1,200만 원 이하 6%부터 10억 원 초과 45%까지 8단계의 누진세율 구조로 돼 있다. 여기에 다주택자와 2년 미만 보유했다가 양도할 때는 양도세율이 60~70% 적용된다. 2021년 6월부터는 다주택자의 경우 2주택에 20%, 3주택 이상에 30%의 가산세율이 더해진다. 3주택자 이상인 경우 양도세 최고세율이 75%가 되는 것이다.

다주택자에 대해 양도세율을 높인 것은 그 양도세율을 적용하기 전에 보유 주택을 시장에 내놓으라는 것이었다. 그러나 큰 효과를 보지 못하면서 지금의 다주택자 중과세율이 유지되고 있다. 이런 상황에서 다주택자 양도세율을 유예하거나 완화하는 것은 필요하다고 본다. 우리나라 부동산 거래세 부담이 높다면 기본세율도 조정하거나 낮출 수 있다고 본다.

문제는 보유세 강화, 양도세 완화의 방향이 명확하지 않은 상황에서 자칫 보유세 완화, 양도세 완화로 세제를 바꾸는 것이다. 이게 기우가 아니다. 윤석열 대통령은 후보 시절 부동산 세제와 관련해 주택 공시가격을 2020년 수준으로 환원, 종부세와 재산세 통합, 공정시장가액비율 95%로 동결, 1주택자 종부세율 인하, 다주택자 양도세 중과 최대 2년 유예, 생애 최초 구입자에 대해 취득세 면제 또는 1% 단일세율 적용, 조정지역 2주택자에 대한 과도한 누진세율 완화 등을 공약했다. 이걸로 봐서 윤석열 정부는 보유세와 거래세를 모두 완화하려 한다는 것으로 읽힌다.

문재인 정부는 주택가격 상승을 억제하기 위한 방편으로 보유세와 거래세를 모두 강화하는 방향을 취했다. 결과적으로 부동산 가격 상승을 막지 못했다. 그러자 부동산 세제를 정상화해야 한다는 여론이 높아졌다. 그 방향은 보유세를 높이고 거래세를 줄여야 한다는 것이었다. 그런데 윤석열 정부는 문재인 정부와 180도 다른 방향으로 가고 있다. 그저 보유세든 거래세든 줄여 주겠다는 것 그 이상 그 이하도 아니다.

윤석열 정부의 부동산 정책 목표가 무엇인가? 부동산 거품을 걷어내 주택 가격을 낮추도록 유도하겠다는 것인가, 현재 가격으로 안정화시키겠다는 것인가, 아니면 상승시키겠다는 깃인가? 좀체 알 수가 없다.

이래서는 안 된다. 거래세를 낮추는 차원에서 중과세율을 낮추거나 없앨 수도 있다고 본다. 양도소득세 기본세율을 낮출 수도 있을 것이다. 그러면 보유세를 높이는 방향으로 세제 개편을 해야 한다. 그러나 윤석열 정부는 보유세를 낮추기 급급하다.

종부세를 재산세에 통합하자는 주장이 있다. 그럴 수 있다. 종부세는 재산세 상승을 억제하는 측면이 있다. 종부세와 재산세를 통합하면서 보유세를 올리려면 단계적으로 공시가격을 현실화하거나 재산세율을 많이 올려야 한다. 그러나 재산세는 지방세이므로 재산세를 많이 걷을 수 있는 지역과 그렇지 못한 지역 간 격차가 너무 크다. 종부세는 다주택자에 대해 합산 과세하지만, 재산세는 자기 지역 소재지의 주택에만 부과하는 한계도 있다.

최근 IMF, OECD, 세계은행 등 대표적인 국제기구들이 모두 불평등 완화와 포용적 성장을 위한 방안으로 부동산 보유세 강화를 권고하고 있다. 보유세 강화에 대한 로드맵 없이, 재산세가 갖는 한계를 어떻게 극복할 것인가에 대한 대안 없이 무조건 종부세를 없애자는 것은 상당히 문제가 있다. 윤석열 정부는 거꾸로 가고 있다.

민주당은 부동산 세제에 관해 길을 잃은 것으로 보인다. 거래세를 낮추고 보유세를 강화한다고 말만 하지, 손에 잡히는 로드맵을 제시하지 못하고 갈팡질팡하고 있다. 빨리 로드맵, 또는 방안을 내놓아야 한다. 이러다가는 부동산 세금 감세의 물결에 휩쓸려 허우적대다가 끝날 판이다.

문재인 정부는 2020년 11월 '부동산 공시가격 현실화 계획'을 발표했다. 공시가격의 시세 반영률을 현실화율이라고 한다. 문재인 정부는 아파트 등 공동주택의 경우는 2030년까지 90% 현실화, 단독주택은 2035년까지 90%, 토지의 경우는 2028년까지 90% 현실화율 달성을 목표로 제시했었다. 최소한 이 로드맵에 대해 어떤 입장을 취할 것인가부터 결정해야 한다. 세금폭탄론에 움찔할 정도면 절대 불가능한 계획이다. 어떻게 할 것인가?

보유세 강화가 왜 핵심인가?

경제학에는 '한계효용체감의 법칙'이라는 것이 있다. 재화나 서비스를 한 번 더 이용할수록 느끼는 만족이 줄어든다는 것이다. 독일의 경제학자 고센이 정립한 것으로 '고센의 제1법칙'이라고 한다. 한계효용의 개념을 도입하면서 모든 상품의 수요를 가격이나 소비자의 소득·선호에 따라 함수로 표현할 수 있게 됐고, 공급도 공급 함수로 표현할 수 있게 됐다.

그런데 만일 어떤 재화를 소유했을 때 그 가치가 늘 높아질 것이라 기대가 되고, 또 그 기대가 항상 충족돼 왔다면 이런 경우에도 한계효용체감의 법칙이 제대로 작동할 수 있을까? 부동산 불패 신화가 신앙처럼 받아들여지는 우리나라 상황에서 부동산이라는 재화에 대한 한계효용체감의 법칙은 예외적으로 작동하기 어렵다고 봐야 한다. 주택이라는 것이 단순히 거주라는 효용만 고려하는 필수적 소비재가 아니라 유력한 자산 증식 수단인 자산재라서 더더욱 그렇다.

부동산 불패 신화가 이어지는 한 부동산에는 한계효용체감의 법칙보다는 한계효용체증의 법칙이 작동한다고 볼 수 있다. 주택 소유자는 직접 거주하지 않더라도 전·월세 임대를 통해 소득을 올릴 수 있다. 보통의 소비재는 가격이 비싸지면 수요가 줄어들지만, 부동산은 보통 가격이 비싸진다고 수요가 줄어들지 않는다. 앞으로 더 비싸게 팔아 시세차익을 올릴 수 있다는 전망이 있기 때문이다. 오히려 수요가 느는 경우가 다반사이다. 이래저래 한계효용체증이 될 조건을 갖추고 있는 것이다. 가격을 핵심 변수로 하는 수요-공급 곡선이 적용되지 않는 경우가 많다.

물론 부동산 시장에도 수요-공급 곡선은 작용한다. 노태우 정부 시절 주택 200만 호를 건설했을 때 주택 가격이 떨어진 적이 있다. 그러나 웬만해서는 주택 가격이 떨어지지 않는다. IMF 경제위기 당시, 이명박 정부 때의 세계 금융위기 여파로 일시적으로 떨어지기는 했지만 예외적이었다. 이명박 정부 당시의 주택 가격 하락을 규제완화, 보금자리 주택 정책 등으로 공급이 늘어났기 때문이라고 진단하는 경우가 있다. 문재인 정부는 공급을 늘리기보다 수요를 억제했기 때문에 주택 가격이 상승했다고 말한다. 천만의 말씀이다.

역대 정부의 연평균 주택 공급량을 보자. 노무현 정부 36만 3천 호, 이명박 정부 35만 7천 호, 박근혜 정부 45만 호, 문재인 정부 64만 6천 호였다. 문재인 정부의 주택 공급량이 훨씬 많았다. 공급이 문제였다면 이명박 정부 때 가장 주택 가격이 많이 올랐어야 한다. 이명박 정부 당시 주택 가격이 일시적으로 하락한 것은 세계 금융위기에 따른 부동산 시장 심리 위축의 영향이 컸다고 봐야 한다.

문재인 정부 5년 동안 부동산 가격이 많이 올랐고, 이것은 민심의 이반을 불러왔다. 주택 공급 만능주의자들은 공급 부족, 부동산 시장 규제 완화가 원인인 것처럼 말한다. 그러나 문재인 정부의 부동산값 상승의 가장 큰 원인은 뭐니뭐니해도 싼 금리와 풍부한 유동성이었다. 우리나라만의 문제가 아니었다. OECD 대부분의 국가가 부동산값 상승에 골머리를 앓았다. 수도권 상승률은 최고 수준이었지만 우리나라 부동산값 상승률은 OECD 국가 중 중간 정도였다.

문재인 정부의 부동산 정책이 실패했다면 무엇보다 처음부터 강한 대출 규제를 하지 않았다는 것이다. 이자가 싸고 돈을 쉽게 빌릴 수 있는 상황에서는 당연히 부동산 시장이 들썩거린다. 이자가 싼 돈은 활활 타오르는 부동산 시장에 화력을 더하는 연료의 역할을 했다. 강한 대출 규제로 이 연료 공급을 초장부터 억제했어야 했다. 그러지 않고 거듭 대책을 내놓으면서 그럴 때마다 한두 달 정도 정책 효과가 나면 부동산 시장이 잡힐 것처럼 공언한 것이 국민의 불신을 샀다.

2022년 3월 말 기준 전국에 약 2,700만 개의 주택청약통장이 있고, 수도권에만 약 1,500만 개가 몰려 있다. 엄청난 주택 수요가 대기하고 있는 것이다. 특히 수도권이 그렇다. 만성적 초과수요라 할 만하다. 이 수요에 부응하기 위해서 얼마나 주택을 공급해야 할까? 웬만한 주택 공급으로는 주택 가격을 낮추기는 고사하고 올리는 계기가 될 가능성이 높다. 주택 공급 만능주의가 위험한 이유이다.

한계효용체증의 법칙이 작동하고, 수도권에 만성적인 초과수요가 있는 상황에서 어떻게 대처해야 할까? 단순하게 공급이 늘면 부동산 가격이 떨어질 것이라는 안이한 생각은 금물이다. 첫째, 사회적으로는 수도권 분산 정책이 필요하다. 둘째, 세제상으로는 거래세를 낮추고 보유세를 늘려야 한다. 셋째, 부동산 시장의 공공성을 높여야 한다. 공공 임대, 공공자가를 늘려야 한다. 보통의 시장 대하듯 부동산을 그냥 시장에 맡겨 놓으면 된다는 생각은 허황된 것이다. 민간시장에 대해서도 부작용이 최소화할 수 있도록 공공성을 높여야 한다.

한계효용체증의 상황에서 부동산 수요를 억제할 수 있는 최선의 방법은 보유세를 높이는 것이다. 보유 이익이 크고 보유 비용 부담이 별로 없다면 당연히 주택을 여러 채 보유하려 할 것이다. 보유세를 높여 다주택 보유의 부담을 높이고 거래세를 낮춰 거래 활성화를 유도해야 한다.

2주택자까지 다주택 규제 대상에서 빼고 민간임대주택사업자 보유세 특혜 폐지

현재 2주택 보유자 이상은 다주택자 규제를 받는다. 종부세·재산세 등 보유세와 양도소득세와 취득세에 대한 세율을 높게 적용받는다. 여러 채의 주택을 보유하고 임대소득을 올리는 임대주택사업자의 경우, 임대료 인상 5% 상한을 유지하는 대신 종부세와 재산세 감면 특혜를 받는다.

2020년 현재 우리나라의 주택보급률은 103.6%이다. 같은 해 자기 집에서 직접 사는 비율인 자가점유율은 전국적으로 57.9%, 수도권은 49.8%이다. 수도권의 경우, 두 가구 중 한 가구는 전·월세 임차를 해서 살고 있는 것이다.

자가점유율 100%는 불가능하다. 그렇다면 누군가는 자가 거주 주택 외에 임대용 집을 갖고 있어야 한다. 지금처럼 민간임대주택사업자에게 과도한 보유세 등의 혜택을 준다면 민간임대주택사업이 임대차 시장의 안정보다는 손쉬운 자산 증식 수단이 될 가능성이 농후하다. 게다가 민간임대주택사업자의 갭투자 문제도 있는 상황이다.

현재 매매가 12억 이하이고 2년 이상 보유했을 때 양도소득세가 면제된다. 부동산 시장 과열로 지정된 조정대상 지역에서는 2년 거주 요건을 충족해야 면제된다.

나는 2주택까지는 다주택 규제 대상에서 뺄 것을 제안한다. 2주택까지는 매매가 12억 이하일 때는 양도소득세 면제를 검토할 필요가 있다. 대신 보유나 거주요건을 2년에서 6년으로 상향하는 것이다. 자가 거주가 아니라 임대를 하는 주택은 임대차법을 개정해 계약갱신청구권을 두 차례 행사할 수 있도록 한다. 총 6년의 임차인 거주를 보장하자는 것이다.

거래세는 낮추고 보유세를 올리는 방향에서 2주택자까지는 다주택자 규제에서 빼 자산 증식 욕구를 일정 정도 보장하되 보유·거주 요건을 강화하고 계약갱신청구권을 강화하자는 것이다. 물론 3주택자부터는 다주택자 규제를 해야 할 것이다.

아파트 분양원가공개제, 분양가 상한제, 후분양제 전면 실시

주택시장은 분양가 자율화 등 시장의 자율에 맡겨 놓기에는 외부 효과가 너무 크다. 주거권 문제에 큰 영향을 미친다. 높은 집값은 집 장만을 어렵게 해 절망에 빠뜨리게 하고, 전·월세 가격을 높여 임차인의 주거 안정을 저해하는 요인이 된다. 특히 아파트가 그렇다. 주택을 보통의 상품으로 대해서는 안 되는 이유이다.

주택시장의 공공성을 높여야 한다. 공공기관의 임대주택·분양주택 공급 비율을 높여야 한다. 민간도 주택 공급의 중요한 역할을 해야 한다. 그러나 공공적 규제기 있어야 한다. 안 그러면 민간의 주택 공급이 주택 가격 상승의 견인차 역할을 해 주택시장을 안정화하는 것이 아니라 불안하게 할 가능성이 높기 때문이다.

노무현 정부 당시 아파트 분양원가 공개를 공약했다가 이를 뒤엎은 일이 있었다. 고인이 되신 김근태 전 장관의 '계급장 떼고 논쟁' 발언까지 더해져 큰 이슈가 됐다. 아쉬운 일이었다. 노무현 전 대통령은 "10배 남는 장사도 있고, 10배 밑지는 장사" 얘기로 분양원가 공개 공약을 철회했는데, 주택시장이 갖는 외부 효과에 대한 심사숙고가 부족했다고 본다.

서울시 SH공사가 아파트 분양원가 공개를 선제적으로 하고 있다. 김헌동 사장 취임 이후 벌어지고 있는 일이다. 분양가 상한제가 적용되는 지역에서는 아파트 건설 원가를 공개한다. 서울시는 분양원가 가운데 비율이 가장 큰 택지 조성 원가도 공개하고 있다.

공공·민간 구분 없이 모든 아파트 분양에 대해서는 분양원가공개제, 분양가 상한제를 전면 실시해야 한다. 그리고 아파트 후분양제를 실시해 부실공사를 차단해야 한다.

지금 서울시는 토지임대부주택 등 소위 반값 아파트 공급을 늘리고 있다. 청년원가주택 등 지분을 공유하고 환매 시 시세차익을 나누는 형태의 주택 공급 정책도 추진되고 있다. 지분적립형 주택 정책도 선보일 것이다. 그런데 주변 시세보다 낮은 가격으로 분양하면 금방 주변 시세로 동조화된다는 논리로 이런 정책이 부질없다는 주장을 하곤 한다. 그런 논리에 휘둘리지 말고 계속 시장에 공급해야 한다. 그러면 어느 때부터는 효과가 나게 된다. 문제는 끈기이다.

사회적 십일조로 '(가칭)국민모두행복펀드' 조성

바야흐로 데이터 경제의 시대이다. 빅데이터의 시대이다. 데이터의 활용이 산업 발전의 견인차 역할을 하고 새로운 기업의 태동과 기존

기업에 새로운 가치를 부여한다. 산업화 시대에 석유가 경제발전의 연료 역할을 했듯이 데이터 경제 시대에는 데이터가 원유 역할을 한다.

특히 모바일·인터넷 기업은 고객의 데이터 정보가 성장의 발판이 된다. 모든 고객의 데이터 족적이 데이터 정보가 된다. 꼭 모바일·인터넷 기업이 아니라도 데이터의 발생과 축적, 가공은 기업에 사활적이다. 금융회사, 소매점 대부분은 고객의 데이터가 큰 자산이다. 고객관계관리 CRM, Customer Relationship Management의 토대는 데이터이다. 정부와 공공부문도 데이터에 대한 의존성이 높아지고 있다. 그러나 고객들의 데이터 정보 제공의 기여에 대해서는 응분이 보답이 없는 실정이다.

고객들의 데이터 정보 기여에 대해 개인들에게 응분의 보답을 하기는 어렵다. 대상이 많고 국내외에 산재해 있기 때문이다. 개인 데이터 정보량에서도 많은 차이가 있다. 이런 상황에서는 에이전트가 필요하다. 정부가 그 에이전트 역할을 해야 한다.

앞으로 기업의 신규 상장기업이나 상장기업의 유상증자 시 최대 주주나 일정 요건을 갖춘 대주주라면 지분의 10%를 의무적으로 정부에 기부하게 할 것을 제안한다. 기독교에는 십일조가 있어 재산이나 소득의 1/10을 성금으로 낸다. 이에 견줘 일종의 사회적 십일조라고 생각하면 된다.

정부는 이 기부금으로 기금을 조성하는 것이다. '(가칭)국민모두행복펀드'를 조성해 그 기금 운용의 이익금을 보험 사각지대 해소, 전국민 고용보험제 등 공익적인 용도로 쓰는 것이다.

10% 지분은 결코 적은 지분이 아니기 때문에 최대 주주의 경영권 방어 문제가 발생했을 경우 미묘한 문제에 봉착할 수도 있다. 이런 경우를

대비해 협약을 통해 기부받은 지분에 대해서는 최대 주주에게 우호적인 의결권 행사를 하도록 사전 약정을 할 필요가 있을 것이다.

은행주식연계적금계좌제 도입

이제 시장경제에서 금융은 머리 역할을 하고 있다. 예전에 금융은 주로 여유가 있는 사람의 예금을 대출을 필요로 하는 사람에게 전달하는 단순 중개 기능을 했지만, 지금은 산업을 죽이고 살리는 무소불위의 권한을 갖게 됐다. 이제 금융은 투자라는 이름으로 전 세계의 경제를 지배하고 있다.

경제민주화의 영역으로서 그동안 금융민주화가 소홀히 다뤄진 측면이 있다. 이제는 금융에 대한 의회민주주의의 견제와 균형을 본격적으로 고려해야 한다. 개발독재 시절의 관치금융처럼 금융을 정권의 수단으로 삼자는 것이 아니다. 금융권의 제어되지 않는 폭주가 어떻게 세계경제를 위기로 몰아가는지 우리는 똑똑히 보았다. 그러한 폭주를 예방하여 시민의 삶에 도움이 되고, 시민의 삶을 윤택하게 하는 데 이바지할 수 있도록 금융을 다루어야 한다.

은행 입장에서 고객의 예·적금은 재무제표상의 부채이다. 고객에게 이자를 붙여 돌려줘야 할 빚인 것이다. 나는 '은행주식연계적금제도'를 제안한다. 적금의 만기가 도래했을 때 고객이 현금으로 돌려받는데 옵션으로 적금의 주인이 동의할 경우 은행 주식으로 받을 수 있는 제도를 도입하자는 것이다. 이렇게 되면 은행 입장에서는 주식으로 전환된 금액만큼 증자를 하는 셈이 된다.

전환사채, 신주인수권부 사채 등 사채를 주식으로 전환할 수 있는 제도가 있다. 둘 다 모두 기업이 갚아야 할 부채를 주식으로 전환해 투자금화하는 것이다. 이런 개념의 연장선상에서 은행의 빚인 적금을 은행의 주식으로 바꿀 수 있는 제도를 도입하자는 것이다.

이 제도를 도입하면 은행 자본을 늘려 은행의 건전성을 높일 수 있고, 은행의 소액주주 비율을 높이면 은행 경영의 투명성을 높이고 민주화의 수준도 높일 수 있을 것이다.

특수직역연금, 5년 안에 국민연금으로 통합

특수직역연금이란 공무원연금, 군인연금, 사학연금을 말한다. 이제 공무원이나 교직원이 대기업 직원에 비해 한참 못 미치는 박봉을 받던 시절은 지나갔다. 공시족이라는 말이 있듯이 수많은 청년 인재들이 직업의 안정성과 노후를 보장해 주는 연금을 위해 공무원이나 교직에 몰리는 것은 우리나라의 미래를 위해서도 바람직하지 않다.

일본은 10년 동안의 준비 끝에 국민연금과 공무원연금을 통합했다. 지난 대선에서 주요 당의 후보들 모두 연금개혁을 공약했다. 여론이 조성돼 있는 만큼 5년 이내 특수직역연금과 국민연금 통합 계획을 세워야 한다. 진작부터 국민연금 개혁 필요성도 대두됐다. 그러나 특수직역연금과 국민연금 개혁을 동시에 추진했을 때 그 저항이 만만치 않을 것이다. 따라서 먼저 특수직역연금을 국민연금으로 통합하고, 다음으로 국민연금 개혁 수순을 밟을 필요가 있다.

현재 특수직역연금 가입자에 대해서는 혜택을 보장하고, 일정 시점의 입사자부터 국민연금으로 통합하는 것이다. 철도청의 철도공사 전환 당시 기존 공무원은 자격을 유지하고 일정 시점 입사자부터 비공무원 자격을 부여한 것과 동일한 방식으로 특수직역연금과 국민연금을 공존시키는 것이다. 그리고 결국 국민연금으로 통합하는 것이다. 국민 연금으로 통합되는 대상자에 대해서는 급여와 퇴직금을 다시 설계한다.

부가가치세율, 단계적으로 15%까지 상향

부가가치세는 소비세의 일종이다. 현재 세율은 10%이다. 1976년 부가가치세 도입 당시 세율이 46년간 유지되고 있다. 부가가치세 도입 당시 15%까지 인상을 염두에 두고 설계했지만 실현되지 않고 있다. 이 에 비해 OECD 평균 소비세율은 19.2%이다.

우리나라의 국가채무비율은 2021년 말 기준 GDP의 51.3%로 OECD 국가 중 양호한 편에 속한다. 그런데 우리나라의 국가채무비율 상승폭이 가파르다. IMF는 우리나라가 OECD 국가 중 국가채무비율 을 가장 높이는 나라가 될 것이며, 2026년에는 국가채무비율이 66.7% 에 이를 것으로 예상하고 있다.

현재 우리나라의 국가채무 상황은 비관적이지도 않고 낙관적이지 도 않다. 국가채무라는 것이 긴장감을 갖지 않으면 금방 불어난다. 일본 의 경우 1993년 국가채무비율 43%에서 불과 7년 만에 100%를 넘어섰 다. 그리스는 30%대에서 100%로 올라서는 데 12년밖에 걸리지 않았 다. 복지 수요가 증가하고 저출생·고령화로 재정 수요가 늘어난다는 것 을 감안했을 때 우리의 국가채무 상황을 낙관적으로만 바라볼 수 없다.

증세를 고려해야 한다. 우리나라의 법인세·근로소득세 수준이 낮 지 않기 때문에 여기에서 증세를 하기란 쉽지 않다. 따라서 부가가치세 를 15%까지 단계적으로 상향할 필요가 있다. 매년 1%씩 올리거나 매년

0.5%씩 올릴 수도 있을 것이다. 지금의 물가상승 국면이 끝나면 인상을 고려해야 한다. 15%까지 올리면 매년 약 35조의 증세 효과가 예상된다.

통일을 대비해서 부가가치세 인상은 남겨둬야 한다는 주장이 있다. 그러나 통일 상황이 오면 그때에 맞춰 재정 대책을 세우면 된다. 현재의 국가부채 증가 속도를 억제하고 재정건전성을 일정 수준 유지하기 위해서는 부가가치세 인상을 고려해 볼 만하다.

독일은 1차 세계대전 이후 극심한 초인플레이션을 경험했다. 그 후 폭풍으로 히틀러가 집권했다. 그래서 독일은 화폐가치의 안정적인 관리를 무척 중요하게 여긴다. 헌법에 정부의 적자재정 관리 의무를 명기했을 정도이다. EU의 중심 국가로서 유로화를 안정시키는 데 선도적 역할을 자임하고 있다. 독일은 GDP 세계 4위의 국가이다. 3050클럽 중 1인당 GDP가 미국에 이어 두 번째다. 독일은 2020년 기준 국가채무비율이 GDP의 68.9%, 가계부채비율은 GDP의 58.3%이다. 나라빚과 가계빚 모두 안정적으로 관리하는 나라이다. 우리의 롤모델은 독일이 되어야 한다.

(가칭) 시니어대학 신설

예전에 평균수명이 60세 정도이고 사회 변화가 급격하지 않았을 때는 20대에 대학을 졸업하면 한 세대인 30년 동안 그 지식을 활용할 수 있었다. 그러나 지금은 사회 변화 속도가 빠르고 100세 시대 도래가 눈앞에 있는 상황이다. 인생 이모작 시대이다. 20대에 집중적으로 쌓은 지식으로 40~50년 동안 살아간다는 것은 쉽지 않다.

지금도 재직 도중 연수를 가거나 석·박사 과정을 밟아 학위를 따는 이들이 있다. 그러나 그런 기회를 가질 수 있는 이들이 많지 않고, 일과 학업을 병행해야 하는 어려움을 많이 겪는다.

40·50대를 대상으로 국공립 시니어대학을 신설해 제2학사 학위를 부여하는 것은 어떨까? 2년제부터 4년제까지 다양하게 과정을 개설하는 것이다. 학사·석사 학위와 다르게 '태사' 등의 명칭을 부여하면 될 것이다. 시니어대학의 학위 취득을 기관과 기업에서 적극 장려할 필요가 있다. 시니어대학에 다니는 동안은 되도록 휴직이나 공무 처리를 해 안정적으로 학업에 임하게 하면 된다.

앞으로 인구 감소로 폐교되는 대학이 늘어날 것으로 예상된다. 벚꽃 피는 순서로 대학이 없어질 것이라고도 얘기한다. 지방 대학들이 폐교 위기를 가장 심하게 겪을 것이라는 말이다. 2020년부터 고졸자보다 대학 입학 정원수가 많은 이른바 '대입 역전 현상'이 나타나고 있다고 한다.

시니어대학의 신설은 대학의 폐교 문제를 완화할 수 있는 수단이라고 생각한다. 각 광역시·도별로 이미 있는 대학의 신청을 받아 한 곳 이상 시니어대학으로 전환하는 것이다.

차별금지법 입법

차별금지법은 정당한 이유 없이 성별·장애·질병·나이·성적 지향·인종 등의 사유로 고용과 교육 등에서의 차별을 금지하는 법이다. 2007년 노무현 정부 때부터 차별금지법안이 국회에서 계속 발의됐으나 여전히 국회 본회의를 통과하지 못하고 있다.

우리 헌법 제11조 1항은 "모든 국민은 법 앞에 평등하다. 누구든지

성별·종교 또는 사회적 신분에 의하여 정치적·경제적·사회적·문화적 생활의 모든 영역에 있어서 차별을 받지 아니한다"고 명시하고 있다. 민주공화국은 법 앞의 평등과 함께 시민으로서의 동등한 권리 보장으로 성립한다. 차별이 존재하는 곳에 온전한 시민은 존재하지 않는다. 소수자라 해서 시민으로서의 온전한 권리가 보장되지 않는다는 것은 민주공화국의 큰 흠결이다. 인권적 정의가 강자와 다수의 이익이 돼서는 안 된다.

자유가 보장되고 확대되며, 개인주의가 잘 발현되기 위해서는 반드시 포괄적인 차별금지법이 필요하다. 차별과 혐오, 배제는 자유와 개인주의의 적이다. 인권과 자유, 민주주의를 다루는 국제적 NGO인 프리덤하우스는 매년 세계 각국의 자유지수를 발표한다. 자유지수 10위 내의 상위 국가들의 공통점은 모두 포괄적인 차별금지법이 시행되는 나라이다. 참고로 2022년 우리나라의 순위는 공동 59위였다. 세계 10위 수준의 경제력을 갖추고 있는 것에 비해 인권 보장 수준은 상대적으로 낮다.

2020년 국가인권위원회의 국민인식조사 결과를 보면 차별 해소를 위한 평등권 보장 법률 필요성에 대해 88.5%가 찬성하고 있다. 차별금지법 필요성에 대한 사회적 합의가 조성돼 있는 것이다. 정치권이 머뭇거림 없이 결단해야 한다.

노동회의소 설치

노동자의 조직력·협상력을 높이는 것이 시장에서의 소득 분배를 개선시키는 지름길이다. 문재인 정부의 소득주도성장의 원조는 임금주도성장이다. 임금주도성장의 기본 전략은 노동자의 조직화 수준을 높여 그 협상 동력으로 분배를 개선하는 것이었다. 노동자의 협상력을 높이기보다는 최저임금제, 주 52시간 노동제, 공공기관 비정규직의 정규직화 등 법률과 정부 방침에 의존하는 방식은 지속가능성에 한계가 있을 수밖에 없다.

우리나라의 노동조합 조직률은 10% 남짓인 데다 대기업과 공기업 중심이다. 민주노총과 한국노총 모두 이 한계에서 벗어날 수가 없다. 노동회의소를 설치해 특수노동자, 비정규직 노동자를 대변하게 해 이들의 협상력을 높여야 한다. 문재인 전 대통령의 대선 후보 시절 공약이었으나 실현되지 못했다. 아쉬운 일이다.

정부 수립 100주년인 2045년까지 주요 한자 기록물 번역 완수

우리나라는 세계 최고 수준의 역사 기록물을 보유하고 있는 나라이다. 무척 자랑스러운 일이다. 그런데 대부분의 기록물이 한자로 기록돼 있다. 한글로 번역하지 않으면 소수의 전문가 외에는 그 내용을 알고 익힐 수가 없다. 우리 조상들의 지혜와 지식을 온전히 받아 안고 활용하지 못하고 있는 것이다. 통탄할 일이다.

한국학의 기본은 한자 기록물을 한글로 번역하는 것에서 출발한다. 르네상스는 금속활자 인쇄 발명과 함께 라틴어로 돼 있던 성경과 고대 그리스·로마의 고전을 각 나라의 생활 언어로 번역한 것으로부터 촉발됐다. 한자 기록물의 한글 번역은 '한국판 르네상스'의 의미가 있다고 해도 과언이 아니다.

한자 기록물의 번역은 지식기반사회의 사회적·문화적 간접자본을 구축하는 일이기도 한다. 번역을 통한 고전 정보의 대중화는 우리나라의 학술적·문화적 역량을 배가하는 데에도 도움이 될 것이다. 한글로 번역되지 않았다는 것은 수장고에 묵혀 있는 것과 다르지 않다. 현재 남아 있는 고전 문헌 중 95% 이상이 한문으로 기록돼 있다. 한글로 번역되지 않고서는 우리 조상의 집단지성, 기억이 단절되는 것이다. 고전을 수장 상태에서 해방시켜 대중화해야 한다.

천만 관객을 동원한 영화 〈왕의 남자〉는 연극 〈이爾〉를 원작으로 해 영화화한 것이다. 그 모티프는 "배우 공길이 논어를 외운 것이 불경하다 하여 곤장을 쳤다"는 연산군 때의 실록 한 대목이었다고 한다. 아시아와 중동까지 한류 열풍을 일으켰던 드라마 〈대장금〉은 『중종실록』에 나오는 몇 줄의 대목에서 모티프를 얻었다고 한다.

이렇듯 고전의 한글 번역은 고전 정보의 대중화 과정이면서 창조력과 상상력 발휘로 부가가치를 창출할 수 있다. 출판·영화 등의 산업에 숨결을 불어넣을 수 있다. 뿐만 아니라 관광 콘텐츠, 지역문화 콘텐츠 개발 등 무한한 잠재력을 지니고 있다.

주요 한자 기록물을 한글로 번역하는 일은 한국고전번역원, 한국학중앙연구원, 국사편찬위원회, 한국국학진흥원 등 정부출연기관과 대학의 부설연구소, 세종대왕기념사업회, 동국대 동국역경원, 한의학연구원 등 민간단체에서 수행해 왔다. 이 중 가장 많은 번역 실적을 내고 있는 곳은 한국고전번역원이다.

■ **한국고전번역원의 번역 현황(2017년 말 기준, 출처 : 상지대학교 연구팀)**
   – 한국문집(5,250책) : 82.3% 비번역
   – 승정원일기(4,772책) : 86.1% 비번역

- 일성록(1,113책) : 77.6% 미번역
- 조선왕조실록 재번역(861책) : 90.1% 미번역
- 특수고전(12,844책) : 83.2% 미번역

한국고전번역원의 이런 속도라면 2057년에나 번역이 완료될 것으로 추산하고 있다. 위 실적도 목표 대비 달성률 17%였다고 한다. 2057년에 완료할 것이라 장담할 수 없다. 학술진흥재단이 2006년 '국학진흥을 위한 기획조사 연구'를 발표했는데, 모든 주요 한글 기록물을 다 번역하는 데 지금과 같은 번역 속도라면 100년 이상 걸릴 것이라 한다.

2045년이면 대한민국 정부 수립 100주년이 된다. 이때까지는 웬만한 기록물 번역을 마쳐야 한다. 이때까지 못 한다는 것은 우리의 역사의식 결여와 게으름을 드러낸 것으로 크게 반성해야 할 일이다.

미래학자인 피터 드러커는 21세기는 문화산업이 국가의 성패를 좌우한다고 말했다. 김대중 정부 시절인 2001년 8월에 국가과학기술위원회는 '국가 핵심기술 6T'를 발표했다. IT(정보), BT(바이오), ST(우주), ET(환경), NT(나노), 그리고 CT(문화)를 말한다. 이 CT라는 개념은 우리나라에서 처음 만들었다고 한다. CT(문화산업 기술, 문화콘텐츠 기술)의 일환으로 2005년 한국과학기술원KAIST 산하에 문화기술대학원이 설립됐다고 한다.

노무현 정부도 우리나라를 이끌어나갈 '10대 차세대 동력 산업' 중 하나로 CT를 선정했다. 문재인 정부 들어 CT라는 개념이 희미해진 것 같아 안타깝다. CT는 인문 콘텐츠가 기반이 돼 디지털 기술과 융합하는 것으로 앞으로 주요 한문 기록물의 번역이 핵심 인문 콘텐츠의 역할을 할 것으로 기대한다.

맺는 글

이 책을 쓰기로 마음먹은 때가 지난해 12월 초였다. 애초에는 2~3년 여유를 두고 쓸 계획이었는데 쓰다 보니 4개월도 안 돼 다 써버렸다. 나란 놈 참 성격이 급하다. 성격이 급해서라기보다는 지식의 바닥이 금방 드러났다는 것이 사실에 부합할 것이다.

도덕에 대하여

민주공화국은 사회적 자본, 즉 사회적 신뢰가 축적되지 않고서는 지속하기 어렵다. 그렇기에 우리나라의 낮은 사회적 신뢰는 대한민국이라는 민주공화국의 화급한 위기이다.

사회적 신뢰를 높이는 것은 복합적인 것이지만 무엇보다 우리 사회의 엘리트 계층, 특히 정치권의 도덕성 회복이 반드시 필요하다. 지금 도덕성의 문제는 진보를 자처라는 진영, 보수를 자처하는 진영 모두 낙제점이다. 무엇보다 공과 사의 구별이 중요하다. 공적 지위를 이용해 사적 이익을 추구하는 행위를 고도로 절제하려는 노력이 필요하다.

고대 로마사에 이름을 남긴 두 명의 브루투스가 있다. 한 명은 공화정을 수호하기 위해 카이사르의 암살을 주도한 브루투스로, 마르크스 유니우스 브루투스이다. 또 한 명의 브루투스는 루키우스 유니우스 브루투스이다. 마르크스 유니우스 브루투스의 조상이라고 한다.

마르크스 유니우스 브루투스는 250여 년간 이어졌던 로마의 왕정을 무너뜨리고 공화정을 세운 인물이다. 그래서 이 사람을 '공화정의 아버지'라고 부른다. 콜라티누스와 함께 고대 로마 공화정의 초대 집정관이 됐다. 이후 로마의 공화정은 500년 동안 이어진다.

이 집정관 브루투스에게 이투스와 티베리우스라는 두 아들이 있었다. 그런데 이 두 아들이 왕정복고 반란에 가담했다는 것이 드러났다. 당시 반란자는 사형에 처하게 돼 있었다. 이에 측근들이 브루투스의 곤란한 처지를 고려해 추방형을 제안하자, 브루투스는 단호하게 사형에 처하라고 명령을 한다. 집정관의 아들들이라고 해서 법 적용을 달리할 수 없다는 것이었다.

기원전 6세기 초 로마의 집정관 발레리우스는 로마 광장이 훤히 내려다보이는 전망 좋은 언덕에 호화로운 집을 짓고 살았다. 그는 상당한 부자였다. 그런데 어느 순간부터 사람들이 수군대기 시작했다. 발레리우스가 왕궁같이 화려한 집을 짓고 사는 것은 왕이 되려는 속마음이 있기 때문이라는 소문이 돌았다. 발레리우스도 이 소문을 듣게 됐다. 발레리우스는 그날 밤 일꾼을 동원해 자신의 집을 부숴 버렸다. 그리고 성벽 근처에 소박한 집을 짓고는 대문을 없애 누구든 출입이 가능하게 했다.

발레리우스는 정치 지도자와 시민 간의 정서적 위화감을 없애는 것이 반드시 필요하다고 본 것이다. 여러 노력으로 발레리우스는 시민들로부터 호감을 사고 강한 신뢰를 얻을 수 있었다. 훗날 사람들은 그를 '푸블라 콜라'('공공의 이익을 추구하는 사람'이라는 뜻)라는 명예로운 호칭을 부여했다.

이런 일화를 쓰면서 도덕을 강조하는 게 멋쩍기는 하다. 나도 그리 도덕적인 사람은 아니기 때문이다. 도덕철학자라 해서 다 도덕적인 것은 아니다. 자격은 없을지라도 정치에서, 사회에서의 도덕의 중요성을 말하는 것은 불가능한 일이 아닐 것이다.

정치적 신뢰를 얻기 위해서는 능력 있고 똑똑한 것만으로 되지 않는다. 지적으로 우월하다 하더라도 도덕적 우월성·정당성을 상실한다면 아무 소용이 없다. 정치인은 지적으로 경쟁하는 동시에 도덕적으로 경쟁해야 한다는 것을 단 한 순간도 잊어서는 안 된다.

마르크스 vs 베른슈타인 그리고 레닌 vs 톨스토이

마르크스와 레닌은 한때 세계 진보주의의 아이콘이었다. 마르크스-레닌주의는 당시 진보주의의 바이블이었다. 마르크스는 과학적 사회주의의 주창자였고, 레닌은 그 이론을 러시아혁명으로 현실화한 사람이었다.

베른슈타인도 마르크스가 활동하던 시대의 사회주의자였다. 그는 마르크스 비판의 선봉장이었다. 그는 마르크스의 물질·경제 결정론에 동의하지 않았다. 정치적·도덕적 신념 등 관념이 경제적·계급적 생산관계 못지않게 중요하다는 것을 지적했다. 프롤레타리아 국제주의보다는 각국의 특성에 따라 다른 정치적 행동을 취해야 한다고 주장했다. 자본주의의 급속하고 전면적인 붕괴가 불가능함을 역설하며 폭력혁명을 버려야 한다고 말했다. 노동자계급이 정당을 만들어 의회에 들어가 의회민주주의를 통해 변혁을 이뤄 나가야 한다고 주장했다. 사회민주주의의 창시자가 됐다. 독일 사회민주당이 태동했다. 마르크스는 이런 베른슈타인을 경멸했다. 레닌도 베른슈타인을 기회주의자로 몰았다.

마르크스-레닌주의는 역사적으로 사망 선고를 받았다. 소비에트사회주의 국가와 그 많던 인민공화국들은 사라졌다. 그러나 베른슈타인의 사회민주주의는 독일민주공화국의 사상적 원류로 여전히 살아있다. 마르크스와 레닌은 베른슈타인을 수정주의라 격하했지만 사실은 혁신주의였던 것이다.

레닌은 1917년 러시아의 사회주의 혁명을 성공시켰다. 이후 소련은 냉전 시대에 사회주의 종주국의 역할을 했다. 소련은 프롤레타리아계급 독재의 살아있는 모범이었다. 그랬던 소련이 1991년 무너졌다. 100년을 못 가 무너진 것이다.

19세기 중엽부터 20세기 초 러시아는 전쟁과 혁명의 소용돌이 안에 있었다. 그때 러시아의 대문호 레흐 톨스토이가 있었다. 유복한 귀족 지주 집안에서 태어난 톨스토이는 농노를 비롯해 비참한 러시아 민중의 모습을 진심으로 마음 아파 했다. 톨스토이는 민중을 외면하는 러시아 정교회와 왕권신수설을 내세워 권력에만 집착하는 황제 모두를 공공연하게 비난했다. 그리고 사랑, 자비, 비폭력, 금욕을 강조하는 그만의 기독교 사상을 설파했다. 내세의 구원이 아니라 지상에 구원을 주는 실천적 기독교 정신을 강조한 것이다. 민중의 교육과 계몽에도 힘썼다.

나날이 그의 추종 세력이 늘었다.

러시아정교회는 그를 파문했다. 당시 황제였던 알렉산드르는 그와 그의 추종 세력을 감시했다. 당시 누군가 톨스토이를 가리켜 이렇게 말했다고 한다. "그의 응접실은 성전이었고, 그는 새로 탄생한 예언자 같았다."

1909년에 톨스토이는 남아프리카에서 인권 변호사로 활동하는 인도 출신의 사람에게 편지를 받았고 죽기 전까지 편지를 교환했다. 그 변호사는 고국 인도로 돌아가 톨스토이의 비폭력 사상을 몸소 실천했다. 그 변호사의 이름이 마하트마 간디이다.

톨스토이는 러시아혁명 발발 7년 전인 1910년에 사망했다. 러시아혁명의 한가운데 있지는 않았다. 나는 가끔 이런 질문을 스스로에게 던진다. 러시아혁명이 성공하는 데 레닌의 역할이 컸을까, 아니면 톨스토이의 영향력이 더 컸을까? 나는 톨스토이의 영향이 더 컸을 거라 어림짐작한다. 그의 금욕주의적인 기독교 실천 사상과 그의 문학의 힘이 훨씬 더 큰 영향을 미쳤을 거라 생각한다.

레닌의 책 중에 『무엇을 할 것인가』가 있다. 1902년에 출간된 책이다. 비합법 전위 정당의 혁명론을 쓴 정치 팸플릿이었다. 공교롭게도 톨스토이도 비슷한 책을 썼다. 1884년에서 1886년 즈음에 쓴 『그러면 우리는 무엇을 할 것인가』라는 책이다. 톨스토이의 금욕적·도덕적 기독교 사상을 드러낸 책이다. 비슷한 제목의 책에서 레닌은 정치 혁명을, 톨스토이는 도덕과 의식의 혁명을 얘기하고 있다.

톨스토이는 우리가 익히 알고 있는 『안나 카레니나』, 『부활』, 『전쟁과 평화』와 같은 대작뿐만 아니라 민중을 계몽하려는 의도에서 『사람에게는 얼마나 땅이 필요한가』, 『사람은 무엇으로 사는가』, 『두 순례 자』, 『바보 이반』, 『인생독본』 같은 교훈적인 우화를 담은 짧은 글을 많이 썼다. 레닌은 많은 철학서와 정치 이론서를 썼다. 과연 누구의 책들이 더 많이 읽히고 러시아 민중에게 영향을 미쳤을까? 난 톨스토이 였다고 생각한다.

마르크스와 레닌은 분명 위대한 사상가요 실천가였다. 그러나 나는 베른슈타인과 톨스토이가 더 위대한 사상가요 실천가라고 생각한다. 베른슈타인은 도그마에 빠지지 않고 용기 있게 사상의 혁신을 내세웠 다. 톨스토이는 잘못 설계된 제도의 폭력성을 비판하며 도덕과 의식 혁명이 중요하다는 것을 역설했다.

마르크스와 레닌의 사상은 이미 낡은 것으로 역사적 평가를 받았다. 그러나 베른슈타인의 사상은 그 후예들에 의해 끊임없이 혁신되고 발 전을 거쳐 지금까지 큰 영향을 발휘하고 있다. 톨스토이 사상의 향기는 그의 책들 속에서 지금도 은은한 향을 내뿜고 있다.

난 대한민국이 세계를 선도하는 민주공화국이 되기 위해서는 베른 슈타인 같은 용기 있는 혁신주의, 그리고 오랫동안 은은한 향기를 풍 길 수 있는 톨스토이의 도덕주의가 반드시 필요하다고 생각한다. 우리 나라에. 특히 우리 정치 세계에 많은 베른슈타인, 톨스토이가 나타나기 를 기대한다.

애국적 민주주의

초판 1쇄 찍은날 2022년 5월 30일
초판 1쇄 펴낸날 2022년 6월 1일

지은이 홍웅표

펴낸이 최윤정
펴낸곳 도서출판 나무와숲 | **등록** 2001-000095
주 소 서울특별시 송파구 올림픽로 336 910호(방이동, 대우유토피아빌딩)
전 화 02-3474-1114 | **팩스** 02-3474-1113
e-mail namuwasup@namuwasup.com

ISBN   978-89-93632-86-6   03810